现代工程图学

主　编　杜　镰　贾宏禹
副主编　蒋　薇　吕志鹏

科学出版社
北　京

内 容 简 介

本书是根据教育部工程图学教学指导委员会制定的"普通高等院校工程图学课程教学基本要求",在总结编者多年教学改革经验和教学研究成果的基础上,结合非机械类学生的综合制图能力而编写的。书中既包含空间思维与想象、形体表达的基本理论与方法,也涉及工程机械设计制图的内容,并采用最新的制图国家标准。另外,在计算机绘图方面特别介绍了三维CAD造型。全书分三篇共11章。第一篇"投影原理"介绍点、线、面、立体的投影知识;第二篇"工程制图方法"介绍工程图规定画法、机件表达方法、标准件和常用件、零件图及装配图;第三篇"现代制图技术"重点介绍Auto-CAD 2006绘图方法,阐述了三维实体造型及相关软件的发展现状,并简单介绍了SolidWorks软件的使用方法。

本书可作为普通高等院校非机械类专业本科生的工程制图教材,适用学时为40~60学时,也可供其他各类学校师生和相关工程技术人员参考。

图书在版编目(CIP)数据

现代工程图学/杜镰,贾宏禹主编. —北京:科学出版社,2011.6
ISBN 978-7-03-031154-2

Ⅰ.①现… Ⅱ.①杜…②贾… Ⅲ.①工程制图-高等学校-教材
Ⅳ.①TB23

中国版本图书馆 CIP 数据核字(2011)第 094679 号

责任编辑:毛 莹 朱晓颖 张丽花/责任校对:张凤琴
责任印制:张克忠/封面设计:陈 敬

科 学 出 版 社 出版
北京东黄城根北街 16 号
邮政编码:100717
http://www.sciencep.com

北京市文林印务有限公司 印刷

科学出版社发行 各地新华书店经销

*

2011 年 6 月第 一 版 开本:787×1092 1/16
2011 年 6 月第一次印刷 印张:18 1/2
印数:1—4 000 字数:505 000

定价:38.00 元
(如有印装质量问题,我社负责调换)

编写人员名单

主　编　杜　镰　贾宏禹

副主编　蒋　薇　吕志鹏

参　编　曾　华　刘旭辉　刘守祥

　　　　邹　雯　王新宇　郭庆时

　　　　黄伯棠

前　言

近年来,非机械类工程制图课程教学普遍存在学时减少、内容压缩的问题,并且随着计算机技术的发展,CAD制图内容在制图教学中的分量越来越重,课程教学难度越来越大。为了使该课程的教学在时间与空间上得到充分利用,编写一本既适合教学又适合自学的教材是作者的初衷。本书的编写在大的原则方面体现为:增强工程制图课程在人才培养方面的作用,努力使工程图学教育从以知识、技能、方法的传授向能力、素质综合培养转化,全面落实教育部工程图学教学指导委员会2004年提出的"普通高等院校工程图学课程教学基本要求";在细节方面体现为:尽量满足教学与自学两个方面的需求,增强易读性,并对关键知识点提供教师指导性"提示"或"注意"等辅助说明,使读者有教师亲身指导的感觉。

本书是一本针对非机械类本科专业使用的少学时工程制图教材。使用学时为40～60学时,对于内容安排进行了必要的调整,在保证工程制图基本内容的基础上,突出了现代制图技术的介绍。本书特点可归纳为以下几点。

1. 突出教学重点,删减次要内容

由于是少学时教材,本着突出制图基础内容的原则,全书重点保证投影基本理论与工程制图的内容,第2～6章比较完整地保留机械类教材的基本内容。第1章中只保留了点、线、面投影的基本概念和方法,删去了几何元素的空间位置等内容。为了方便自学,将投影变换内容大大简化,只作了基本介绍。另外,第7～11章以够用为原则,仅介绍基本的内容。读者要加强这些方面的知识,还需参考有关资料。第11章"CAD三维造型简介"在其他同类教材中比较少见,作者根据目前制图技术发展的迫切需要增加了这些内容,体现本书的"现代"特点。

2. 基本内容完整,案例典型精炼

本书虽然在多处进行了删减,但从总体内容上看基本内容依然齐全、完整。在有限的篇幅内,各位编写教师精心选择案例,以保证每个例题都具有典型性。

3. 满足正常教学,方便课下自学

本书在每一章编写中除了按教学进度编排内容外,为方便自学还增加了"讨论"、"注意"、"提示"等环节,每章最后设有"本章小结"和"思考题"。这些"提示"、"注意"的内容是作者多年教学经验的总结,对学生自学有一定帮助。

4. 课内是教材,课外是手册

现代制图技术是工程技术中的基础,对于非机械类学生来说,所学机械类课程为数不多,制图课程尤为重要。为了让教材在课程结束后还可作为一本手册使用,本书在整体结构安排上分成三篇共11章,将相近的章节内容编排在一起,方便以后使用时查阅。有关投影原理及基本理论编排在第一篇中,有关工程制图的规定、方法及经验汇总在第二篇中,现代CAD二维绘图与三维造型的内容集中在第三篇中。

5. 采用最新的制图标准

全书采用国家质量技术监督局最新颁布的《技术制图》、《机械制图》等有关标准,根据课程内容的需要,分别选择并编排在正文、插图或附录中,以增强贯彻最新国标的意识和培养学生查阅国家标准的能力。

本书由长江大学制图教研室集中编写，由杜镰、贾宏禹任主编，蒋薇、吕志鹏任副主编。参加编写的有：杜镰（绪论、第 1、4、5、6、7、9 章及附录），蒋薇（第 2、3 章），贾宏禹（第 10 章），吕志鹏（第 11 章），曾华（第 8 章）。另外，刘旭辉、刘守祥、邹雯、王新宇、郭庆时等老师为各章节提供插图并参与修改，为本书的编写做了大量的工作。黄伯棠老师结合多年的教学经验，为本书的编写提供了好的素材，并提出了许多建议，在此表示感谢。

全书由周思柱教授主审，他提出了许多宝贵意见，在此表示诚挚的谢意。

书中参考了国内一些同类教材和文献，在此一并向出版者和著作者表示衷心的感谢！

由于作者水平所限，书中难免存在一些不当之处，恳请广大读者批评指正。

作　者

2011 年 4 月

目　录

第一篇　投　影　原　理

第二篇　工程制图方法

第三篇　现代制图技术

绪　　论

一、本课程的性质

在生产实践和科学研究中，设计者用图样表达设计的产品，制造者根据图样了解产品的加工及工艺要求，人们使用图样进行技术交流等活动。工程图样被称为"工程界的语言"。

工程制图是研究工程图样的阅读及绘制的一门技术基础课程。为适应现代工程制图的需求，在传统的内容上增加了计算机绘图部分，称为现代工程制图。

二、本课程的主要任务

（1）培养根据投影原理用二维平面图形表达三维空间物体的能力；

（2）培养对空间形体的形象思维能力；

（3）掌握机械图样有关知识和机械制图国家标准，培养查阅有关标准的能力；

（4）培养绘制和阅读专业工程图样的基本能力；

（5）培养利用绘图软件绘制工程图样及三维造型的初步能力；

（6）培养工程意识、认真负责的工作态度和严谨细致的工作作风。

三、教学基本要求

应使学生掌握用投影法（主要是正投影法）表达空间几何形体的基本理论和方法；具有用仪器和徒手绘图与阅读投影图的基本能力；具有绘制和阅读零件图和装配图的基本能力；具有较强的计算机绘图能力，能用 AutoCAD 软件绘制较复杂的零件图和装配图。了解 CAD 三维实体造型软件及其应用，为后续课程打下良好基础。

四、课堂讲授方法与手段

（1）教学方法：讲课贯彻"少而精"的原则，采用启发式教学，采用典型案例，重视作业练习，培养自学能力。

（2）教学手段：采用幻灯、投影仪投射实物和模型，插播教学录像片，应用多媒体教学系统，播放多媒体 CAI 课件、展示示范作业，提高教学质量。

（3）计算机的应用：计算机绘图是适应现代化建设的新技术，为以后学生掌握计算机辅助设计技术打基础，本课程要精讲多练，着重培养学生用计算机绘制工程图的能力，课下应完成一定数量的作业，包括线型练习、组合体三视图、剖视图及标注尺寸、零件图、装配图。

五、学习方法

（1）理论联系实际，勤于思考，善于举一反三，逐步提高空间想象能力和空间思维能力。

（2）重视实践，认真独立完成一定量的习题和绘图练习，按时答疑，这是巩固基本理论的可靠保证。

（3）掌握正确的画图和读图的方法和步骤，以便快速完成画图和读图任务。

（4）注重自学能力的培养。由于学时限制，课堂上没讲到的知识要通过自学掌握，不断扩展知识面。

（5）养成严格遵循国家标准进行绘制工程图的习惯，培养认真细致的工作作风。

第一篇 投影原理

第1章 正投影法基础

本章内容是学习工程制图的理论基础,主要介绍投影法的基本概念、三视图形成及投影规律、几何元素的三面投影。本章重点是正投影的基本性质,点的三面投影及其规律,直线、平面的投影特性。

1.1 投影法概述

1.1.1 投影法形成

图样是人们生活中常见的一种图形,用来表达物体结构与形状。例如,出门使用的地图、购买房子要看的房屋平面图、做一个零件需要给加工者提供的零件加工图、家用电器的使用说明图等。

常见的工程图样是在二维平面上表达三维空间物体。那么,如何才能在平面上准确无误地把空间物体形状表达出来呢?人们通过观察发现,在光线下物体的影子与物体之间存在一种对应关系,总结其中规律,提出了"投影"的概念。

投影法是一个几何学的概念,目的是建立物体与投影的关系。如图 1-1 所示,若设地面为投影面 P、地面上方有一个空间点 A,空间点上方的光源设为投射中心 S,投射中心发出的投射线为 L,当 L 穿过点 A 延长后与 P 面相交,得到一个交点称为"投影",它是空间点 A 的投影,用"a"表示。这就是一个最简单的投影体系,投影体系中共有五个元素,即空间点 A、投影面 P、投射线 L、投影中心 S 及投影 a。利用投影射线在投影面上产生物体投影形状的方法称为**"投影法"**。工程

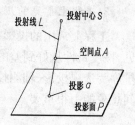

图 1-1　投影法

上需要在投影图中确定物体投影与实物之间的度量关系。由于图 1-1 表达的投影法中投射中心与投射线的不确定性,该投影法无实用意义。

【注意】 本书规定,空间点用大写字母 A、B、C…表示;对应的投影用小写字母 a、b、c…表示;投影面(或平面)一般可用大写字母 P、Q、R…表示。

1.1.2 投影法分类

1. 中心投影法

所有投射线相交于投射中心的投影法称为**中心投影法**。从图 1-2 中可以看出三条投射线交于投射中心 S。原因就是投射中心 S 距离投影面 P 较近,才能产生发散状投射线。从其投影的度量性上看,空间△ABC 比投影△abc 的形状大,并且空间形状距离投射中心越近其投影形状越大。可见,物体的投影与实物之间度量关系不确定,不利于画工程图样。但这种投影法的优点是直观性好,是透视投影的理论基础。

2. 平行投影法

所有投射线相互平行的投影法称为**平行投影法**。平行投影法的投射线相互平行,必然使投射中心相交于投影面的无穷远处,所画的投影图上看不到投影中心点。按投射线与投影面垂直关系,平行投影法又分为正投影法和斜投影法两种(图1-3)。投射线与投影面垂直的平行投影法称为**正投影法**(或直角投影法)(图1-3(a))。投射线与投影面相互倾斜的平行投影法称为**斜投影法**(图1-3(b))。

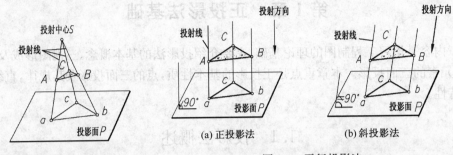

图1-2　中心投影法　　　　　　　图1-3　平行投影法

平行投影法都具有空间形状沿投射方向移动后投影形状不变的特性,即当△ABC平行P面时,△abc ≡ △ABC,投影后形状不变。但从度量性角度看,正投影法的度量性更好。从图1-3可看出,在正投影法中,当△ABC倾斜P面时,△abc<△ABC,即投影后形状变小,故只要求出平面与投影面的倾角就可以计算出空间平面的面积。正投影法能够表达物体的真实形状和大小,作图方法也较简单。因此,工程图样主要采用正投影法来绘制,斜投影法用来绘制辅助性立体图(如轴测投影图)。

3. 工程上常见的几种投影

工程上常用的投影有四种:正投影、轴测投影、透视投影和标高投影(图1-4)。从图1-4可见,按度量性从好到差的排列顺序为正投影、轴测投影、标高投影和透视投影。按直观立体强排序为透视投影、轴测投影、标高投影、正投影。因此,学习正投影时培养个人对物体投影的空间想象能力很重要。

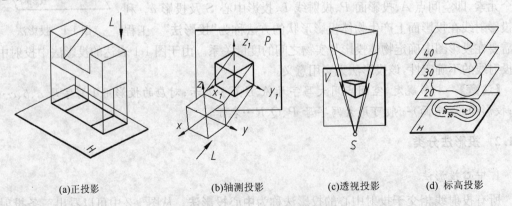

(a)正投影　　　　　　(b)轴测投影　　　　　　(c)透视投影　　　　(d) 标高投影

图1-4　工程上常见的四种投影

4. 直线和平面的正投影特性

按直线、平面对投影面的倾角不同,可划分为三种位置:平行、垂直和倾斜。它显示出三种投影特性,即平行性、积聚性和类似性(图1-5),这是正投影法作图的重要依据。另外,在平行投影下还存在两种特性,即直线上各点分段比例投影保持不变,称为**定比性**;空间平行线段投影保持平行,称为**平行性**。将在后面进行详细介绍。

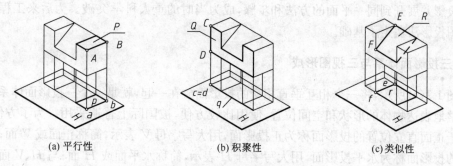

图 1-5　直线和平面的投影特性

【提示】　（1）平行性是指直线或平面平行投影面时,投影反映实长或实形;

（2）积聚性是指直线或平面垂直投影面时,投影积聚为点或直线;

（3）类似性是指平面投影面倾斜于投影面时,投影形状与原图保持基本特性不变,即平面上的边数不变、凸凹性不变、平行关系不变。

【注意】　类似性是检查平面投影作图的依据,若平面五边形投影后变成四边形肯定在投影作图时发生了错误。

【学生提问】　应该如何理解"投影"一词?

【教师解答】　从理论上看,"投影"是一种方法或过程,是规定获得投影的方法,可表述为某投影法或作某点投影等,如正投影法。从结果看,"投影"可理解为物体通过投影得到的"影子",如某点的投影、某直线的投影。因此,看教材时要看清"投影"前后的定语才能把握好"投影"一词的含义。

1.2　三视图的形成及其投影规律

工程上需要使用投影图表达物体的形状,要达到的目标有两个:一是提供在只有长、宽两维尺度的纸上表达具有长、宽、高三维尺度的物体的方法;二是为根据投影图了解物体形状提供方法,并能从投影图想象出物体形状和相对位置关系。找一种投影法既能准确地在图纸上画出物体的形状,又能根据所画图形想象出物体形状来。采用什么投影法?

1.2.1　单一投影面的局限性

图 1-6(a)表示两个形状不同的物体,但在同一投影面上的投影是相同的。说明只有一个投影面不能准确表达物体形状,它是有局限的。如图 1-6(b)所示,投影面只唯一确定了点的 X、Y 两方向坐标,Z 方向没有提供坐标,使得 A、B、C 点在投影面上重合,人们无法根据点的投影确定各点的空间位置。解决方法就是增加其他方向的投影面,用多个投影面的投影图来反映物体形状。问题是增加什么样的投影面? 各个投影面之间的关系如何?

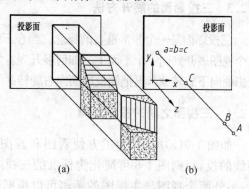

图 1-6　单一投影面的局限性

这个问题一直困扰着人们，直到 1798 年法国科学家加斯帕·蒙日（Gaspard Monge）出版了《画法几何学》，这个问题才得以真正解决。蒙日在书中首次提出了物体在两个相互垂直投影面上投影并展开到同一平面的方法和步骤，成为当时的重大科学突破。为后来工程上使用的三视图投影法奠定了基础。

1.2.2　三投影面体系与三视图形成

如图 1-7(a)所示，将三个相互垂直相交的投影面放在一起，就是一个三投影面体系。它能够较完整地表达物体的形状和空间位置，使用比较方便，被国际上普遍采用。为了方便识别，规定处于正面直立位置的投影面称为正投影面，用大写字母 V 表示，简称正面或 V 面；处于水平位置的投影面称为水平投影面，用大写字母 H 表示，简称水平面或 H 面；与 H、V 面都垂直的投影面称为侧投影面，用大写字母 W 表示，简称 W 面。

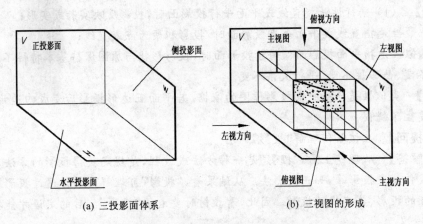

(a) 三投影面体系　　　　　　(b) 三视图的形成

图 1-7　三投影面体系与三视图

在机械制图中，用正投影法得到物体的投影称为**视图**（图 1-7(b)）。通常，可以把人们的视线当做投影射线，将物体放在观察者与投影面之间，则正投影面得到的投影称为**主视图**；水平投影面得到的图形称为**俯视图**；侧投影面得到的图形称为**左视图**。

【注意】　三个投影面与三视图的称呼最容易混淆。例如，正投影面可称为 V 面或正面，正投影面上面得到的投影称为主视图，即主视图就是物体正面投影。

1.2.3　三投影面的展开方法

三投影面是一个非常重要的概念。当在三投影面体系下得到物体的三视图后，下一步就是将三个视图展开到同一个平面上。如何展开呢？如图 1-8 所示，国家标准规定，正投影面不动，将水平投影面向下旋转 90°，再把侧投影面向右旋转 90°，三个投影面就重合到正投影面上（即 V 面上）。

1.2.4　三视图之间的投影规律

如图 1-9(a)所示，为了方便看图和画图，在三视图中不必画出投影面的边框线和投影射线的投影，则图 1-8 可简化为标准的三视图形式。根据三视图展开原理，主视图位置确定后，另外两个视图与主视图的距离可以根据图纸调整。另外，三个视图的名称不标，三视图位置的确定以主视图为准，主视图在三个视图的左上方，俯视图在主视图的正下方，左视图在主视图的正右方。图 1-9(b)给出了三视图的空间位置关系，即主视图对应物体的上、下、

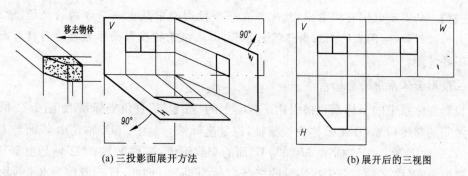

| (a) 三投影面展开方法 | (b) 展开后的三视图 |

图1-8　三投影面展开

左、右四个方向;俯视图是人们向下看得到的视图,存在前、后、左、右四个方向;同理,左视图也有前、后、上、下四个方向。如果把物体的左右方向称为长,前后方向称为宽,上下方向称为高,那么主视图和俯视图都反映物体的长度,主视图和左视图都反映了物体的高度,俯视图和左视图都反映了物体的宽度。因此,得到三视图之间的投影规律:

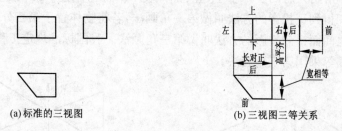

(a)标准的三视图　　　　　　(b)三视图三等关系

图1-9　三视图投影规律

主视图与俯视图长对正;主视图与左视图高平齐;俯视图与左视图宽相等。

简单说"长对正、高平齐、宽相等"就是三视图之间的投影规律,也称为"三等规律"。

【注意】　投影图不写视图名称,初学者最容易混淆各视图的空间位置,读图感到困难。

【学生提问】　只学习了物体三视图形成的内容,能不能画出一般立体的三视图?

【教师解答】　遵照三视图的三等关系,读者可以画简单平面立体的三视图。画图时注意物体上可见的线画粗实线,不可见线画细虚线。不妨画几个试一试。

1.3　点的投影

如果要画如图1-10所示的平面立体的三视图,前面所讲的投影知识是不够的。还必须学习有关空间几何元素投影及其相对位置关系的知识。

物体由面组成,面由线构成,线由点确定。为了正确而迅速地画出物体的投影和分析空间几何问题,必须首先研究与分析空间几何元素(点、线、面)的投影规律和投影特性。点是组成立体的基本元素,本节就从点的投影讲起。

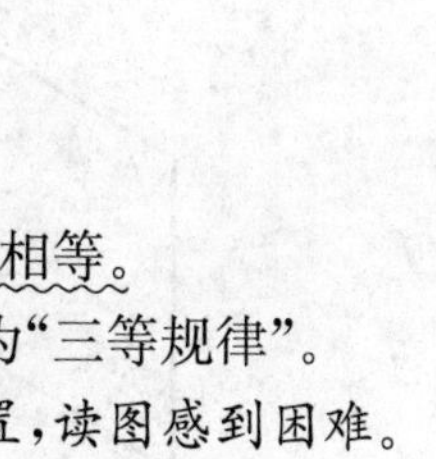

1.3.1　三投影面体系中坐标系与空间划分

研究点的投影,必须要谈三维空间坐标定位问题。图1-7中所画的三投影面体系没有给出坐标关系,因此需要进行补充。

图1-10　复杂立体

【注意】 从图 1-6(b)可以看出,空间点在一个投影面中缺少一个方向的坐标,增加一个垂直方向的投影面,空间点的三维坐标就完备了,由此组成的投影面体系称为两投影面体系。这里就不再讨论。

1. 三投影面体系中的坐标系

三投影面体系中的坐标系直接引用了数学上的"笛卡尔"直角坐标系,如图 1-11 所示,三投影面之间的交线 OX、OY、OZ 称为投影轴,也是坐标轴。其中,OX 轴是由 V 面与 H 面的交线组成,简称 X 轴;OY 轴是由 H 面与 W 面的交线组成,简称 Y 轴;OZ 轴是由 V 面与 W 面的交线组成,简称 Z 轴。三个投影轴的交点 O 称为原点。因此,H 面既称为水平投影面,也是 XY 坐标面,即该面上各点的 Z 坐标为 0;V 面既称为正投影面,也是 XZ 坐标面,即该面上各点的 Y 坐标为 0;W 面既称为侧投影面,也是 YZ 坐标面,即该面上各点的 X 坐标为 0。

2. 三投影面体系的空间划分

由于坐标有正方向也有负方向,"画法几何学"中将三投影面体系的空间分为八个分角。如图 1-12 所示,分角用大写的罗马字 Ⅰ、Ⅱ、Ⅲ…表示。将物体置于第一分角内,使其处于观察者与投影面之间得到正投影的方法叫做第一角画法,若将物体置于第三分角内,使投影面处于物体与观察者之间而得到投影的方法叫做第三角画法。我国标准规定工程图样采用第一角画法。美国和英国等采用第三角画法。

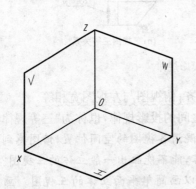

图 1-11 三投影面体系中的坐标轴

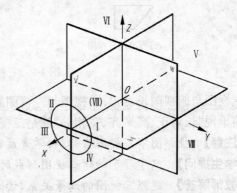

图 1-12 三投影面体系的空间划分

1.3.2 点的三面投影图

如图 1-13(a)所示,在第一分角内由空间一点 A 向 H 面作垂线,其垂足就是点 A 在 H 面

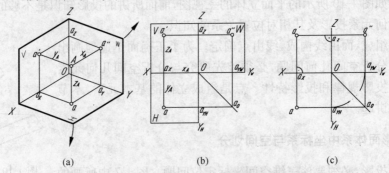

|(a)|(b)|(c)|

图 1-13 点的三面投影图的形成

上的投影,称为点 A 的水平投影,以 a 表示。再由点 A 向 V 面作垂线,其垂足就是点 A 在 V 面上的投影,称为点 A 的正面投影,以 a' 表示。同理,点 A 在 W 面上的投影,称为点 A 的侧面投影,以 a'' 表示。这样,空间点 A 向 H、V、W 面投射得 a、a'、a''。这样,空间点 A 的位置就唯一确定了。

为了使点 A 的三个投影表示在同一张图面上,规定 V 面不动,将 H 面绕 OX 轴向下旋转 $90°$,将 W 面绕 OZ 轴向右旋转 $90°$,使 H、V、W 面共面,如图 1-13(b)所示。因为,Aaa_xa' 是个矩形,$a'a_X$、aa_X 都垂直 X 轴,H 面向下旋转后,a、a' 的连线 aa' 垂直于 X 轴,用细实线画出。同理 a'、a'' 的连线 $a'a''$ 垂直于 Z 轴。

画图时,则不必画出投影面的边框线和投影轴上的 a_X、a_{YH}、a_{WY}、a_Z。为了作图方便,表示 $aa_X=a''a_Z$ 的关系,常用过原点 O 的 $45°$ 斜线或以 O 为圆心的圆弧,把 a、a'' 的关系联系起来,如图 1-13(c)所示。

1.3.3 点的投影与直角坐标的关系

若将三投影面体系看做直角坐标系,则投影轴、投影面、点 O 分别是坐标轴、坐标面、原点 O,则空间点 A 的位置可以用三个坐标值(X_A、Y_A、Z_A)表示,则点的投影与坐标之间的关系为

$$Aa'' = Oa_X = Aa_Y = a'a_Z = X_A$$
$$Aa' = Oa_Y = aa_X = a''a_Z = Y_A$$
$$Aa = Oa_Z = a'a_X = a''a_Y = Z_A$$

由此可见,点 A 的水平投影 a 由 X_A、Y_A 确定,正面投影 a' 由 X_A、Z_A 确定,侧面投影 a'' 由 Y_A、Z_A 确定。

1.3.4 点的三面投影特性

(1) 点的投影连线垂直于投影轴,即 $a'a\perp OX$, $a'a''\perp OZ$,$aa_{YH}\perp OY_H$, $a''a_{YW}\perp OY_W$。

(2) 点的投影到投影轴的距离,等于点的坐标,也等于该点到相邻投影面的距离,即

$$aa_Y=a'a_Z=X_A\text{等于}A\text{到}W\text{面的距离}$$
$$aa_X=a''a_Z=Y_A\text{等于}A\text{到}V\text{面的距离}$$
$$a'a_X=a''a_Y=Z_A\text{等于}A\text{到}H\text{面的距离}$$

根据点的投影特性,只要知道点的任意两个投影,就确定了点的 3 个坐标,第 3 个面的投影即可方便地求出,知道了空间点 A 的坐标(X_A,Y_A,Z_A),点 A 的三面投影也可方便地求出。

【例 1-1】 已知点 A 的坐标(20,10,10),点 B 的坐标(10,5,0),点 C 的坐标(15,0,0),作出点的三面投影图(图 1-14)。

【解】 分析:由于 $z_B=0$,点 B 在 H 面上,又由于 $y_C=0$,$z_C=0$,点 C 在 X 轴上。

作图:点 A 的投影,从 O 点向左在 X 轴 20 处作垂线 aa',然后在 aa' 上从 X 轴向下向上分别取 $y_A=10$ 和 $z_A=10$,求出 a 和 a',由 a' 作 Z 轴的垂线,然后从 Z 轴向右方取 10 即得 a''。

【例 1-2】 已知点 D 的两个投影 d'、d'',求出其第三投影 d,如图 1-15 所示。

【解】 分析:由于已知点 D 的正面投影 d' 和侧面投影 d'',则点的空间位置可以确定,由此可以作出其水平投影。

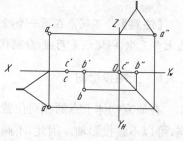

图 1-14 根据点的坐标作投影图

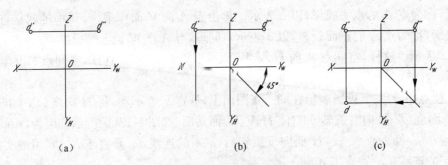

图 1-15 已知点的两投影求第三投影

作图：根据点的投影规律，投影连线 $d'd \perp X$ 轴，且水平投影 d 到 X 轴的距离等于侧面投影 d'' 到 Z 轴的距离。先从原点 O 作 Y_H、Y_W 分角线，然后从 d'' 引 OY_W 的垂线与分角线相交，再由交点作 OY_H 的垂线，与投影连线 $d'd$ 相交即得水平投影 d。

1.3.5 两点的相对位置与重影点

物体是由多点组成的，确定一个点相对另一个点的相对空间位置（上下、左右、前后）关系，是研究立体投影的基础。如图 1-16(a) 所示画出两点 A、B 的三个投影，两点的相对坐标用 Δx、Δy、Δz 表示。根据 X 轴确定左右、Y 轴确定前后、Z 轴确定上下方向的规定，则 $\Delta x = (x_A - x_B) > 0$，即 $x_A > x_B$，说明点 A 在点 B 左侧；同理，$\Delta y = (y_A - y_B) < 0$，即 $y_A < y_B$，说明点 A 在点 B 之后，$\Delta z = (z_A - z_B) > 0$，即 $z_A > z_B$，说明点 A 在点 B 之上。因此，用简洁语言表述两点相对位置关系为点 A 在点 B 的左后上方。

如图 1-16(b) 所示，在水平投影上点 C 与点 A 重合，两点的相对坐标 $\Delta x = \Delta y = 0$，这是一种特殊的相对位置关系，称为"重影点"。为方便区别可见性关系，规定两点在某个投影面上的投影重合，被挡住的点的投影应加注"()"。对正面投影、水平投影、侧面投影的重影点相互重合的投影进行可见性判断，分别应该是前遮后、上遮下、左遮右。图中点 C 被点 A 上面遮挡，可称点 C 在点 A 的正下方。物体上各点的位置关系如图 1-16(c) 所示。

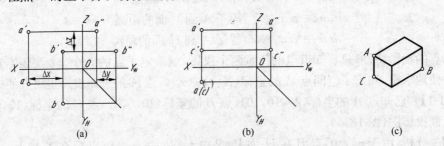

图 1-16 两点的相对位置与重影点

【注意】 不同点在同一个投影面上的投影称为同面投影，注意投影面投影标记符号小写字母左上角无撇、一撇还是两撇，分别代表投影点在 H、V、W 面上。不同点的同面投影才存在重影。

1.3.6 无轴投影图

在研究物体上点的相对位置关系时，改变物体对投影面的坐标，对点的相对位置关系无影响，可以不画投影轴。因此，不画出坐标轴的投影图称为"无轴投影图"。如图 1-17 所示，如果已知点 A 的三个投影 (a、a'、a'')，又知道了点 B 对点 A 的三个相对坐标 Δx、Δy、Δz，没有坐标

轴也能画出点 B 的三个投影。无轴投影采用的作图方法，就是"长对正、高平齐、宽相等"三等规律的另一个表现形式。显然，只要满足上述规律，坐标轴可以自由确定。

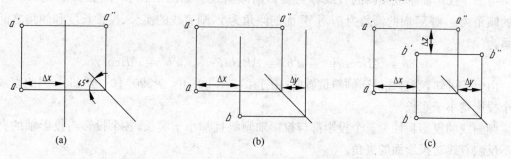

图 1-17　无轴投影图作图方法

【学生提问】　点的投影和点的坐标有什么区别？

【教师解答】　投影是形状概念，坐标是定位的度量概念。点的投影在几何学上没有大小，但在空间有确定的位置。在三面投影体系中，点的一个投影是由两个坐标确定的，若点 A 的空间位置可以用三个坐标值 $(X_A、Y_A、Z_A)$ 表示，点 A 的三面投影用 $(a、a'、a'')$ 表示，则点 A 的水平投影 a 由 $X_A、Y_A$ 确定，正面投影 a' 由 $X_A、Z_A$ 确定，侧面投影 a'' 由 $Y_A、Z_A$ 确定。

1.4　直线的投影

1.4.1　直线的投影图

空间一直线的投影可由直线的两点（通常取线段两个端点）的投影来确定。如图 1-18 所示的直线 AB，求作它的三面投影图时，可分别作出两端点的投影 $(a、a'、a'')$、$(b、b'、b'')$，将其同面投影连接起来即得直线的三面投影图。

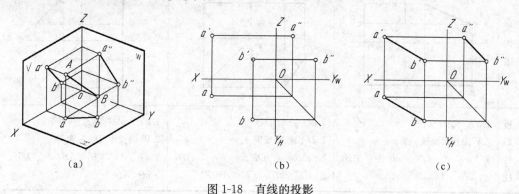

图 1-18　直线的投影

1.4.2　各种位置直线的投影特性

根据直线在三投影面体系中的位置可分为投影面倾斜线、投影面平行线和投影面垂直线三类。投影面倾斜线又称为"一般位置直线"，对三个投影面都是倾斜的；投影面平行线只平行一个投影面，与另两个投影面是倾斜的；投影面垂直线垂直一个投影面，与另外两个投影面平行。后两类直线在三面投影图中反映实形性和积聚性，可以直观地反映与投影面的倾角和实长，因此又称为"特殊位置直线"。各类直线具有不同的投影特性，现分述如下。

1. 投影面倾斜线

与三个投影面都成倾斜的直线称为投影面倾斜线。如图 1-18 所示,设倾斜线 AB 对 H 面的倾角为 α,对 V 面的倾角为 β,对 W 面的倾角为 γ,则直线的实长、投影长度和倾角之间的关系为

$$ab = AB\cos\alpha; \qquad a'b' = AB\cos\beta; \qquad a''b'' = AB\cos\gamma$$

由上式可知,当直线处于倾斜位置时,由于 $0<\alpha<90°;0<\beta<90°;0<\gamma<90°$,因此直线的三个投影均小于实长。

倾斜线的投影特性为三个投影都与投影轴倾斜且都小于实长,各个投影与投影轴的夹角都不反映直线对投影面的夹角。

2. 投影面平行线

平行于一个投影面而与另外两个投影面倾斜的直线称为投影面平行线。如表 1-1 所示,平行 V 面的直线称为正平线,平行 H 面的直线称为水平线,平行于 W 面的直线称为侧平线。

表 1-1　平行线的投影特性

	正平线(//V)	水平线(//H)	侧平线(//W)
直观图			
投影图			
投影特性	1. $a'b'$=AB 实长 2. V 面投影反映 α、γ 3. ab // OX、$ab < AB$, $a''b''$//OZ、$a''b''<AB$	1. ab=AB 实长 2. H 面投影反映 β、γ 3. $a'b'$ // OX、$a'b' < AB$, $a''b''$//OY_W、$a''b''<AB$	1. $a''b''$=AB 实长 2. W 面投影反映 α、β 3. $a'b'$//OZ、$a'b'<AB$;ab//OY_H、$ab<AB$

以正平线 AB 为例,其投影特性为:

(1) 正面投影 $a'b'$ 反映直线的实长,它与 X 轴的夹角反映直线对 H 面的夹角,与 Z 轴的夹角反映直线对 W 面的倾角。

(2) 水平投影 ab//X 轴;侧面投影 $a''b''$//Z 轴,它们的投影长度均小于 AB 实长,即

$$ab = AB\cos\alpha, \qquad a''b'' = AB\cos\gamma$$

关于水平线和侧平线的投影及其投影特性可类似得出。

因此,投影面平行线的投影特性为:

（1）在与之平行的投影面上的投影反映实长；它与投影轴的夹角分别反映直线对另两投影面的真实倾角。

（2）在另两投影面上的投影平行于相应的投影轴，长度缩短。

3. 投影面垂直线

垂直于一个投影面且与另外两个投影面都平行的直线称为投影面垂直线，见表1-2。垂直于正面的称为正垂线，垂直于水平面的称为铅垂线，垂直于侧面的称为侧垂线。

表1-2　垂直线的投影特性

	正垂线（⊥V）	铅垂线（⊥H）	侧垂线（⊥W）
直观图	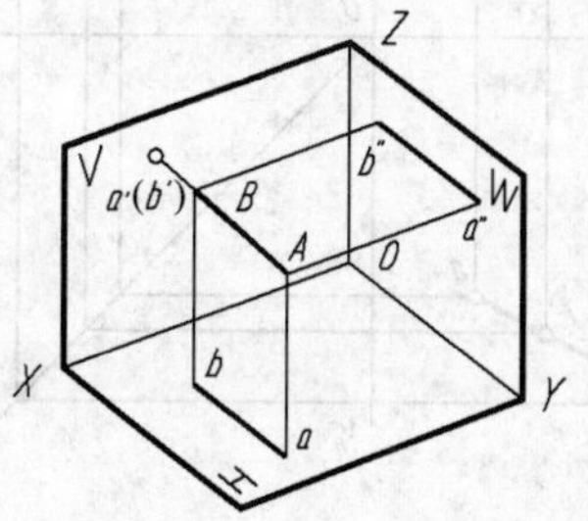	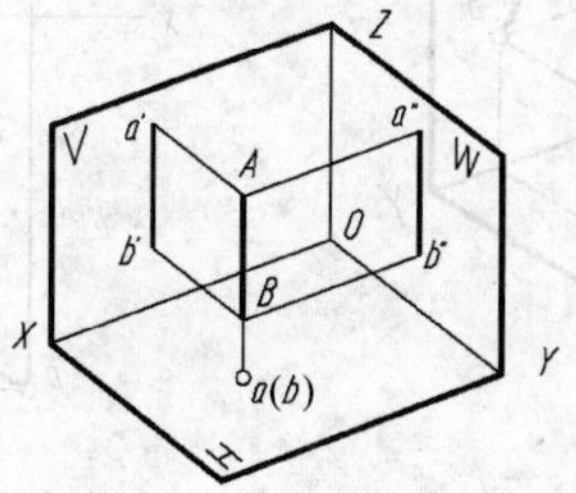	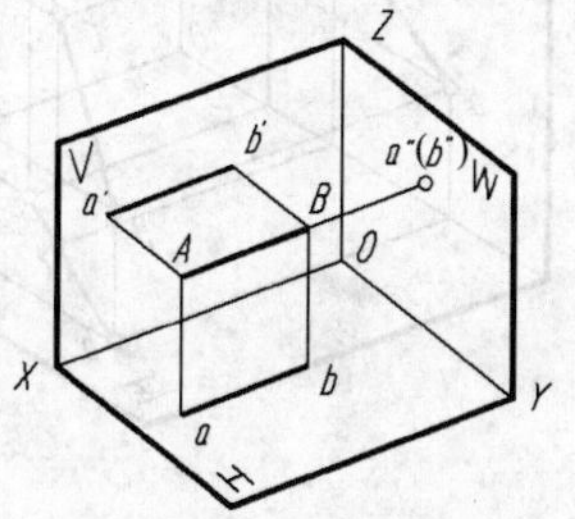
投影图	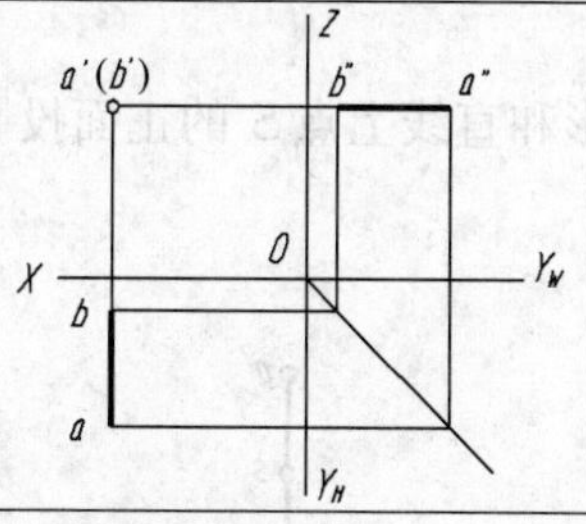	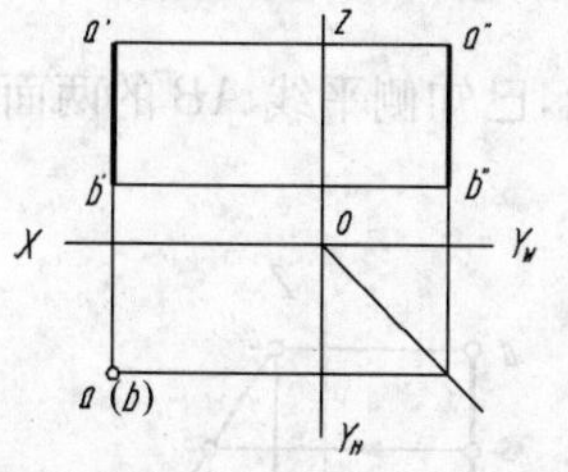	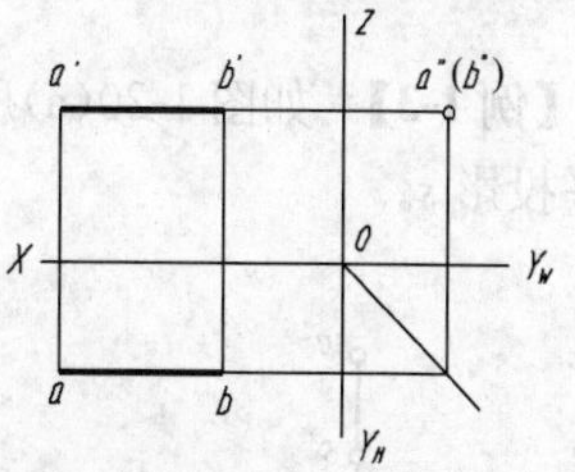
投影特性	1. $a'(b')$ 重影成一点 2. $ab⊥OX$，$a''b''⊥OZ$ 3. $ab=a''b''=AB$ 实长	1. $a(b)$ 重影成一点 2. $a'b'⊥OX$，$a''b''⊥OY_W$ 3. $a'b'=a''b''=AB$ 实长	1. $a''(b'')$ 重影成一点 2. $a'b'⊥OZ$，$ab⊥OY_H$ 3. $a'b'=ab=AB$ 实长

以铅垂线为例，其水平投影 ab 重影为一点，正面投影 $a'b'$ 垂直 X 轴；侧面投影 $a''b''$ 垂直 Y_W 轴，均反映实长。

关于正垂线和侧垂线的投影及其投影特性可类似得出。因此可总结出投影面垂直线的投影特性：

（1）在与其垂直的投影面上的投影，积聚为一点。

（2）在另外两个投影面上的投影，平行于相应的投影轴，且反映实长。

【注意】 特殊位置直线和一般位置直线的投影特性非常重要，读者要将各类直线的投影图熟记在心。

1.4.3 直线上点的投影特性

1. 直线上点的投影

由正投影的基本特性可知：直线的投影一般仍为直线；点在直线上，则点的各个投影必定在该直线的同面投影上。反之，点的各个投影在直线的同面投影上，则该点一定在直线上。如图1-19所示，直线 AB 上有一点 C，则点 C 的三面投影 c、c'、c'' 必定分别在直线的同面投影 ab、$a'b'$、$a''b''$ 上。

2. 点分线段成定比

根据平行投影特性可知,直线上点分割直线段之比在正投影后保持不变,即点分线段成定比。如图 1-19 所示,点 C 在线段 AB 上,它把线段 AB 分成 AC 和 CB 两段。根据投影的基本特性,线段及其投影的关系为 $AC:CB=ac:cb=a'c':c'b'=a''c'':c''b''$。

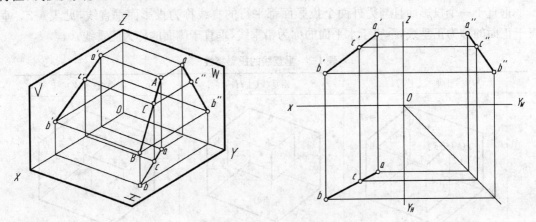

图 1-19　直线上点的投影

【例 1-3】　如图 1-20(a)所示,已知侧平线 AB 的两面投影和直线上点 S 的正面投影 s',求水平投影 s。

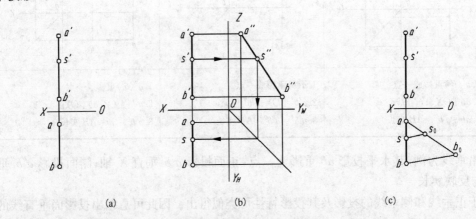

(a)　　　　　　　　(b)　　　　　　　　(c)

图 1-20　已知 s' 求水平投影 s

【解】 〈方法一〉

分析:由于 AB 是侧平线,因此不能由 s' 直接求出 s,但根据点在直线上的投影特性,s'' 必定在 $a''b''$ 上。

作图:如图 1-20(b)所示。

(1) 求出 AB 的侧面投影 $a''b''$,同时求出点 S 的侧面投影 s''。

(2) 根据点的投影规律,由 s'' 和 s' 求出 s。

〈方法二〉

分析:因为点 S 在直线 AB 上,因此必定符合 $a's':s'b'=as:sb$ 的比例关系,如图 1-20(c)所示。

作图:

(1) 过 a 作任意辅助线,在辅助线上量取 $as_0=a's'$,$s_0b_0=s'b'$。

（2）连接 b_0b，并由点 s_0 作 s_0s//b_0b，交 ab 于点 s,s 即为所求的水平投影。

1.4.4 两直线的相对位置

两直线的相对位置有三种：平行、相交和交叉。前两种称为同面直线，后一种称为异面直线。

1. 平行两直线

空间两平行直线的同面投影必定互相平行，如图 1-21 所示。平行两直线在投影面上的各组同面投影必定互相平行。由于 AB//CD，则必定 ab//cd，$a'b'$//$c'd'$，$a''b''$//$c''d''$。

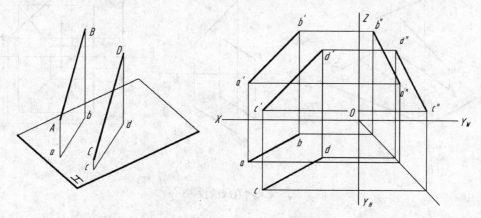

图 1-21 平行两直线的投影

反之，如果两直线在投影图上的各组同面投影都互相平行，则两直线在空间必定互相平行。

2. 相交两直线

空间两相交直线的同面投影必定相交，且两直线交点的投影一定为两直线投影的交点，投影的交点符合空间一点的三面投影规律。如图 1-22 所示，由于 AB 与 CD 相交，交点为 K，则两直线的各同面投影 ab 与 cd、$a'b'$ 与 $c'd'$、$a''b''$ 与 $c''d''$ 必定分别相交于 k、k'、k''，且符合点的投影规律。

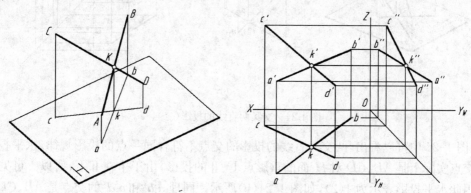

图 1-22 相交两直线的投影

反之，两直线在投影图上的各组同面投影都相交，且各组投影的交点符合空间一点的投影规律，则两直线在空间必定相交。

3. 交叉两直线

　　既不平行又不相交的两直线称为交叉两直线。如图 1-23(a)所示，交叉两直线的投影可能会有一组或两组互相平行，但绝不会三组同面投影都互相平行。对一般位置直线而言，在两个投影面上的两组直线投影互相平行，则空间两直线一定平行；如果两直线为某投影面平行线，则一定要检查在所平行的投影面上的投影是否平行，如图 1-23(c)所示，求出两侧平线 AB 与 CD 的侧面投影后发现，$a''b''$ 与 $c''d''$ 不平行，则可判定空间直线 AB 与 CD 是交叉的。

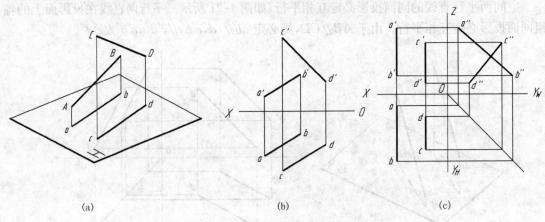

图 1-23　交叉两直线的投影（一）

　　如图 1-24 所示，交叉两直线的投影也可以是相交的，但它们的交点一定不符合空间同一点的投影规律。因此，一般情况下，如两直线在两个投影面上的投影都相交，且符合交点的投影规律，则两直线一定相交。如果其中有一直线为投影面平行线时，则一定要检查交点是否符合点的投影规律。

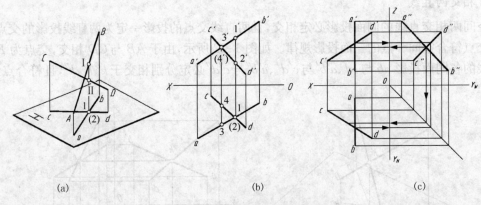

图 1-24　交叉两直线的投影（二）

　　从图 1-24 中可以看出，两交叉直线的投影的交点不符合同一点的投影规律，水平投影 ab 和 cd 交点实际上是 AB、CD 对 H 面的重影点Ⅰ、Ⅱ的投影，由于Ⅰ在Ⅱ上，所以 1 可见，2 不可见，因此水平投影表示为 1(2)，如图 1-24(b)所示。同理 $a'b'$ 和 $c'd'$ 的交点是 AB、CD 对 V 面的一对重影点Ⅲ、Ⅳ的投影，由于Ⅲ在Ⅳ之前，所以表示为 $3'(4')$。显然，如图 1-24(c)所示两直线也是交叉两直线。

　　【提示】　本节解决了求特殊位置直线的实长及与投影面倾角的问题，但对于一般位置直线的实长及其与投影面倾角还未讲述,由于这些内容超出了本教材难度的要求,要深入研究的读者请参考其他教材的相关内容。

【学生提问】 画直线三面投影时不画投影细实线是否可以?

【教师解答】 直线两端点的投影细实线是表示直线空间位置的标记,当有几条直线投影时,直线端点的投影连线就是区分两直线投影位置的依据。有时为了画图方便,直线投影的两端点在三投影面上的符号可以不写,但直线两端点的 V 面与 H 面的投影连线,V 面与 W 面的投影连线有必要画出。

1.5 平面的投影

1.5.1 平面的表示方法及投影图

平面是物体表面的重要组成部分,也是主要的空间几何元素之一。

平面通常用确定该平面的点、直线或平面图形等几何元素的投影表示,如图 1-25 所示。

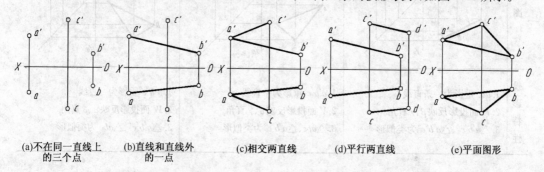

(a)不在同一直线上的三个点　(b)直线和直线外的一点　(c)相交两直线　(d)平行两直线　(e)平面图形

图 1-25　平面的几何元素表示法

1.5.2 各类平面的投影特性

根据在三投影面体系中的位置平面可分为三类:投影面垂直面、投影面平行面、投影面倾斜面。前两类平面称为特殊位置平面,投影面倾斜面又称为一般位置平面,它们具有不同的投影特性。与直线倾角规定相同,平面与 H、V、W 三个投影面的倾角也用 α、β、γ 表示。

1.投影面垂直面

垂直于一个投影面,而与其他两个投影面倾斜的平面称为投影面垂直面。垂直于 H 面的称为铅垂面;垂直于 V 面的称为正垂面;垂直于 W 面的称为侧垂面,如表 1-3 所示。以铅垂面为例,其投影特性为:

(1) 水平面的投影 abc 重影为一直线,它与 X 轴的夹角反映平面与 V 面的倾角 β;与 Y_H 轴的夹角反映平面与 W 面的倾角 γ。

(2) 正面投影 $\triangle a'b'c'$ 和侧面投影 $\triangle a''b''c''$ 均为类似形。

关于正垂面、侧垂面的投影及投影特性可类似得出。

从表 1-3 中可以概括出投影面垂直面的投影特性:

(1) 在与之垂直的投影面上的投影,积聚成直线,它与投影轴的夹角分别反映平面对另两个投影面的倾角。

(2) 在另两投影面上投影为其类似形。

表 1-3　垂直面的投影特性

	铅垂面(⊥H 面)	正垂面(⊥V 面)	侧垂面(⊥W 面)
直观图	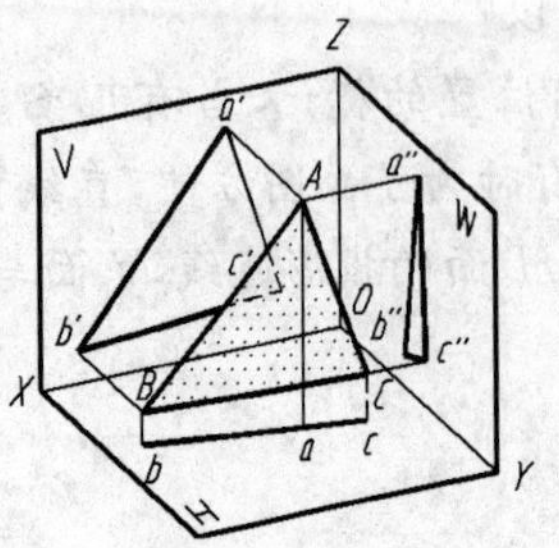	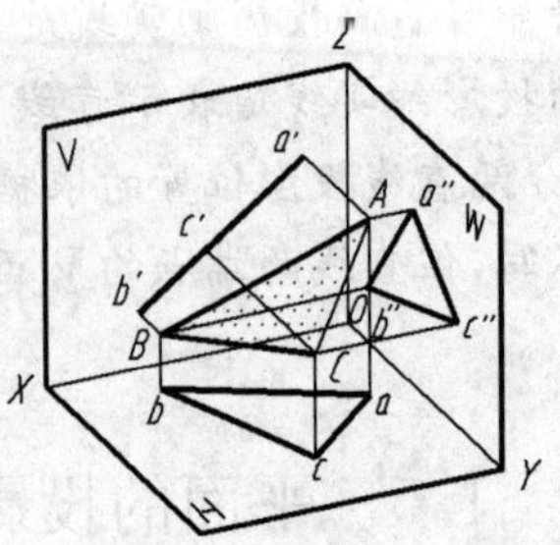	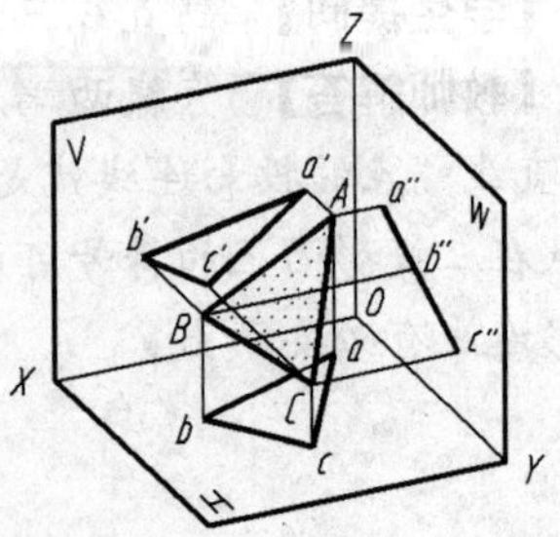
投影图	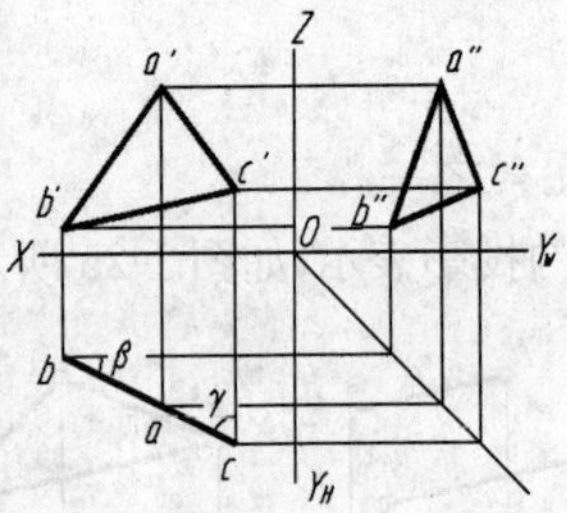	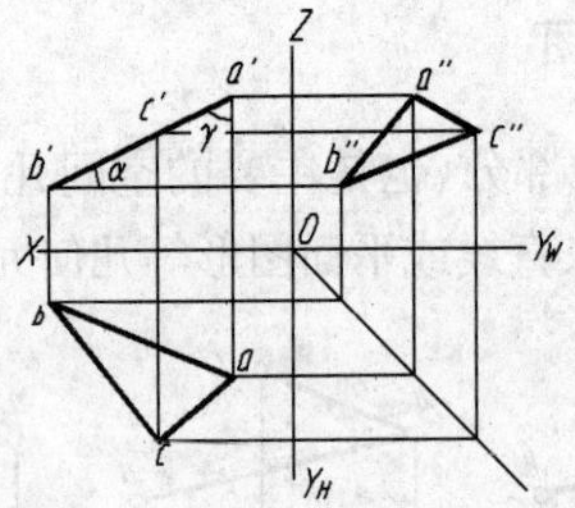	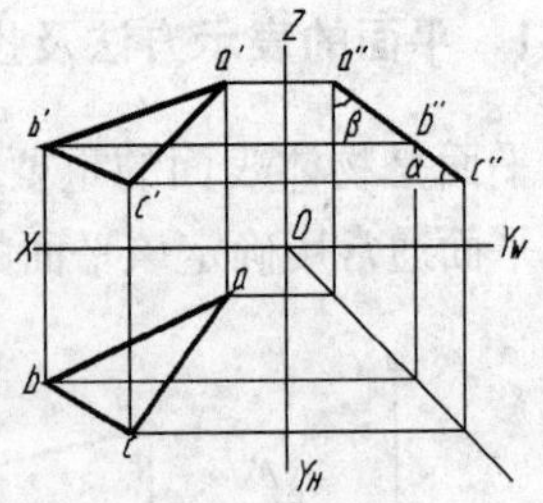
投影特性	1. abc 重影为一条直线 2. H 面投影反映 β、γ 真角 3. △a'b'c'、△a″b″c″为类似形	1. a'b'c' 重影为一直线 2. V 面投影反映 α、γ 真角 3. △abc、△a″b″c″为类似形	1. a″b″c″重影为一直线 2. W 面投影反映 α、β 真角 3. △a'b'c'、△abc 为类似形

2. 投影面平行面

平行于一个投影面且垂直于其他两个投影面的平面称为投影面平行面。平行于 H 面的平面称为水平面,平行于 V 面的平面称为正平面,平行于 W 面的称为侧平面,如表 1-4 所示。

以水平面为例,其投影特性为:

(1) 水平投影△abc 反映△ABC 的实形。

(2) 正面投影 a'b'c' 和侧面 a″b″c″投影重影为一直线,它们分别与 X 轴、Y_W 轴平行。

表 1-4　平行面的投影特性

	水平面(//H 面)	正平面(//V 面)	侧平面(//W 面)
直观图	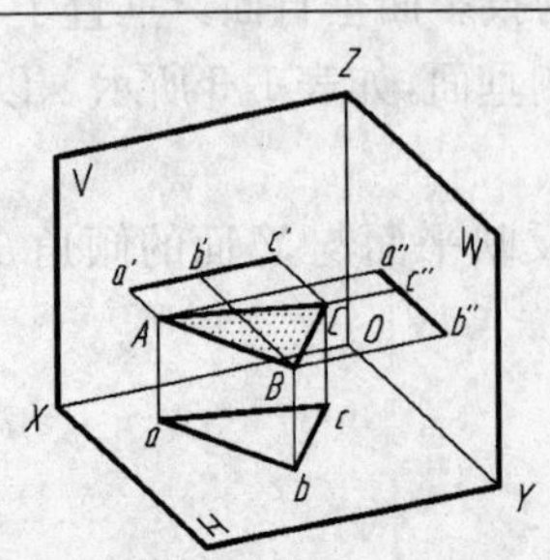	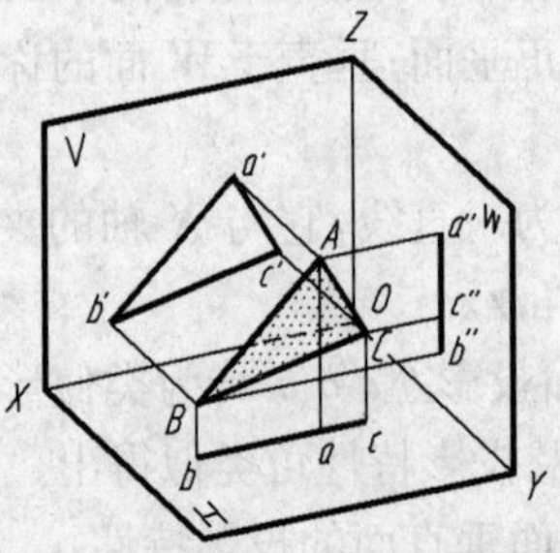	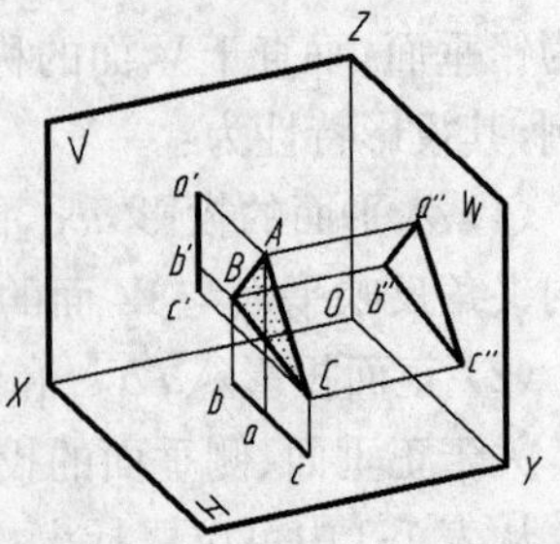

水平面(//H 面)	正平面(//V 面)	侧平面(//W 面)
投影图		
投影特性	1. △abc=△ABC 2. a'b'c'与a"b"c"具有重影性 3. a'b'c'//OX、a"b"c"//OY_W	1. △a'b'c'=△ABC 2. abc 与a"b"c"具有重影性 3. abc//OX、a"b"c"//OZ	1. △a"b"c"=△ABC 2. a'b'c'与abc 具有重影性 3. a'b'c'//OZ、abc//OY_H

关于正平面、侧平面的投影及其投影特性可类似得出。从表 1-4 中可以概括出投影面平行面的投影特性：

（1）在与之平行的投影面上的投影反映实形。

（2）在另两投影面上的投影，分别积聚成直线，且平行于相应的投影轴。

3. 投影面倾斜面（或称一般位置平面）

与三个投影面都处于倾斜位置的平面称为投影面倾斜面。如图 1-26 所示，△ABC 与三个投影面都倾斜，因此它的三个投影△abc、△a'b'c'、△a"b"c"均为类似形，不反映实形，也不反映该平面与投影面的倾角。

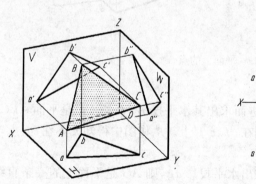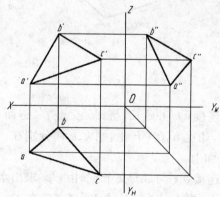

图 1-26 倾斜面的投影特性

1.5.3 平面上的点和直线

点和直线在平面上的几何条件是：

（1）点在平面上，则该点一定在该平面内的一条直线上。

（2）直线在平面上，则该直线一定通过这个平面上的两个点；或者，该直线通过这个平面上的一个点，且平行于该平面上的另一直线。

如图 1-27 所示，△ABC 决定平面 P ，则 AB 直线在平面 P 上，点 M、N 分别在直线 AB、AC 上，因此点 M、N 一定在平面 P 上。又因为直线 MN 通过点 M、N，则直线 MN 一定在平面 P 上。

如图 1-28 所示，相交两直线 EF、ED 决定一平面 Q，M 是 ED 上的一个点。如果过 M 作 $MN /\!/ EF$，则 MN 一定在 Q 平面上。

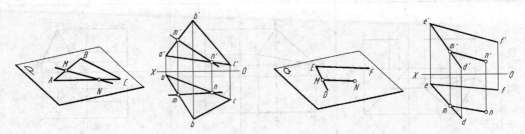

图 1-27 平面上的点和直线（一）　　图 1-28 平面上的点和直线（二）

【例 1-4】　如图 1-29（a）所示，已知一平面 $ABCD$，判别点 K 是否在平面上；并求已知平面上一点 E 的水平投影 e。

【解】　分析：判别一点是否在平面上，或者在平面上取点，都必须先在平面上取一条辅助直线，其中辅助直线的一个投影通过已知点的投影，问题就变成判别辅助直线的另一投影是否通过所求点的同面投影，如图 1-29（b）所示。

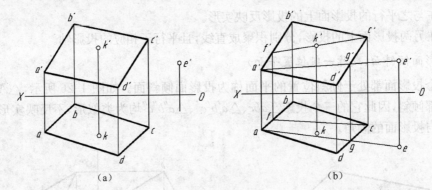

（a）　　　　　　　　　（b）

图 1-29 平面上的点

作图：

（1）连接 $c'k'$ 并延长，与 $a'b'$ 交于 f'，进而求出其水平投影 cf，则 CF 是平面 $ABCD$ 上的一条直线，如点 K 在 CF 上，则 k、k' 应分别在 cf、$c'f'$ 上。从作图中得知 k 不在 cf 上，所以点 K 不在平面上。

（2）连接 $a'e'$ 与 $c'd'$ 交于 g'，由 $a'g'$ 求出水平投影 ag，则 AG 是平面上的一条直线，如点 E 在平面上，则 E 应在 AG 上，所以 e 应在 ag 上，因此过 e' 作投影连线与 ag 延长线的交点 e 即为所求点 E 的水平投影。

由此可见，即使点的两个投影都在平面图形的投影轮廓线范围内，该点也不一定在平面上。即使一点的两个投影都在平面图形的轮廓范围以外，该点也不一定不在平面上。

【例 1-5】　已知在平行四边形 $ABCD$ 上开一个燕尾形缺口，如图 1-30（a）所示，要求根据其正面投影画出其水平投影。

【解】　分析：要补全该平面的水平投影，可根据平面上取点、线的方法作图。

作图：如图 1-30（b）、（c）所示。

（1）由于 Ⅰ、Ⅱ 两点在 AB 上，则 1、2 在 ab 上。

（2）延长 $3'4'$ 与 $b'c'$、$a'd'$ 相交于 $5'$、$6'$，分别求出水平投影 5、6。

(3) Ⅲ、Ⅳ两点在 Ⅴ Ⅵ上，因此 3、4 应在 56 上，可由 3′、4′作投影连线画出。

(4) 连接 1—4—3—2 即得燕尾形缺口的水平投影，加深 a_1 和 b_2，完成作图。

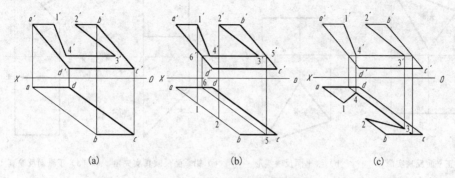

图 1-30　补全平面的水平投影

【提示】 平面上取点、取线是完成平面投影图的基本技能。在一般位置平面上作水平辅助线或正平辅助线是最常用的一种面上取线法，初学者要努力掌握。

1.6　投影变换

从前面两节所介绍的直线、平面的投影特性看出，特殊位置直线、平面的实长与实形、倾角都能够在投影图上得到解答，但当直线、平面与投影面倾斜时，求解实长、实形及倾角问题就变得复杂了。本节将介绍一种改变投影方向的方法，来简化求解几何元素实形与倾角问题。这些问题也是工程上常常需要解决的问题。

1.6.1　投影变换概述

如图 1-31 所示，当直线平行某投影面时，在该投影面上反映实长或真实倾角。同样，在图 1-32 所示的平面平行或垂直投影面时，在所平行或垂直的投影上反映实形或真实倾角。

为此，可以想象，若改变投影体系，使原处于倾斜位置的几何元素处于有利于图解位置，解题更容易。

1. 变换投影面法（也称换面法）

几何元素保持不动，通过改变投影面的位置，组成新的投影面体系 V_1/H，使几何元素在新的投影面上的正投影处于有利于解题位置。如图 1-33(a)所示，铅垂位置的三角形平面在新投影面 V_1 上的投影反映实形。

2. 旋转法

正投影体系保持不动，将几何元素绕选定轴旋转到相对于投影面处于有利于解题位置，然后用正投影法将旋转后的几何元素重新投影到投影面上获得新的投影。如图 1-33(b)所示，如直角边选为旋转轴，将铅垂面的三角形平面绕其轴旋转成为正平面，再将其投影到 V 面上，就得到反映实形的三角形。

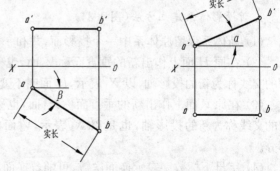

图 1-31　直线投影处于有利于解题位置

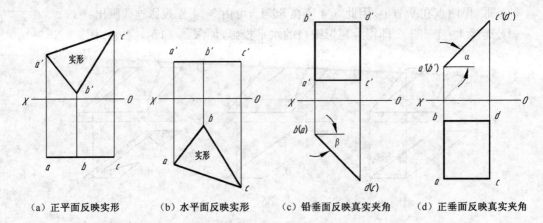

(a) 正平面反映实形　　(b) 水平面反映实形　　(c) 铅垂面反映真实夹角　　(d) 正垂面反映真实夹角

图 1-32　平面投影处于有利于解题位置

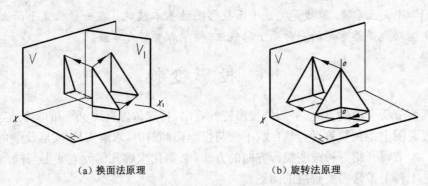

(a) 换面法原理　　　　　　　　(b) 旋转法原理

图 1-33　投影变换的方法

　　从上述分析可知,投影变换就是研究如何改变几何元素投射方向与投影面相对位置,获得新的投影——辅助投影,从而简化求解几何元素空间问题的方法。

　　由于本教材研究范围所限,下面只介绍一些换面法的基本内容。

1.6.2　变换投影面法

　　变换投影面法的基本规律:

　　研究变换投影面法应解决如何建立新投影体系和新投影体系位置如何选择两个问题。建立新投影面的基本条件是:必须与一个原投影面垂直组成新投影体系;必须将新投影面应对空间几何元素处于有利于解题位置,如平行(或垂直)。

　　1. 新投影体系建立方法(图 1-34)

　　(1) 新体系保留原体系中一个投影面,并和一个新的投影面垂直面组成新体系。

　　(2) 在原 H 面上作出新的垂直面称 V_1 面,也称换 V 面。组成新的 V_1/H 体系,V_1 面与 H 面的交线称为新的投影轴,以 X_1 表示,H 面叫不变投影面,是新旧两投影体系的共同部分。

　　(3) 在原 V 面上作出新的垂直面称 H_1 面,也称换 H 面。组成新的 V/H_1 体系,V 面与 H_1 面的交线称为新的投影轴,也是以 X_1 表示,V 面叫不变投影面,是新旧两投影体系的共同部分。

　　(4) 字母下标数字表示换面次数,可随着换面次数增加而增加。

　　(5) 新投影体系中几何元素仍采用正投影原理进行投影作图,变换投影面可简称"换面"。

（6）新投影面展开与原投影面展开方法一样，沿新的投影轴旋转 $90°$。

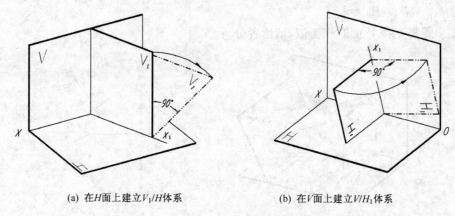

(a) 在H面上建立V_1/H体系　　　　　(b) 在V面上建立V/H_1体系

图 1-34　换面法建立新投影体系

2.点的一次换面

点是最基本的几何元素，点的一次换面是投影变换的基础。

如图 1-35(a)所示，点 A 在原 V/H 体系中，它的两个投影为 a'、a。若任意用一个与 H 面垂直的新投影面 V_1 代替 V 面，建立新的 V_1/H 体系，由于 H 面为不变投影面，所以点 A 的水平投影 a 的位置不变，称为不变投影或保留投影。而点 A 在 V_1 面上的投影为新投影 a_1'。

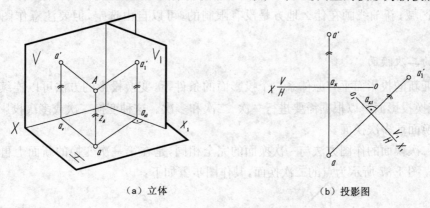

（a）立体　　　　　（b）投影图

图 1-35　点变换一次 V 面的投影

（1）由图 1-35(a)可看出，点 A 的各面投影 a、a'、a_1' 之间的关系如下：

① 在新投影面体系中，新的正面投影和水平投影的连线垂直于新投影轴 X_1，即 $aa_1' \perp X_1$ 轴；

② 点 A 的 Z 坐标在变换 V 面时是不变的，即 $a_1'a_{X1} = a'a_X = z_A$。

（2）根据上述投影之间的关系，点的一次变换的作图步骤如下（图 1-35(b)）：

① 在 H 面适当位置作新投影轴 X_1，建立形成 V_1/H 体系，在轴线旁写出新体系字母；

② 过点 a 作新投影轴 X_1 的垂线，得交点 a_{X1}；

③ 在垂线延长线上截取 $a_1'a_{X1} = a'a_X$，即得点 A 在 V_1 面上的新投影 a_1'。

必要时，也可用一个垂直 V 面的新投影面 H_1 代替 H 面，即用新的投影面体系 V/H_1 代替 V/H 体系；则点 B 在 V/H 体系中的投影为 b'、b，在 V/H_1 体系中的投影为 b'、b_1。点 B 的各个投影 b'、b、b_1 之间的关系如下（图 1-36）：

① $b_1 b' \perp X_1$轴；

② $b_1 b_{X1} = bb_X = Bb' = y_B$。

作图步骤与变换 V 面时相类似，请读者分析。

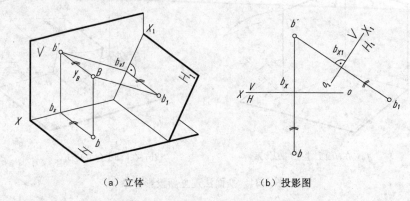

(a) 立体　　　　(b) 投影图

图 1-36　点变换一次 H 面的投影

(3)从点的一次换面的两种方法中归纳出点的换面法基本规律如下：

① 点的新投影与不变投影的连线垂直于新轴；

② 点的新投影到新投影轴的距离等于原投影到原投影轴的距离。

具体作图时应注意：在不变投影面上画出新投影轴就是新投影面的迹线；轴线外侧是新投影面区域；新轴线画在什么地方是没有限制的，可以自由选定，但要注意作图空间是否充足。

3. 点的二次换面

在保证新的投影面垂直原体系一个投影面的条件下，变换投影的方法可以连续进行。因此，点的变换投影面可以根据需要进行一次、二次和多次。这种变换二次或多次投影面的方法称为二次换面或多次换面。

点的二次换面的作图方法与一次换面的完全相同，是在第一次变换的新面上再重复一次换面过程。图 1-37 所示为点的二次换面，其作图步骤如下：

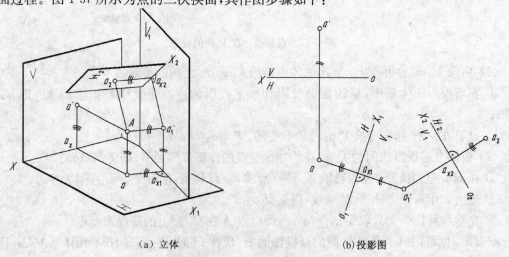

(a) 立体　　　　(b)投影图

图 1-37　点的二次换面

（1）以 V_1 面代替 V 面，组成新体系 V_1/H，作出新投影 a_1'；

（2）在 V_1/H 体系基础上，再变换一次，以面 H_2 来代替 H 面组成第二个新体系 V_1/H_2。

这时 $a_1'a_2 \perp X_2$ 轴，$a_2a_{X2} = aa_{X1}$。由此作出新投影 a_2。

【注意】 （1）同一次换面时新轴线位置选择方法相同，第二次换面的新轴位置也可以自由选定，但因作图范围会更大要认真考虑后确定，并且尽可能避免与其他图线重叠。

（2）在投影图上可以看出，同一点的两个相邻轴线外侧投影线长度相等，这就是第二条点的换面规律的另一种作图法，是多次换面作图的重要依据。

（3）点的二次换面没有规定先换哪个投影面。因此，也可先变换 H 面，再变换 V 面，即由 V/H 体系先变换成 V/H_1 体系，再变换成 V_2/H_1 体系。读者可以试作并体会其中的差异。

1.6.3 解决倾斜位置几何元素换面的几个基本问题

1. 将倾斜线变换成投影面平行线

空间分析：只有把倾斜线变换成新投影体系中的投影面平行线，才能在新的投影面反映实长和与不变投影面的倾角。如图 1-38 所示，AB 为一投影面倾斜线，求直线实长和直线对 H 面的倾角 α。可以变换 V 面使新投影面 V_1 平行 AB，这样 AB 在 V_1 面上的投影将反映 AB 的实长和倾角 α。

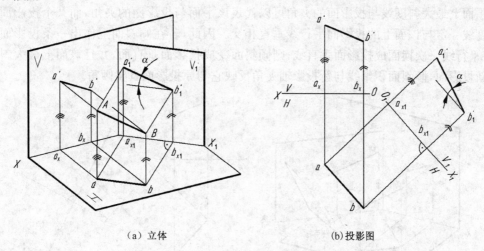

（a）立体　　　　　　　　　　（b）投影图

图 1-38　倾斜线变换成平行线（求 α 角）

作图步骤：

（1）在 H 面作新投影轴 $X_1//ab$；

（2）由两点 a、b 作轴 X_1 的垂线，按点的换面规律得到新投影 a_1'、b_1'；

（3）画出 a_1'、b_1' 连线，它反映 AB 的实长；

（4）注写出 $a_1'b_1'$ 与 X_1 轴的夹角 α，它反映 AB 对 H 面的真实倾角。

同理，如果要求出 AB 对 V 面的倾角 β，则应作新投影面 H_1 平行 AB，作图时在 V 面作 X_1 轴 $//a'b'$，如图 1-39 所示。

2. 将倾斜线变换成投影面垂直线

由空间分析可知，将倾斜线变换成投影面垂直线，可以经过二次换面实现。第一次换面将倾斜线变换成投影面平行线，第二次换面将平行线变换成垂直线。如图 1-40 所示，在 H 面上

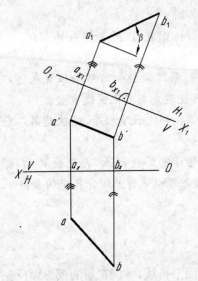

建立 V_1/H 体系,将 AB 变成投影面平行线;然后在 V_1 面上建立变换 V_1/H_2 体系,作面 $H_2 \perp AB$,则 AB 在 V_1/H_2 体系中为投影面垂直线。

作图步骤:

(1) 作轴 $X_1 // ab$,作第一次换面,求得 AB 在 V_1 面上的新投影 $a_1'b_1'$;

(2) 作轴 $X_2 \perp a_1'b_1'$,作第二次换面,求出 AB 在 H_2 面上的投影 $a_2 \equiv b_2$,直线 AB 积聚为一点。

3.将倾斜面变换成投影面垂直面

由上述倾斜线变换成投影面垂直线可知,若选倾斜面中任意一条边变换成投影面垂直线,进行二次换面后,倾斜面可以变成投影面垂直面,但这时倾斜面积聚线与新轴线的夹角不是真实倾斜面与原投影面倾角,实用意义不大。

图 1-39 倾斜线变换成平行线(求 β 角)

能否用一次换面就能得到投影面垂直面并且还能反映与原投影面倾角? 答案是肯定的。观察在倾斜面上作任意直线的过程可知,只有一种方向的直线与投影倾角最大,称为最大斜度线。平面上最大斜度线与投影面的夹角可以代表该平面与投影面的夹角,而某个投影面的最大斜度线一定与该面上的投影面平行线垂直相交。因此,若在倾斜面上作出一条投影面平行线,将平行线一次换面成投影面垂直面,则倾斜面变成投影面垂直面,并且该面上最大斜度线平行新投影面,倾斜面积聚线与新投影轴夹角反映它与原投影面真实倾角。

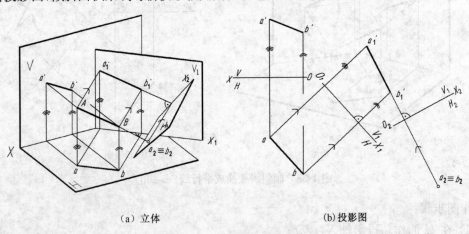

(a) 立体   (b)投影图

图 1-40 倾斜线变换成垂直线

【例 1-6】 如图 1-41 所示,$\triangle ABC$ 为投影面倾斜面,要求换一次面变成投影面垂直面,并求出与 H 面的倾角 α。

【解】 空间分析:在三角形上先作一水平线,再作新投影面 V_1 与该水平线垂直,则三角形一定垂直 V_1 面,其垂直积聚线与新轴线的夹角为所求。

作图步骤:

(1) 在 $\triangle ABC$ 上作水平线 $CD(c'd', cd)$;

(2) 在 H 面上,作轴线 $X_1 \perp cd$;

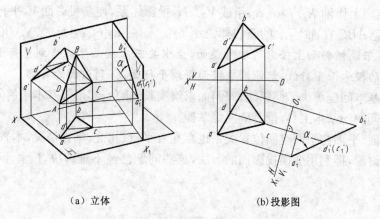

(a) 立体   (b) 投影图

图 1-41　倾斜面变换成垂直面并求 α 角

（3）作出△ABC各点在面 V_1 上的投影 a_1'、b_1'、c_1'，这时 $a_1'b_1'c_1'$ 积聚为一直线，它与 X_1 轴的夹角就是△ABC对 H 面的倾角α。

同理，可以求出△ABC对 V 面的倾角β。

空间分析：可在此平面上取一正平线 CE，作面 $H_1 \perp CE$，则△ABC在面 H_1 上的投影为一直线，它与轴 X_1 的夹角反映该平面对 V 面的倾角β。具体作图见图 1-42。

4. 将倾斜面变换成投影面平行面

空间分析：只有垂直面经过一次换面可以得到投影面平行面。因此，倾斜面变换成投影面平行面最少要经过二次换面，即先将倾斜面变换成投影面垂直面，再将投影面垂直面变换成投影面平行面。

如图 1-43 所示，先将△ABC变换成投影面垂直面，再换一次面使△ABC成为投影面平行面。

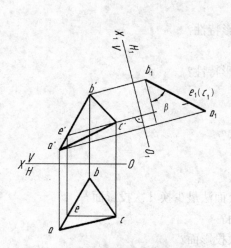

图 1-42　倾斜面变换成垂直面并求 β 角

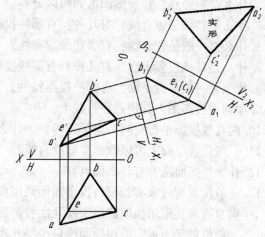

图 1-43　倾斜面变换成平行面求实形

作图步骤：

（1）在△ABC上取正平线 CE；

（2）在 V 面上作新轴 $X_1 \perp c'e'$，使新投影面 $H_1 \perp CE$，组成 H_1/V 投影体系；

（3）作出△ABC在面 H_1 上的新投影 $a_1b_1c_1$，必积聚成一直线；

（4）在 H_1 面上作轴 $X_2 // a_1b_1c_1$，组成 V_2 / H_1 投影体系，使新投影面 V_2 平行 $\triangle ABC$；

（5）作出 $\triangle ABC$ 在面 V_2 上的新投影 $\triangle a_2'b_2'c_2'$。$\triangle a_2'b_2'c_2'$ 反映 $\triangle ABC$ 的实形。

【注意】 若选倾斜面上任意边进行换面，至少要三次换面才能得到平行面，因此只要先作出倾斜面上的投影面平行线，就能两次换面得到平行面，得到该面的实形。

以上四个基本问题解决了倾斜线、倾斜面求解实长、倾角、实形等基本求解问题，是换面法解决几何空间问题的基本工具，读者应熟练掌握。

直线与平面、平面与平面空间位置关系也存在着平行、相交、垂直情况，本教材因内容范围所限没有进行讨论，但利用变换投影面的方法，这些问题已经不难解决，读者不妨可以进行一下探讨。

本 章 小 结

本章简要介绍了投影的分类和三视图的形成方法，对点、直线、平面的投影及投影规律进行了较详细的阐述，并对解决直线、平面的实形与倾角问题给出了一定的作图方法。基本满足了后续工程制图学习的需求，也为研究几何元素空间问题提供了必要的基础。认真学习掌握点、线、面的投影规律，特别是结合三面投影想象几何元素空间位置，对提高空间想象能力有较大帮助。

思 考 题

1. 什么是正投影？为什么单面投影不能确定物体形状？

2. 三视图是如何形成的？立体的三视图有什么规律性？

3. 点的投影规律是什么？

4. 什么是重影点？在投影图上如何区分？

5. 什么是特殊位置直线？有几种？有哪些投影特性？

6. 什么是一般位置直线？有哪些投影特性？

7. 什么是特殊位置平面？有几种？有哪些投影特性？

8. 什么是一般位置平面？有哪些投影特性？

9. 如何在投影图上判别点在直线上？

10. 两直线投影平行空间一定平行吗？为什么？

11. 一般位置平面上可以取哪类辅助直线？

12. 什么是换面法？有什么优点？

13. 一般位置直线求实长及与投影面倾角用换面法最少换几次投影面？

14. 垂直面求实形用换面法最少换几次投影面？

15. 一般位置平面求实形用换面法最少换几次投影面？

第 2 章　立体的投影

在生活中常见到各式各样的立体,不管其结构和形状多么复杂,一般都可以看做由一些基本的立体按一定方式组合而成。因此,组成立体的最基本单元体就是基本的立体,简称基本立体或基本体。基本体又分为平面立体和曲面立体。外表面都是平面多边形围成的立体称为平面立体,常见的平面立体分棱柱和棱锥两类。外表面均为曲面或由平面与曲面围成的立体称为曲面立体,常见的曲面立体有圆柱、圆锥、圆球、圆环等。本章主要介绍平面立体和曲面立体的投影、平面与立体相交的截交线的投影、立体与立体相交的相贯线投影及画法。

2.1　平面立体投影

2.1.1　基本概念与原则

根据实物模型或立体图绘制立体的三面投影图(简称投影图或投影)时,应该掌握以下几点。

1. 投影图与三视图的区别

由立体画出其三面投影,得到的图形可以称为投影图,也可以称为三视图。若重点研究立体投影上的点、线、面关系,应该称为投影图更准确。若只是需要表达立体的形状,不需标注立体投影上的点、线、面位置时,其投影应称为三视图。本章主要研究立体投影及其表面的点、线、面关系,根据需要,立体的投影有时称为三面投影图,有时也称为三视图,读者要注意区分概念上的差异。

2. 画投影图时的三项优先原则

(1) 优先将立体在三投影面体系中"放正",使立体表面较多的面处于特殊位置,即较多表面与投影面平行或垂直。

(2) 选择立体的正面投影方向时,优先选择能反映立体的主要特征形状的方向,另外两个投影也应尽可能减少虚线产生。

(3) 画三面投影时,应优先画积聚性几何元素最多的那个投影;在画一个投影时也优先画那些有积聚性的几何元素。

3. 投影线的处理方法

由于立体本身具有长、宽、高三维空间的尺寸,立体与投影面距离变化在投影图中对立体投影形状无影响。因此,从本节开始,画立体三面投影图或三视图时,都不再画投影轴和投影线。三个投影之间的关系按"长对正、高平齐、宽相等"处理,即正面投影与水平投影长对正,正面投影与侧面投影高平齐,水平投影与侧面投影宽相等。

4. 平面立体表面交线的画法规定

绘制平面立体的投影,可以归纳为绘制它的所有多边形表面的投影,也就是绘制这些多边形边的投影。由于每个多边形的边都是两个平面的交线,正确画出这些交线是完成平面立体投影作图的关键。因此规定：对于可见的交线，其投影以粗实线表示，不可见的交线，则以虚线表示；在投影图中，当多种图线发生重叠时，应以粗实线、虚线、点画线等顺序优先绘制。

2.1.2 棱柱的投影

棱柱是最常见的平面立体，它是按棱线的数量取名定义的，如三棱柱、四棱柱等。棱柱形状特点有外表面由顶面、底面和几个侧棱面围成，棱面与棱面的交线叫棱线，棱线之间相互平行。如图 2-1 所示为一个正五棱柱的立体图和三视图。我们需要解决的问题是正五棱柱的投影图怎么画？如何在五棱柱表面取点？下面分别进行讨论。

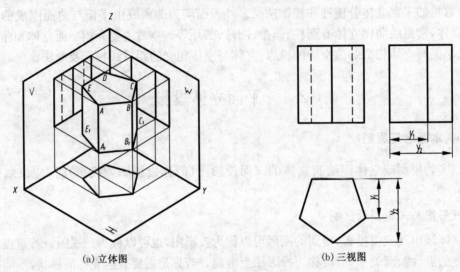

（a）立体图　　　　　　　　　　　（b）三视图

图 2-1　正五棱柱的投影

1. 五棱柱的三视图画法

分析：根据画立体投影图原则，将五棱柱"放正"在三面投影体系中，正面投影尽可能反映五棱柱特征。如图 2-1（a）所示，使五棱柱的上、下两个底面平行于 H 面，后侧面平行于 V 面，其余四个侧面均为铅垂面。这样，上下底面的五条边分别是四条水平线和一条侧垂线，五条棱线均是铅垂线。

作图步骤：

（1）如图 2-1（b）所示，从有积聚性线段最多的投影图入手，先画上底面与下底面的水平投影。即在水平面上为反映实形的正五边形，也是其棱面的积聚线；然后画其正面和侧面投影，上、下两条平行线，反映五棱柱的高度。

（2）分析五条棱线位置，根据水平投影积聚点，按投影规则完成五棱柱的正面和侧面棱线的投影。

（3）判断分析棱面和棱线的可见性。

（4）擦去多余作图线，可见棱线加深为粗实线，不可见棱线画为虚线。

【注意】　水平投影和侧面投影之间必须符合宽度相等和前后对应的关系。如图 2-1（b）所示，左右棱线与后棱面之间的宽度 y_1、前棱线与后棱面之间的宽度 y_2，在水平投影和侧面投影上必须一致，且前棱线和左右棱线应该在后棱面之前。作图时可直接用分规量取，也可添加 45°角平分线。

2.五棱柱表面上取点

已知:正五棱柱的三面投影和表面上点 A 的水平投影 a 以及点 B、C 的正面投影 b'、c',求作点 A、B、C 的另外两个投影,如图 2-2(a)所示。

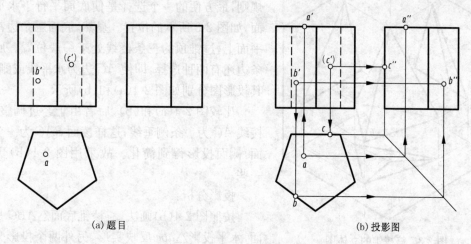

(a) 题目　　　　　　　　　　　　　　　　(b) 投影图

图 2-2　正五棱柱表面上取点

分析:由于棱柱的表面均为平面,故棱柱表面上取点和平面上取点的方法相同,注意点必须在立体的表面上。

(1) 点在哪个面上:判断点所在平面的投影特性,确定该面是投影面垂直面、投影面平行面或一般位置平面,思考可否利用具有特殊性质的投影。

(2) 点是否可见:若点所在的平面的投影可见,点的投影也可见;若平面的投影积聚成直线,点的投影也视为可见。

作图步骤:根据投影规律完成点的三面投影。

(1) 点 A 的水平投影 a 可见,故点 A 在五棱柱的上底面,该面是一个水平面,水平投影反应实形,正面投影和侧面投影积聚成直线,根据投影规则 a' 和 a'' 均可见。

(2) 点 B 的正面投影可见,故点 B 在立体的左前侧面上,该面为铅垂面,水平投影积聚成一条直线,另外两个投影具有类似性,由 b' 作投影连线,直接求得 b,再根据 $45°$ 角平分线分别求得 b'',b 和 b'' 均可见。

(3) 点 C 的正面投影不可见,故点 C 在后侧面上,该面为正平面,正面投影反映实形,水平投影和侧面投影积聚成一条直线,由 c' 作投影连线求得 c,再利用 $45°$ 角平分线求得 c'',c 和 c'' 均可见。

2.1.3　棱锥的投影

棱锥是另一种常见的平面立体。它的表面由一个底面和几个侧棱面组成。所有侧棱线交于一点,即锥顶。与棱柱取名相同,棱锥也是按侧棱线的数量取名的,常见的棱锥有三棱锥、四棱锥、五棱锥等。

下面,以三棱锥为例讨论其投影图的画法。

1.三棱锥的三视图画法

图 2-3 是三棱锥的立体图,求作它的三面投影图。

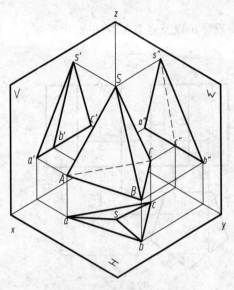

图 2-3 三棱锥的立体图

空间分析：

根据立体在投影体系中"放正"原理，应使较多的棱面和棱线处于特殊位置。由于三棱锥形状不规则，最方便的一个选择是使底面平行于水平投影面，如图 2-3 所示的位置。显然，底面三条边都在水平面上，过锥顶的三条棱线处于一般位置。底面三条边还有两种选择，即使 AC 边为水平线或侧垂线，其投影图分别如图 2-4(a) 和 (b) 所示。

比较图 2-4(a) 和 (b)，后者由于经过调整，使得棱线 AC 为一条侧垂线，这样棱面 SAC 为一个侧垂面，侧面投影得到简化。故采用图 2-4(b) 更合理一些。

投影分析：

按照图 2-4(b) 画法，三棱锥底面 △ABC 是水平面，水平投影 △abc 反映实形，另外两个投影分别积聚成直线。左右侧棱面 △SAB、△SBC 是一般位置平面，它们的各个投影均为类似形。后棱面 △SAC 为侧垂面，其侧面投影 s″a″c″ 积聚为一直线，另外两个投影具有类似性。因此，可归纳出三棱锥作图步骤。

作图步骤：

（1）根据分析从底面 △ABC 的投影入手，先画反映实形的水平投影，再画其另外两个投影。

（2）确定锥顶 S 的各个投影，连接锥顶和 ABC 三个顶点，即得各条棱线的投影，也就得到了三棱锥的三面投影。

（3）擦去投影连线，加粗可见实线，不可见线画虚线。

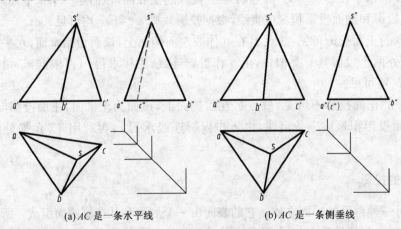

(a) AC 是一条水平线　　　　　(b) AC 是一条侧垂线

图 2-4 三棱锥的三视图

2.棱锥表面上的点

如图 2-5(a) 所示，已知三棱锥表面上点 K、N 两点的正面投影 k′、n′，求作它们的另外两个投影。

空间分析：三棱锥各棱面也是多边形平面，宜借助辅助直线，采用面上取点的方法求解。

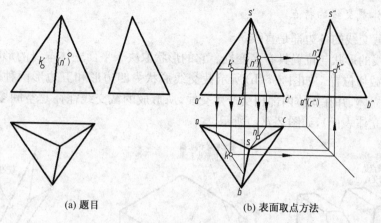

(a) 题目　　　　　　　　　　(b) 表面取点方法

图 2-5　三棱锥面上取点

作图步骤：如图 2-5(b)所示。

(1) 标记三棱锥各顶点符号。K 在左侧棱面△SAB 上，该平面为一般位置平面，采用面上取点的方法，在三棱锥的正面投影上过 k' 作平行于 $a'b'$ 的辅助直线，确定点 K 的水平投影 k，再根据三等规则完成 k''。判别点 K 可见性，标出该点投影符号。

(2) 点 N 在后棱面△SAC 上，该面为侧垂面，侧面投影落在直线 $s''c''$ 上，水平投影通过锥顶的辅助线确定。判别点 N 可见性，标出该点投影符号。

【注意】　K、N 两点均采用面上取点的方法，即先面上取线，再线上定点，但它们选取的辅助线不同，由于采用平行底面的辅助线比一般倾斜辅助线更整齐、精度更高，应尽可能采用。

2.2　平面与平面立体相交

2.2.1　截交线的概念

生产中一些零件的外形可以看成是基本体被平面切割后所形成的。用平面与立体相交，截去立体的一部分。用以截切立体的平面称为截平面。截平面与立体表面的交线称为截交线(图 2-6)。因截平面的截切，在立体上形成的平面则称为截断面。要绘制切割立体的投影图，就应掌握截交线的画法。本节讨论的主要问题就是截交线的分析和作图。

2.2.2　截交线的性质和特点

截交线是由直线组成的封闭的平面多边形，其形状取决于平面体的形状及截平面对平面体的截切位置。

1. 截交线的性质

(1) 共有性：平面立体的截交线是截平面与平面立体表面的共有线，截交线上的点是截平面与立体表面的共有点。

(2) 封闭性：平面体上的截交线一定是封闭的平面多边形，如图 2-7(a)所示。

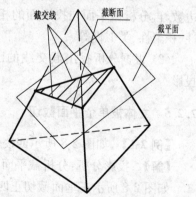

图 2-6　截交线的概念

（3）平面性：截交线一定在同一个平面上，如图 2-7(a)所示。

2.平面立体截交线的特点

（1）组成截交线的各边都是直线。

（2）截交线的形状与位置具有多变性。它的形状取决于平面立体本身的形状及截平面在平面立体上的截切位置。如图 2-7(b)所示截交线形状为四边形和五边形两种。当相邻两截平面同时截切立体，并在立体内部相交产生交线，所形成的截交线往往是空间多边形（即至少有一个边贯穿立体表面），如图 2-7(c)所示。

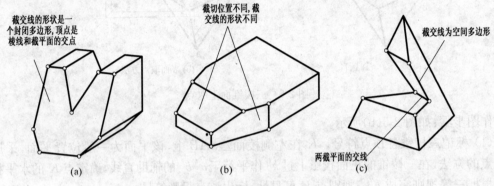

图 2-7　截交线的性质和特点

2.2.3　求截交线的方法

可采用两种方法求平面立体的截交线。

（1）棱线法（线上取点法）：先求各棱线与截平面的交点，判别可见性后依次连线。

（2）棱面法（面上取线法）：先求各棱面与截平面的交线，判别可见性后即完成。

【注意】　求作截交线前根据平面立体形状及截平面在平面立体上的截切位置，提前判断出截交线的大致形状是几边形，有多少个顶点，在哪些面上。这样才能运用棱线法或棱面法进行作图。

2.2.4　求截交线的步骤

（1）空间及投影分析：先分析截平面与立体的相对位置，确定截交线的形状，如多边形的边数，再分析截平面与投影面的相对位置，确定截交线的投影特性，分析有无特殊性，如实形性、积聚性、类似性等。

（2）根据分析找出截交线的已知投影，然后利用共有性和三等规则完成截交线的其余投影。

2.2.5　立体被单个平面截切

【例 2-1】　如图 2-8 所示四棱锥被正垂面截切，完成俯视图，并求作其左视图。

【解】　投影分析：分析截平面与几条棱线相交？有几个交点？截交线的形状是什么？

如图 2-8 所示正垂面截切正四棱锥，与四条棱线都相交，产生四个交点，交线的形状为四边形。先进行投影分析，由于截平面是正垂面，所以截交线的正面投影积聚在一条直线上，另外两个投影分别具有类似性，应为形状类似的四边形。

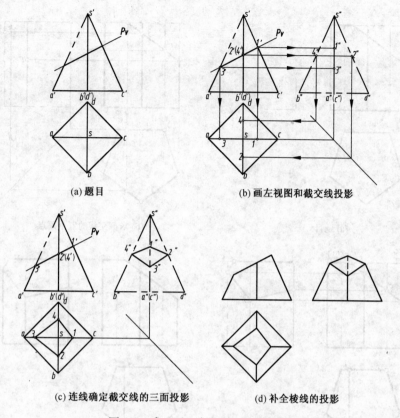

(a) 题目

(b) 画左视图和截交线投影

(c) 连线确定截交线的三面投影

(d) 补全棱线的投影

图 2-8　求正垂面与四棱锥的截交线

作图步骤：

（1）作出四棱锥截切前的左视图。

（2）由于四棱锥被切掉锥顶，四条棱线都与截平面相交，产生四个交点，故采用棱线法最合适。在正面投影上定出四个交点的正面投影 $1'$、$2'$、$3'$、$4'$，其对应的侧面投影 $1''$、$2''$、$3''$、$4''$ 可直接通过画投影连线得到，其水平投影 1、3 也可直接通过画投影连线得到，水平投影 2、4 可通过与 $2''$、$4''$ 投影关系作出。

（3）检查，加深。先检查截交线的三面投影，正面投影具有积聚性，是一条直线，水平投影和侧面投影具有类似性，分别是两个四边形，符合前面分析。再检查棱线的投影，分别完成四条棱线的水平投影和侧面投影，判断可见性，并去除多余图线。

【例 2-2】　已知正五棱柱被正垂面切去左上角，其正面投影和水平投影如图 2-9（a）所示，补全截切后的正五棱柱的水平投影和侧面投影。

【解】　投影分析：

正五棱柱被正垂面截切后，在立体上产生新的平面。截平面与正五棱柱的前面两个侧面、左后侧面、后侧面和顶面相交，产生了五条交线，故截交线是一个五边形。因为截交线的各边是截平面和五棱柱表面的交线，它们的正面投影都重合在截平面具有积聚性的正面投影上，为一条直线，截交线的另外两个投影则具有类似性。由于截平面和立体的棱线、棱面均相交，故棱线法和棱面法要结合使用。

作图步骤：

（1）由于正面投影为一条已知直线，故可在其正面投影上顺序标出截交线五个顶点的正

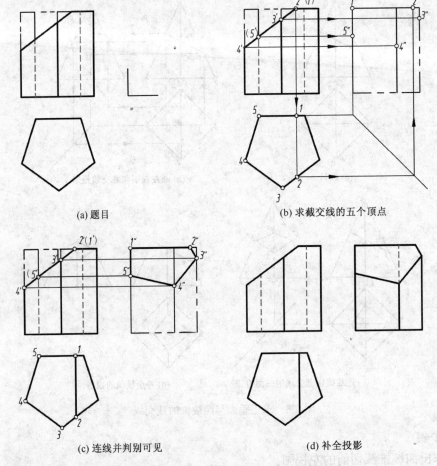

(a) 题目

(b) 求截交线的五个顶点

(c) 连线并判别可见

(d) 补全投影

图 2-9　求正垂面与五棱柱的截交线

面投影 $1'$、$2'$、$3'$、$4'$、$5'$。

（2）求截交线的水平投影。由于正五棱柱的各侧棱面是铅垂面，水平投影有积聚性，点 3、4、5 与棱面投影重合。正五棱柱的顶面是水平面，通过投影规律即可求出点 1、2，如图 2-9（b）所示。

（3）作出截交线的侧面投影。利用截交线的正面投影和水平投影，按照投影规律可以求出截交线的侧面投影 $1''$、$2''$、$3''$、$4''$、$5''$。

（4）整理轮廓线，判断可见性，如图 2-9（c）所示。

（5）检查，去除多余图线，补全五棱柱的投影并加深，如图 2-9（d）所示。

【讨论】　对同一立体，截切位置不同，截交线的形状也不相同，图 2-10 显示了平面截切五棱柱产生交线的几种不同情况。

2.2.6　立体被多个平面截切

主要有两种情况，平面与平面相交而形成的具有缺口的平面立体或穿孔的平面立体。求解方法：逐个作出各个截平面与平面立体的截交线，并画出截平面之间的交线，就可作出平面立体的投影图。这种情况往往平面没有完整的截切立体，可将截平面与立体表面不完整的相交假想扩大成完整的相交，分析其交线，然后取局部交线。

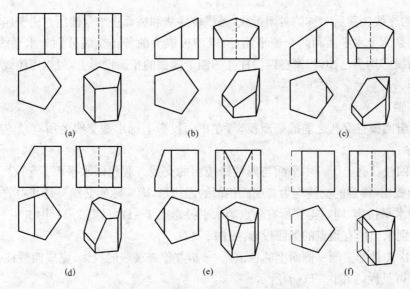

图 2-10　平面截切五棱柱的几种情况

【例 2-3】　如图 2-11(a)所示,已知正四棱锥被正四棱柱孔前后贯穿后的主视图,完成其俯视图,并作出左视图。

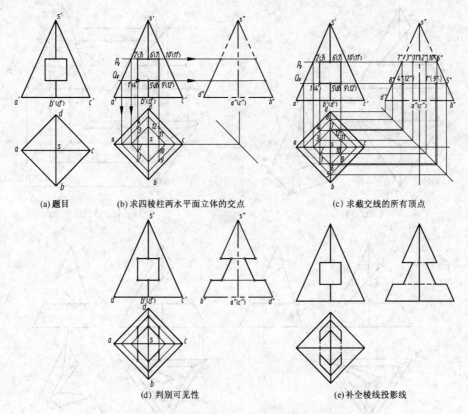

(a)题目　　(b)求四棱柱两水平面立体的交点　　(c)求截交线的所有顶点

(d) 判别可见性　　　　(e)补全棱线投影线

图 2-11　正四棱锥被正四棱柱穿孔的三视图

【解】　空间和投影分析:

如图 2-11(a)所示,正四棱柱孔将正四棱锥前后贯穿,与四棱锥前后棱线及四个侧棱面均相交,形成的交线为前后对称的封闭折线,需将棱线法和棱面法结合使用。由于四棱柱孔的四个棱面分别是两个水平面和两个侧平面,所以四棱锥上的各条交线分别为水平线或侧平线。它们的正面投影均为已知,积聚在四棱柱孔的四个棱面的正面投影上,可以用棱线法和棱面法求其他投影。

作图步骤:

(1) 作出四棱锥穿孔之前的侧面投影,在正面投影上标出截交线的所有顶点 1′~12′,见图 2-11(b)。

(2) 求四棱柱孔上下两水平面与四棱锥棱面的交线。假想两水平面 P 和 Q 无限延展并将棱锥完全截切,得到的交线均为与底面相似的四边形,而实际的交线只是其中的一部分。据此可求出的水平投影,同时得到所有顶点的水平投影线 1~12,见图 2-11(b)。

(3) 分别求出所有顶点的侧面投影,见图 2-11(c)。

(4) 顺次连接处于同一侧面上的各顶点,分析并检查棱线的投影,完成四棱柱孔各棱线的投影并判断可见性,如图 2-11(d)所示。

(5) 检查,去掉多余图线,加深,如图 2-11(e)所示。

【例 2-4】 如图 2-12(a)所示,已知一个带缺口的三棱锥的正面投影,补全水平投影,并完成侧面投影。

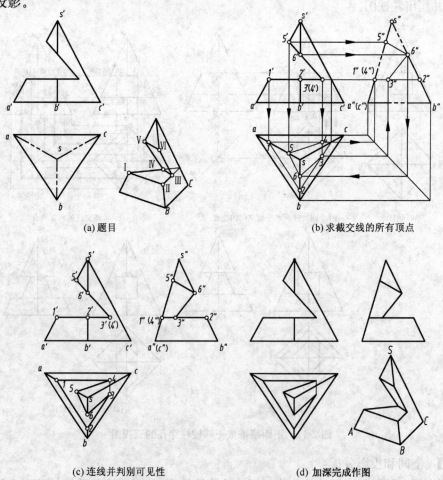

(a) 题目　　　　　　　　　　　　(b) 求截交线的所有顶点

(c) 连线并判别可见性　　　　　　(d) 加深完成作图

图 2-12　带切口棱锥的三视图

【解】 空间和投影分析：

三棱锥的切口由水平面和正垂面形成。设想将水平面扩大,使其与三棱锥全部侧面完整相交,则交线是一个和底面相似的三角形,正面投影和侧面投影具有积聚性,水平投影反映实形。由于正垂面的存在,水平面的截切不完整,而且两个面有交线,正垂面的投影可用同样方法求得,读者自行分析。

作图步骤：

(1) 如图 2-12(b)所示,先作出完整三棱锥的左视图,注意由于 AC 是侧垂线,所以平面 SAC 是侧垂面,侧面投影积聚成直线。

(2) 作出水平面与三棱锥的完整交线。

(3) 作水平面和正垂面的交线 Ⅲ Ⅳ。

(4) 作正垂面与三棱锥棱线的交点。

(5) 确定立体空间截交线的所有顶点,顺次连接,得到截交线的三面投影,如图 2-12(c)所示。

(6) 检查,去除多余的图线,加深,如图 2-12(d)所示。

2.3 曲面立体投影

2.3.1 基本概念

曲面立体是由曲面或曲面和平面所围成的几何体,曲面立体的投影就是组成曲面立体的曲面和平面的投影的组合。常见的曲面立体为回转体,如圆柱、圆锥、圆球和圆环等。

1. 回转面的形成

如图 2-13 所示,回转面由一条动线(直线或曲线)绕一条固定的直线旋转一周所形成。形成回转面的动线称为母线,定直线称为回转轴,母线在回转面上的任一位置称为素线,母线上任一点的运动轨迹都是圆,称为纬圆。纬圆的半径等于该点到轴线的距离,纬圆所在的平面垂直于轴线。回转面的形状取决于母线的形状及母线与轴线的相对位置。

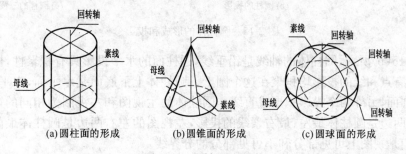

(a)圆柱面的形成　　(b)圆锥面的形成　　(c)圆球面的形成

图 2-13　回转面的形成

2. 转向轮廓线概念

以圆柱为例,如图 2-14 所示,其性质如下：

(1) 转向轮廓线是可见与不可见部分投影的分界线。如图 2-14 所示,圆柱面上素线 AA_1、BB_1、CC_1 及 DD_1 均为转向轮廓线,其中素线 AA_1、BB_1 与正面投影面平行,它们确定的平面将圆柱分为前后两半,同理,素线 CC_1 及 DD_1 组成的平面将圆柱分成左右两半。

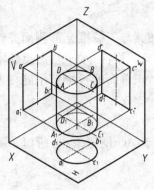

图 2-14　转向轮廓线的性质

（2）转向轮廓线在回转面上的位置取决于投射线的方向和几何体的放置位置,因而是对某一投影面而言的,不同的投影面转向轮廓线不同。如图 2-14 所示,素线 AA_1、BB_1 是对 V 面的转向轮廓线,CC_1、DD_1 是对 W 面的转向轮廓线。

（3）转向轮廓线的三面投影应符合投影面平行线的投影特性。

绘制回转体的投影,可归结为绘制它的所有表面的投影,亦是绘制表面的边、顶点和转向轮廓线的投影。画投影时要注意的问题:由于回转体存在轴线,故画回转体投影时,必须先画轴线的投影,存在对称性的投影应画对称中心线。

2.3.2　圆柱投影

（1）形成和投影分析:圆柱体由圆柱面和上下两底面组成。如图 2-15(a)所示,圆柱面由运动的直线 AA_1 绕与它平行的轴线 OO_1 旋转而成,圆柱面上的素线都是平行于轴线的直线。

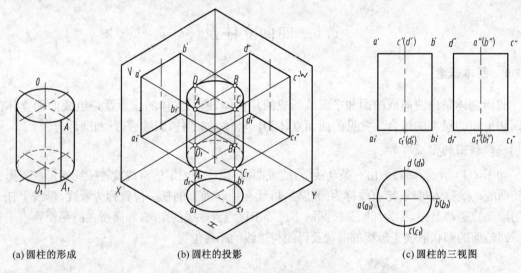

(a) 圆柱的形成　　　　　　(b) 圆柱的投影　　　　　　(c) 圆柱的三视图

图 2-15　圆柱体的形成和投影

如图 2-15(b)所示,圆柱体的轴线是铅垂线,圆柱面的水平投影具有积聚性,俯视图为圆,圆柱面上所有点和线的投影均积聚在这个圆上。圆柱体上下底面是水平面,水平投影反映实形,是一个圆面,另外两个投影积聚成直线。圆柱体的主视图和左视图为相同的矩形,其中主视图的左右两边是圆柱体最左、最右素线的投影,左视图的左右两边是圆柱体最前、最后素线的投影,它们是视图上可见部分和不可见部分的分界线。

（2）圆柱体的三视图:如图 2-15(c)所示,先画出主、左视图上轴线的投影和俯视图上的一对垂直中心线,其次画出俯视图上的圆,最后画出其他两个视图上的矩形,注意检查转向轮廓线的投影。

（3）圆柱面上取点、取线的方法和步骤。

① 圆柱表面取点。常利用积聚性求解,即先在该面具有积聚性的投影上作出点的投影,再作点的第三面投影,最后判别可见性。

② 圆柱表面取线。在圆柱表面上取点的基础上进行。若为直线,则先求其两端点的投

影,然后将其同面投影相连即可。若为曲线,则要作出曲线上若干点的投影,再将同面投影光滑连接。

③ 可见性判定。依据原则是面的投影可见则该面上的点、线投影可见,面的投影不可见则该面上的点、线投影不可见。

【例 2-5】 如图 2-16(a)所示,已知圆柱面上的两点Ⅰ和Ⅱ的一个投影,求它们的另外两个投影。

【解】 (1)先分析点Ⅰ所在的平面,根据其正面投影有括号可判断其位置,点Ⅰ在左、后半圆柱面上。可利用圆柱水平投影的圆周具有积聚性的特点,先求出该点的水平投影1,再利用45°角平分线可以求出 1″,并判别 1″的可见性,如图 2-16(b)所示。

(2)点Ⅱ只给出一个水平投影,根据水平投影没有括号可知,点Ⅱ在圆柱上底面圆周内,圆为水平面,其正面投影和侧面投影分别积聚成直线,可按点与平面关系直接作出 2′ 和 2″。

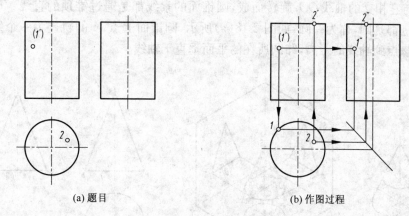

(a) 题目　　　　　　　　　(b) 作图过程

图 2-16　圆柱面上取点

【例 2-6】 如图 2-17(a)所示,已知圆柱表面上的线段Ⅰ Ⅱ Ⅲ的正面投影,试求其余两面投影。

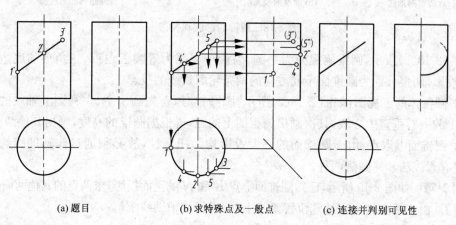

(a) 题目　　(b) 求特殊点及一般点　　(c) 连接并判别可见性

图 2-17　圆柱面上取线

【解】 投影分析:

如图 2-17(a)所示,线段Ⅰ Ⅱ Ⅲ的正面投影在圆柱正面投影范围内,投影为一条直线,实际为空间椭圆曲线。根据三个点的投影都没有括号的特点,该曲线段Ⅰ Ⅱ Ⅲ位于圆柱体前半圆柱面上。根据转向轮廓线特点可知,点Ⅰ在圆柱面的最左端素线上,点Ⅱ在最前面的素线上,点Ⅲ不在圆柱体转向轮廓线上,是该曲线段的右端点。

作图步骤:

(1) 求特殊点。利用积聚性直接求出Ⅰ、Ⅱ、Ⅲ的水平投影,再求其侧面投影。

(2) 求一般点。在线段的适当位置取中间点Ⅵ、Ⅴ。利用积聚性,其水平投影 $4'$、$5'$ 可直接求出,再根据投影规则确定 $4''$、$5''$,如图 2-17(b)所示。

(3) 判别可见性,光滑连线。Ⅱ、Ⅲ之间的曲线在侧面投影看不见画虚线,如图 2-17(c)所示。

2.3.3 圆锥体投影

(1) 形成和投影分析:圆锥体由圆锥面和底面围成。如图 2-18(a)所示,圆锥面由运动的直线 SA 绕与它相交的轴线 OO_1 旋转而成,圆锥面的素线都是通过锥顶的直线。母线上任一点的运动轨迹都是圆,称为纬圆,如图 2-18(a)所示,圆锥面上点 K 的轨迹为一个纬圆。纬圆的半径等于该点到轴线的距离,纬圆所在的平面垂直于轴线。

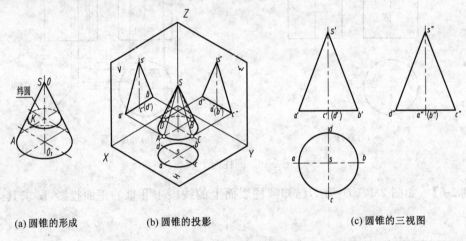

(a) 圆锥的形成   (b) 圆锥的投影   (c) 圆锥的三视图

图 2-18   圆锥的形成和投影

如图 2-18(b)所示,圆锥俯视图为一圆,另两个视图为等腰三角形,三角形的底边为圆锥底面的投影,两腰分别为圆锥面不同方向的两条轮廓素线的投影。

(2) 圆锥体的三视图:如图 2-18(c)所示,画圆锥时,首先画出主、左视图上轴线的投影和俯视图上的一对垂直中心线,其次画出俯视图上的圆,再根据圆锥的高度,画出其他两个视图。

(3) 圆锥面上取点:由于圆锥面的三面投影均无积聚性,故必须通过作辅助线的方法求解,主要有素线法和纬圆法两种。

【例 2-7】   如图 2-19 所示,已知圆锥面上点 K 和 N 的正面投影,求两点的其他两面投影。

【解】   由于两点均不在特殊位置素线上,故需借助辅助线求解。

解法一:素线法。

如图 2-19(a)所示锥顶 S 与锥面上任一点的连线都是直线,连接 SK 交底圆于点 M。再利用点在直线上的投影规律求出 k'、k''。由正面投影判断点 K 在圆锥的前部左侧平面上,故 k'、k'' 均可见。

【注意】   圆锥表面上所作的辅助线过锥顶才可能是直线,作辅助素线一定要通过锥顶。

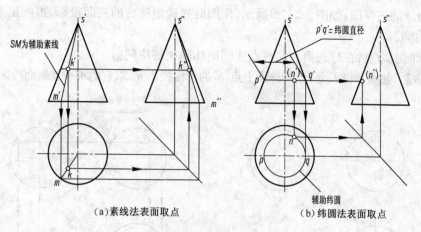

（a）素线法表面取点　　　　　　　（b）纬圆法表面取点

图 2-19　圆锥面上取点

解法二：纬圆法。

如图 2-19(b)所示，由于母线上任一点绕轴线旋转轨迹都是垂直于轴线的圆，图示的圆锥轴线为铅垂线，故过点 N 的纬圆为水平圆，其水平投影是圆，在另外两个投影上积聚成直线。求解的关键是该辅助纬圆的直径。如图 2-19(b)所示主视图，过 n' 作一条垂直于轴线的直线，与左右两条素线的正面投影相交于两点，则 p'、q' 之间的距离即为辅助纬圆的直径。再根据该直径作出纬圆的水平投影，并利用投影规则完成点 N 的另外两个投影，注意判别可见性。

2.3.4　圆球(球)投影

（1）形成和投影分析：球由球面围成。球面可以看成由半圆绕其直径回转一周形成，如图 2-20(a)所示。球的三面投影都是与球的直径相等的圆，如图 2-20(b)所示，这三个圆分别为球面上平行于正面、侧面和水平面的最大圆周 A、B、C 的投影，也分别是球对于三个投影面的转向轮廓线的投影。图 2-20(c)是球的三视图，球的主视图转向轮廓线 a' 是主视图上球面可见和不可见部分的分界线，其对应投影 a 和 a'' 均与相应视图上的中心线重合而不必画出。同理，球面对于水平投影面和侧面投影面的转向轮廓线也可作类似分析。

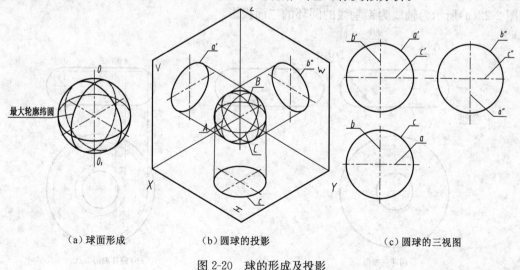

（a）球面形成　　　　　　（b）圆球的投影　　　　　　（c）圆球的三视图

图 2-20　球的形成及投影

(2) 圆球的三视图:如图 2-20(c)所示,作图时先确定球心的三面投影,再画出三个与球的直径相等的圆。

(3) 球面上取点:在球表面上通过点作辅助纬圆来解决问题。

【例 2-8】 如图 2-21 所示,已知球面上点 N 的正面投影 n',求它的水平及侧面投影 n 和 n''。

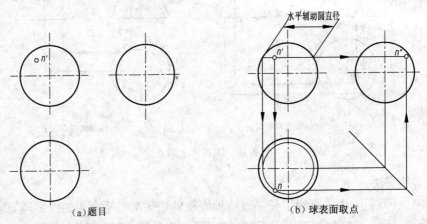

图 2-21　纬圆法在圆球表面取点

【解】 (1) 分析:球表面的投影没有积聚性,因此,其作图方法也是过已知点在球面上作辅助纬圆。需要注意的是,过已知点可在球上作三个不同方向的辅助圆,它们分别平行于三个投影面。

(2) 作图:如图 2-21(b)所示,过点 N 作水平辅助纬圆,在正面投影上作过 n' 的水平线段,则该线段为辅助纬圆的直径,据此可画出反映实形的水平圆的投影,则可求出 n 和 n''。

根据球体的特殊性,也可利用其他投影面辅助纬圆,详细过程不再赘述。

2.3.5　圆环(环)投影

(1) 投影分析:圆环面是由一个圆绕轴线回转一周形成的。轴线与母线圆在同一个平面内,但不与圆母线相交。其中,远离轴线的半圆形成外环面,距轴线较近的半圆形成内环面。如图 2-22(a)所示为轴线为铅垂线的圆环的三面投影。

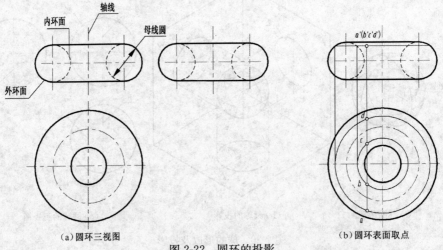

图 2-22　圆环的投影

（2）圆环表面取点：圆环表面取点只能用垂直回转轴的纬圆辅助线来求。如图 2-22(b)所示，由于圆环面存在内环面和外环面，在同一高度可以作出两条纬圆，在纬圆的正面积聚投影上出现了四个投影点重影，即点 a'、b'、c'、d' 重影，各点的水平投影都在上半环面上，均为可见。读者不妨试着再取几个点的投影。

2.4　平面与曲面立体相交

平面与曲面立体相交，可看成是曲面立体被截平面所截切，所得交线也称为截交线。

2.4.1　曲面立体截交线的性质

曲面立体的截交线与平面立体截交线一样具有平面性、封闭性和共有性，求截交线的实质还是求它们的共有点、共有线。

与平面立体截交线特点不同处：如图 2-23 所示，曲面立体截交线的各边可以都是由曲线围成，或者由曲线与直线围成，或者全部由直线段围成。截交线的形状取决于立体表面的形状及截平面与回转体轴线的相对位置。

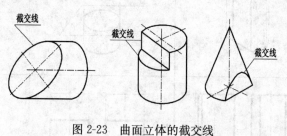

图 2-23　曲面立体的截交线

2.4.2　曲面立体截交线的画法

1. 投影分析

（1）画图前应确定回转体的形状，分析截平面与回转体轴线的相对位置，以便确定截交线的空间形状。

（2）由于截平面通常处于与投影面垂直或平行的位置，截交线的投影边通常具有积聚性或实形性，在求解截交线时往往可利用这些投影特性来简化立体表面取点、取线过程。因此，分析截交线的特性，利用截交线的积聚性、类似性、对称性等，可快速找出截交线的已知投影，预见未知投影。

2. 画出截交线的投影

当截交线的投影为非圆曲线时，采用逐点描点的方法，其作图步骤为：

（1）先求出截交线上全部特殊点。即截交线的最上、最下、最左、最右、最前、最后及转向轮廓线上的点等。

（2）再求出若干一般点的投影，并判别可见性。

（3）最后用曲线板把各点光滑连接起来，即为截交线的投影。

【注意】　"一般点"有的教材称为"中间点"，是指截交线的曲线段上两个相邻的特殊点之间任意取的点。由于采用逐点描点法的曲线段画图精度不高,取一般点的数量并不是越多越好。一般取几个一般点即可。

取一般点的原则是当相邻两特殊点距离太大,曲线走向不够明确时可增加几个一般点。当读者对截交线走势很清楚时,也可不必画出一般点,直接通过特殊点描出所求截交线。当然,为了表示会求一般点的方法,作业上应至少画出一个一般点。

2.4.3 平面与圆柱体相交

平面与圆柱体相交,根据截平面与圆柱轴线的相对位置不同,截交线有三种情况。当平面与轴线平行、垂直、倾斜时,产生的交线分别是两条平行直线、圆和椭圆,如表 2-1 所示。

表 2-1 圆柱被平面截切的截交线

截平面的位置	与轴线平行	与轴线垂直	与轴线倾斜
截交线的形状	两平行直线	圆	椭圆
立体图	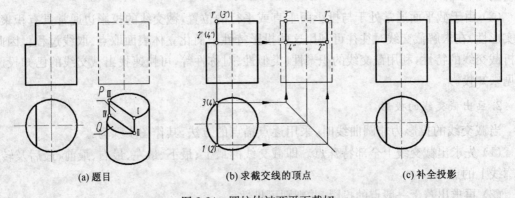		
投影图			

【例 2-9】 如图 2-24 所示,根据立体的主视图和俯视图,画出其左视图。

(a) 题目   (b) 求截交线的顶点   (c) 补全投影

图 2-24 圆柱体被两平面截切

【解】 同一立体被多个平面截切,要逐个截平面进行截交线的分析和作图。

投影分析：

（1）如图 2-24(a)所示，圆柱左侧的切槽由侧平面 P 和水平面 Q 组成，根据它们和圆柱轴线的关系，所得交线分别为两条平行直线和一条圆弧。

（2）P 面和圆柱面的交线是铅垂线 ⅠⅡ 和 ⅢⅣ，正面投影 $1'2'$ 和 $3'4'$ 与 P 面的正面投影重合，水平投影积聚成两个点。侧面投影为反映实长的直线。

（3）Q 面与圆柱面的交线是一条水平圆弧 ⅡⅣ，水平投影反映实形，落在圆柱面的具有积聚性的投影上，正面投影和侧面投影分别积聚成两段直线。

作图：如图 2-24(b) 和 (c) 所示，先作出整个圆柱的左视图，再确定截交线的四个顶点，分别求出 P 面和 Q 面与圆柱面的截交线，注意 P 面与 Q 面之间的交线，最后完成轮廓线的投影。

【讨论】 （1）如果是圆筒被两平面截切掉一角，在上述求解的基础上，再求出 P 面和 Q 面与内圆柱面的交线。比较实心圆柱和空心圆柱被截切后投影的异同，如图 2-25 所示。

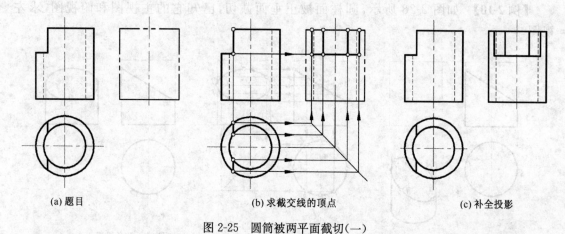

(a) 题目　　　　　　　　　(b) 求截交线的顶点　　　　　　　　　(c) 补全投影

图 2-25　圆筒被两平面截切(一)

（2）如果圆筒被截切的位置改变一下，如图 2-26(a)所示切去一大块，则投影有何变化？请读者自己思考。

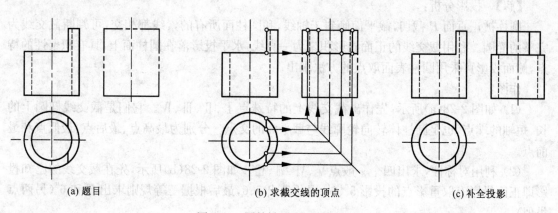

(a) 题目　　　　　　　　　(b) 求截交线的顶点　　　　　　　　　(c) 补全投影

图 2-26　圆筒被两平面截切(二)

图 2-27 所示为圆柱和圆筒挖槽后的截交线作用结果，作图方法和上述类似，注意判别可见性。

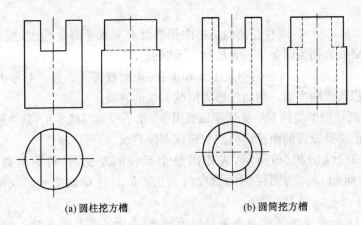

(a) 圆柱挖方槽　　　　　　　　　　(b) 圆筒挖方槽

图 2-27　圆柱、圆筒挖方槽后的截交线

【例 2-10】　如图 2-28 所示，圆柱面被正垂面截切，已知它的主视图和俯视图，求左视图。

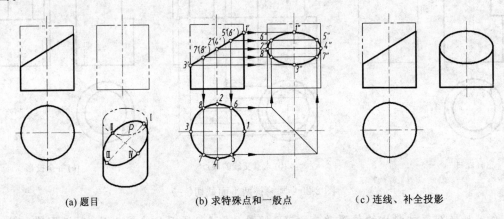

(a) 题目　　　　　　(b) 求特殊点和一般点　　　　　(c) 连线、补全投影

图 2-28　圆柱体被正垂面截切

【解】　投影分析：

圆柱被正垂面 P 截切，截平面倾斜于轴线，和圆柱面所有的素线都相交，可判断截交线为完整的椭圆。利用截交线的正面投影积聚为一直线，水平投影落在圆柱面上，具有积聚性的特点，侧面投影可采用圆柱表面取点的方法求出。

作图：

(1) 如图 2-28(a) 所示，先作出截交线上的特殊点Ⅰ、Ⅱ、Ⅲ、Ⅳ。它们是截交线椭圆上的长、短轴的端点，也是圆柱体转向轮廓线与截平面的交点。分别为最高点、最后点、最低点和最前点。

(2) 利用对称性，求出四个一般点Ⅴ、Ⅵ、Ⅶ、Ⅷ。如图 2-28(b) 所示，先在截交线的已知投影即正面投影上取重影点的投影 5′、6′，据此求出 5、6，最后根据三等规则求出 5″和 6″（另两点类似）。

(3) 将这些点依次光滑连线，如图 2-28(c) 所示，补全轮廓线，擦去多余投影线，完成全图。

2.4.4　平面与圆锥体相交

表 2-2 列出了平面与圆锥体轴线处于不同位置时产生的五种交线。

表 2-2　圆锥被平面截切的截交线

截平面位置	不过锥顶				过锥顶
截交线形状	$\theta=90°$	$\theta>\alpha$	$\theta=\alpha$	$\theta<\alpha$	两条相交直线
	圆	椭圆	抛物线	双曲线	
立体图					
投影图					

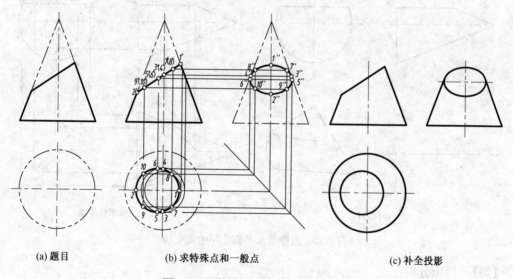

【例 2-11】　如图 2-29 所示，圆锥被正垂面 P 截切，求其俯视图和左视图。

(a) 题目　　　　(b) 求特殊点和一般点　　　　(c) 补全投影

图 2-29　圆锥被正垂面截切的截交线

【解】　投影分析：

（1）根据截平面和圆锥轴线的相对关系，判断截交线的空间形状是一个椭圆。正面投影积聚成一条直线，水平投影和侧面投影仍然为椭圆。

（2）由于圆锥前后对称，故截交线椭圆也前后对称。椭圆的长轴为截平面与圆锥前后对称面的交线——正平线，其正面投影是主视图上具有积聚性的直线。椭圆的短轴是垂直于长轴的正垂线，正面投影积聚在长轴的中点。

作图：

（1）如图 2-29(b)所示，先用细实线画出完整圆锥的俯视图和左视图。

（2）在截交线上求特殊点。在截平面正面积聚线上标出特殊点的投影：$1'$、$2'$、$3'(4')$ 和 $5'(6')$。

空间椭圆长轴的两个端点 Ⅰ、Ⅱ 分别为椭圆的最高点和最低点。如图 2-29(b)所示，由于 Ⅰ、Ⅱ 分别在圆锥的最左和最右素线上，也即在圆锥对于正面投影的转向轮廓线上，故根据 $1'$、$2'$ 可直接作出 1、2 和 $1''$、$2''$。

由于短轴 Ⅴ Ⅵ 应与长轴互相垂直平分，正面投影 $5'(6')$ 应重合在 $1'$、$2'$ 的中点上。采用辅助纬圆法。过 $5'(6')$ 在圆锥上作一个水平的辅助圆，画出这个圆的水平投影，则可求出 5 和 6，再完成 $5''$、$6''$。

Ⅲ、Ⅳ 分别为椭圆上最前、最后素线与截平面的交点，其正面投影 $3'(4')$ 为直线 $1'2'$ 与轴线投影的相交处，也同时在圆锥对于侧面投影的转向轮廓线上，故可求出 $3''$、$4''$，最后根据投影关系完成 3 和 4。

（3）求一般点。在截交线的正面投影上取重影点，利用辅助纬圆法，可求出另外两个投影。另取一对一般点，为了方便作图，利用椭圆上的点与长、短轴对称性，在水平投影上，找出点 7、8 的对称点 9、10，并完成另外两投影，也是椭圆上两个一般点。

（4）依次光滑连接各点，即得截交线的水平投影和侧面投影两个椭圆。

（5）检查，补全剩余圆锥轮廓线投影，加深图线，擦去多余线，完成全图，如图 2-29(c)所示。

【例 2-12】 如图 2-30 所示，求圆锥被截切以后的水平投影。

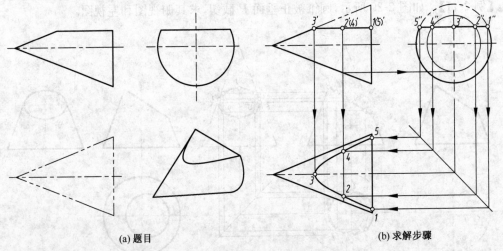

(a) 题目   (b) 求解步骤

图 2-30　圆锥被水平面截切的截交线

【解】 投影分析：

根据已知投影，截平面为一水平面。由于截平面和圆锥轴线平行，故截交线为一支双曲线和一段直线组成的封闭图形。利用水平面投影的特性，截交线的正面投影和侧面投影均积聚在直线上，为已知投影，只需求解水平投影。可采用圆锥面上取点的方法完成作图。

作图：

（1）先求特殊点。特殊点为 Ⅰ、Ⅲ、Ⅴ 三点。点 Ⅲ 是双曲线的顶点，在圆锥对于正面投影的转向轮廓线上，Ⅰ、Ⅴ 两点为双曲线的端点，也是圆锥底面和截平面交线的两个端点。点 3 可由点 $3'$ 直接作出，1、5 可由 $1''$、$5''$ 求得。

（2）求一般点。利用截交线的对称性，在正面投影上定出重影点 $2'(4')$，利用辅助纬圆法在具有积聚性的侧面投影上定出 $2''$、$4''$，然后完成水平投影 2、4。

（3）顺次光滑连接各点，并判别可见性。

（4）完成圆锥转向轮廓线的水平投影，如图 2-30(b)所示。

2.4.5 平面与球面相交

平面与球相交，截交线的形状都是圆，但根据截平面与投影面的相对位置不同，其截交线的投影可能为圆、椭圆或积聚成一条直线。注意，当截平面平行于某一投影面时，截交线在该投影面上的投影为圆的实形，其他两面投影积聚为直线。如图 2-31 所示，球面被投影面平行面（水平面 P 和侧平面 Q）截切，图形表示了截交线投影的作图方法。

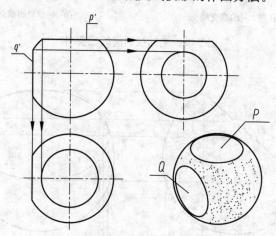

图 2-31　球被投影面平行面截切截交线的求法

【例 2-13】　如图 2-32 所示，已知半球被切槽，求作三视图。

【解】　投影分析：

该立体是在半球上部开一个通槽形成。通槽由左右对称的侧平面 P 和水平面 Q 组成，截交线均为平行于投影面的圆弧，截平面 P 和 Q 相交于直线段。

作图：

（1）由于截交线的正面投影是具有积聚性的直线，故从立体的主视图入手，先作出半球截切后的主视图，再画半球截切前的俯视图和左视图。

（2）作出侧平面 P 截切半球的截交线，如图 2-32(a)所示。

（3）作出水平面 Q 截切半球的截交线，如图 2-32(b)所示。

（4）检查轮廓线的投影，并判别可见性。

【例 2-14】　一正垂面截切球体，求俯视图和左视图，图 2-33 所示。

【解】　投影分析：

该正垂面和球体的截交线的空间形状是圆，利用积聚性，其正面投影是一条直线，水平投影和侧面投影均为椭圆，则求截交线可转化为根据已知投影（正面投影）求另外两个投影。

作图：如图 2-33 所示。

（1）作出完整圆球的俯视图和左视图，为两个大圆。

（2）找出转向轮廓线上的点。Ⅰ、Ⅱ位于球体对于正面投影的转向轮廓线上，Ⅲ、Ⅳ和Ⅴ、

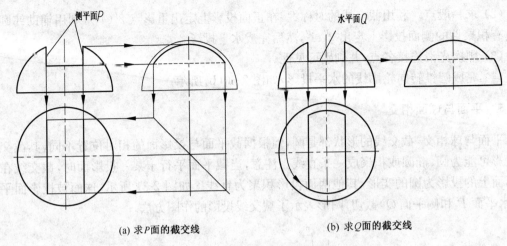

(a) 求P面的截交线　　　　　　　(b) 求Q面的截交线

图 2-32　半球被切槽的三视图

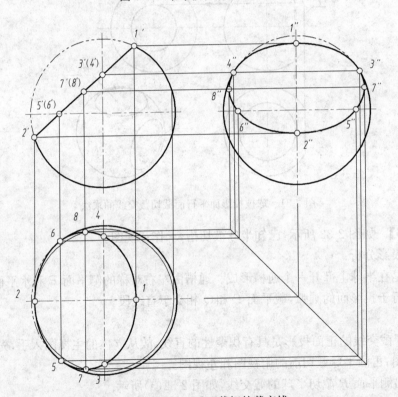

图 2-33　球被正垂面截切的截交线

Ⅵ分别位于球体对于侧面投影和水平投影的转向轮廓线上。它们的水平投影和侧面投影有的可以直接得到。有的需要利用点的投影关系得到,请读者自行完成。

【注意】　Ⅰ、Ⅱ两点就是椭圆的一根轴上的两个端点。

(3) 求椭圆另外一根轴的两个端点。在正面投影上取 $1'2'$ 的中点 $7'(8')$(重影点),利用球面上取点的方法求出另外两个投影。

(4) 将已求出的八个点光滑连接并判断可见性。

(5) 补全球体被截切后的水平投影和侧面投影,完成全图。

2.4.6　复合回转体的截交线

复合回转体是由具有公共轴线的若干回转体所组成的立体,如图 2-34 所示。

作复合回转体截交线时,首先要确定该
立体的各组成部分,以及每一部分被截切后
所产生的截交线的形状。作图时要在投影图
中准确定出各形体的分界线位置。此外,还
要注意处理好各形体衔接处的图线。

【例 2-15】　求复合回转体截切后的主视
图(图 2-35)。

【解】　投影分析:

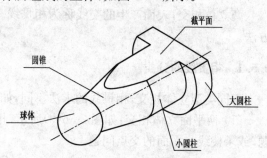

图 2-34　复合回转体的截交线

如图 2-35(a)所示,该复合回转体由轴线为
侧垂线的大半球、圆锥和小圆柱组成。立体被前后对称的两个正平面截切,半球部分的截交线为
正平圆弧,圆锥部分的截交线为双曲线的一支,圆柱部分未被截切。截交线的水平投影和侧面投影
具有积聚性,正面投影反映实形。

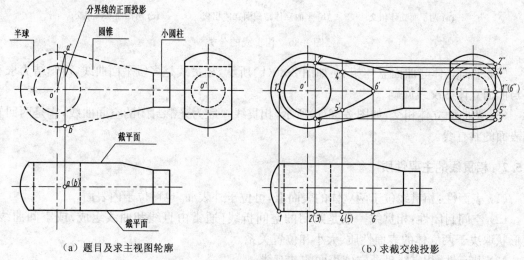

（a）题目及求主视图轮廓　　　　　　　　　　（b）求截交线投影

图 2-35　求复合回转体截切后的主视图

作图:

(1) 确定球面和圆锥面的分界线。正面投影中,过球心 o' 作圆锥转向轮廓线投影的垂线,
得交点 a'、b',则直线 $a'b'$ 为球面和圆锥面分界线的投影。

(2) 作球面的截交线。如图 2-35(b)所示,以 $o'1'$ 为半径作圆,该圆与 $a'b'$ 相交于点 $2'$、$3'$,
则圆弧 $2'1'3'$ 为球面和截平面的交线,$2'3'$ 为球面和圆锥分界线的投影。

(3) 作圆锥面的截交线。由点 6 作双曲线顶点的正面投影 $6'$,再在水平投影上取中间点
的投影 4(5),求得 $4'$、$5'$,光滑连接即得圆锥被截切后截交线的投影。(具体过程可参考本节
例 2-12)

(4) 判断共有面的可见性后,补画出一个圆柱孔的三面投影,加深并去除多余图线,完成
全图(最后一步略)。

2.5　立体和立体相交

两立体相交,表面产生的交线称为相贯线。本节主要研究两回转体相交的相贯线的求解方法。

2.5.1　相贯线的分类

不同类型立体相交,相贯线的求法不同,如图 2-36 所示,具体可分为以下三种。

(1) 两平面立体相交:如图 2-36(a)所示,相贯线是空间折线,可归结为求两平面的交线问题,或求棱线与平面的交点问题。

 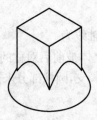 

　(a) 两平面立体相交　　　(b) 平面立体与曲面立体相交　　(c) 两曲面立体相交

图 2-36　相贯线的分类

(2) 平面立体与曲面立体相交:如图 2-36(b)所示,相贯线是多段平面曲线,可归结为求平面与曲面立体截交线问题。

(3) 两曲面立体相交:如图 2-36(c)所示,相贯线一般为光滑封闭的空间曲线,它是两回转体表面的共有线。

2.5.2　相贯线的主要性质

(1) 表面性:相贯线位于两立体的表面上,可位于外表面,也可位于内表面。

(2) 空间封闭性:相贯线一般是封闭的空间折线(通常由直线和曲线组成)或空间曲线。其形状取决于两立体的表面性质、大小和位置关系。

(3) 共有性:相贯线是两立体表面的共有线。

(4) 分界性:相贯线是两立体表面的分界线。

求相贯线的实质就是找出相贯两立体表面的若干共有点的投影。

2.5.3　相贯线作图方法

由于两曲面立体相交的交线为光滑封闭的空间曲线,只能采用逐点描点法近似画出其相贯线的投影。关键是求出若干个相贯线上的点。相贯线上取点法主要有三种,本教材只讨论前两种。

(1) 利用积聚性面上取点法:先利用已知立体投影的积聚性(如当圆柱表面积聚为圆的投影时),可在其面上直接找点,再在已知投影上采用面上定点的方法,求出一般点的其他投影。

(2) 辅助平面法:根据立体或给出的投影,分析两回转面的形状、大小及其轴线的相对位置,判断相贯线的形状特点和各投影的特点,从而选择适当的辅助平面,用来与两个回转体同时相交,根据三面共点原理求出相贯线上的点。

（3）辅助球面法：用球面作为辅助面，也是按三面共点原理求点。（本书省略不讲，有兴趣的读者可参看其他有关参考书。）

2.5.4 利用积聚性面上取点法

如果两回转体相交，其中有一个是轴线垂直于投影面的圆柱，则相贯线在该投影面上的投影积聚在圆柱面上。利用回转体表面取点法可作出相贯线的其余投影。

按已知曲面立体表面上点的投影求其他投影的方法，称为表面取点法。具体步骤如下。

1. 交线分析

（1）空间分析：分析相交两立体的表面形状、形体大小及相对位置，预见交线的形状。

（2）投影分析：分析是否有积聚性投影，找出相贯线的已知投影，预见未知投影。

2. 作图

先找特殊点（相贯线上最上点、最下点、最左点、最右点、最前点、最后点）、轮廓线上的点等。补充中间点，连线，检查，加深。

【例 2-16】 如图 2-37 所示，求立体的相贯线投影。

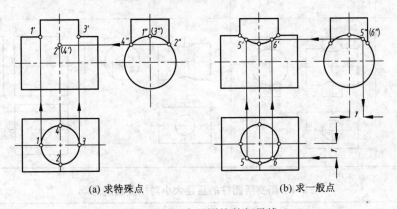

| (a) 求特殊点 | (b) 求一般点 |

图 2-37 正交两圆柱的相贯线

【解】 投影分析：

（1）根据立体图可知，该形体由两个直径不同、轴线相互垂直的圆柱体组成。小圆柱的所有素线都和大圆柱相交，相贯线为一条前后对称、左右对称的封闭的空间曲线。两个圆柱面的轴线所决定的平面为正平面，它们对正面投影面的转向轮廓线位于这个平面内，且转向轮廓线彼此相交，交点为Ⅰ、Ⅲ两点。

（2）为了正确求解相贯线，必须先找出相贯线的已知投影。小圆柱轴线垂直于 H 面，水平投影积聚为圆，根据相贯线的共有性，相贯线的水平投影即为该圆。大圆柱轴线垂直于 W 面，侧面投影积聚为圆，相贯线的侧面投影在该圆上，是一段圆弧。

作图：

（1）求特殊点。如图 2-37(a)所示Ⅰ、Ⅲ两点，相贯线的最高点也是最左、最右点，同时也是两圆柱转向轮廓线的交点，其三面投影可直接求出。相贯线的最低点Ⅱ、Ⅳ前后对称，分别在小圆柱的最前、最后素线上，水平投影积聚在小圆柱的积聚性投影圆上，根据线上取点法，可求得Ⅱ、Ⅳ的三面投影。

（2）作一般点。如图 2-37(b)所示，表示了求一般点Ⅴ、Ⅵ的方法。先在相贯线的已知投影（侧面投影)上取一重影点的投影5″(6″),求出水平投影,然后利用投影规律完成正面投影。

（3）光滑连接各共有点的正面投影,完成作图。

相交的曲面可能是立体的外表面,也可能是内表面,因此可能出现两外表面相交、外表面和内表面相交及两内表面相交三种基本形式,如表2-3所示。交线的形状和作图方法均类似,都是采用面上取点的方法,利用圆柱投影的积聚性,先分析找出相贯线的已知投影,再确定未知投影,最后光滑连接。注意如果是两内表面相交,则交线应该是虚线,其次还要检查圆柱体转向轮廓线的投影。

表 2-3　两圆柱体相贯的三种形式

相线的形式	两外表面相交	外表面与内表面相交	两内表面相交
立体图	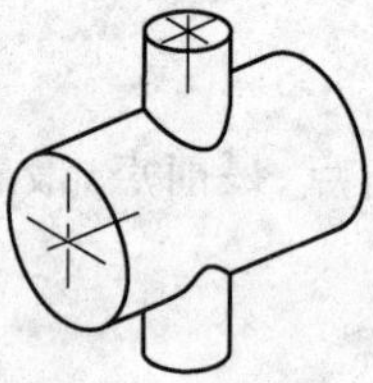	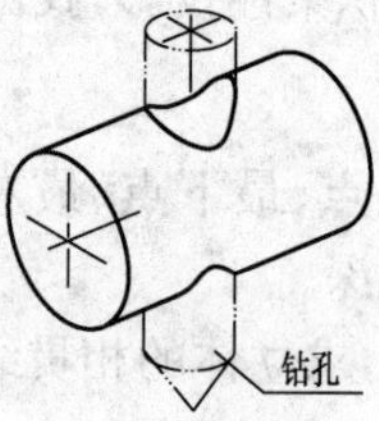 钻孔	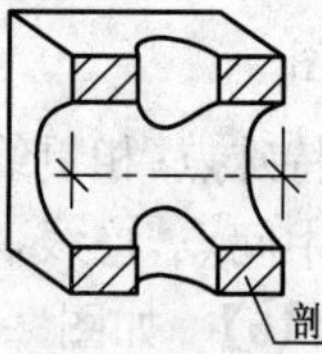 剖开一半
投影图	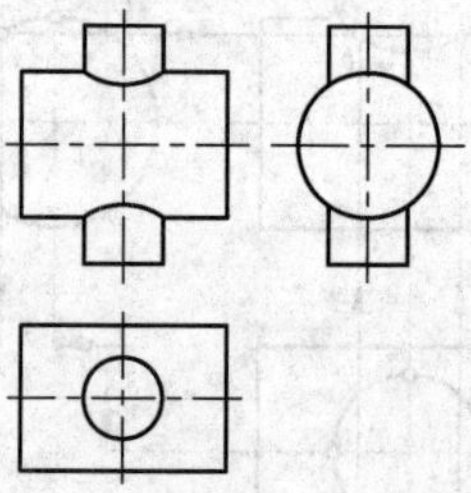	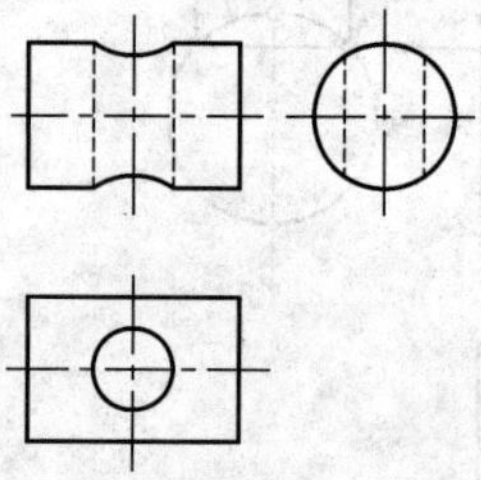	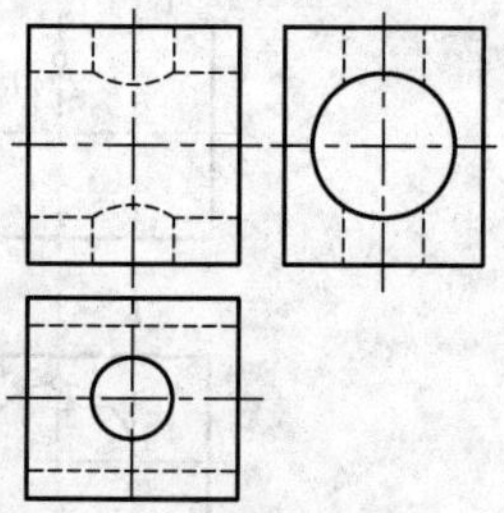

表 2-4　相交两圆柱的直径大小对相贯线的影响

两圆柱直径的关系	水平圆柱直径较大	两圆柱直径相等	竖直圆柱直径较大
相贯线空间特点	上下两条对称的空间曲线	两个相交垂直的椭圆	左右两条对称的空间曲线
主视图相贯线特点	上下两条对称曲线弧	垂直相交两直线	左右两条对称曲线弧
投影图	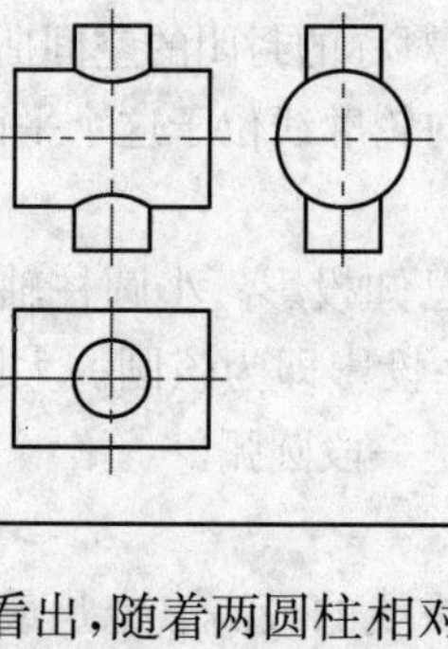	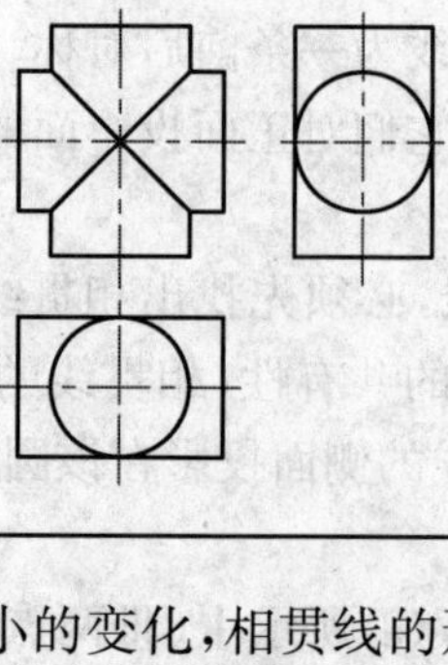	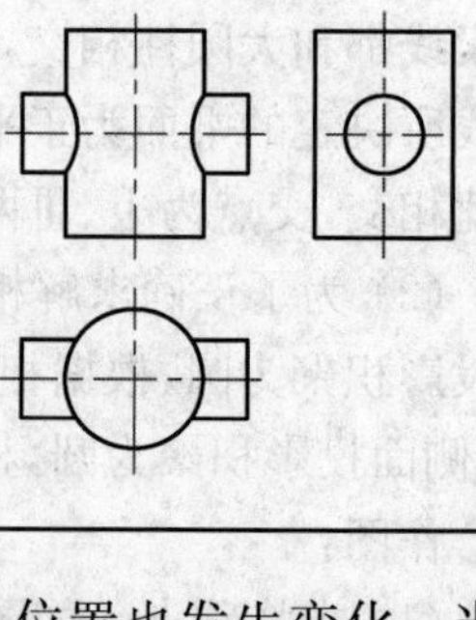

从表2-4可以看出,随着两圆柱相对大小的变化,相贯线的形状、位置也发生变化。当两圆柱直径相等时,交线为两支平面曲线——椭圆;当两圆柱的直径不等时,交线在非圆投影上的形状向大圆柱的轴线弯曲。

【例 2-17】　如图 2-38 所示,求轴线垂直交叉的两圆柱的相贯线。

【解】　投影分析:

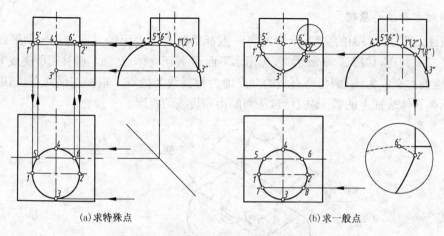

(a) 求特殊点 (b) 求一般点

图 2-38 轴线垂直交叉的两圆柱的相贯线

（1）如图 2-38 所示，立体由小圆柱和大半圆柱叠加而成，小圆柱轴线为铅垂线，大半圆柱轴线为侧垂线，且轴线垂直交叉，小圆柱面全部与大圆柱面相交，相贯线是一条封闭、光滑的空间曲线。

（2）利用积聚性求交线的已知投影。交线的水平投影积聚在小圆柱的水平投影上，是一个完整的圆，而侧面投影则积聚在大半圆柱的侧面投影上，是小圆柱两条转向轮廓线之间的圆弧。因此求交线的投影转化为根据两个已知投影求第三面投影，利用前面所述的面上取点法即可求解。

作图：

（1）求特殊点。根据左视图，参与相交的转向轮廓线为小圆柱上的所有四条和大半圆柱上面的一条，但从水平投影可以看出，这些转向轮廓线并未相交，而是交叉，故在求解特殊点时，与前述解法有所区别。

（2）在相贯线的已知投影上定出特殊点的投影。根据水平投影判断相贯线的最左、最右两点在小圆柱的最左、最右素线上，为Ⅰ、Ⅱ两点；根据水平投影可判断相贯线的最前、最后点在小圆柱的最前、最后素线上，为Ⅲ、Ⅳ两点；根据侧面投影判断相贯线的最高点为Ⅴ、Ⅵ。利用积聚性和表面取点法，可确定这些点的三面投影，请读者根据图示自行完成。

（3）求一般点。在交线的已知投影上，在特殊点的适当位置定出一般点的投影，如图 2-38（b）所示，在水平投影上定出点 7 和 8，然后利用表面取点法，在侧面投影上定出 $7''$、$(8'')$，最后求出 $7'$、$8'$。

（4）连线并判别可见性。相贯线可见性的判定原则：只有在两个回转面都可见的范围内相交的那一段相贯线才可见。如图 2-38（b）所示，曲线 $1'3'2'$ 位于大、小圆柱的前半圆柱面上，为可见，画粗实线；曲线 $1'5'4'6'2'$ 位于小圆柱的后半圆柱面上，不可见，画虚线。

（5）检查轮廓线的投影。大、小圆柱轴线交叉，小圆柱的最左、最右素线和大圆柱的最上素线在空间交叉，正面投影的交点是一对重影点的投影。转向轮廓线是到它与对方曲面的交点为止，若这个交点可见，则从重影点到交点的这一段是可见的，画粗实线；如果交点不可见，则这一段应画虚线。如图 2-38（b）所示，在左视图下方画出了主视图右边相应部位的放大图。

2.5.5 辅助平面法

当两回转体被一系列平面所截，其截交线的投影同时是简单易画的图形（如直线或圆），宜采用辅助平面法。

1. 辅助平面法的原理

相贯线是两立体表面的交线,上面的每一点都是两立体表面的共有点。辅助平面法的基本原理是三面共点,如图 2-39 所示,假想用水平面 P 截切立体,P 面与圆柱面的交线为两条直线,与圆锥面的交线为圆,圆与两直线的交点即为相贯线上的点。根据三面共点,利用辅助平面求出两回转体表面上的若干共有点,从而画出相贯线的投影。

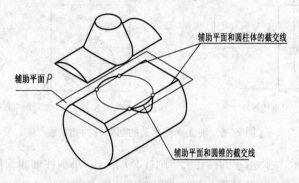

辅助平面和圆柱体的截交线

辅助平面 P

辅助平面和圆锥的截交线

图 2-39　辅助平面法的作图原理

2. 作图步骤

(1) 作辅助平面与相贯的两立体相交。

(2) 分别求出辅助平面与相贯的两立体表面的交线。

(3) 求出交线的交点(即相贯线上的点)。

3. 辅助平面的选择原则

(1) 辅助平面应作在两回转面的相交范围内。

(2) 使辅助平面与两回转体表面的交线的投影简单易画,例如直线或圆,一般选择投影面平行面。

【提示】　辅助平面法的适用范围比面上取点法广,能解决某些面上取点法不能解决的求共有点投影的问题,特别是对于某些交线投影不具备积聚性的情况,求解起来非常方便。

【例 2-18】　完成图 2-40(a)中相贯线的投影。

【解】　投影分析:

根据图 2-40(a)所示,立体由圆柱和圆锥叠加形成,其轴线垂直相交,竖直圆锥的下端全部从水平圆柱的上表面贯入,相贯线是一条封闭、光滑的空间曲线,且前后、左右对称。由于圆柱的侧面投影具有积聚性,相贯线的侧面投影重合在圆柱的侧面投影上,是一段圆弧,故只需求相贯线的正面投影和水平投影。

根据三面共点的原理,作辅助平面 P,再分别求出 P 面和圆柱、圆锥的交线,交线的交点即为相贯线上的点。

作图:

(1) 求特殊点。

① 如图 2-40(a)所示,由于圆柱和圆锥的轴线垂直相交,所以圆柱和圆锥正面投影转向轮廓线的交点 $1'$、$2'$ 就是相贯线上最高点,同时也是最左、最右点的投影,$1''(2'')$ 在圆柱具有积聚性的侧面投影上,根据投影关系可以确定点 1、2。

② 根据侧面具有积聚性的投影可以确定相贯线的最前、最后点,同时也是最低点的投影

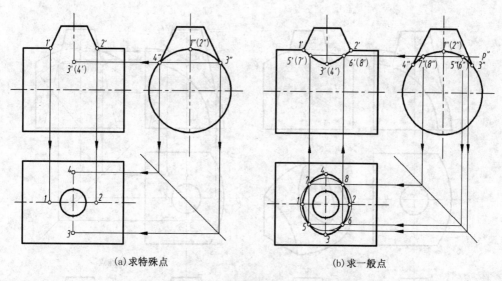

(a) 求特殊点   (b) 求一般点

图 2-40　辅助平面法求圆柱和圆锥的相贯线

$3'(4')$，根据投影关系可以确定两点的另外两个投影。

（2）求一般位置点。如图 2-40(b)所示，采用辅助平面法，为便于求解，选择水平面作为辅助平面最便捷。作一水平面 P，P 与圆柱面的截交线是两条平行直线，与圆锥的截交线是一个水平圆，两者的交点是 V、VI、VII、VIII，此四点即为辅助平面、圆柱面和圆锥三个面的共有点，即为所求点。先作其侧面投影，$5''(6'')$、$7''(8'')$ 在图中可直接确定，再利用辅助平面与两立体交线的水平投影求解 5、6、7、8，最后完成正面投影。

（3）顺次连线，并判别可见性。相贯线的正面投影前后对称，可见和不可见部分投影重合，故正面投影可见，水平投影也可见，画粗实线。

【例 2-19】　如图 2-41(a)所示，求圆锥台表面与部分球面相交其相贯线的投影。

【解】　投影分析：

如图 2-41(a)所示，立体是圆锥台贯穿 1/4 球面，且两立体具有公共的前后对称面，故相贯线是一条封闭、光滑且前后对称的空间曲线。由于锥面和球面均不具备积聚性，所以相贯线没有已知投影，不能采用面上取点法直接求解，但可通过辅助平面法作图。

作图：

（1）求特殊点。相贯线没有已知投影，故无法在视图中直接定出特殊点的某个投影。由于圆锥台的所有素线均与球体表面相交，故可从圆锥台的四条转向轮廓线入手，过转向轮廓线作辅助平面，定出特殊点。

① 如图 2-41(b)所示，包含圆锥台对于正面投影的转向轮廓线即最左最右素线作辅助正平面 P，它与圆锥台和球体交线的正面投影分别为两条直线和一段大圆弧，且两者相交于点 $1'$、$2'$，而 1、2 和 $1''$、$2''$ 可通过投影连线直接得到。

② 过圆锥台的最前、最后素线作辅助侧平面 Q，它与圆锥台和球体交线的侧面投影分别为两条直线和一段圆弧（半径为 R_1），且两者相交于点 $3''$、$4''$，在 q' 上定出 $3'$、$4'$，根据投影连线确定 3、4。

（2）求一般点。为保证辅助平面与两立体的截交线简单易求，在求解一般点时选择立体公共部分的水平面最恰当。如图 2-41(c)所示，在 $1'$、$3'$ 之间的适当位置，作辅助水平面 R，它

· 59 ·

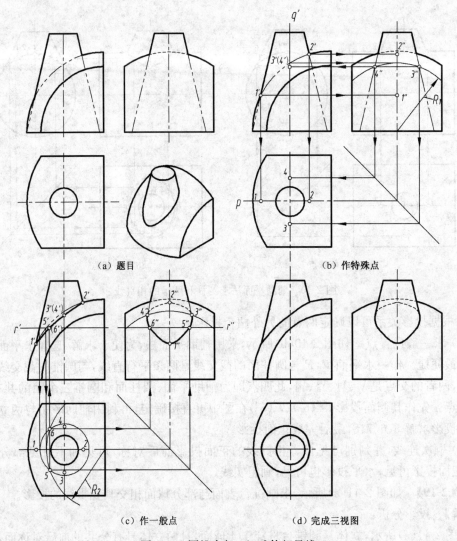

（a）题目　　　　　　　　　　（b）作特殊点

（c）作一般点　　　　　　　　　（d）完成三视图

图 2-41　圆锥台与 1/4 球体相贯线

与圆锥台和球面的交线的水平投影分别是一个圆和一段圆弧（半径为 R_2），两者相交于 5、6 两点，在 r' 上定出 $5'$、$6'$，最后根据投影关系确定 $5''$、$6''$。

（3）顺次连线并判别可见性。如图 2-41（d）所示，相贯线水平投影可见，由于前后对称，其正面投影前后重合，画粗实线，利用水平投影中圆锥台的最前、最后素线，可判断曲线 $3''5''1''6''$ $4''$ 可见，$4''2''3''$ 不可见。

2.5.6　相贯线的特殊情况

两回转体相交，产生的相贯线一般情况下是空间曲线，但特殊情况下，可以是平面曲线或直线。例如：

（1）相交两回转体的轴线重合时，相贯线是垂直于公共轴线的圆，如图 2-42 所示。

（2）当具有公共内切球的两回转体相交，相贯线为彼此相交的椭圆，椭圆所在的平面垂直于两回转面轴线所决定的平面，如图 2-43 所示。

（3）相交两圆柱轴线平行或两圆锥共顶点，相贯线是直线，如图 2-44 所示。

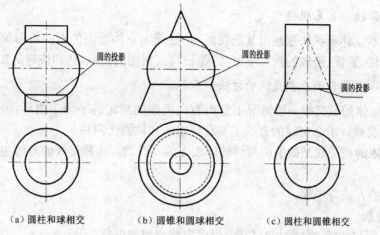

（a）圆柱和球相交　　　　　（b）圆锥和圆球相交　　　　　（c）圆柱和圆锥相交

图 2-42　两回转体同轴相交时相贯线为垂直公共轴线的圆

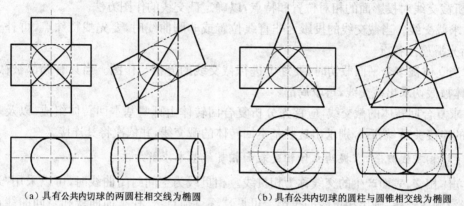

（a）具有公共内切球的两圆柱相交线为椭圆　　　　（b）具有公共内切球的圆柱与圆锥相交线为椭圆

图 2-43　相贯线为椭圆

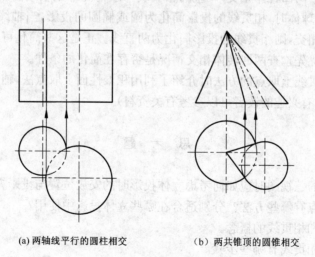

（a）两轴线平行的圆柱相交　　　　（b）两共锥顶的圆锥相交

图 2-44　相贯线为直线

本 章 小 结

本章是研究立体投影的基本内容，也是本课程的学习重点，通过学习应掌握如下几点。

1. 基本立体投影关系明确

能根据基本立体形状快速画出其三视图,并能确定立体表面的点的投影位置。重点掌握棱柱、棱锥、圆柱、圆锥、圆球的投影图画法,熟记其三视图的图形,达到快速认知。

2. 掌握基本立体表面求截交线的方法和步骤

(1) 平面立体的截交线一般情况下是由直线组成的封闭的平面多边形,多边形的边是截平面与棱面的交线。求截交线的方法主要有棱线法和棱面法两种。

(2) 回转体的截交线是截平面与回转体表面的共有线。求截交线的方法主要有素线法和纬圆法两种。

(3) 解题的方法与步骤。

① 投影分析。

分析截平面与被截立体的相对位置,以确定截交线的形状。

分析截交线对投影面的相对位置和特点,以确定截交线的作图方法。

② 求截交线。当截交线的投影为非直线位置或非圆曲线时,要先找特殊点,再补充中间点,最后光滑连接各点。

③ 当立体被多个平面截切时,要逐个进行截交线的分析与作图。当只有局部被截切时,先按整体被截切求出截交线,再取局部。

④ 求复合回转体的截交线,应首先分析复合回转体由哪些基本回转体组成,以及基本立体之间的连接关系,然后分别求出这些基本回转体的截交线,并依次将其连接。

3. 了解相贯线概念,掌握两立体相交表面相贯线基本求解方法

两立体相交,表面产生的交线称为相贯线。相贯线为空间封闭曲线时,可以采用"逐点描点法"光滑顺次连线,画出相贯线的投影。可见,"逐点描点法"在平面曲线和空间曲线连接中都是基本作图方法。两回转体相交,产生的相贯线一般情况下是空间曲线。但当两回转体轴线重合、公切同一个球体时,相贯线的投影简化为圆或椭圆的投影,当轴线平行的两圆柱体相交或两圆锥体轴线相交,则相贯线的投影简化为两直线。正是这些简化可以加快作图速度,因此,拿到题目时,应优先检查两回转体相交情况是否存在简化的条件。

本章在讲述相贯线上取点的方法时介绍了利用积聚性面上取点法、辅助平面法,还有一种辅助球面法没有讲(有兴趣的读者可以参考有关资料)。

思 考 题

1. 画基本立体的三视图时应如何考虑立体投影时的安放位置与投影方向?
2. 立体表面取点有哪些方法? 分别适合在哪些立体投影中使用?
3. 简述截交线和相贯线的概念。
4. 求截交线或相贯线有哪些步骤。
5. 试说明截交线的形状与哪些因素有关。
6. 简述正确画出截交线或相贯线应注意哪些问题。
7. 举例说明素线法与纬圆法在立体表面取点时精确度差异。
8. 试说明"利用积聚性的表面取点法"在求相贯线上共有点时的局限性。

第3章 组合体视图的绘制和阅读

组合体是由基本体按一定方式组合而成的物体。在工程上各种机器零件都可以简化成组合体,因此,学习好组合体绘图和阅读十分重要。本章主要内容是学习一些组合体三视图的画法,重点放在阅读组合体三视图的方法和实践上。

3.1 组合体的形成方式和表面过渡关系

3.1.1 组合体的形成方式

1.叠加式

把组合体看成由若干个基本体叠加而成。如图3-1(a)所示的组合体是由如图3-1(b)所示的圆柱和六棱柱叠加而成。

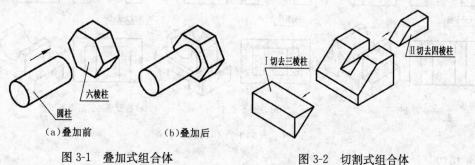

（a）叠加前　　　　（b）叠加后

图3-1 叠加式组合体

图3-2 切割式组合体

2.切割式

组合体是由一个大的基本体经过若干次切割而成。如图3-2所示组合体是由一长方体被平面截去Ⅰ、Ⅱ两部分以后形成的。

3.混合式

把组合体看成既有叠加又有切割所组成,这也是组合体的常见形式。如图3-3所示,组合体先由三部分叠加而成,再以此为基础,挖切两个长方体和一个圆柱体而成。

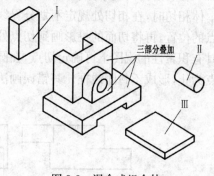

图3-3 混合式组合体

3.1.2 组合体表面的过渡关系

基本体在组合时,表面之间的过渡关系一般可分为平齐、不平齐、相交和相切四种情况。在分析时应注意组合体表面的相对位置,不同的基本体原来的表面由于互相结合或挖切而不复存在,有些连成一片,有些表面发生相切或相交等情况。

1. 平齐

当相邻两表面平齐时,二者共面,平齐处无分界线。如图 3-4(a)所示,可认为组合体由上、下两部分叠加在一起,上、下两部分的前表面处于同一个平面上,这两个平面的相对位置叫做"平齐"。将物体视为由几个基本体叠加而成,是一种思考问题的方法,而组合体本身实际上是一个不可分割的整体,因此,两个形体上平齐的平面本身就是一个面,不应划分界线。

2. 不平齐

当相邻两基本体的表面在某方向不平齐时,说明它们在相互连接处不存在共面情况,在视图上不同表面之间应有分界线隔开。如图 3-4(b)所示,可认为组合体由上、下两部分叠加在一起,上、下两部分的前表面并不处于同一个平面上,这两个平面的相对位置叫做"不平齐"。因此,两个形体上不平齐的平面的接触部位应有轮廓线。

特殊情况,如图 3-4(c)所示,组合体上下两部分叠加时,前表面平齐,后表面不平齐,故主视图上的分界线应画成虚线。

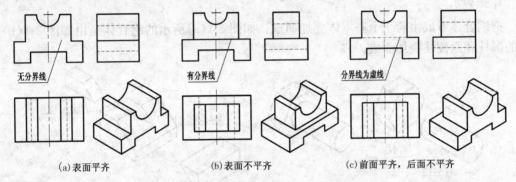

无分界线　　有分界线　　分界线为虚线

（a)表面平齐　　　　　　(b)表面不平齐　　　　　　(c)前面平齐,后面不平齐

图 3-4　表面平齐和表面不平齐

3. 相切

相切是指两基本体表面在某处的连接是光滑过渡,不存在明显的分界线。因此,当两个基本体相切时,在相切处规定不划分界线的投影,相关面的投影应画到切点处。作图时先找出切点的位置,再将切面的投影画到切点处。如图 3-5(a)所示,立体左侧底板和圆柱相切,在圆柱具有积聚性的视图上可确定切点,在圆柱面没有积聚性的左视图上出现"断头"直线,即画到切点为止,形成不封闭线框。其错误画法见图 3-5(b)。

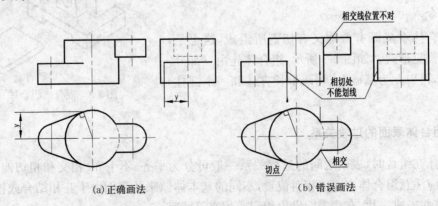

（a)正确画法　　　　　　　　　　(b)错误画法

图 3-5　表面相切和相交

4.相交

相交是指两个基本体的表面彼此相交时产生交线（截交线或相贯线），表面交线是它们的分界线，在视图中相交处画出分界线，如图3-5(a)所示，立体右侧圆柱与右上边立板表面相交线，应画出交线。其错误画法见图3-5(b)。

【注意】 处理好立体表面关系对能否正确画出组合体视图非常重要，画图和检查时都要用到。这些立体表面关系可以用一句话表示，即平齐和相切不画线，不平齐和相交时要画线。

3.2 组合体视图的绘制

3.2.1 形体分析法

把物体或机件假想分解为若干基本体或组成部分，然后逐一分析它们的形状、相对位置及连接方式，从而形成整个组合体的完整概念，这种"化整为零"，使复杂问题简单化的分析方法，称为"形体分析法"。该方法适用于主要以叠加方式形成的组合体，也是画组合体视图、读组合体视图、组合体尺寸标注最重要的基本方法。

如图3-6所示，以轴承座为例说明此类组合体的绘图过程。

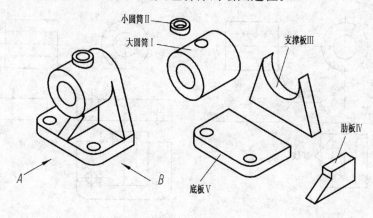

图 3-6　轴承座

1.形体分析

在画图之前，首先应对组合体进行形体分析，将其分解成几个组成部分，明确各基本形体的形状、组合形式、相对位置以及表面过渡关系，以便对组合体的整体形状有个总的概念，为画图做好准备。立体主要由大圆筒Ⅰ、小圆筒Ⅱ、支撑板Ⅲ、肋板Ⅳ和底板Ⅴ共五个部分组成。底板、支撑板、肋板为叠加；支撑板与大圆筒为相切；大圆筒与肋板左、右侧面为相交；大圆筒和小圆筒为相交，且内外表面都有交线。

2.选主视图

主视图是三视图中最重要的视图，选择主视图时，应先考虑组合体的放置方式，再选择合理的投影方向。

（1）为保证视图形象稳定和画图方便，一般按自然状态确定立体的摆放方式。

（2）通常选择能反映形状特征和相对位置关系最多的方向作为主视图的方向。

（3）同时兼顾其他两个视图的表达，使各视图中不可见的形体最少。

根据上述要求,选择轴承座的安放位置为底板朝下,底面平行于水平投影面。为避免左视图上出现过多虚线,投射方向宜采用 A 向或 B 向,但 B 向绘制的三视图对于立体上的主要形体大圆筒,以及其与其他基本体的相对位置关系表现不够清晰,不能很好地体现轮廓特征,同时,按 B 向绘制的俯视图前后方向过长,不利于图纸幅面的利用。故采用 A 向作为主视图的投射方向最恰当。主视图选定以后,俯视图和左视图也随之而定。

3. 选比例,定图幅

视图确定以后,要根据其大小和复杂程度,按国家标准规定选定作图比例和图幅,图幅大小应考虑有足够的地方画图、标注尺寸和画标题栏。一般情况下尽量选用原值比例 1∶1。

4. 作图

首先根据选定的图幅和比例,初步考虑三个视图的位置,应尽量做到布局合理、美观。

(1)画作图基准线。根据组合体的总长、总宽、总高,并注意各视图之间留有适当地方标注尺寸,匀称布图,画出作图基准线。

(2)画底稿。如图 3-7(a)、(b)所示,按形体分析法逐个画出各基本形体。首先从反映形状特征明显的视图画起,然后画其他两个视图,三个视图配合进行。一般顺序是先画整体,后画细节;先画主要部分,后画次要部分;先画大形体,后画小形体。

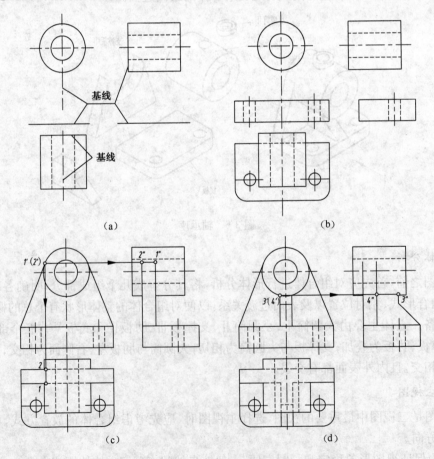

(a)   (b)

(c)   (d)

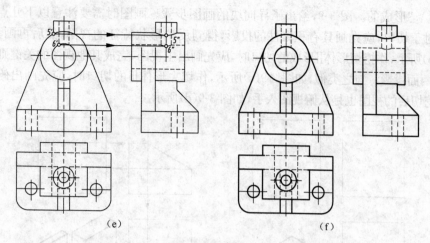

图 3-7　叠加式组合体"轴承座"的三视图画图步骤

(3) 检查。如图 3-7(c)、(d)、(e)所示,逐个仔细检查各基本形体表面的过渡关系,纠正错误和补充遗漏。由于组合体内部各形体融合为一体,需检查是否画出了多余的图线。经认真修改并确定无误后,擦去多余的图线。

(4) 描深。如图 3-7(f)所示,底稿经检查无误后,按"先描圆和圆弧,后描直线;先描水平方向直线,后描铅垂方向直线;最后描斜线"的顺序,根据国家标准规定线型,自上而下、从左到右描深图线。

【注意】　在绘制组合体的三视图时,需要注意以下几个问题:

(1) 先画主要组成部分,后画其余部分。如图 3-7 所示,先从大圆筒入手。

(2) 先画反映形体特征的视图,再画其余视图。例如图 3-7(a)先画投影为圆的视图,图 3-7(b)先画底板的俯视图。

(3) 先画外轮廓,后画内部形状。

(4) 同一形体的三个视图按投影关系同时画出,避免遗漏或多线,保证作图既准又快。

(5) 注意两形体邻接面处的投影。例如图 3-7(c)画支撑板时注意相切处无线,图 3-7(d)画肋板时表面的交线应替代轮廓线。

3.2.2　线面分析法

初学者可利用上述形体分析法分析较为简单的叠加类组合体,但要分析切割类组合体,除了运用形体分析法之外,还需借助线面分析法来帮助想象和读懂这些局部形状。

线面分析法就是把组合体分成若干个面,根据投影特点确定各个面在空间的形状和相对位置,以及面与面之间的交线等,对立体的主要表面的投影进行分析、检查,可快速、正确地画出图形。在工程制图中,线面分析法是看组合体视图,联想空间结构的重要方法,同时也是较难掌握的方法。

下面以图 3-8 所示导向块为例,说明线面分析法的具体操作步骤。

导向块可看成是由长方体Ⅰ切去形体Ⅱ、Ⅲ、Ⅳ,再挖去

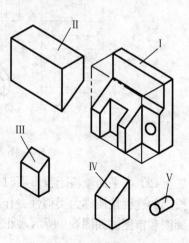

图 3-8　导向块

一个圆柱"V"形成的。图3-9，给出了导向块的画图步骤。画图时需要注意以下几点：

（1）对于切口，应先画具有积聚性的投影，得到反映形状特征的视图，然后再画其他视图。如图3-9(b)所示，作挖切形体Ⅱ形成的切口时，应先画出主视图，完成其他视图的关键则是求出正垂面 P 的两面投影。与之类似，如图3-9(c)所示，作切去形体Ⅲ的切口时，应先画出俯视图。作立体Ⅳ被挖切后的视图也是从俯视图入手，如图3-9(d)所示。

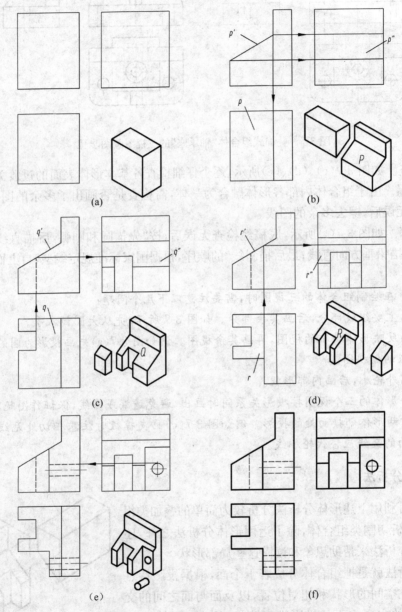

图 3-9　用线面分析法求导向块的三视图

（2）当平面倾斜于投影面时，它在该投影面内的投影为与平面实际形状相类似的图形，平面投影的这种性质称为类似性。作图时充分利用类似性对平面的投影进行分析和检查有助于正确画图和审图。如图3-9所示，画图时注意检查投影和平面 P、Q、R 的类似性。

3.3　组合体视图的阅读

根据形体的视图想象出它的空间形状,称为读图(或称看图)。组合体的读图和画图一样,仍然采用形体分析法,辅以线面分析法。具体来说,读图过程是通过分析视图之间的投影关系,运用逆向思维的方法,综合分析和判断,把三视图的平面图形在脑海里还原成组合体立体形状的过程。组合体读图是一种从平面图形,通过思维、构思、在想象中还原成空间物体的过程。读图时,必须应用投影规律,分析视图中每一条线、每一个线框所代表的含义,再经过综合、判断、推论等空间思维活动,想象出各部分的形状、相对位置和组合方式,直至最后形成清晰而正确的整体形象。要正确、迅速地读懂组合体视图,必须掌握读图的基本方法,通过不断实践,培养空间想象能力。

3.3.1　组合体读图的基本要领

1. 熟悉基本形体的视图特征

要读懂复杂的组合体的视图,首先必须熟悉基本形体的视图特征。表 3-1 是常见的基本形体的视图特征。

表 3-1　常见基本形体的特征视图

类别	平面立体	回转体	说明
柱体	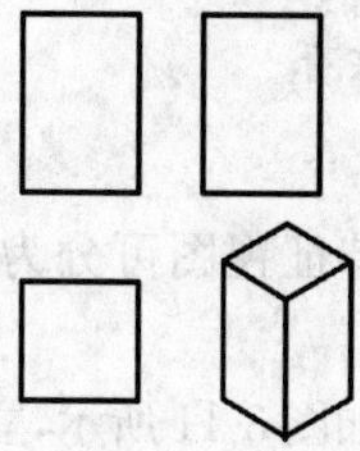	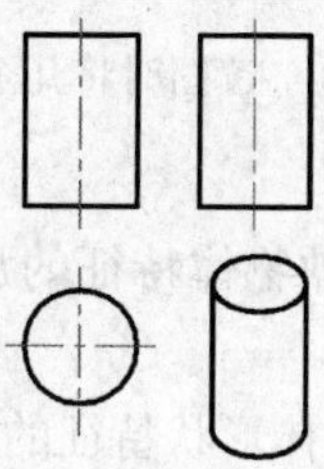	三视图中,如果有两个视图的外形轮廓为矩形,则该基本体是柱体(棱柱或圆柱)。如果第三视图外形轮廓是多边形,则该柱体是棱柱;如果是圆形,则该柱体为圆柱
锥体		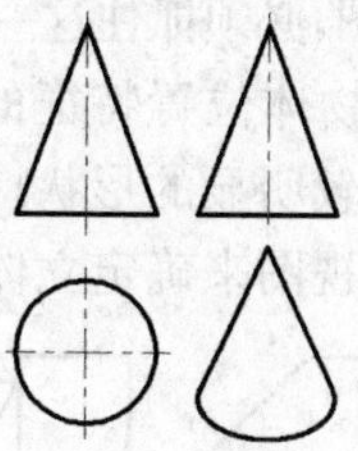	三视图中,如果有两个视图的外形轮廓为三角形,则该基本体是锥体(棱锥或圆锥)。如果第三视图外形轮廓是多边形,则该锥体是棱锥;如果是圆形,则该锥体为圆锥
棱台/圆台	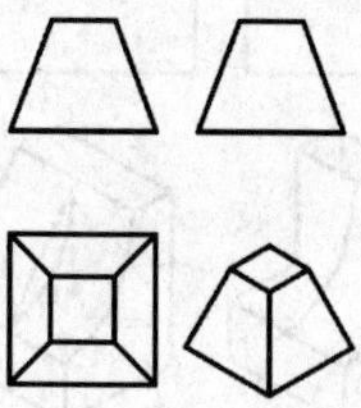	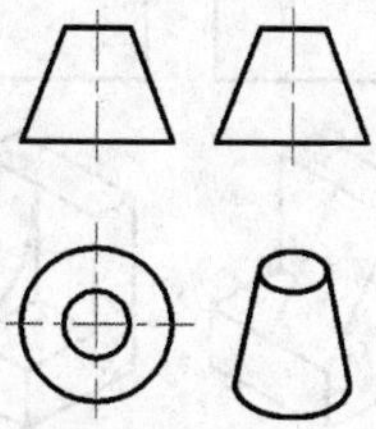	三视图中,如果有两个视图的外形轮廓为等腰梯形,则该基本体是台体(棱台或圆台)。如果第三视图外形轮廓是多边形,则该台体是棱台;如果是圆形,则该台体为圆台

2. 必须把几个视图联系起来看

一般情况下,一个视图不能完全确定物体的几何形状,它只能反映物体的一个方向的形状。

因此看图时,必须几个视图联系起来,遵循投影规律进行分析、判断,才能想象出物体的形状。如图 3-10(a)所示,俯视图均相同,联系不同的主视图后,才可确定各自不同的物体形状。又如图 3-10 (b)所示,主视图相同,联系俯视图后才能看懂视图表达的物体形状。

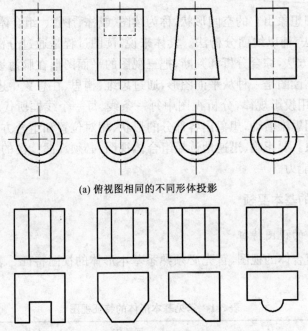

(a) 俯视图相同的不同形体投影

(b) 主视图相同的不同形体投影

图 3-10 读图时将几个视图联系起来看

3.善于找出特征视图

所谓特征视图,就是能充分反映物体特征的那个视图。特征视图可分为形状特征视图和位置特征视图两种。

(1) 形状特征视图:最能反映物体形状特征的那个视图。如图 3-11 所示,立体的主视图和俯视图均相同,左视图为形状特征视图,必须抓住这一视图才能完全确定立体的形状。

(2) 位置特征视图:最能反映物体位置特征的那个视图。如图 3-12 所示,立体的主视图和俯视图均相同,且主视图具有比较明显的形状特征,但无法根据这两个视图判断立体的唯一形状,必须通过具有位置特征的左视图来确定立体的形状。

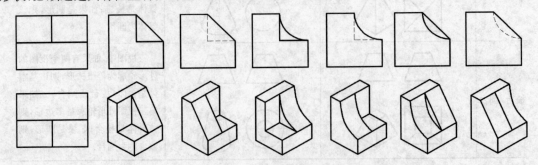

图 3-11 立体的形状特征视图

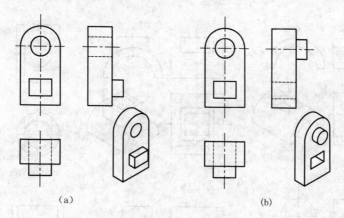

(a)   (b)

图 3-12　立体的位置特征视图

4.弄清视图中的线框和图线的含义

组合体的视图是由各种图线和线框组成的,要正确识读视图,就必须弄清视图中的图线和线框的含义,如图 3-13 所示。

(1)图线的含义:主要考虑垂直面的积聚投影;两表面相交线的投影以及曲面的转向轮廓线的投影。归纳起来,点画线通常是对称面(线)、回转中心的投影;而粗实线、虚线往往是曲面轮廓、面面交线、面的积聚线。

(2)线框的含义:主要考虑平面的投影;曲面的投影;平面与曲面相切所形成的连续表面投影以及孔的投影等。

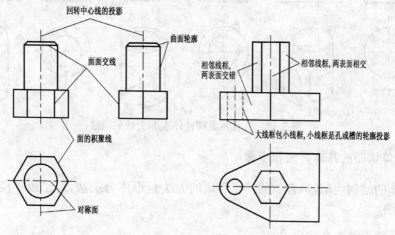

图 3-13　视图中常见图线和图框的含义

5.常见立体表面交线的各种不同画法

对于立体表面相交的情况,比较复杂,图 3-14 列出了九种常见的圆柱体叠加和挖切情况下表面交线的画法。

【注意】　除了以上几条基本投影知识准备以外,能否读懂组合体三视图还需要大量的实践。在读图过程中,形状构思是一个重要思维方法,要根据已知的投影形状构思出立体可能产生的几种形状,通过对其特征图进行分析逐步排除不可能的立体,从而最终确定立体形状。这个就是空间思维过程,作为初学者应不断培养自己的构思物体形状的能力,从而进一步丰富空间想象能力,达到能正确、迅速地读懂视图的目的。

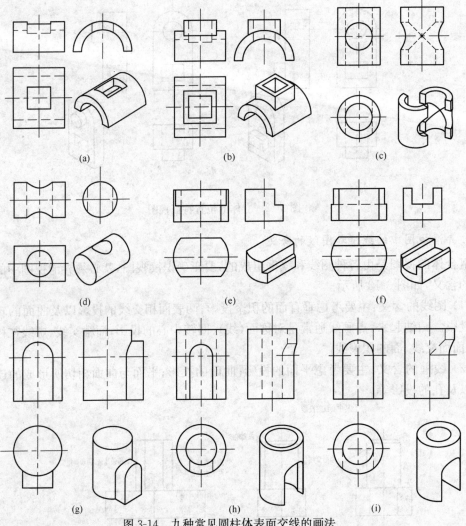

图 3-14　九种常见圆柱体表面交线的画法

3.3.2　组合体读图的基本方法和步骤

与组合体的绘制类似,组合体的读图常用的方法是形体分析法,对于较难读懂的地方,常采用线面分析法。

1. 组合体读图的基本方法

1) 形体分析法

形体分析法是看组合体视图的基本方法,是指把比较复杂的视图,按线框分成几个部分,运用三视图的投影规律,分别想出各部分形体的形状及其组合方式和相邻表面间的相互连接关系,最后综合起来想出整体。

【注意】　采用形体分析法读图时,要善于抓住主要矛盾——形状特征和位置特征。形体分析法读图,主要适用于叠加式组合体。通过画组合体的视图可知,在物体的三视图中,凡有投影联系的三个封闭线框,一般表示构成组合体某一简单部分的三个投影。因此看图的要领是以特征视图为主,按封闭线框分解成几个部分,再与其他视图对应,想象各部分的基本体形状、相对位置和组合方式,最后组合为物体整体形状。

2) 线面分析法

线面分析法看图,主要用于看切割式组合体的视图。线面分析法是运用画法几何中线、面的空间性质和投影规律,分析视图中图线和线框(面)所代表的意义和相对位置,从而确定其空间位置和形状,以帮助看懂视图的方法。看图时,应用线、面的正投影特性;线、面的空间位置关系;视图之间相联系的图线、线框的含义,进而确定由它们所描述的空间物体的表面形状及相对位置,想象出物体的形状。这种方法主要用来分析视图中的局部复杂投影。

上述步骤是总结起来的一般规律,并不是一成不变的,实际操作时应灵活运用,且根据情况常把形体分析法和线面分析法综合应用。

【注意】 有些教材将"线面分析法"称为"面形分析法",它是指在分析过程中主要是分析投影面比较多,说法不同,但本质是一样的。

2. 组合体读图的步骤

(1) 看视图抓特征。看视图是以主视图为主,配合其他视图,进行初步的投影分析和空间分析;抓特征是找出反映物体特征较多的视图,在较短的时间里,对立体有个大概的了解。

(2) 分线框,对投影,识形体。分线框指从特征视图(一般为主视图)入手,将该视图划分若干线框(每一线框对应的三视图代表一个形体);对投影是利用"三等"关系,找出每一线框对应的其他两个投影,想象出它们的形状。

(3) 线面分析攻难点。一般情况下,组合体的视图,用上述形体分析法看图就可以解决。但对于一些较复杂的组合体,特别是切割式的组合体,单用形体分析法还不够,需采用线面分析法作进一步的分析。

(4) 综合起来想整体。在看懂每部分形体的基础上,进一步分析它们之间的组合方式和相对位置关系及表面过渡关系,想象出整体的形状。

3.3.3 组合体读图举例

【例 3-1】 如图 3-15(a)所示,已知立体的三视图,分析想象出立体的形状。

【解】 初步分析组合体由几部分叠加而成,故采用形体分析法较好。

(1) 抓特征,分线框:如图 3-15(a)所示,主视图较多的反映了立体的形体特征,因此可将主视图分成Ⅰ、Ⅱ、Ⅲ、Ⅳ四个主要线框。

(2) 对投影,识形体:根据主视图中的线框,及与其他视图投影的三等对应关系,对线框进行形体分析,分别想象出它们的形状。由于组合体各组成部分的形状和位置并不一定集中在某一个方向上,因此反映各部分形状特征和位置特征的投影也不会集中在某一个视图上。读图时必须善于找出反映特征的投影,这样,就便于想象其形状与位置。

如图 3-15(b)所示,与上部矩形线框Ⅰ对应的俯视图为长圆形,是基本体的形状特征视图,左视图投影也是矩形线框,可确定该部分基本形状是长方体和半圆柱组成的长圆形,再挖切了一个圆柱形孔,后部切了一个通槽。如图 3-15(c)所示,主视图中左右三角形线框Ⅱ Ⅲ,对应的俯视图和左视图是矩形线框,可确定该部分为左右对称的三棱柱。如图 3-15(d)所示,底部线框Ⅳ是由直线、圆弧构成的四边形线框,对应其俯、左视图投影,可确定是一块四棱柱底板,且左右对称切去两个方板,再挖去两个圆孔。

(3) 看细节,综合想象整体形状。综合主体和细节,即可确切地想象出组合体的整体形状。基本体Ⅰ在Ⅳ的上部,位置是中间靠后,且两基本体的后表面平齐。基本体Ⅱ、Ⅲ对称分布于Ⅰ的左右两侧且立于基本体Ⅳ的上部,且后表面与之平齐,如图 3-16 所示。

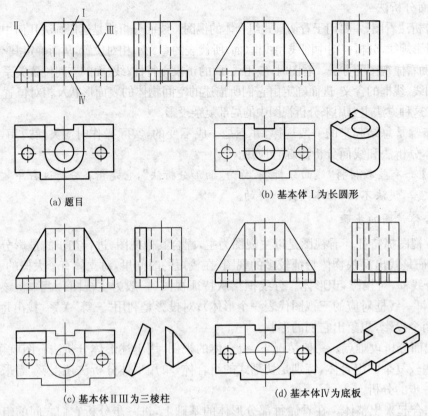

(a) 题目　　　　　　　　　(b) 基本体Ⅰ为长圆形

(c) 基本体ⅡⅢ为三棱柱　　　　(d) 基本体Ⅳ为底板

图 3-15　采用形体分析法读图

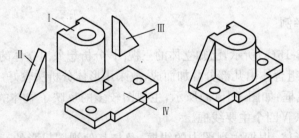

图 3-16　形体分析后的立体图

【例 3-2】 如图 3-17 所示压板三视图，分析想象出组合体的形状。

【解】 立体主要由挖切形成，故应综合采用形体分析和线面分析两种方法。

(1) 形体分析：一般地，切割式组合体是由某个基本体通过切割而形成，因此应先根据视图进行形体分析，分析出切割前的原基本体，再进行线面分析。如图 3-17(a) 所示压板的三视图，通过图 3-17(b) 的处理，可以想象出其切割前的基本体是一个长方体。

(2) 线面分析：由俯视图中线框 p、主视图中线框 p' 和左视图中线框 p'' 可知，P 为一正垂面，切去长方体的左上角，如图 3-17(c) 所示。

从主视图中线框 q'、俯视图中线框 q 和左视图中线框 q'' 可知，Q 为铅垂面，将长方体的左前（后）角切去，如图 3-17(d) 所示。与主视图中线框 r' 联系的是俯视图中图线 r、左视图中图线 r''，所以 R 为正平面，它与水平面将长方体前（后）下部切去一块长方体，如图 3-17(e) 所示。通过几次切割后，长方体所剩余部分的形状就是压板的形状，如图 3-17(f) 所示为压板的立体图。

【**注意**】 看图时不能只用一种方法,常把形体分析法和线面分析法综合应用,才能快速看懂立体的形状。

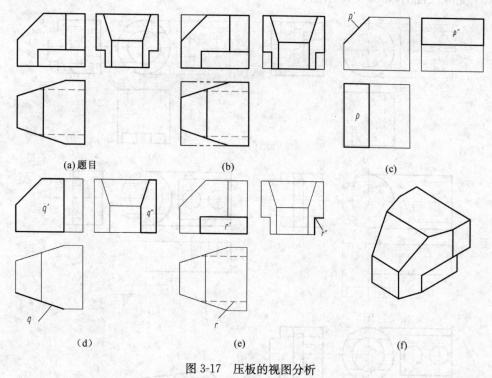

图 3-17　压板的视图分析

【**例 3-3**】 已知组合体的主视图和左视图,补画俯视图,如图 3-18(a)所示。

【**解**】 (1) 分析视图,划分线框。如图 3-18(b)、(c)所示,利用局部孔和槽分解形体。构思形体时,注意先分解出大的基本形体,再分解出其中的细节部分,如挖切的孔和槽等。

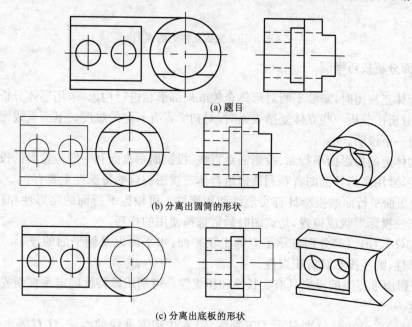

图 3-18　分线框确定立体的组成

(2) 对照投影，分解形体。

(3) 完成三视图，如图 3-19 所示。

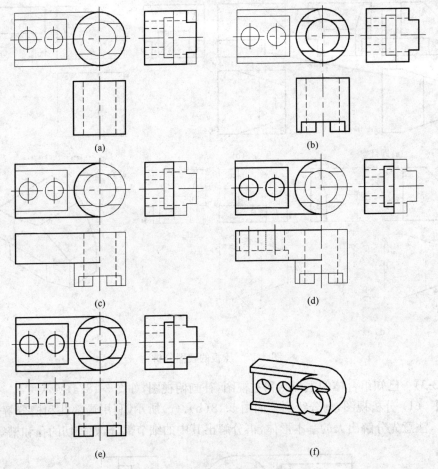

图 3-19　完成立体的俯视图

3.3.4　线面分析技巧举例

读组合体三视图时，需要不断对形体全貌或局部形状进行构思，采用形体分析法比较容易掌握，线面分析法分析一些立体复杂表面时，对初学者有一定的难度。下面就线面分析法的应用技巧进行一下说明。

由于物体上的投影面平行面、投影面垂直线、投影面垂直面和一般位置面的投影都具有一定的殊特性，常用来指导读图者顺利读懂组合体三视图。这些特殊性主要有：

(1) 投影面平行面的投影具有实形性和积聚性。可根据平行面的实形性和积聚性，由两投影确定第三投影形状或位置，是读图时最常选择使用的技巧。

图 3-20(b)、(c)、(d)分别显示了立体上正平面、水平面以及侧平面的投影。注意哪个投影具有实形性，哪些投影具有积聚性。

(2) 投影面垂直线的投影具有实长性和积聚性。可利用该特性确定垂直面或平行面交线位置和长度。

图 3-21(b)、(c)、(d)分别显示了正垂线、铅垂线和侧垂线的画法，注意哪个投影反映实长，哪些投影具有积聚性。

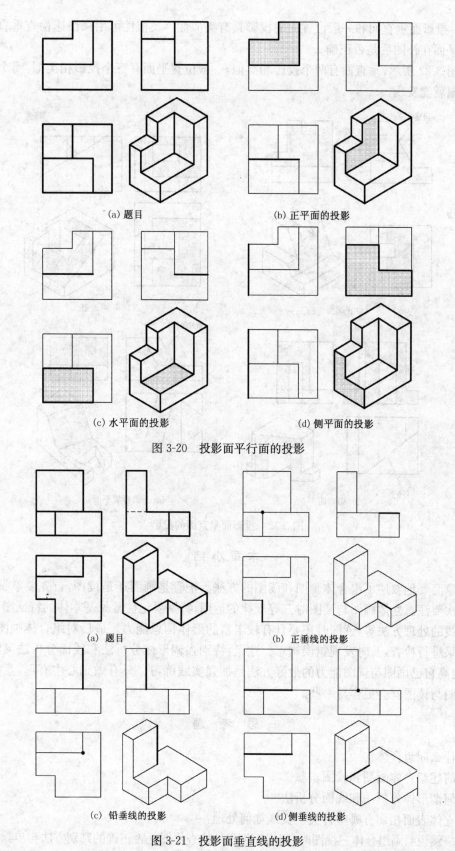

(a) 题目　　　　　　　　　　　　　　(b) 正平面的投影

(c) 水平面的投影　　　　　　　　　　(d) 侧平面的投影

图 3-20　投影面平行面的投影

(a) 题目　　　　　　　　　　　　　　(b) 正垂线的投影

(c) 铅垂线的投影　　　　　　　　　　(d) 侧垂线的投影

图 3-21　投影面垂直线的投影

（3）投影面垂直面和一般位置面的投影具有类似性。类似性可用来快速检查垂直面或一般位置平面在补图后是否正确。

附图 3-22 所示，垂直面有两个投影相类似，一般位置平面有三个投影相类似，哪个投影画错了一眼就能发现。

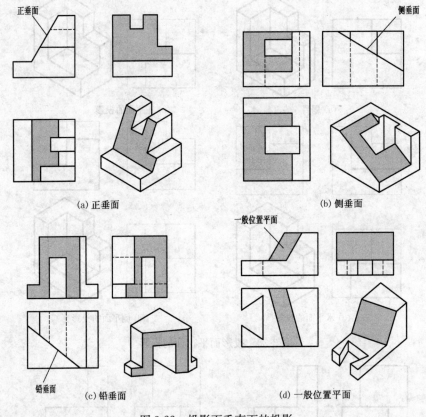

(a) 正垂面

(b) 侧垂面

(c) 铅垂面

(d) 一般位置平面

图 3-22　投影面垂直面的投影

本 章 小 结

本章简要地叙述了组合体画图和读图的方法。不管是画图还是读图，首先要掌握基本步骤。其次要注意立体画图与读图时三等规律的运用，特别要记住常见基本体的特征图、两立体表面交线的处理方法等，读图时还要具有较丰富的形体构思能力。最后对组合体画图或读图补图结果进行检查，及时发现错误构思。这里，特别强调形体分析法和线面分析法灵活运用。当然，提高自己画图与读图能力的最好方法是加强实践练习。只有做到心中有形，意在笔前，下笔画图与读图就会更容易一些。

思 考 题

1. 什么叫组合体？
2. 简述组合体画图和读图步骤。
3. 何谓形体分析法和线面分析法？
4. 立体表面相切有哪些种类？交线如何处理？
5. 举例说明画组合体三视图时，用平面类似性检查作图是否正确的判别方法与步骤。

第4章 轴 测 图

轴测图是一种在平行投影方法下的单面投影图,在工程上主要作为反映物体外观形状的辅助图样。轴测图能够表达立体的三个相互垂直方向的形状,有一定的立体感,同时保持了一定的度量性。由于画轴测图时度量三维尺寸是沿三个坐标轴的方向测量,因此该图称为轴测图。本章内容是学习一些轴测图的形成和投影特性,重点是正轴测图的绘制方法,也对斜二测轴测图画法作简单介绍。

4.1 轴测图的基本知识

4.1.1 轴测图的形成

如图 4-1 所示,立体在正投影体系中,如在物体上建立参考坐标轴 OX、OY、OZ 与投影面分别平行或垂直,投影图中只有物体的两个方向尺度。因此说,正投影图度量性好,但立体感差。为此,人们尝试在投影体系中放一个与各投影面都倾斜的轴测投影面 P,将物体连同其参考直角坐标轴 OX、OY、OZ 沿不平行任一坐标面方向作平行投影,在轴测投影面 P 上就能得到同时反映出物体三个方向尺度的图形,称为轴测投影,也称轴测图。

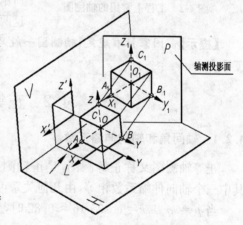

图 4-1 轴测图的概念

由于轴测图是用平行投影法得到的,具有如下投影特性:

(1) 立体上相互平行的线段在轴测图上保持平行;

(2) 立体上同一线段的两段长度或两平行线段长度之比,在轴测图上保持不变;

(3) 立体上平行轴测投影面的直线和平面,在轴测投影图上反映实长和实形。

4.1.2 轴测图的基本参数

1. 轴测轴

物体上参考坐标系的三根坐标轴 OX、OY、OZ 作平行投影后,在轴测投影面上得到三根坐标轴的投影 O_1X_1、O_1Y_1、O_1Z_1,称为轴测轴。

2. 轴间角

每两根轴测轴之间的夹角称为轴间角,即 $\angle X_1O_1Y_1$、$\angle Y_1O_1Z_1$、$\angle Z_1O_1X_1$。

3. 轴向伸缩系数

由于在物体参考坐标的三根坐标轴 OX、OY、OZ 上的单位长度 OA、OB、OC 作轴测投影后会在对应的轴测轴上得到投影长度 O_1A_1、O_1B_1、O_1C_1，故定义 $p=O_1A_1/OA$，$q=O_1B_1/OB$，$r=O_1C_1/OC$，p、q、r 表示物体 OX、OY、OZ 方向的轴向伸缩系数。

【注意】 沿轴测轴方向，点的坐标值与轴向伸缩系数的乘积就是轴测方向的测量坐标，可以方便地在轴测图上确定该点。但是，与坐标轴不平行的线段，不能利用轴向伸缩系数进行测量与绘制。

4.1.3　轴测图的分类

根据投影方向与轴测投影面垂直与倾斜来区别，轴测图可分为两类：正轴测投影图（正轴测图）和斜轴测投影图（斜轴测图）。

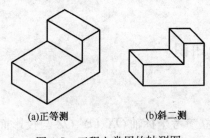

(a)正等测　　　　(b)斜二测

图 4-2　工程上常用的轴测图

根据轴向伸缩系数不同每类轴测图又分为三类：三个轴向伸缩系数相等称为等测轴测图；其中只有两个轴向伸缩系数相等称为二测轴测图；三个轴向伸缩系数均不相等的，称为三测轴测图。

以上两种分类方法结合，得到六种轴测图，分别称为正等测、正二测、正三测和斜等测、斜二测、斜三测。如图 4-2 所示，工程上使用较多的是正等测和斜二测。本章只介绍这两种轴测图的画法。

【提示】 国家标准规定，轴测图一般只用粗实线画出可见部分，必要时才用细虚线画出不可见部分。

4.2　正等轴测图的画法

4.2.1　轴间角和轴向伸缩系数

正等轴测图又称正等测图，是正轴测投影中的一种画法，其中三个轴向伸缩系数相等，由几何关系可以证明：

当 $p=q=r=\cos35°16'≈0.82$ 时，三个轴间角均为 $120°$（图 4-3）。

画图时，为了看图直观和作图方便，一般将 O_1Z_1 轴取为铅垂位置，规定各轴向伸缩系数可采用简化系数 $p=q=r=1$ 作图。因此，画出的轴测图实际上被放大了 $1/0.82≈1.22$ 倍，如图 4-4 所示，简化画法正等轴测图看上去大一些，但不影响物体形状。

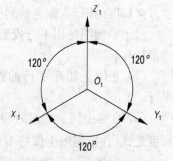

图 4-3　正等轴测图的轴间角

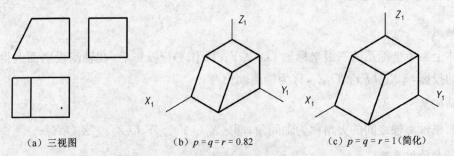

（a）三视图　　　　（b）$p=q=r=0.82$　　　　（c）$p=q=r=1$（简化）

图 4-4　轴向伸缩系数对正等测图的影响

4.2.2 平面立体正等测图的画法

画平面立体正等测图的方法有：坐标法、可见面法、切割法、叠加法。绘轴测图时根据立体形状选择适合的方法会提高绘图速度。

1. 坐标法

坐标法是最基本的正等轴测图绘图方法。当立体上倾斜面较多时，无其他规律可利用，通过坐标法测量立体上每个点的轴测坐标来绘图就成了唯一可能的方法。画图前，首先应在立体三视图上建立直角坐标系 $OXYZ$ 作为度量基准，然后根据立体上每个点的坐标，定出它的轴测投影，最后对可见点连粗实线。

【例 4-1】 用坐标法画出三棱锥的正等轴测图。

【解】 解题步骤：

(1) 如图 4-5(a)所示，确定投影图上的坐标原点和坐标轴。为了作图方便，原点选在三棱锥底面中心。

(2) 画出轴测轴。作出三棱锥底面 1、2、3 点的轴测投影(图 4-5(b))。

(3) 画出顶点 4 的轴测投影，用细实线将四个顶点连接(图 4-5(c))。

(4) 将可见棱线画成粗实线，不可见棱线擦去，即得到三棱锥正等轴测图(图 4-5(d))。

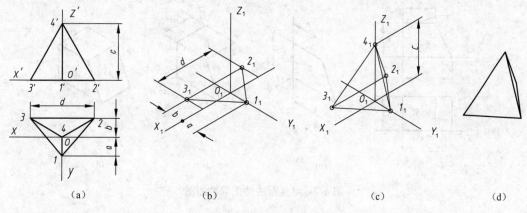

(a)　　　　　　　(b)　　　　　　　(c)　　　　　　　(d)

图 4-5　三棱锥正等轴测图画法

【提示】 坐标原点和坐标轴的摆放位置选择对所画轴测图直观性有一定影响。根据坐标可取正值也可取负值的原则，除了图 4-3 所示外，还有七种轴测轴摆放位置可供选择(图 4-6)。

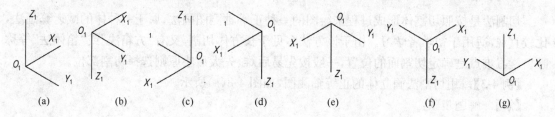

(a)　　　　(b)　　　　(c)　　　　(d)　　　　(e)　　　　(f)　　　　(g)

图 4-6　其他七种正等轴测轴位置画法

2. 可见面法

从前面坐标法绘轴测图可以看出，不管该点在轴测图中是否可见，一般都要确定点的轴测坐标。能否在绘制轴测图时就避开不可见部分的形状？可见面法是指在绘制轴测图时一种只画可见投影面的作图方法。用该方法作轴测图的条件是,作图前能判断出哪些面在轴测投影后是可见的,并且立体上的平面大多是处于特殊位置的矩形。由于该方法以矩形平面为单元进行绘图,作图速度是各种正等轴测图绘制方法中最快的。但要求绘图者有较好的空间想象能力。这也是熟练绘图员常用的方法,在一般教材中不做介绍。

可见面法根据正等测图投影方向来确定可见面。一般情况下,正投影面上处于立体的左、前、上方的平面是可见的;应注意:当同方向可见面多于两个以上时,可能出现部分可见面被遮挡的特殊情况。

【例4-2】 用可见面法画立体的正等轴测图(图4-7(a))。

【解】 解题步骤:

(1) 在立体投影图上确定坐标系,为方便绘图,原点选在立体右、前、下方的点处。

(2) 按左、前、上方面可见方法,确定 P、Q、R 三个可见面。

(3) 在适当位置画出正等轴测轴,并按坐标绘出 XOZ 面上的可见面 P 投影(图4-7(b))。

(4) 以 P 面上边为定位边,画出 XOY 方向的可见面 Q 投影,如图4-7(c)所示。

(5) 分析 R 面可知是正垂面,直接测量比平行面作图难一点。但利用已经完成投影图的 P、Q 面在 R 面上的对应边,用平行四边形原理作图完成可见面 R 的投影。由此完成立体的正等轴测投影(图4-7(d))。

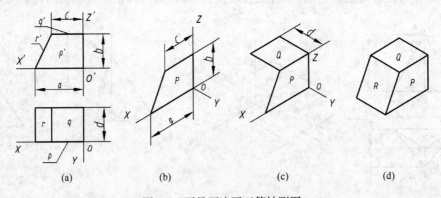

(a)　　　　　　(b)　　　　　　(c)　　　　　　(d)

图4-7 可见面法画正等轴测图

【提示】 本题作图时若将坐标系规定记在心中不画出,采用直接画轴测方法,作图速度还可以加快。

3.切割法

切割法是按照切割体形成过程来绘图的一种正等轴测图画法,属于一种体的减运算画法,比较直观,适用于初学者学习。由于该方法多见于长方体切割,又有"方箱法"或"箱体法"等称呼。学习难点是确定切割面的位置,一般按先易后难、先大后小原则选择切割部位。

【例4-3】 用切割法画立体的正等轴测图,如图4-8(a)所示。

【解】 解题步骤:

(1) 根据尺寸画出完整长方体轴测投影(图4-8(b))。

(2) 切去立体左上角正垂位置的大三棱柱轴测投影(图4-8(c))。

(3) 切去左前方铅垂位置的小三棱柱轴测投影(图4-8(d))。

(4) 擦去作图线,将可见部分描深即得立体的正等测图(图4-8(e))。

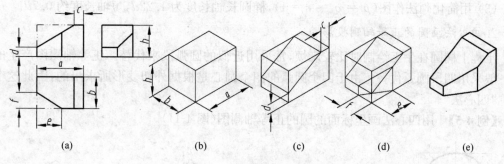

(a) (b) (c) (d) (e)

图 4-8　切割法画正等轴测图

4. 叠加法

叠加法是按组合体叠加原则来绘制轴测图的一种方法。绘图时先将立体分解为多个简单部分,分别画出其轴测投影,再按照它们之间的相对位置组合叠加,并处理好表面过渡关系。该方法也适用于初学者学习立体轴测图绘图方法。

【例 4-4】　用叠加法画立体的正等轴测图(图 4-9(a))。

【解】　解题步骤:

(1) 根据尺寸画出长方体底板Ⅰ的轴测投影(图 4-9(b))。

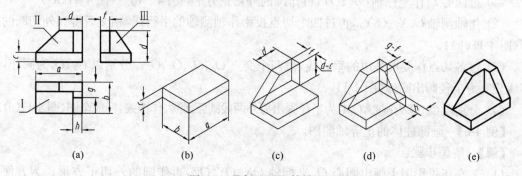

(a) (b) (c) (d) (e)

图 4-9　叠加法画正等轴测图

(2) 在底板Ⅰ上画出竖板Ⅱ的轴测投影(图 4-9(c))。

(3) 画出竖板Ⅲ的轴测投影(图 4-9(d))。

(4) 擦去作图线和竖板Ⅱ、Ⅲ顶面平齐的线段,将可见部分描深即得立体的正等测图(图 4-9(e))。

4.2.3　回转体正等轴测图的画法

1. 平行于坐标面的圆的正等测画法

一般情况下圆的投影为椭圆,回转体端面圆的正等轴测图画法,是解决回转体画轴测图的关键。如图 4-10 所示,根据正等轴测图性质可知,在正方体的三个投影面上作相同直径的内切圆的正等轴测投影,可以得到如下规律:

(1) 三个椭圆的形状和大小是一样的,但各自方向不同。

(2) 各椭圆短轴与相应菱形的短对角线重合,短轴与垂直该面的坐标轴方向一致。

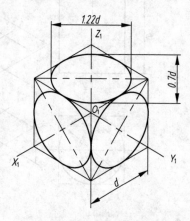

图 4-10　平行于坐标面的
圆的正等轴测投影

（3）用简化画法作图（$p = q = r = 1$），椭圆长轴长度为 $1.22d$，短轴长度约 $0.7d$。

2.四心法画圆的正等轴测投影

工程上椭圆在手工绘制时比较麻烦，常采用近似的圆弧段来代替。正等轴测图产生的椭圆一般采用四段圆弧代替。由于四个圆弧的四个圆心是根据外切菱形所求出的，因此这个方法称"四心法"。

【例 4-5】 用四心法画坐标面的圆的正等轴测图（图 4-11）。

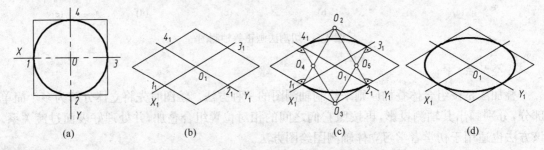

(a)　　　　　(b)　　　　　(c)　　　　　(d)

图 4-11　坐标面圆的正等轴测图近似画法

【解】 解题步骤：

（1）过圆心 O 作坐标轴 OX、OY，再作圆的外切正方形，得四个切点（图 4-11(a)）。

（2）作轴测轴 O_1X_1、O_1Y_1，再过四个切点投影作轴测轴的平行线，相交后得到外切圆的菱形（图 4-11(b)）。

（3）过各切点作菱形各边的垂直线，得四个交点 O_2、O_3、O_4、O_5。分别以 O_2、O_3 为圆心，垂直线长度为半径画出圆弧（图 4-11(c)）。

（4）分别以 O_4、O_5 为圆心，$O_4 4_1$ 为半径画出另外两段圆弧，除去作图线，完成全图（图 4-11(d)）。

【例 4-6】 画圆柱体的正等轴测图。

【解】 解题步骤：

（1）先在正投影图上画出圆心 O、坐标轴 OX、OY、OZ，再作圆的外切正方形。为方便作图，OZ 轴向下（图 4-12(a)）。

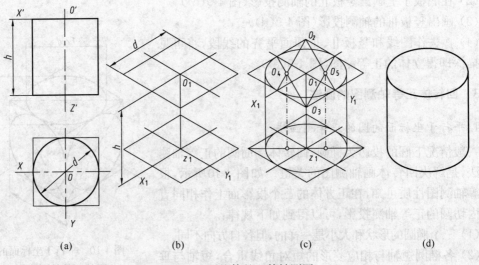

(a)　　　　　(b)　　　　　(c)　　　　　(d)

图 4-12　圆柱体的正等轴测图

（2）画出轴测轴，并画出圆柱体上下两圆的外切正方形的轴测投影（图 4-12(b)）。

（3）在上下两菱形平面内作圆的正投影，其中下面圆的投影是上面圆投影完成后将圆心向下移动高度 h，并画出两投影椭圆的公切线（图 4-12(c)）。

（4）去除作图线，可见边描深，完成全图（图 4-12(d)）。

【提示】　如图 4-13 所示，圆柱体轴线与三个坐标轴分别重合，所得的正等轴测图形状相同，但方向不同，读者要认真记忆，避免画错。

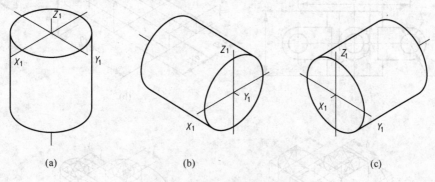

图 4-13　圆柱体的正等轴测图

3. 圆角的正等测图画法

在组合体视图上经常出现四分之一的圆柱面形成的圆角轮廓，在画投影图时就要画四分之一圆周组成的圆弧。而这四分之一圆弧正好是四心法画近似椭圆弧中的一段。因此，只要确定圆角对应圆弧的圆心和切点，圆角的正等测图画法就可以沿用四心法作图。

如图 4-14 所示，根据已知圆角半径，找出切点 1、2、3、4，过切点作垂线得两个交点 O_1、O_2，再过两圆心和相应切点画圆弧，得圆弧板上表面正等测图。然后采用移心法将 O_1 和 O_2 向下移动 h，得 O_3 和 O_4 圆心，分别再画一次圆弧后，画出上下两弧公切线，去除作图线，描深完成全图。

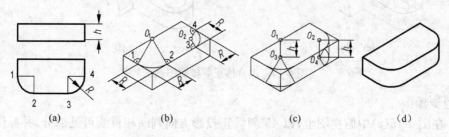

图 4-14　圆角的正等轴测图

4.2.4　组合体正等测图的画法

组合体由若干个基本体以叠加、切割、相切或相贯等连接形式组合而成。因此，在画其正等轴测图时，要先用形体分析法分清其组合方式，选用适合的正等轴测画法，分别画出各局部形体，处理好表面过渡关系，最后完成组合体的正等测图。

【例 4-7】　画组合体正等轴测图。

【解】　分析：从图 4-15(a)可知，组合体由三块基本体组成，两个坐标方向有圆形结构，存在相贯线,因此,作正等轴测图采用几种方法综合,先用叠加法画基本体,再用圆柱形画法画圆,最后用坐标法画出相贯线上各点的连线。

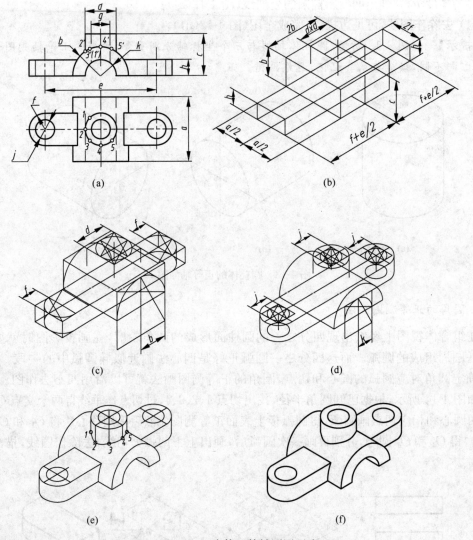

图 4-15　组合体正等轴测图画法

解题步骤:

(1) 在图 4-15(a)中俯视图上,以 45°斜线正投影方向判断相贯线可见部分,并标注出相贯线上可见点 1、2、3、4、5。

(2) 根据所给尺寸,将组合体三个基本部分以四棱柱形式画出正投影图(图 4-15(b))。

(3) 用四心法将三部分基本体外表面圆柱体画出(图 4-15(c))。

(4) 去除外表面作图线,再用四心圆法将各小圆孔的投影画出,注意判断小圆底面是否可见(图 4-15(d))。

(5) 去除画圆作图线及明显不可见的图线,然后求长底板与大圆柱截交线投影,再用坐标法分别画出小圆柱与大圆柱表面的相贯线上点 1、2、3、4、5 的投影,用曲线光滑连接(图 4-15(e))。

(6) 去除作图线,描深可见线段,完成全图(图 4-15(f))。

【注意】　正等轴测图坐标位置或方向选择不当，可能出现物体背对观察者的情况，直观性会大大降低。解决方法是画图前先试画一下主要结构关系，确定后再进一步深入下去。

4.3　斜二轴测图的画法

4.3.1　斜二轴测图的形成

如图 4-16 所示，虽然立体上参考坐标系中的 XOZ 面与轴测投影面平行，但因斜二轴测图的形成采用了斜角投影法，所以也能产生有立体感的轴测投影图。从投影图上可见 OX、OZ 坐标轴平行投影面，表示有两个轴向伸缩系数不变，即 $p = r = 1$。$\angle X_1O_1Z_1 = 90°$，则 XOZ 面上的形状在轴测投影面上反映实形。

4.3.2　轴间角与轴向伸缩系数

在保证图 4-16 条件下，投影方向与投影面的倾斜角度还是可以任意改变的，O_1Y_1 轴的轴间角与轴向伸缩系数可以有很多种。如图 4-17 所示，工程上为了方便绘图，常取 $\angle Y_1 O_1Z_1 = 135°$ 或 $\angle Y_1O_1Z_1 = 45°$。取 $p = r = 2q = 1$，即 $q = 0.5$，表示 O_1Y_1 轴的投影长度为原长度的一半。从图 4-17(c) 可知，$Y_1O_1Z_1$ 与 $X_1O_1Y_1$ 平面与投影面倾斜，其面上的圆形投影为椭圆，其长轴测量角度、长短轴的计算结果都不是整数，计算比较麻烦。因此，在选择使用斜二轴测投影图时，物体上一般只有一个坐标面上有圆或圆弧，画图时总是把有圆的平面定为 $X_1O_1Z_1$ 平面，使其平行投影面，才能使作图简便。

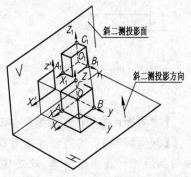

图 4-16　斜二轴测图的形成

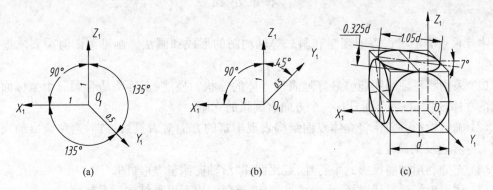

图 4-17　斜二轴测图的轴间角、轴向伸缩系数及三坐标面上圆的斜二轴测投影

4.3.3　斜二轴测图的画法

由于斜二轴测投影的两个轴测方向伸缩系数不变，所以投影图更能表达物体正面的形状。因此，它适合表达单一方向比较复杂或只有一个方向有圆的物体。

图 4-18 为一组合体的斜二轴测图作图方法的步骤。由于平行 XOZ 平面上的图形多数是同心圆，所以采用斜二轴测投影比较合适。画图时，先作形体分析，确定坐标轴，标出六个圆心位置；然后画轴测轴，并根据 Y_1 轴上轴测系数 $q = 0.5$，确定出六个圆心投影位置 O_1、O_2、O_3、O_4、O_5、O_6；再画出各端面的投影、通孔的投影、圆的公切线；最后擦去多余作图线和两组合结构的平齐部分交线，检查无错后，加深完成全图。

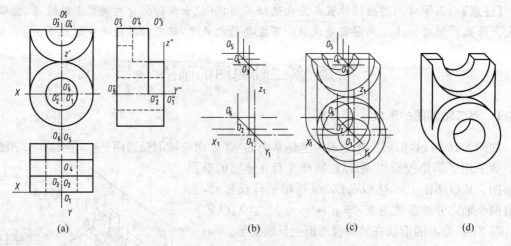

图 4-18　画立体斜二轴测图

【学生提问】 如何根据立体形状选择轴测图的画法?

【教师解答】 这是初学者常需要解决的一个问题。轴测图画法很多,为什么只介绍两种常用画法呢? 理由很简单,就是这两种画法最方便。通过前面介绍知道,正等轴测投影图适合两个及以上坐标面上带圆形的物体画轴测图,在单一方向有圆的物体适合用斜二等轴测投影画轴测图。当针对具体一个物体选用轴测投影方法时,应注意的第一点就是满足上面的要求;第二点也很重要,要确定好坐标原点和坐标轴,使投影时能看到三个坐标面上的结构,才能保证所画轴测图立体感强。因此,画图前,多比较几种坐标选择方案是比较可行的方法。

本 章 小 结

本章重点介绍了正等轴测图和斜二等轴测图的形成和画法。画轴测图时需要掌握以下几点:

(1) 采用哪种轴测图能够最好地表现立体的形状? 显然,正等测适合画三个坐标面都有圆弧的立体,斜二测适合画只有一个方向有圆弧的立体。

(2) 确定投影方向。将立体表面结构表现丰富的方向对着投影方向,避免画出的立体轴测图有一种画反的感觉。

(3) 充分利用轴测投影的平行性、定比性和"沿轴向测量"性画图。

(4) 注意坐标系灵活选择,先画可见结构,避免画出不可见结构后又擦掉。

(5) 根据立体形状综合选用坐标法、可见面法、切割法和叠加法。

思 考 题

1. 什么是轴测图? 如何分类?

2. 什么是轴向伸缩系数? 什么是简化轴向伸缩系数? 为什么要简化?

3. 什么是轴间角? 正等轴测图和斜二轴测图的轴间角是如何规定的?

4. 正等轴测图画圆投影时为什么用四心法来近似画椭圆?

5. 试比较斜二测投影图和正等轴测投影图的优缺点。

第二篇　工程制图方法

第 5 章　制图的基本知识和基本技能

工程图样是现代工业生产中的主要技术文件之一。为了方便交流，图样的画法已标准化，是不能随意画的。本章重点介绍国家标准《技术制图》和《机械制图》中的基本规定。同时对绘图工具和仪器的使用方法、几何作图、尺寸注法和线段分析、平面图形的画法及组合体的尺寸标注等内容进行了简要介绍。

5.1　国家标准《技术制图》和《机械制图》简介

工程图样是工程技术人员表达设计思想，进行技术交流的工具，是指导生产的重要技术文件。为了便于生产和进行技术交流，必须对图样的表达方式、尺寸注法以及所采用的符号等建立一个统一的标准，《技术制图》与《机械制图》国家标准起到了统一工程语言的作用。每一个工程技术人员，都必须树立标准化的概念，严格遵守，认真执行这些标准。

5.1.1　图纸幅面和格式(GB/T 14689—1993)

1.图纸幅面

图纸幅面是指图纸宽度与长度组成的尺寸范围。绘制图样时，应优先采用表 5-1 中规定的基本幅面。必要时，可按规定加长幅面，其尺寸是由基本幅面的短边成整数倍增加后形成的。

表 5-1　基本幅面及边框尺寸

幅面代号	A0	A1	A2	A3	A4
$B \times L$	841×1189	594×841	420×594	297×420	210×297
e	20			10	
c	10			5	
a	25				

【提示】　A3 幅面是学习中最常用的幅面，应记住其边长尺寸(297×420)。另外，各幅面的边长之间存在一种规律：长边和短边之比为$\sqrt{2}:1$，大于 A4 的每张图纸对折可得到两张小一号的图纸。还有，当图纸尺寸大于幅面规格尺寸时，可用细实线画出图纸幅面的矩形范围表示图边界线，必要时可在图画完后用小刀沿图纸细实线裁剪下来。

2.图框格式

在图纸幅面范围内也不得随意画图，必须用粗实线画出图框，在图框内才能画图。图框有两种格式的画法：不留装订边(图 5-1)和留装订边(图 5-2)。图边界线与图框线之间有一个边界区间,称为周边,周边内不能画图的。同种产品图样只能采用一种格式。装订时可采用 A4 幅面竖放或 A3 幅面横放。另外,若较大图纸画完后需要折叠,折叠后的图纸幅面一般应符合 A4 或 A3 的幅面规格。

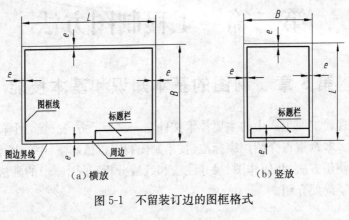

图 5-1 不留装订边的图框格式

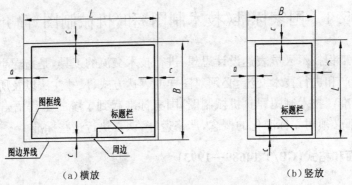

图 5-2 留装订边的图框格式

3. 标题栏

每张技术图样中均应画出标题栏。标准栏的格式和尺寸应按 GB/T 10609. 1—1989 的规定。标题栏一般位于图纸的右下角。标题栏中的文字方向通常为看图方向。各单位可根据需要增减标题栏和明细栏的内容。国家标准规定的标题栏及明细栏如图 5-3 所示。学校制图作业建议用简化的标题栏(图 5-4 和图 5-5)。

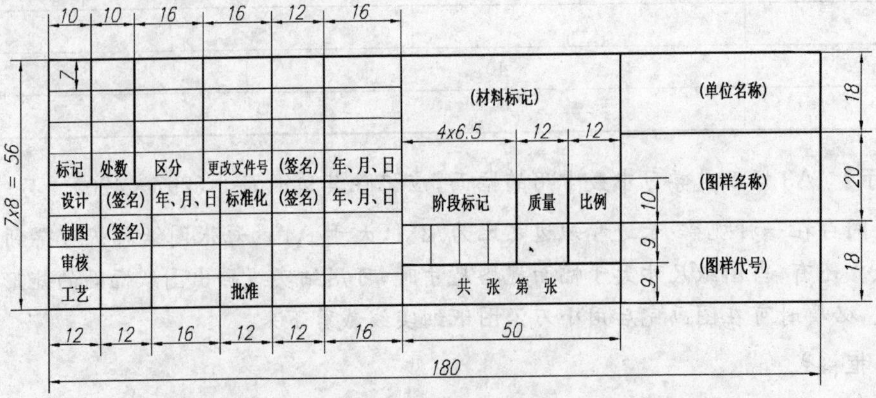

图 5-3 标准标题栏

根据视图的布置需要，图纸可以横放或竖放。如图 5-6 所示，可使用两种"附加符号"。一个符号是"方向符号"——细实线的等边三角形。用于预先印制的水平放图纸垂直使用或垂直放图纸水平使用，方向符号画在图框下边的中间位置，明确看图方向；另一个符号是"对中符号"，用于图样复制和微缩时定位方便，应在图纸各边长的中点处分别用粗实线绘制画出，线宽不小于 0.5mm，长度从图纸边界开始至伸入图框内约 5mm 处。两种符号可以分开用也可以在一起使用。

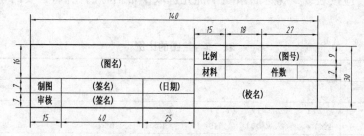

图 5-4　简化的零件图标题栏

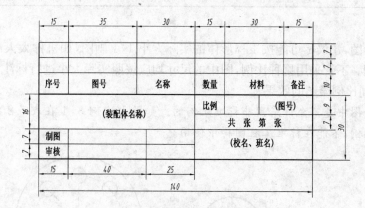

图 5-5　简化的装配图标题栏

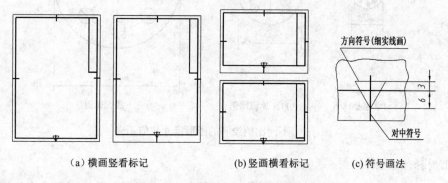

（a）横画竖看标记　　　　（b）竖画横看标记　　　（c）符号画法

图 5-6　方向符号与对中符号的使用

【注意】　（1）标题栏右下角应与粗实线的图框右下角重合。

（2）画标题栏时应注意规定线框粗细实线的变化。一般标题栏外框为粗实线，不要将标题栏全用粗实线或全用细实线画出。

（3）填写标题栏时，一般图名用 10 号字，图号、校名用 7 号字，其余都用 5 号字书写。

5.1.2 比例(GB/T 14690—1993)

1. 比例分类

比例是指图中图形与其实物相应要素的线性尺寸之比。比值为1的比例称为原值比例。比值大于1的比例,如2:1称为放大比例。比例小于1的比例,如1:2称为缩小比例。

绘制图样时,应按表5-2规定的系列中优先选取不带括号的比例,必要时也可采用带括号的比例。

表5-2   绘图的比例

种 类	比 例						
原值比例	1:1						
放大比例	2:1	(2.5:1)	(4:1)	5:1	10:1		
	$2 \times 10^n:1$	$(2.5 \times 10^n:1)$	$(4 \times 10^n:1)$	$(5 \times 10^n:1)$	$1 \times 10^n:1$		
缩小比例	(1:1.5)	1:2	(1:2.5)	(1:3)	1:4	1:5	(1:6)	1:10
	$1:1.5 \times 10^n$	$1:2 \times 10^n$	$(1:2.5 \times 10^n)$	$(1:3 \times 10^n)$	$1:4 \times 10^n$	$1:5 \times 10^n$	$(1:6 \times 10^n)$	$1:10 \times 10^n$

注:n 为正整数。

为了方便看图,建议尽可能按工程形体的实际大小1:1画图,如机件太大或太小,则采用缩小或放大比例。不管采用哪种比例,图中的尺寸均应按照实际大小进行标注,与图形大小无关,图5-7为不同比例绘图的效果。

【注意】 绘图中是不允许采用非标准比例的。如放大比例3:1在表5-2中没有列出,则认为是非标准比例,不能在标准工程图样中使用。

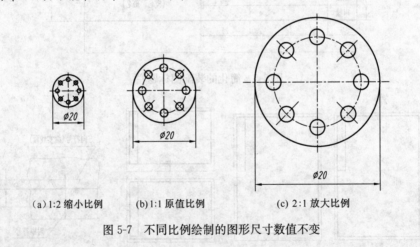

(a)1:2缩小比例   (b)1:1原值比例   (c) 2:1放大比例

图 5-7   不同比例绘制的图形尺寸数值不变

2. 比例标注方法

比例一般应标注在标题栏中的比例栏内。必要时,可在视图名称的下方或右侧标注比例,如:$\dfrac{\text{I}}{2:1}$、$\dfrac{\text{A}}{1:100}$、$\dfrac{\text{B}-\text{B}}{2.5:1}$、$\dfrac{\text{墙板位置图}}{1:200}$、$\dfrac{\text{平面图}}{1:100}$。

5.1.3 字体(GB/T 14691—1993)

字体是技术制图中的一个重要组成部分。国家标准规定了图样上汉字、字母、数字的规范。书写字体的基本要求与原则是字体工整,笔画清楚,间隔均匀,排列整齐。

1. 字高

字体的高度（h）代表了字体的号数，其公称尺寸系列有：1.8、2.5、3.5、5、7、10、14、20mm。当还需要更大时，其字体高度按$\sqrt{2}$的比率递增。

2. 汉字

汉字应写成长仿宋体，并采用国家正式公布的简化字。汉字高度不应小于 3.5mm，其字宽一般为 $h/\sqrt{2}$。汉字示例如图 5-8 所示。

字体工整 笔画清楚
间隔均匀 排列整齐
横平竖直注意起落结构均匀填满方格
技术制图机械电子汽车航空船舶土木建筑矿山井坑港口纺织服装
螺纹齿轮端子接线飞行指导驾驶舵位挖填施工引水通风闸阀坝棉麻化纤

图 5-8　长仿宋体汉字示例

3. 字母和数字

字母和数字可写成直体与斜体两种。斜体字头向右倾斜，与水平线成 75°，分 A 型（笔画宽为 $h/14$）和 B 型（笔画宽为 $h/10$）。A 型字体用于机器书写，B 型字体用于手工书写。在同一图样上只允许选用一种形式的字体。其书写字体的示例如图 5-9 所示。

ABCDEFGHIJILMNOPQRSTUVWXYZ

abcdefghijklmnopqrstuvwxyz

1234567890 I II III IV V VI VII VIII IX X XI XII $10^3 S^{-1} D_1$ T_d

$\phi40$ R30 2×45° Q235 HT200 M20-6H $\phi20^{+0.010}_{-0.023}$ $\frac{3}{5}$

图 5-9　B 型斜体字母、数字及字体示例

【注意】　ϕ 常用来表示直径的代号，如 $\phi40$ 表示直径为 40mm。同理，R 用来表示半径代号，如 $R30$ 表示半径为 30mm。用作指数、分数、注脚等的数字及字母采用小一号的字体。

5.1.4　图线（GB/T 17450—1998 和 GB/T 4457.4—2002）

1. 基本线型

绘制机械工程图样常使用八种图线：粗实线、虚线、细实线、波浪线、细点画线、双点画线、双折线、粗点画线（表 5-3）。

2. 图线的宽度

机械工程图样中应采用两种图线宽度，称为粗线与细线。粗线的宽度为 d，细线的宽度约为 $d/2$，线宽 d 的尺寸系列为 0.13、0.18、0.25、0.35、0.5、0.7、1、1.4、2mm，在同一图样中，同类图线的宽度应一致。本书优先采用 0.5 或 0.7 两种线宽。

表 5-3　图线及其应用

图线名称	图线型式	线宽	线素/长度		一般应用
粗实线	——————————	d	画	不限	可见轮廓线 可见过渡线
虚线	– – – – – – – –		画 短间隔	$12d$ $3d$	不可见轮廓线 不可见过渡线
细实线	——————————		画	不限	尺寸及尺寸界线 剖面线、引出线 重合剖面的轮廓线
波浪线	～～～～～～	$d/2$			断裂处的边界线 视图和剖视的分界线
细点画线	—·—·—·—·—		点 短间隔 长画	$\leqslant 0.5d$ $3d$ $24d$	轴线、对称中心线、轨迹
双点画线	—··—··—··		点 短间隔 长画	$\leqslant 0.5d$ $3d$ $24d$	相邻辅助零件的轮廓线 运动机件在极限位置的轮廓 线和轨迹线 假想投影轮廓线、中断线
双折线	——〜〜——				断裂处的边界线
粗点画线	▬·▬·▬·▬·	d	点 短间隔 长画	$\leqslant 0.5d$ $3d$ $24d$	有特殊要求的线 表面的表示线

注：表中所注线型、线素的计算式为手工绘图时使用，在 GB/T 14665 中规定。这些公式也便于使用 CAD 系统绘制的各种图样。

3. 图线的应用

如图 5-10 所示为图线的应用举例。

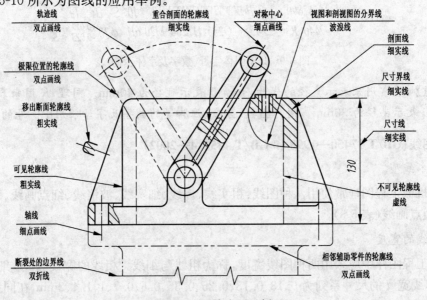

图 5-10　图线应用示例

4.图线画法(图 5-11)

(1) 画图线要做到:清晰整齐、均匀一致、粗细分明、交接正确。

(2) 除非有特殊规定,两条平行线之间的最小间隙不得小于 0.7mm。

(3) 在同一张图样中,同类线段宽度应一致。同一条虚线、点画线、双点画线中的短画、短间隔、长画和点的长度应各自大致相同。

(4) 点画线、双点画线首末两端应是长画,并超出轮廓线 2~5mm;当该图线较短时,可用细实线代替。

(5) 画圆的中心线时,圆心应为点画线的线段与线段相交。

(6) 虚线、点画线与其他图线相交时,都应交到线段处,当虚线在实线的延长线上时,虚线与粗实线的分界点处,虚线应留出间隙。

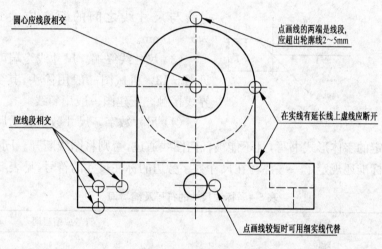

图 5-11　图线画法

5.1.5　尺寸注法(GB/T 4458.4—2003 和 GB/T 16675.2—1996)

1.基本规则

(1) 机件的真实大小应以图样上所注尺寸为依据,与绘图比例及绘图的准确度无关。

(2) 图样中的尺寸,以毫米为单位时,不需标注计量单位的代号或名称。若采用其他单位,则必须注明相应计量单位的代码或名称。

(3) 图样中所注的尺寸,为该图样所示机件的最后完工尺寸,否则应另加说明。

(4) 机件的每一个尺寸,一般只标注一次,应标注在反映该结构最清晰的图形上。

2.尺寸的组成要素

组成尺寸的要素有尺寸界线、尺寸线、尺寸线终端、尺寸数字,如图 5-12 所示。

(1) 尺寸界线。尺寸界线表明尺寸标注的范围,用细实线绘制。尺寸界线应由图形的轮廓线、轴线或对称中心线引出,也可利用轮廓线、轴线或对称中心线作为尺寸界线。尺寸界线一般应与尺寸线垂直,必要时允许倾斜。尺寸界线超过箭头 2~5mm。

(2) 尺寸线。尺寸线表明尺寸度量的方向,必须单独用细实线画出,不能用其他图线代替。标注线性尺寸时,尺寸线必须与所标注的线段平行。同一图样中,尺寸线与轮廓线以及尺

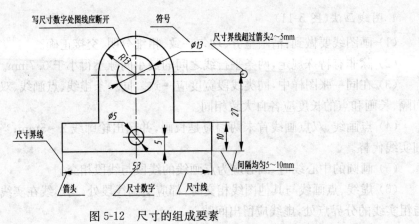

图 5-12 尺寸的组成要素

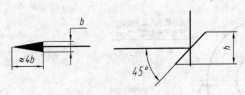

图 5-13 尺寸线终端形式

寸线与尺寸线之间的距离应大致相同,一般为5~10mm。

(3)尺寸线终端。尺寸线终端可用两种形式,见图5-13。机械图一般用箭头,其尖端应与尺寸界线接触。土建图一般用斜线。

(4)尺寸数字。尺寸数字表明尺寸的大小,应按国家标准规定的字体形式书写,且不能被任何图线通过,否则将图线断开。同一张图中字高要一致。国家标准还规定了一些注写在尺寸数字旁边的标注尺寸的符号,见表5-4。

表 5-4 标注尺寸的符号及缩写词

名称	符号或缩写词
直径	ϕ
半径	R
球直径	$S\phi$
球半径	SR
厚度	t
正方形	□
45°倒角	C
深度	↓
沉孔或锪平	⊔
埋头孔	∨
均布	EQS
弧长	⌒
斜度	∠
锥度	◁

3.基本尺寸标注法

1)线性尺寸数字注法

线性尺寸的数字应注写在尺寸线的上方,也允许注写在尺寸的中断处,如图5-14(a)所示,并尽可能避免在图示 30°范围内标注尺寸。当无法避免时,可按图 5-14(b)所示的形式标注。图 5-14(c)、(d)为尺寸数字注写的正、误对比。

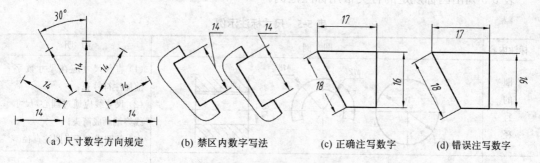

| (a)尺寸数字方向规定 | (b)禁区内数字写法 | (c)正确注写数字 | (d)错误注写数字 |

图 5-14　尺寸数字的注法

2)尺寸线的注法

如图 5-15 所示给出标注尺寸线的正误对比。标注尺寸线时,必须与所标注的线段平行。尺寸线不能用其他线段代替,也不能与其他图线重合。

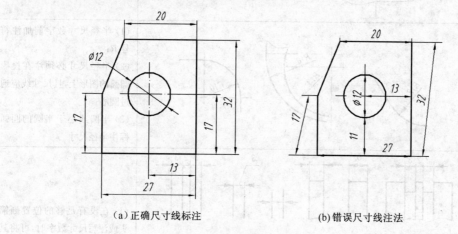

(a)正确尺寸线标注　　　　(b)错误尺寸线注法

图 5-15　尺寸线注法

3)角度的注法

如图 5-16 所示,角度尺寸界线沿径向引出;角度的尺寸线画成圆弧,圆心是该角顶点;角度尺寸数字一律写成水平方向。

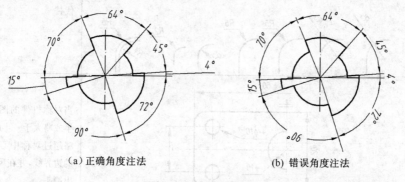

(a)正确角度注法　　　　(b)错误角度注法

图 5-16　角度的注法

4.标注示例

表 5-5 列出国标规定的各类常用标注范例。

表 5-5　尺寸标注示例

标注内容	图　例	说　明
圆的直径	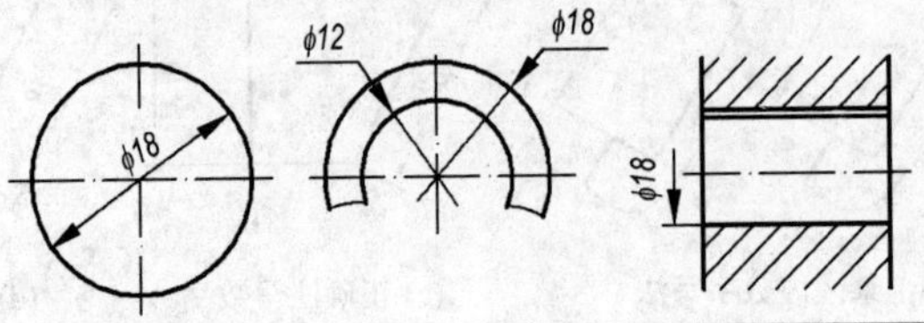	(1) 直径尺寸应在尺寸数字前加注符号 ϕ； (2) 尺寸线应通过圆心，尺寸线终端画成箭头； (3) 整圆或大于半圆注直径
大圆弧	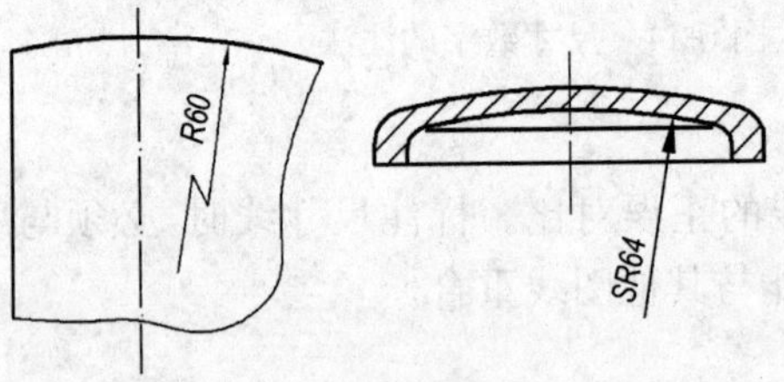	当圆弧半径过大，在图纸范围内无法标出圆心位置时，按左图形式标注；若不需标出圆心位置，按右图形式标注
圆弧半径	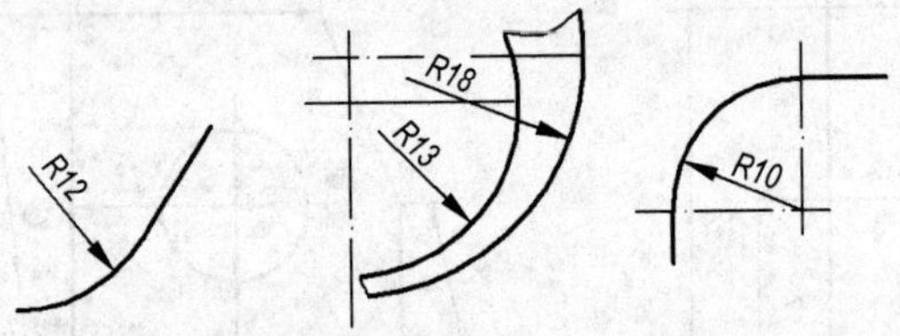	(1) 半径尺寸数字前加注符号 R； (2) 半径尺寸必须注在投影圆弧的图形上，且尺寸线应通过圆心； (3) 半圆或小于半圆的圆弧标注半径尺寸
狭小部位	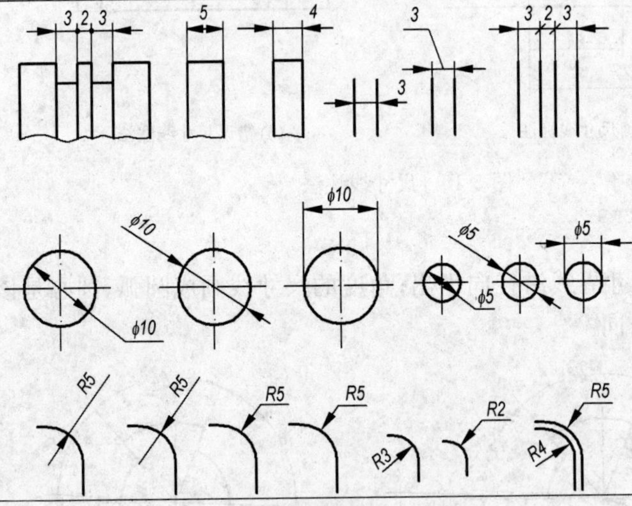	(1) 在没有足够的位置画箭头或注写尺寸数字时，可将其中之一布置在外面； (2) 当位置更小时，箭头和数字都可以布置在外面； (3) 几个小尺寸连续标注时，中间的箭头可用圆点或斜线代替
对称机件	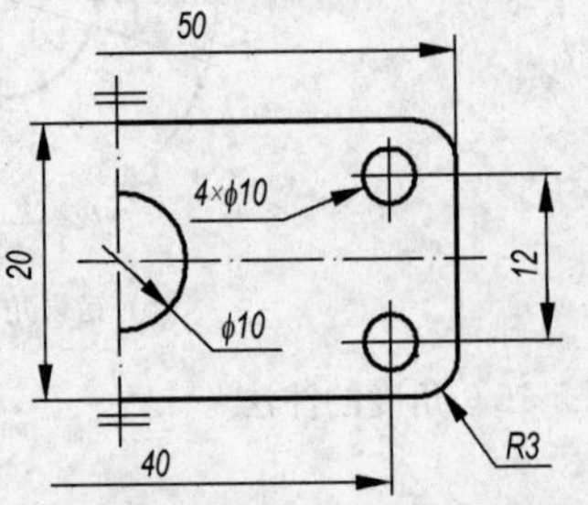	当对称机件的图形只画出一半或略大于一半时，尺寸线应略超过对称中心线或断裂处的边界线，并在尺寸线一端画出箭头

标注内容	图 例	说 明
正方形结构	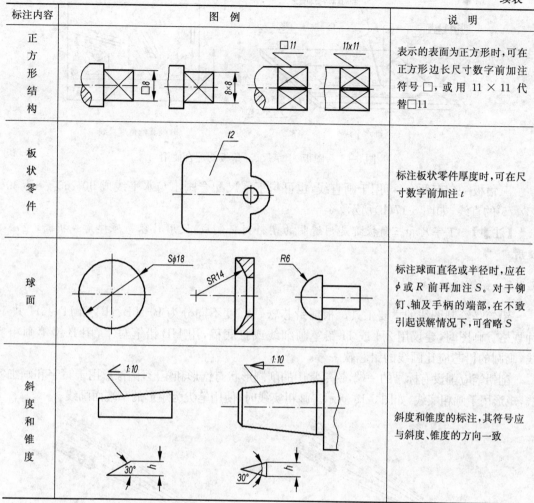	表示的表面为正方形时,可在正方形边长尺寸数字前加注符号□,或用 11 × 11 代替□11
板状零件		标注板状零件厚度时,可在尺寸数字前加注 t
球面		标注球面直径或半径时,应在ϕ 或 R 前再加注 S。对于铆钉、轴及手柄的端部,在不致引起误解情况下,可省略 S
斜度和锥度		斜度和锥度的标注,其符号应与斜度、锥度的方向一致

5.2　常用绘图工具及仪器的使用方法

尺规绘图是借助图板、丁字尺、三角板等绘图仪器进行手工绘图的一种方法。熟练掌握用尺规绘制工程图样是工程技术人员必备的基本能力。为保证绘图质量,提高绘图速度,必须掌握绘图工具及仪器的正确使用方法。

常用的绘图工具有图板、丁字尺、三角板、圆规、分规、曲线板、绘图铅笔等。

5.2.1　图板、丁字尺和三角板

图板是用来铺放图纸的矩形木板,要求表面平坦光洁,因左右两边为导边,所以必须平直。图板规格有♯00、♯01、♯02、♯03 等,其幅面大小比对应图纸 A0～A3 幅面略大一些,♯02 图板大小为 45×60cm,如图 5-17(a)所示。

丁字尺是用来绘制水平线段的。它由尺头和尺身构成。尺头的内侧和尺身工作边必须垂直。画图时,应使尺头始终紧靠图板左侧的导边,上下移动可画出一组水平线。画水平线必须自左向右画。

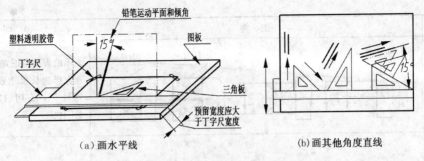

|（a）画水平线 | （b）画其他角度直线 |

图 5-17　图板、丁字尺、三角板的配合使用

三角板一套有两个，可用于画直线，也可与丁字尺配合画出与水平线成 90°、60°、45°、30°、15°、75°的直线，如图 5-17(b)所示。

【注意】　丁字尺和三角板都是用透明的塑料材料制成，使用时容易碰掉角或折断，应小心使用。

5.2.2　铅笔

铅笔是绘制图线的主要工具。根据铅芯软硬程度不同分为 B～6B、HB 和 H～6H 共 13 种规格。画图时，建议用 2H 或 H 铅笔画细线或打底稿，用 HB 铅笔写字，用 B 铅笔画粗实线，画圆的铅芯应比画线的铅芯软一号。

削铅笔应削没有标号的一端，铅笔常用的削制形状有锥形和矩形，圆锥形用于写字和画细实线，矩形用于画粗实线，如图 5-18 所示。画粗实线时，使用笔尖为矩形的窄端面画线。

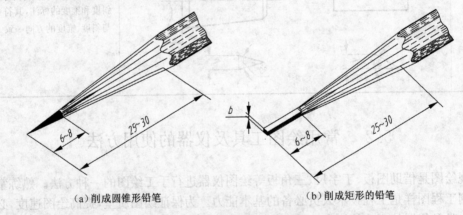

|（a）削成圆锥形铅笔 | （b）削成矩形的铅笔 |

图 5-18　铅笔的削制形状

5.2.3　圆规和分规

圆规是工程图样中画圆和圆弧的主要手工工具。圆规主要结构分铅芯脚、针脚及旋转手柄三个部分。针脚在画圆时起支点作用，针脚尖的方向可调，其针尖的两端也不同。针状一端用于画细线，另一端的针尖后面有一个小平台，使针尖扎入图板 1mm 后就不能再扎更深，用于画粗实线等用力画线的中心定位，不然用力画后针尖扎入图板过深会改变圆弧半径，画圆半径不准，发生变形。一般绘图用圆规的铅芯脚下段是活动杆，既可以通过弯曲改变铅芯与纸面的角度，也可拆下来更换铅芯。注意 B 铅芯比 H、HB 的铅芯粗一些。因此，有的圆规购买时

配了两个装铅芯的活动杆,它们的铅芯管的直径不一样,其中较细的一个装 H、HB 铅芯,较粗的一个装 B、2B 等铅芯。

使用圆规前,应先调整针脚,使针尖略长于铅芯,圆规的铅芯画细线时最好磨成铲状,如图 5-19(a)所示。画圆弧时,应将圆规向前进方向稍微倾斜;画较大圆弧时,可加上延长杆,使圆规两脚都与纸面垂直,如图 5-19(b)所示。

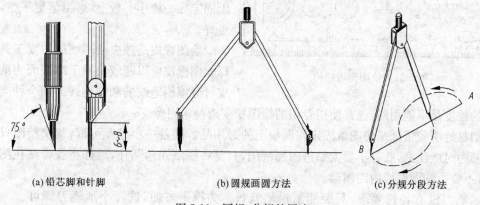

| (a) 铅芯脚和针脚 | (b) 圆规画圆方法 | (c) 分规分段方法 |

图 5-19　圆规、分规的用法

分规的两腿均装有钢针,当分规两脚合拢时,两针尖应合成一点,分规主要用于量取尺寸和截取线段,如图 5-19(c)所示。

5.2.4　曲线板

曲线板用来描绘非圆曲线。首先徒手用铅笔把曲线上的一系列点顺次连接起来,然后选择曲线板上曲率合适的部分,将徒手连接的曲线描深。当采用分几段逐步描深时,每段应至少通过曲线上 3 个点。每两段曲线之间应有一段重合区,这样才能使所画曲线光滑过渡,如图 5-20 所示。

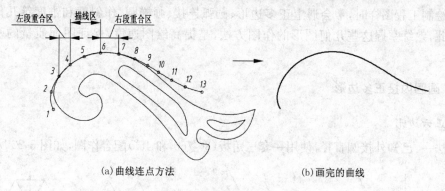

| (a) 曲线连点方法 | (b) 画完的曲线 |

图 5-20　曲线板的用法

5.2.5　其他必备用品

绘图模板由很薄的硬透明塑料板制成。它是一种快速绘图工具,如图 5-21 所示。它上面带有镂空的常用图形、符号或字体等。使用时笔尖应紧靠模板快速画出整齐图形,如箭头、表面粗糙度符号等。另外,绘图模板还可以当做擦图片使用,可用来擦去多余图线。

量角器用来测量角度。绘图中使用次数不多,最好选用量角器与三角板合在一起的,可以减少携带绘图工具的数量。

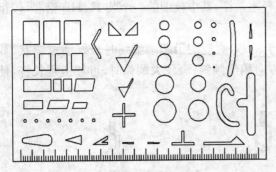

图 5-21　绘图模板结构

砂纸是用来磨铅笔的。常用 P400 或 P200,砂纸 P400,就是 400 目,P200 就是 200 目,有时候也用♯120 或♯180 来表示,都是表示砂粒粗细的。P400 比 P200 更细一些。绘图时应准备一小块。若将一小块长方形砂纸固定在一块小平板上,磨铅笔更平整,效果更好。

绘图橡皮是擦去绘图线的主要工具。选择绘图橡皮应以能较快擦干净图面为准。橡皮可分擦铅笔线的和钢笔线的两个种类。擦钢笔的橡皮是不能用的,通常使用专用的绘图橡皮或美术用橡皮。

塑料透明胶带纸是将图纸固定在图板上的必用品。准备一小卷就可以,每次绘图只用一点。贴图时应注意,胶带不要太贴进图面范围,只要将图纸四角贴住,最好将胶带贴在图纸周边内,不要影响图框线内的图形。

削笔刀没有特殊要求,只要能削铅笔就行。为携带方便,选择小削笔刀即可。

绘图纸:工程上使用的绘图纸质量要求很高,其规格用 g/m² 表示,常用图纸越厚、越致密越好,通常选用 150g/m² 左右的绘图纸。使用时应注意图纸有正反面之分,正面纹路较致密、较光滑,反面较疏松。若绘图时,擦图次数较多,纸的反面有易脏、起毛等问题。判断图纸正反面的一般方法是,在图纸的两面都用铅笔画一小段线再擦去,观察两个面的变化情况,平整、干净的一面一般是正面。

5.3　几何制图

在绘制工程图样时,常会遇上正多边形、圆弧连接、画椭圆、作斜度和锥度等几何作图问题。因此,熟练掌握这些几何图形的作图方法,是提高绘图速度,保证图面质量的基本条件之一。

5.3.1　画圆内接正多边形

1.正六边形

方法一:已知外接圆直径,使用一套三角板(30°/60°和 45°)配合作图,如图 5-22 所示。

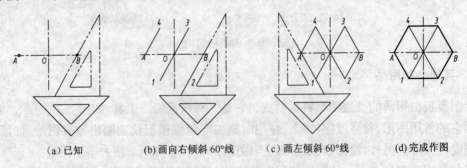

(a)已知　　　(b)画向右倾斜 60°线　　　(c)画左倾斜 60°线　　　(d)完成作图

图 5-22　用三角板画正六边形

方法二:已知外接圆直径,使用圆规和直尺配合作图,如图 5-23 所示,以半径等分圆周。

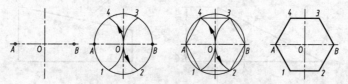

图 5-23　用圆规和直尺画正六边形

2. 正五边形

已知外接圆直径,使用圆规和直尺配合作图,如图 5-24 所示,作水平半径 OB 的中点 E,以 E 为圆心、EC 为半径作圆弧得点 F,以 CF 为边长即可作出圆内接正五边形。

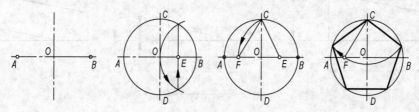

图 5-24　画正五边形

3. 任意正多边形

已知外接圆直径,使用圆规和直尺配合作正多边形。设边数为 n。

如图 5-25 所示,当 $n=7$ 时,七等分铅垂直径段 CD,以 D 为圆心、DC 为半径作圆弧交 AB 延长线得点 E,连接点 E 与等分偶数点(注:n 为奇数时连接偶数点,若 n 为偶数连奇数点),并延长得正七边形右半边圆周上顶点 F、G、H,再画出对称左边圆周上各顶点并连线,完成圆内接正七边形。

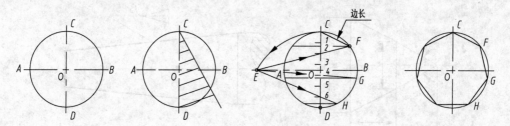

图 5-25　画圆内接正 n 边形(七边形)

5.3.2　斜度与锥度

1. 斜度

斜度是指一直线或平面对另一直线或平面的倾斜程度,其大小一般是用倾斜角的正切来表示,如图 5-26(a)所示,即

$$\tan \alpha = \frac{H}{L}$$

通常在图样上都是将比例化成 1:n 的形式加以标注,如图 5-26(b)所示,并在其前面加上斜度符号∠,图中 H 为字体高度,且符号斜线的方向应与斜度方向一致。画法如图 5-27 所示。

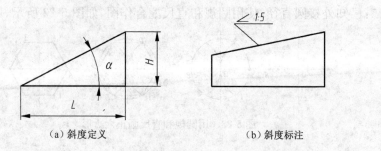

(a) 斜度定义　　　　　　　　　　　　（b) 斜度标注

图 5-26　斜度定义、标注

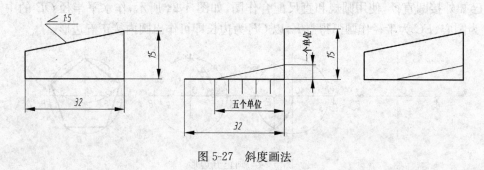

图 5-27　斜度画法

2. 锥度

锥度是正圆锥体底圆直径与高度之比。如果是圆台,则是底圆直径和顶圆直径之差与高度之比,如图 5-28(a)所示,即

$$\text{锥度} = \frac{D}{L} = \frac{D-d}{l}$$

通常,锥度也可以 1:n 的形式加以标注,如图 5-28(b)所示,并在前面加上锥度符号。

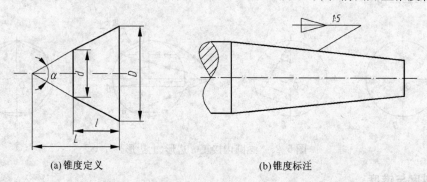

(a) 锥度定义　　　　　　　　　　　　（b) 锥度标注

图 5-28　锥度定义、标注

图 5-29 为锥度 1:5 的作法。先用单位等分法作出锥度为 1:5 的小圆锥,再过右上角已知点作直线平行于小圆锥对应边,最后以尺寸 32 截取。

5.3.3　椭圆的近似画法

椭圆为常见的非圆曲线,用直尺和圆规无法精确画出椭圆。工程上常采用近似画法。这里介绍一种在已知长、短轴的条件下的椭圆四心圆法。

如图 5-30 所示,连长短轴端点 AC,取 $EO=AO$。以 C 为圆心、CE 为半径画弧交 CA 边

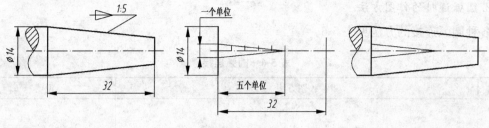

图 5-29　锥度画法

于点 F，作 AF 的中垂线交长轴于 3，交短轴于 1，找出对称点 4、2，连 13、14、23、24，并延长。分别以 1、2、3、4 为圆心，以 $3A=4B$、$1C=2D$ 为半径画弧，这四段圆弧就拼成了近似椭圆。从图 5-30 可以看出，四段在连接点处为各圆弧的切点，因此，四段曲线是光滑过渡连接的。

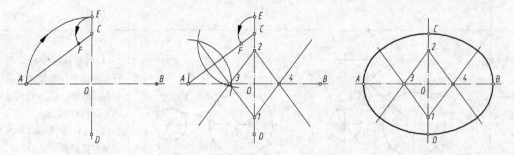

图 5-30　四心圆弧法画近似椭圆

5.3.4　圆弧连接

在平面图形中，将已知圆弧与直线、圆弧相切的作图称为圆弧连接。圆弧连接在机械零件的外形轮廓中常常见到。圆弧连接的要求是光滑连接。因此，作图时根据已知条件，准确地定出连接弧的圆心和连接点（切点）。

1. 圆弧连接的基本作图原理

（1）与已知直线相切，半径为 R 的圆弧，其圆心轨迹是与已知直线平行且距离等于 R 的平行直线，其切点是选定的圆心向已知直线所作垂线的垂足，如图 5-31（a）所示。

（2）与已知圆弧（圆心 O_1，半径 R_1）外切（或内切）的半径为 R 的圆弧，其圆心轨迹是以 O_1 为圆心，以 R_1+R（或 R_1-R）为半径的已知圆弧的同心圆。切点是选定圆心 O 与 O_1 的连心线（或其延长线）与已知圆弧的交点，如图 5-31（b）、（c）所示。

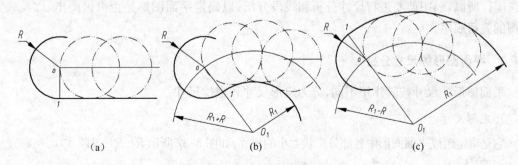

图 5-31　圆弧连接的作图原理

2. 圆弧连接的作图方法

各种圆弧连接的方法见表 5-6。

表 5-6　圆弧连接

要求	作图方法	说明
连接相交两直线	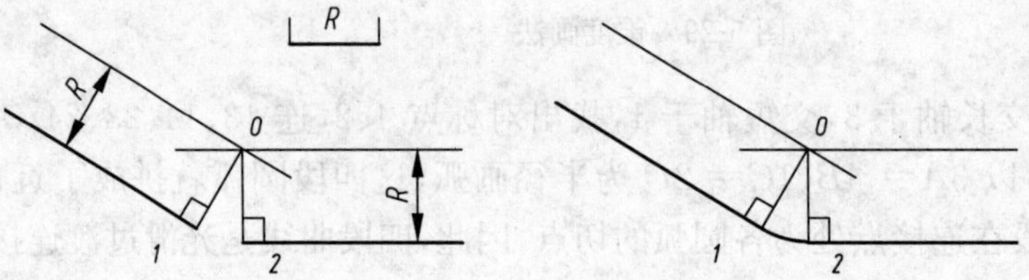	(1)分别作两直线平行线求连接圆弧圆心 O，过圆心作垂线得切点 1,2； (2)以 O 为圆心、O_1 为半径画圆弧
外接两圆弧	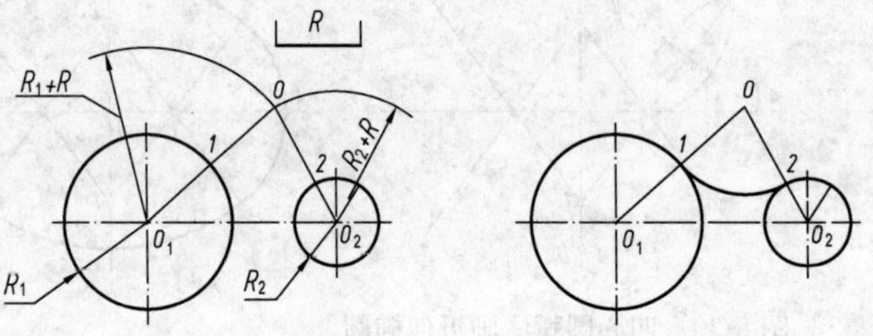	(1)两外接圆半径分别与已知圆弧半径相加画弧求连接圆弧的圆心 O、连线两已知圆心，得切点 1、2； (2)以 O 为圆心、O_1 为半径画连接画弧
内接两圆弧	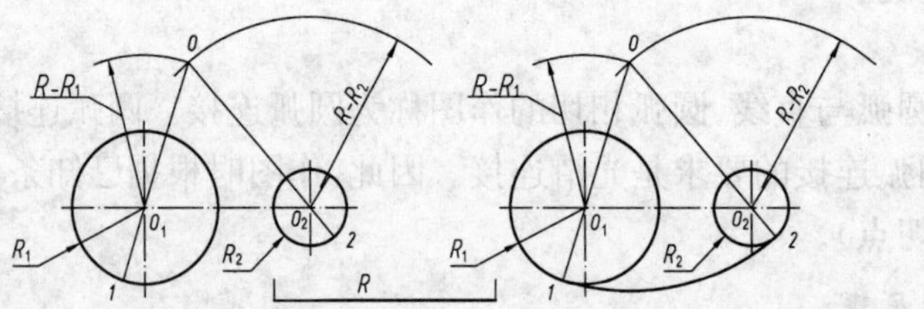	(1)已知圆弧半径减两内接圆半径画弧求连接圆弧圆心 O，连线两已知圆心，得切点 1、2； (2)以 O 为圆心、O_1 为半径画连接画弧

5.4　平面图形的分析及画图方法

平面图形通常由很多线段连接而成，画图时，先画哪条线段并不明确，选择不当会影响画图进度。所以，画图前要进行尺寸分析和线段分析，以确定平面图形是否可以画出，以及确定画图的先后顺序。

5.4.1　平面图形的尺寸分析

平面图形的尺寸按其作用不同，分为定形尺寸和定位尺寸。

1. 定形尺寸

它是确定组成平面图形中各部分形状大小的尺寸，如图 5-32 所示 $R7$、$R40$、$\phi14$、$\phi30$。

2. 定位尺寸

它是确定平面图形中各部分之间相对位置的尺寸，如图 5-32 所示 53 和 30°。

3.尺寸基准

标注定位尺寸的起点称为基准。一般以图形的对称中心线、较大圆弧的对称中心线、较大圆的圆心或图形中的主要直线作为基准,如图 5-32 所示。一般情况下,一个简单的平面图形需要两个方向上的定位尺寸。如果某一图形的对称中心线,在某一方向与全图的基准线重合,此时图形在该方向的定位尺寸为零,不进行标注。如 $\phi14$ 和 $\phi30$ 的定位尺寸为零。

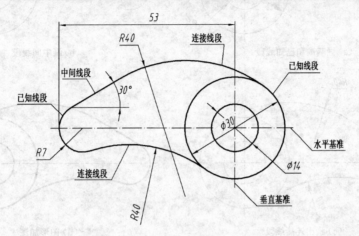

图 5-32　平面图形的尺寸与基准

5.4.2　平面图形的线段分析

平面图形是根据给定的尺寸绘成的。图形中线段的类型与给定的尺寸密切相关,根据给出其定位尺寸的完整与否,可分为三大类。

1.已知线段

定形尺寸和定位尺寸齐全,可独立画出的线段称为已知线段,如图 5-32 所示 $R7$、$\phi30$ 和 $\phi14$。

2.中间线段

给出定形尺寸,而定位尺寸不全,但可根据与其他线段的连接关系画出的线段,称为中间线段。如图 5-32 所示 $30°$ 的斜线。

3.连接线段

只给出定形尺寸,没有定位尺寸,只能在其他线段画出后,根据连接关系最后才能画出的线段称为连接线段,如图 5-32 所示两段 $R40$ 的连接弧。

5.4.3　平面图形的画法

现以图 5-32 为例说明平面图形的画图方法。

（1）分析构成平面图形的各线段的类型,确定画图的正确顺序,并画出基准线,画出各已知线段如图 5-33(a)所示。

（2）画出中间线段,如图 5-33(b)所示。

（3）画出连接线段,如图 5-33(c)所示。

（4）如图 5-33(d)所示,实线加深,完成作图。

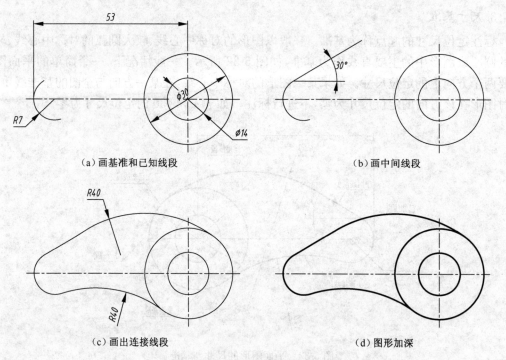

(a) 画基准和已知线段　　　　　　　　　　　　(b) 画中间线段

(c) 画出连接线段　　　　　　　　　　　　　　(d) 图形加深

图 5-33　平面图形的画图步骤

5.5　绘图的方法和步骤

绘图的方法有手工绘图和计算机绘图之分,本节将介绍手工绘图的两种方法:尺规绘图和徒手绘图。

5.5.1　尺规绘图的方法及步骤

(1) 绘图前的准备工作。首先准备好绘图用的图板、丁字尺、三角板并擦干净,将铅笔及圆规铅芯按型号削好。

(2) 固定图纸。确定要绘制的图样以后,按其大小和比例,选择图纸幅面。如图 5-34 所示,图纸正面向上,将丁字尺移至图板下边,使丁字尺上边与图纸下边对齐,用三角板和丁字尺对准图纸的水平边与竖直边,然后用胶带纸固定四个角。

(3) 画图框和标题栏。

(4) 布置图形位置。如图 5-34所示,布置图形要考虑所画图形之间及与边框间的间隔要均匀,还要注意留有标注尺寸的位置。然后才能在确定画图区画出图形的基准线、定位线。

(5) 画底稿图。用 H 或 2H 铅笔轻轻画出全部图形,切记不要边画边描深。应注意画线用力以图线看得清,并在画错时擦去不留痕迹的力量大小为准。

(6) 检查加深。加深前,应仔细检查图形是否有画错、漏画的图线,并及时修正,擦去多余线,确定无误后再加深,加深的顺序一般是自上而下,由左向右,先加深粗线后加深细线,先加深曲线后加深直线。

(7) 填写标题栏。

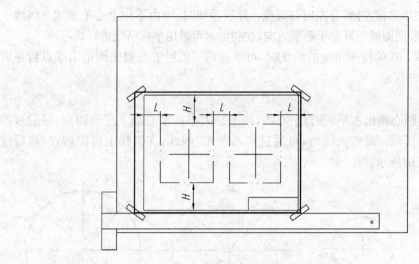

图 5-34　固定图纸和布置图形位置

5.5.2　徒手绘图

1. 徒手绘图的概念

以目测来估测图形与实物的比例,不使用绘图工具或部分使用绘图仪器所绘图形叫徒手图(或草图)。这种图主要用于初步设计阶段,如现场测绘、设计方案讨论或技术交流。工程技术人员必须具备徒手绘图的能力。

2. 徒手绘图的要求与方法

徒手绘图的要求为画线要稳,图线要清晰;目测尺寸比较准,各部分比例匀称;绘图速度要快;尺寸标注无误,字体要工整。

1)直线的画法

画较短的直线时,手腕运笔。画较长线段时,眼睛要看着线段终点,小手指及手腕不宜紧贴纸面,以手臂动作,如图 5-35 所示。

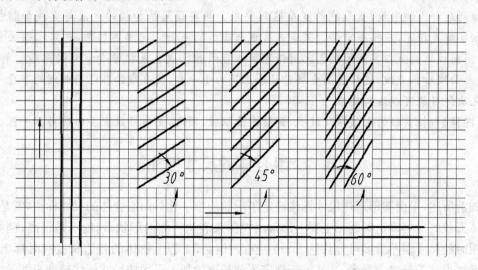

图 5-35　徒手画直线方法

画水平线时，图纸微微左倾，自左向右画线。画铅垂线时，应由下往上运笔画线。斜线一般不好画，可转动图纸，使图线正好处于顺手方向，在初学时可采用坐标格纸进行练习。

对于画 30°、45°、60° 的特殊角度的斜线时，可按直角三角形的近似比例定出端点后连成直线的角度，如图 5-35 所示。

2) 圆的画法

画圆时首先过圆心画出水平、垂直中心线，按半径大小在中心线上定出四点，然后过四点画圆，如图 5-36(a)所示。画较大圆时，可通过加两条 45°斜线，在斜线上再定四点，然后过八点画圆，如图 5-36(b)所示。

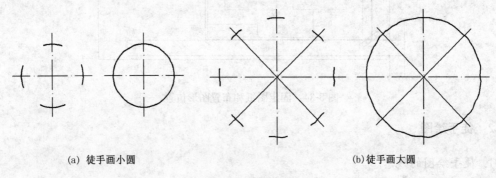

(a) 徒手画小圆　　　　　　　　　　　　　　　　(b) 徒手画大圆

图 5-36　徒手画圆

画草图步骤基本上与用尺规绘图相同。但草图的标题栏中不能填比例，绘图时，也不应固定图纸。完成的草图图形必须基本上保持物体各部分的比例关系，各种线型粗细分明，字体工整，图面整洁。

【学生提问】　图已经在图纸上画出来了，图线不均匀怎么办？即实线宽度和颜色深浅不一致。

【教师解答】　线宽不一致是第一次画图中常见问题。对每个人而言，图线不均匀情况是不一样的，要看问题出在哪？如果是粗实线线宽出了问题，可选已画出的粗实线中的最粗实线为标准，对较细的粗实线进行修改。即，使用 2H 铅笔（笔尖一定要尖），靠在直尺上对较细的粗实线两边加画细实线，直到线的宽度达到要求。粗实线圆弧加粗的方法与直线加粗相同。若是细实线太粗了，应擦去重画。若是点画线与虚线的点、画、间隔不均匀，也只能擦去重画。另外，用圆规画圆弧粗实线的颜色比用铅笔画粗直线颜色浅也是初学者常见的问题。解决方法：先画曲线后画直线，这样后画直线时让手上用力小一些，使直线的颜色与曲线的颜色一致，通过几次练习就可以达到要求。

【注意】　粗实线的图线修改过多，会使图面很脏，因此，图线修改太多时应另画一张。

5.6　组合体的尺寸标注

如前所述，平面图形通过尺寸标注确定了形状的唯一性。而组合体的尺寸标注，就是解决组合体形状的最终确定问题。工程上通常用视图来表达物体的形状，精度不是很高，例如，手工画图时的尺寸误差最多可允许达 2mm 左右。但是，工程上物体的各边长度有时标出的尺寸精度要求达千分之一毫米，这就等于规定了该长度的加工必须按尺寸标注精度来测量，不满足要求就不合格。因此，标注尺寸是保证物体最终形状的重要依据。

学习组合体尺寸标注难度高于学习组合体画图和读图,它要求对前面所学知识的综合运用,主要包括:熟练掌握尺寸标注的国家标准,要求掌握立体尺寸标注的基本方法,记忆一些常见的基本立体、简单立体等尺寸标注实例,还要有一定的实际加工生产经验等。

　　为了较快掌握组合体尺寸标注的基本方法,应认真学习尺寸标注的基本要求,即:尺寸标注要正确、完整、清晰,并注意一定的合理性。下面将这些要求逐一进行说明。

5.6.1　标注尺寸要正确

　　视图中所标注的尺寸要按照国家标准的规定标注。如符合 GB/T 4458.4—2003 和 GB/T 16675.2—1996 或表5-5列出的实例要求。尺寸数字不能写错和出现矛盾。常见的一些错误可见图5-14、图5-15、图5-16的正误对比,这里不再赘述。

5.6.2　标注尺寸要完整

　　组合体视图上尺寸标注要求完整,既不能遗漏,也不能重复,每一个尺寸在图中只标注一次。一般要标注三类尺寸:定形尺寸、定位尺寸和总体尺寸。

　　1.定形尺寸

　　确定各组成部分基本体的形状和大小的尺寸叫定形尺寸。它是构成尺寸标注的基础。当组合体分解成多个基本体后,每个基本体都要注出完整的定形尺寸。如图5-37所示是一些常用基本体的定形尺寸的注法。图中标注的正六棱柱对角尺寸(外接圆直径)加了括号,表示为参考尺寸。通常标有 ϕ、R 前缀的尺寸都属于定形尺寸。

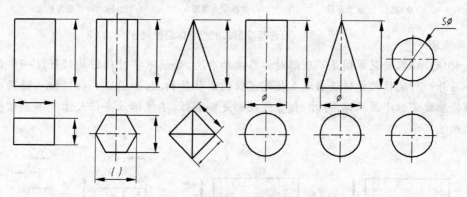

图 5-37　常用基本体的定形尺寸

　　【注意】　当基本体被截切或挖槽后应标注截平面垂直位置的尺寸,不应注出截交线定形尺寸。如图5-38所示,不应该标注的截交线定形尺寸上画了"×"号。

　　2.定位尺寸

　　确定组合体中各基本体之间相对位置的尺寸叫定位尺寸。为了保证组合体中各基本体之间的关系,就要标注定位尺寸,各方向尺寸标注的统一参考基准称为尺寸基准。尺寸基准是标注尺寸的起始位置(可以是线或面)。组合体上有长、宽、高三个方向的尺寸,每个方向至少有一个尺寸基准。通常以物体的底面、端面、对称面和轴线作为尺寸基准。常见三种基准形式的定位尺寸标注如图5-39所示,当基准选择在组合体的一个较大基本体上后,另一个形体的定位尺寸就由基准出发而确定。图5-39(a)中小立板高度定位尺寸本身也是大板的定形尺寸。

　　【注意】　初学者最容易漏标组合体的定位尺寸,这里不再举例。常见定位尺寸标注错误

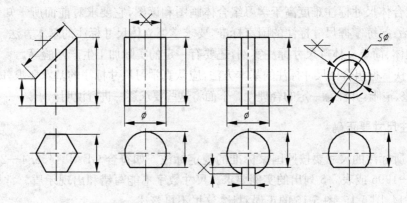

图 5-38　不应该标注的基本体截交线定形尺寸

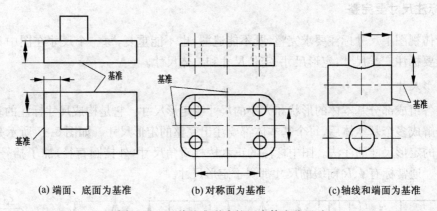

(a) 端面、底面为基准　　　　　(b) 对称面为基准　　　　　(c) 轴线和端面为基准

图 5-39　三种基准形式的组合体定位尺寸

如图 5-40(a)所示,错误原因是不理解对称基准的含义,错误地将对称结构只标注一半形状的尺寸。另外一种定位尺寸错误出现在轴线定位的圆柱结构上,如图 5-40(c)所示,错误地采用了圆柱轮廓线定位小圆柱体;另外,相贯线投影是非圆弧,不能标注半径尺寸。不应该标注的尺寸上画了×号。

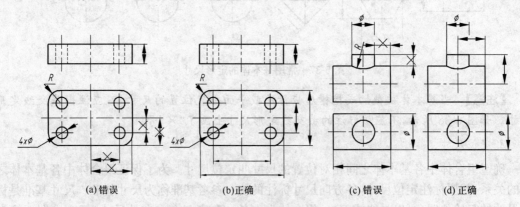

(a)错误　　　　　　(b)正确　　　　　　(c)错误　　　　　　(d)正确

图 5-40　两种基准下定位尺寸标注正误对比

3. 总体尺寸

　　组合体的总长、总宽、总高尺寸叫总体尺寸。组合体一般都要标注总体尺寸。总体尺寸标注时应考虑定形尺寸和定位尺寸特点进行标注。如图 5-41 所示,总体尺寸标注有几种情况:

（1）总体尺寸有时就是某形体的定形或定位尺寸，一般不再标注，如图5-41(a)所示的总长和总宽。但标注总高必须去除立板的高度定形尺寸。否则，再加注总体尺寸，就会出现多余或重复尺寸，这时就要对已标注的定形和定位尺寸作适当调整。如图5-41(a)所示，删去立板的高度尺寸，标注了总高。

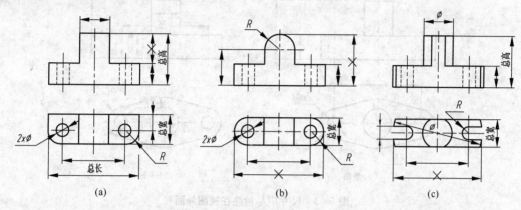

图5-41　标注总体尺寸几种情况

（2）当组合体的某一方向上具有回转面结构时，由于注出了其定形、定位尺寸，则该方向的总体尺寸一般不再注出。如图5-41(b)所示，总长方向两端有回转面，总高方向在顶面上为回转面，则不能再注总长和总高，可用回转面的回转中心的定位尺寸与回转面定形尺寸组成这些总体尺寸。

（3）当单一回转面被切后的截交线作为总体尺寸时，也不能注这个总体尺寸，应按回转面总体尺寸表达方法处理。如图5-41(c)所示，总长尺寸不能标出。

4.几种常见的简单组合体尺寸标注的综合实例

为了能让读者较快掌握组合体尺寸标注，下面给出几种常见的简单组合体尺寸标注的综合实例，如图5-42所示。

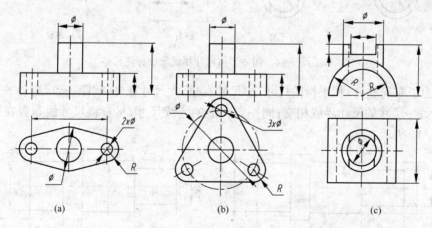

图5-42　几种常见的简单组合体尺寸标注举例

5.6.3　标注尺寸要清晰

为了便于读图，标注尺寸还要求清晰。尺寸清晰标注的几点要求如下：

（1）为了使图面清晰，应当将多数尺寸注在视图外面(图 5-43(a))。与两视图有关的尺寸注在两视图之间，如图 5-43(a)所示的尺寸 26。如图 5-43(b)所示尺寸注得不好。

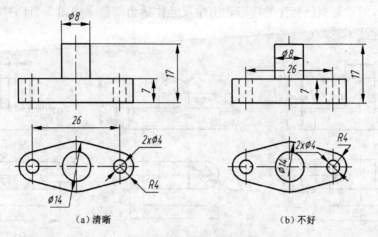

（a）清晰　　　　　　　　　　　（b）不好

图 5-43　尺寸应尽量注在视图外面

（2）为了突出特征，同一形体的尺寸尽量集中标注在形体特征明显的视图上，如图 5-44 所示。

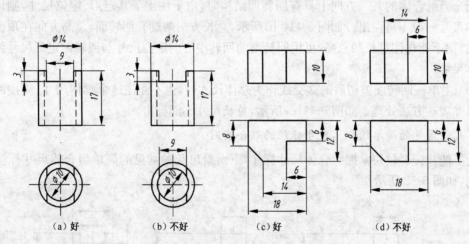

（a）好　　　　（b）不好　　　　（c）好　　　　（d）不好

图 5-44　同一形体尺寸尽量集中标注

（3）为了布局整齐，相平行的尺寸，小尺寸在里，大尺寸在外，间距一致，避免一个尺寸的尺寸线与另一尺寸的尺寸界线相交；同一方向上的连续尺寸，尽量将尺寸线布置在同一条线上，如图 5-45 所示。

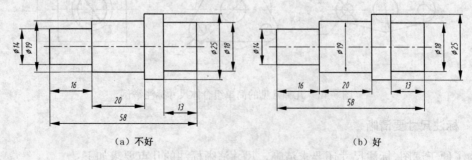

（a）不好　　　　　　　　　　　（b）好

图 5-45　尺寸的布局应整齐

（4）回转体直径尽量标注在非圆视图上；半径尺寸应标注在反映圆弧实形的视图上，如图 5-46 所示。

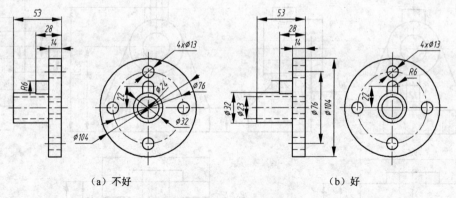

（a）不好　　　　　　　　　　（b）好

图 5-46　圆弧与半径标注

5.6.4　标注组合体尺寸的步骤

下面以轴承座三视图为例介绍组合体尺寸标注的步骤：

（1）形体分析。构思组合体是由几个基本体构成，思考各基本体的定形尺寸和定位尺寸。

（2）选择尺寸基准。通常采用组合体的底面、端面、对称面以及主要回转体的轴线作为长、宽、高三个方向的尺寸基准。如图 5-47(a)所示，轴承座长度方向基准选左、右对称面，宽度方向基准选底板的后端面，高度方向基准选底板的底面。

（3）分别注出各基本体的定位、定形尺寸。如图 5-47（b）、（c）所示，大圆筒高度方向定位尺寸为 75，长度和宽度方向定位尺寸省略，其定形尺寸为 $\phi48$、$\phi24$、53；小圆柱宽度、高度方向的定位尺寸分别为 35 和 109，长度方向定位尺寸省略，其定形尺寸为 $\phi21$、$\phi10$；底板长、高两个方向的定位尺寸省略，宽度方向为 10，其定形尺寸为 96、57、21；底板上的

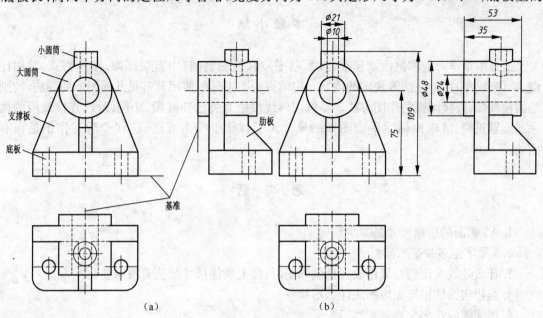

（a）　　　　　　　　　　　　（b）

图 5-47　轴承座的尺寸标注

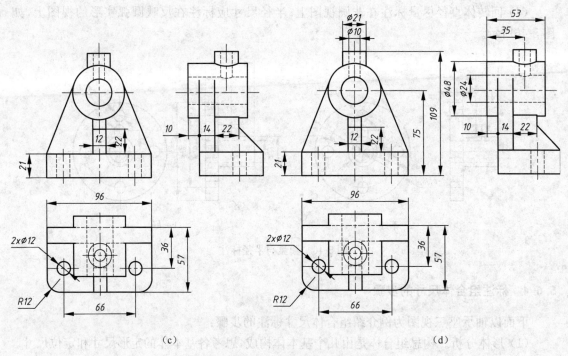

(c)   (d)

图 5-47 轴承座的尺寸标注(续)

圆柱孔的定位、定形尺寸和圆弧的定形尺寸分别为 66、36、2×ϕ12、R12；支撑板和肋板的尺寸自行分析。

(4) 检查、校核，根据需要，调整注出总体尺寸。轴承座总长为底板的长度方向定形尺寸 96，总高为小圆筒的高度方向定位尺寸 109，总宽为底板宽度方向尺寸 57 加上大圆筒宽度方向定位尺寸 10，不再标注，如图 5-47(d)所示。

本 章 小 结

通过本章学习应掌握国家标准《技术制图》和《机械制图》中有关图幅、图框格式、常用比例、字体、线型、尺寸注法等规定的内容。应掌握绘图工具的使用及常见几何图形的画法，特别是内接圆弧、外接圆弧的作图方法。了解图形线段中有关已知线段、中间线段、连接线段的概念。能够正确、清晰地标注平面图形的尺寸。了解徒手绘图方法，这在今后工作中是很有用的。

思 考 题

1. A3 幅面的边框尺寸是多少？
2. 5 号字是多少毫米高？
3. 什么是放大比例？采用放大比例画图时，图上所注尺寸数值有没有变化？
4. 画粗实线的铅笔尖应削成什么形状？
5. 粗实线应选多少毫米宽？
6. 细点画线的长画应选多少毫米长？

7. 虚线长画应选多少毫米长？

8. 箭头的长、宽应是多少毫米？

9. 圆规上的针尖两端不一样是如何使用的？

10. 斜度与锥度在定义上有什么不同？

11. 在作圆弧连接时为什么要找切点？

12. 什么叫定位尺寸、定形尺寸？什么叫尺寸基准？

13. 什么叫已知线段、中间线段、连接线段？

14. 画图时，固定图纸有什么作用？

15. 为什么画图时一般要先画底图，然后再加深图线？

16. 学习徒手绘图有什么意义？

17. 组合体标注尺寸有什么要求？

18. 你在标注组合体尺寸时有哪些体会？

第 6 章　机件形状的表达方法

机件的不同功能决定其形状是多种多样的，一律使用前面所讲的三视图来表述是不合适的。为了使图样能够正确、完整、清晰地表达机件的内外结构形状，国家标准《技术制图》和《机械制图》中规定了一些图样的基本表示法。

本章主要介绍视图（GB/T 17451—1998）、剖视和断面图（GB/T 17452—1998）（GB/T 17453—2005）（GB/T 4458.6—2002）、局部放大图以及其他规定画法和简化画法（ GB/T 16675.1—1996），并侧重讨论根据机件结构特点，正确选择图样的各种表示法，组合成零件的表达方案，完整、清晰、简捷地表达零件结构形状。

6.1　视　图

视图是物体在投影面上投影所得到的图形，主要用来表达机件的结构和形状。

国家标准对视图的基本要求是技术图样应采用正投影法绘制，并优先采用第一角画法；绘图时应首先考虑看图方便，根据物体的结构特点，选用适当的表示方法。在完整、清晰地表示物体形状的前提下，力求制图简便。因此，视图一般只画机件的可见轮廓，必要时才画出其不可见轮廓。

按照视图投影方向、图形位置及大小，视图分为基本视图、向视图、局部视图和斜视图4种。

6.1.1　基本视图

机件向基本投影面投影得到的图形称为基本视图。根据国标规定，基本投影面由一个正六面体组成，在原有的 3 个投影面的基础上再增设 3 个投影面，如图 6-1 所示。将机件置于六面体中间，分别向 6 个基本投影面作正投影得到机件的 6 个基本视图。除已介绍的主视图、俯视图、左视图 3 个基本视图外，新增加的后视图、仰视图、右视图 3 个基本视图的投射方向分别与它们相反。

6 个基本投影面展开在同一平面的方法是：主视图所在的 V 面不动，其他各投影面按图 6-1 中箭头所指方向转至与 V 面共面位置。展开后的 6 个基本视图的配置和度量以及方位对应关系如图 6-2 所示。这些基本视图间的位置是固定的，一律不注视图的名称，按投影关系进行判别。

6 个基本视图分别是：

主视图是由物体的前方向后投射得到的视图(A)；

俯视图是由物体的上方向下投射得到的视图(B)；

左视图是由物体的左方向右投射得到的视图(C)；

右视图是由物体的右方向左投射得到的视图(D)；

仰视图是由物体的下方向上投射得到的视图(E)；

后视图是由物体的后方向前投射得到的视图(F)。

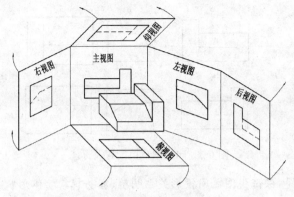

图 6-1　6 个基本投影面

6 个基本视图的度量对应关系仍符合"三等"规律,即主、俯、仰、后视图等长,主、左、右、后视图等高,左、右、俯、仰视图等宽。

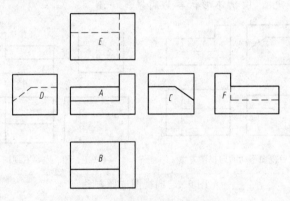

图 6-2　6 个基本投影面的展开

【注意】（1）规定 6 个基本视图画法并不是每次表达物体必须画出 6 个基本视图,而是按物体形状的需要进行选择,情况下优先选择主、俯和左视图。

（2）物体哪个方向作为主视图非常重要,一般是将表示物体信息量最多的那个视图作为主视图,通常它是物体的工作位置或加工位置或安装位置。

（3）国标规定视图选择原则为:在明确表示物体的情况下,使视图的数量为最少;尽量避免使用虚线表达物体的轮廓及棱线;避免不必要的细节重复。

可见,图 6-2 中所有虚线都可以省略不画。因为,它们都是外轮廓线或外棱线,通过 6 个投影面的投影已经表达清楚,按国标规定可以省略。

6.1.2　向视图

向视图是可以自由配置的视图。为合理地利用图纸,可以自由配置视图,如图 6-3 所示,这时,要在向视图上方居中标注名称 X（X 为大写拉丁字母）,在相应的视图附近用箭头指明投射方向,并标注相同的字母。

【注意】（1）向视图是基本视图的另一种节省空间的表达形式,其主要差别是视图的配置;

（2）虽然,为使视图所占空间最小,每个视图的投影方向和图名都进行标注,原则上每个视

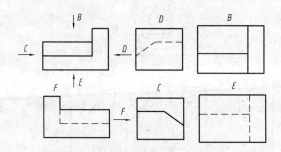

图 6-3 向视图自由配置及标注

图都可以自由移动,但是,保证视图之间投影关系明确、容易想象物体形状更重要。因此,向视图的选择方案应在保证视图之间的主要投影关系条件下,尽量减少基本视图移动才是正确的。如图 6-4 所示给出了两个向视图选择方案,将图 6-2 中的 6 个基本视图通过增加两个向视图标注进行移动位置,达到视图占图纸空间最小的目的。两个方案都保留了 4 个基本视图关系不变,只移动了右、仰视图或后、仰视图,使物体形状容易想象。

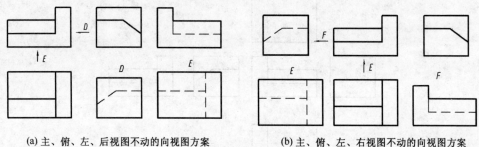

(a) 主、俯、左、后视图不动的向视图方案   (b) 主、俯、左、右视图不动的向视图方案

图 6-4 向视图选择方案

6.1.3 局部视图

局部视图是将物体的某一部分向基本投影面投射所得到的视图。

当机件在某个方向仅有部分形状需要表达,没有必要画出整个基本视图时,可以采用局部视图。因此,局部视图可以理解为局部的基本视图或局部的向视图。局部视图可按基本视图的位置配置,可省略标注,也可按向视图的位置配置,这时应按向视图的标注方法进行标注,如图 6-5 所示。

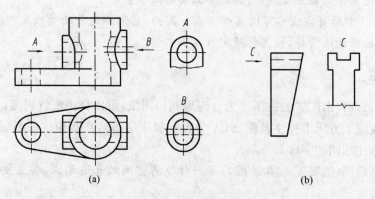

(a)   (b)

图 6-5 局部视图

局部视图的断裂边界,通常用波浪线(或用双折线、中心线)表示。如图 6-5(a)所示的 A 向局部视图。当所表示的局部结构完整,且其外边界又封闭时,只需完整画出该局部形状,波浪线可省略,如图 6-5(a)所示的 B 向局部视图。

画局部视图时应注意:由于截断机件是假想的,机件的其他视图仍应完整画出,表示机件断裂边界的波浪线不应超出轮廓线。但若用双折线画局部视图的断裂边界,双折线应超出轮廓线,如图 6-5(b)。

为节省绘图时间和图幅,对称物体(或零件)的局部视图可以只画出一半或 1/4,并在对称中心线的两端画出两条与其垂直的平行细实线作为对称符号,如图 6-6 所示。

图 6-6 对称物体的局部视图画法

【注意】 用波浪线画局部视图断裂处的分界线时,波浪线超出轮廓线是错误画法。另外,局部视图使用数量在表达一个机件时不宜过多,至少要保证有一个视图是完整的,不然会影响看图时的整体构思。

6.1.4 斜视图

斜视图是将物体向不平行于基本投影面的平面投射所得的视图。

如图 6-7(a)所示,当机件上某部分表面不平行于基本投影面时,在基本投影面上不能反映该部分表面的实形。特别是倾斜结构上带有圆形结构,会使正投影图上产生椭圆。而椭圆作图在徒手绘图中是不精确的作图方法,工程图上应尽可能避免画椭圆。因此,国家标准提出了斜视图的方法,即选一个新的辅助投影面,使它与机件上倾斜部分表面平行,然后将机件的倾斜部分表面向该辅助投影面投射,就可获得反映倾斜部分实形的视图,即斜视图。

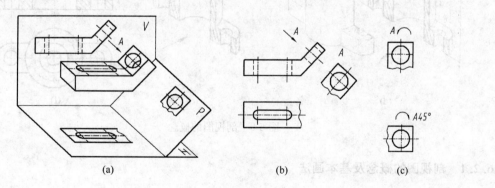

图 6-7 斜视图

画斜视图时应注意的问题:斜视图一般按投射方向配置并标注,如图 6-7(b)所示的 A 斜视图,其名称和表示投射方向的箭头旁的字母均要水平书写,必要时可将斜视图按小于 90°方向旋转配置,转正后的斜视图名称改为 $X\frown$ 或 $\frown X$。表示视图名称的字母应靠近旋转符号的箭头

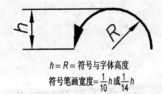

$h = R =$ 符号与字体高度

符号笔画宽度 $= \frac{1}{10}h$ 或 $\frac{1}{14}h$

图 6-8 旋转符号

端,也允许将旋转角度值标注在字母后,旋转符号(图 6-8)的方向应与实际旋转方向一致,如图 6-7(c)所示,向左旋转还是向右旋转都可以,本例向右旋转的斜视图方案与俯视图截断口一致,更好理解一些。

【注意】 斜视图旋转的目的是图形放正方便画图,但旋转角度大于90°就不合理了。

6.2 剖 视 图

用增加视图的方法可以去除机件外表面产生的虚线,但对机件的内部结构产生的虚线就无能为力了。特别是内部结构复杂的机件,用虚线表达其形状不够明确,如图 6-9(b)所示,这些虚线与其他图线重叠影响图形的清晰,给读图和标注尺寸带来不便。为了清晰地表达机件内部结构的轮廓,国家标准要求工程图上应尽量避免使用虚线,常采用剖视的画法将不可见的内部结构变为可见。

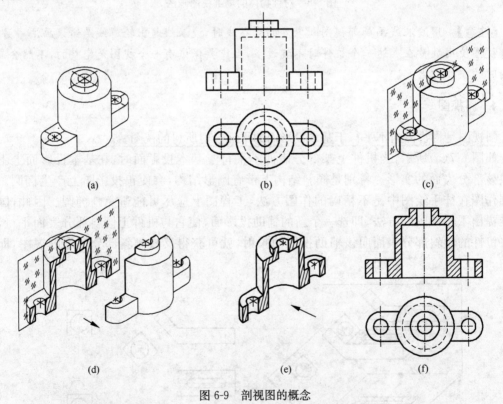

图 6-9 剖视图的概念

6.2.1 剖视图的概念及基本画法

1. 剖视图定义

假想用剖切平面剖开机件,将处在观察者和剖切面之间的部分移出,而将其余部分向投影面投射并在剖面区域内画上剖面符号所得到的图形叫剖视图,简称剖视,如图 6-9(f)所示。所谓剖面区域是指剖切平面与被剖机件相接触的部分,如图 6-9(d)所示。

2.画剖视图的方法和步骤

1) 确定剖切面的位置

根据机件的结构特点,剖切面一般用平面(也可以用柱面)。为了能够清楚地表达机件内部结构的真实形状,剖切平面通常平行于投影面,且通过机件内部孔、槽的轴线或对称面,如图 6-9(c)所示,选择平行于正面的对称面为剖切面。

2) 画剖切后的投影图

如图 6-9(d)所示,剖切后移走观察者与剖切面之间的部分,留下部分如图 6-9(e)所示。留下的部分仍向正投影面投射,在剖面区域填充上剖面符号,最后将剖切面后面的可见结构用实线画出,如图 6-10 所示的画剖视图过程。

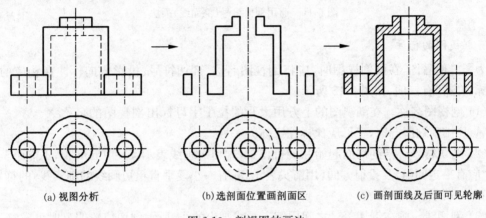

(a) 视图分析　　　　(b) 选剖面位置画剖面区　　　　(c) 画剖面线及后面可见轮廓

图 6-10　剖视图的画法

3) 剖面符号画法

表 6-1 列出了国家标准规定的常用的几种剖面符号。剖面符号一般与机件的材料有关,当不需要在剖面区域中表示材料的类别时,可采用通用的剖面线表示。通用的剖面线用细实线绘制,通常与图形的主要轮廓线或剖面区域的对称中心线成 45°,剖面线的间距视剖面区域的大小而异,一般取 2~4mm,同一零件的各个剖面区域的剖面线应方向相同,间隔相等,如图 6-11(a)所示。

表 6-1　剖面符号

金属材料(已有规定剖面符号除外)		木质胶合板	
线圈绕组元件		基础周围的泥土	
转子、电枢、变压器		混凝土	
非金属材料(已有规定剖面符号除外)		钢筋混凝土	
玻璃及供观察用的其他透明材料		格网(筛网、过滤网等)	
型砂、填砂、粉末冶金、砂轮、陶瓷刀片、硬质合金刀片等		固体材料	

当图形的主要轮廓线或剖面区域的对称线与水平线成45°或接近45°时，该图形的剖面线可画成与主要轮廓线或剖面区域的对称线成30°或60°的平行线，其倾斜方向仍与其他图形的剖面线一致，如图6-11所示。

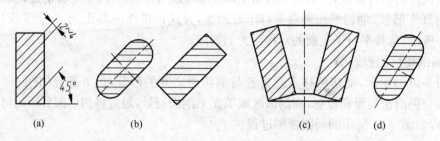

图 6-11　通用剖面符号（剖面线）画法

3.剖视图的标注

为了方便看图，在画剖视图时，应将剖视图名称、剖切符号、投影方向标注在相应的视图上。标注内容有三项，如图6-12所示：

（1）剖视图名称。在剖视图的上方用大写的拉丁字母标出剖视图的名称 $X-X$，一般按字母 A、B 排列顺序选取，字母应比标注字体大一号。

（2）剖切符号。指剖切面起始和转折位置（用粗短画线表示，5~10mm 长，不能画至机件轮廓，应有一定间隔）及投射方向（用箭头表示，并有一小段垂直粗短画线的细实线）的符号，如图 6-12（a）所示。

（3）剖切线。画在剖切符号之间用细点画线画出的线，所示剖切位置明显时可省略不画，如图6-12（b）所示。

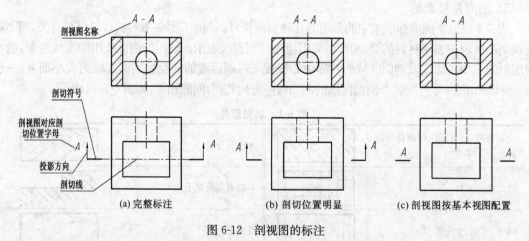

图 6-12　剖视图的标注

下列情况可省略标注：

（1）当剖视图按基本视图的投影关系配置时，中间无图隔开可省略箭头，如图 6-12（c）所示。

（2）当单一剖切面通过机件的对称平面或基本对称的平面，按基本视图的投影关系配置时，可以不标注，如图6-10（c）所示。这一条在实际画剖视图中比较多见，应特别重视。凡是应标注而未标注的剖视图，算画图错误，但是应该省略不标注而标注的剖视图算不够规范。

【注意】　常见的剖视图画法错误，如图6-13所示。

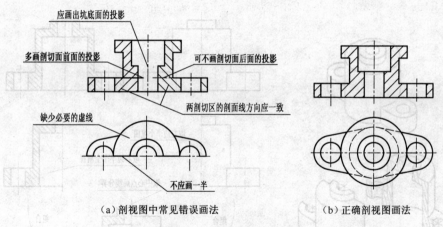

(a)剖视图中常见错误画法   (b)正确剖视图画法

图 6-13　画剖视图的注意点

（1）由于剖视图是假想地剖开机件，所以机件的一个视图画成剖视图对机件的其他视图不产生影响，其他视图仍应完整地画出。

（2）为清晰表达机件的内部结构，也可同时在几个视图上采用剖视，它们之间相互独立，互不影响。同一个零件的各个剖面区域，其剖面线的画法应一致，即方向一致、间隔相等。

（3）不要漏画剖切面后面部分的可见线。在画剖视图时，对不可见线一般不画虚线，只有对尚未表达清晰的结构，才用虚线画出。

6.2.2　剖视图的种类

国家标准规定有 3 种剖视图，即全剖视图、半剖视图和局部剖视图。

1. 全剖视图

用剖切平面完全剖开机件所得的剖视图称为全剖视图。如前面讲的图 6-9（f）、图 6-12（b）、（c）和图 6-13（b）都是全剖视图。

全剖视图适用于内形比较复杂的不对称机件或外形比较简单的对称机件。对称机件也可用，但不如半剖视图表达的效果好。

2. 半剖视图

当机件具有对称平面时，如图 6-14 所示，在平行于对称平面的投影面上的投影，以对称中心线分界，一半画成剖视，一半画成视图，这样得到的图形称为半剖视图。半剖视图的画法，如图 6-15所示，半剖视图的标注规则与全剖视图相同。

半剖视图适用于内、外形都需要表达的对称机件，如图 6-15 所示。当机件的形状接近于对称，且不对称部分已另有图形表达清楚时，也可画成半剖视，如图 6-16 所示。

【注意】　（1）在半个剖视图上已表达清晰的内部结构，在不剖的半个视图上表示该部分结构的虚线不画。

（2）半个剖视与半个视图的分界线为点画线。

（3）半剖视图中半个剖视图的位置通常配置在主视图、左视图的对称线的右侧，在俯视图中，半个剖视配置在对称线的前方或右侧。

3. 局部剖视图

用剖切平面局部剖开机件所得的剖视图叫做局部剖视图，如图 6-17（a）所示。局部剖视图

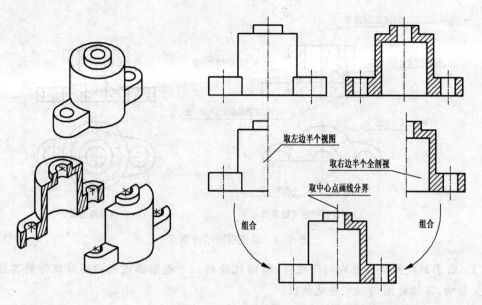

图 6-14　半剖视图的形成

存在一个被剖部分与未剖部分的分界线,这个分界线一般用波浪线表示,如图 6-17(b)所示。为了计算机绘图方便,也可采用双折线表示,如图 6-17(c)所示。

图 6-15　半剖视图画法

图 6-16　半剖视图适用范围

（a）内外结构都要表达　　　（b）基本对称结构

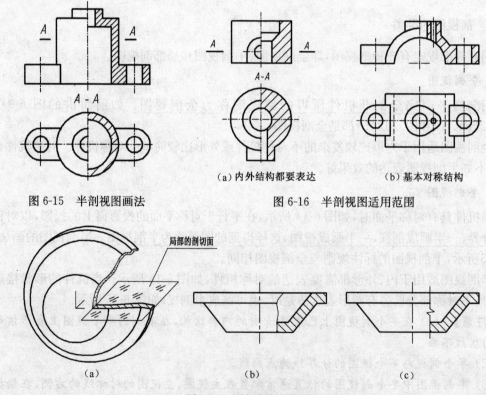

图 6-17　局部剖视图形成

（a）　　　　　　　　（b）　　　　　　　　（c）

对于剖切位置比较明显的局部结构,一般不标注,如图 6-18(a)的主视图所示。若剖切位置不明显时,则应进行标注,如图 6-18(a)的俯视图所示。标注方法与全剖视相同。当被局部剖切的结构形状为回转体时,可以用波浪线作剖开与未剖部分的分界线(图 6-18(b)),也允许以回转体轴线的投影(细点画线)作为剖开与未剖部分的分界线,如图 6-18(c)所示。

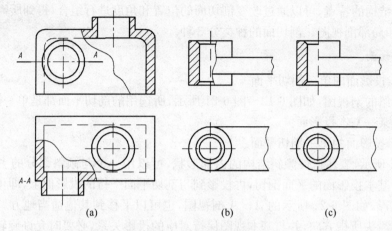

(a)　　　　　　　(b)　　　　　　　(c)

图 6-18　局部剖视图画法

局部剖视图的应用比较灵活,既可以用于表达物体上局部孔的结构,又可以在表达物体内部的同时,保留物体外形的视图。但应明确表达局部剖切面的范围,作为分界线的波浪线要独立画出。如当实心件上的孔、槽等内部结构需剖开表达时,波浪线不能与其他图线重合,如图 6-19所示。当对称机件的轮廓线与中心线重合,不宜采用半剖视时,可采用局部剖视图,如图 6-20所示。

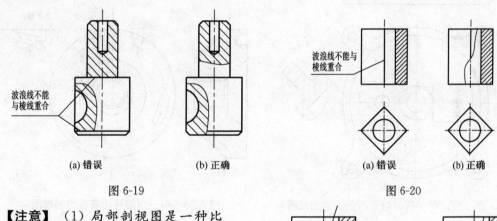

图 6-19　　　　　　　　　　　　　　图 6-20

【注意】 (1)局部剖视图是一种比较灵活的表达方法,剖在什么位置、剖多大范围不受限制,但要注意在同一视图上,采用局部剖的数目不宜过多,以免使图形支离破碎,影响图形的整体性和清晰性。

(2)表示剖切范围的波浪线不能超越轮廓线,也不能穿空而过,如图 6-21所示。

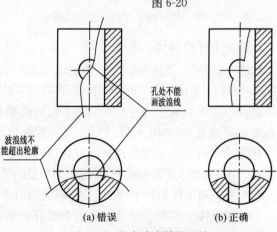

图 6-21　注意波浪线的画法

6.2.3 剖切面的种类

根据机件结构的特点,可以通过改变剖切面的位置和角度进行组合,得到所需要的全剖视图、半剖视图和局部剖视图。剖切面的种类分3种。

1. 单一剖切面

1) 平行于投影面的单一剖切平面

前面所介绍的剖视图,如图 6-12~图 6-21 所示,所选用的剖切平面都是单一剖切平面,该平面都平行于某一基本投影面。

2) 倾斜于投影面的单一剖切平面

如图 6-22 所示,表达机件倾斜结构的内部形状,可以用一个与倾斜部分的主要表面平行且垂直于某一基本投影面的平面剖切,再投影到与剖切平面平行的投影面上,即可得到该倾斜结构空腔的实形,如图 6-22 所示的 $A-A$ 剖视图,也可以平移到其他适当地方。所得的剖视图一般放置在箭头所指方向,并与基本视图保持对应的投影关系,必要时允许旋转。

3) 剖面切为柱面的单一剖切面

如图 6-23 所示,可采用一个圆柱面剖切机件。所得到的剖视图一般应以展开的方式画出,并注明"$X-X$ 展开"。

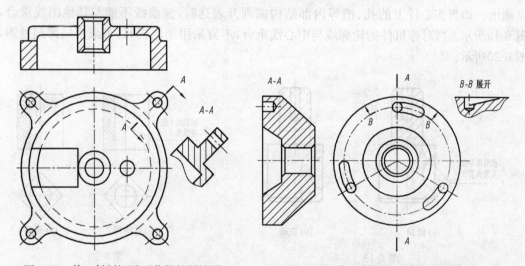

图 6-22 单一斜剖切平面获得的剖视图　　　图 6-23 单一剖切柱面获得的剖视图

2. 几个平行的剖切平面

如图 6-24 所示,当机件上的孔、槽的轴线或对称面位于几个相互平行的平面上时,可以用几个与基本投影面平行的剖切平面剖开机件,再向基本投影面进行投影,这种方法称为阶梯剖。

阶梯剖视图的标注方法是在剖切平面的起始和转折处用相同的字母标注,各剖切平面的转折处必须是直角,如图 6-24 所示。当转折处地方有限,又不致引起误解时,可省略字母。

用几个平行剖切平面剖切机件时应注意以下几个方面:

(1) 在剖视图上不画出两个剖切平面转折处的投影,剖切符号的转折处不应与图上轮廓线重合。

(2) 要正确选择剖切平面的位置,不能剖出不完整结构要素。

(3) 当机件上的两个要素在图形上具有公共对称中心线或轴线时,可以以对称中心或轴线为界各画一半,如图 6-25 所示。

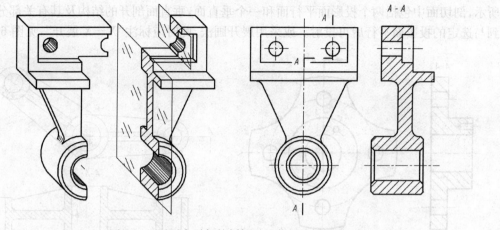

图 6-24　用两个平行的剖切平面获得的剖视图

3.几个相交的剖切平面

当机件的内部结构形状处于几个相交平面位置,而机件又具有回转轴时,可以采用几个相交的剖切平面剖开机件,并将被倾斜平面剖开的结构及其有关部分绕回转轴旋转到与投影面平行再进行投影,用这种剖切方法得到的剖视图称为旋转剖。如图6-26、图 6-27 所示,旋转剖必须加以标注。在剖切面的起止和转折处均用相同的字母标注。当转折处地方有限又不致引起误解时,允许省略字母。

用几个相交剖切平面剖切机件时应注意以下几个方面:

(1)相交面最少使用两个,也可以使用多个剖切平面的交线必须垂直于投影面,且通过回转轴线。例如,图6-26 使用了两个相交剖切平面,图 6-27 使用了三个剖切平面。

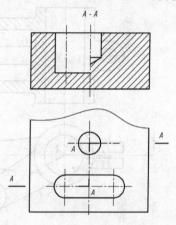

图 6-25　允许出现不完整要素的特例

(2)位于剖切平面后面且与所表达的倾斜结构关系不甚密切的结构,一般仍按原来位置投影。如图 6-28 所示的油孔。

(3)当剖切后产生不完整要素时,该部分按不剖绘制,如图 6-29 所示的臂。

(4)用几个相交的剖切平面获得的剖视图应旋转到一个投影平面上。如图 6-30、图 6-31

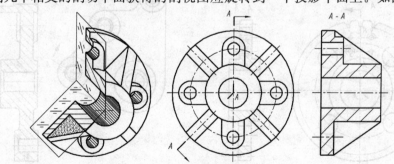

图 6-26　旋转剖视图(一)

所示,剖切面中包括两个投影面平行面和一个垂直面,垂直面剖开的结构及其有关部分应旋转到与选定的投影面平行后再投射。或采用展开画法,此时应标注"$X-X$ 展开",见图 6-32。

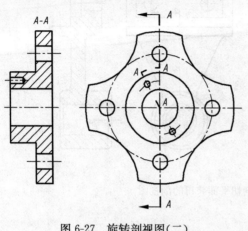

图 6-27　旋转剖视图(二)

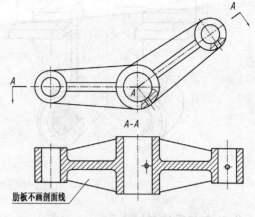

图 6-28　剖切面后其他结构的画法

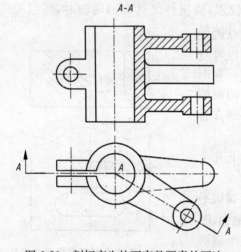

图 6-29　剖切产生的不完整要素的画法

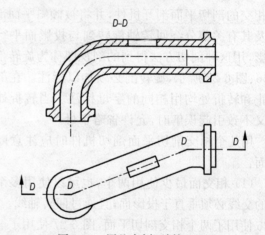

图 6-30　用几个剖面剖切(一)

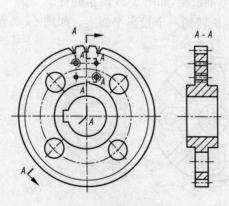

图 6-31　用几个剖面剖切(二)

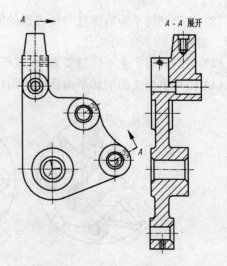

图 6-32　展开绘制剖视图

6.3 断面图

6.3.1 断面图的概念

假想用剖切平面把机件的某处截断,只画出剖切面与机件接触部分(剖面区域)的图形叫做断面图,如图 6-33 所示。断面图主要用来表达机件某部分截断面的形状,常用在轴上的孔、槽、肋板、轮辐等结构上。

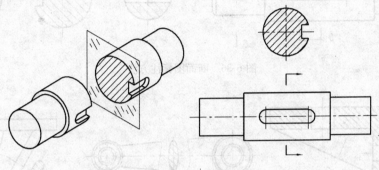

图 6-33 断面图的概念

6.3.2 断面图的种类

按断面图配置位置的不同,断面图分为移出断面图和重合断面图两种。

1.移出断面图

画在视图外面的断面图称为移出断面图。

移出断面图的轮廓线用粗实线绘制,一般只画出断面的形状,如图 6-33 所示。

画移出断面图时应注意以下几点:

(1)当剖切平面通过回转面形成的孔或凹坑的轴线时,这些结构按剖视绘制,如图 6-34所示。

(2)配置在剖切线延长线上的对称移出断面,可省略标注,如图 6-34 所示的孔。配置在剖切符号延长线上的不对称移出断面,可省略字母,如图 6-34 所示的键槽。

(3)当剖切平面通过非圆孔会导致完全分离的两个断面时,这些结构应按视图绘制,如图 6-35所示。

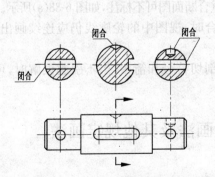

图 6-34 圆孔结构断面画法

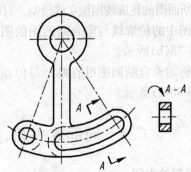

图 6-35 分离断面画法

（4）在不致引起误解时,允许将断面图旋转,旋转后应标注旋转符号,如图 6-35 所示的 ⌒$A-A$移出断面。

（5）为了便于读图,多个断面不画在剖切延长线上时,应按字母顺序逐次排列配置,如图 6-36所示。肋板断面的画法如图 6-37 所示。

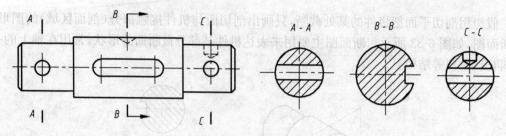

图 6-36　断面图标注方法

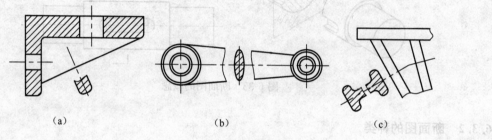

(a)　　　　　　　(b)　　　　　　　(c)

图 6-37　移出断面的画法

2. 重合断面图

画在视图中的断面叫做重合断面图,如图 6-38 所示。

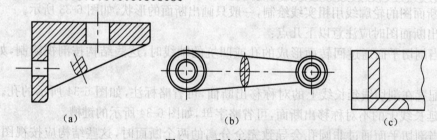

(a)　　　　　　　(b)　　　　　　　(c)

图 6-38　重合断面画法

重合断面图的轮廓线用细实线绘制。对称的重合断面图可不标注,如图 6-38(a)所示。

当视图中的轮廓线与重合断面图的图形重合时,视图中的轮廓线仍应连续画出,不可间断,如图 6-38(b)所示。

不对称的重合断面图可省略字母但须画出剖切符号和箭头,当不引起误解时,可省略标注,如图 6-38(c)所示。

6.4　局部放大图、简化画法及其他规定画法

6.4.1　局部放大图

局部放大图是把机件的某局部结构用大于原投影图(视图或剖视图)所采用的比例画出的图

形。局部放大图可画成视图、剖视图和断面图，它与被放大部位的原图的表示法无关。在局部放大图中已表达完整的局部的投影，在原图中的投影可简化。局部放大图应尽量配置在被放大部位的附近，如图 6-39 所示。必要时可以用几个图来表达同一个被放大的部位的结构，如图 6-40 所示。

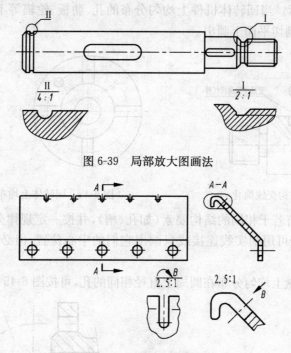

图 6-39　局部放大图画法

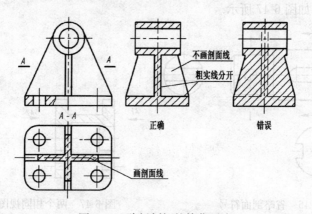

图 6-40　局部放大图应用

6.4.2　简化画法和其他规定画法

除了前面的图样画法外，国家标准《技术制图》和《机械制图》还列出了一些简化画法的规定画法。目的是为了提高设计效率和图样的清晰度，满足徒手绘图、计算机绘图及缩微制图对技术图样的要求。简化表示法的原则是在保证不致引起误解和不会产生理解多意性的前提下，力求制图简便。主要内容如下：

（1）对于机件的肋、轮辐等，当剖切平面通过肋板厚度的对称平面或轮辐的轴线时，这些结构都不画剖面符号，而是用粗实线将它与邻接部分分开，如图 6-41 所示。

图 6-41　肋板剖切的简化画法

（2）零件图上较小结构产生的交线可以用轮廓线代替，对称结构的局部视图可按图 6-42 所示方法绘制。

（3）若干直径相同且成规律分布的孔，可以画出一个或几个，其余只需用点画线表示其中心位置，如图 6-43 所示。当回转体机件上均匀分布的孔、肋板、轮辐等不处于剖切平面上时，可将这些结构旋转到剖切平面上画出。

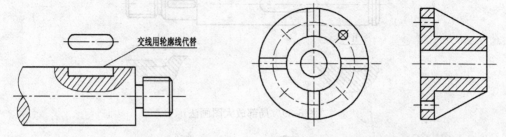

图 6-42　小结构交线简化　　　　　图 6-43　回转体上均布结构的简化

（4）当机件上具有若干相同的结构要素（如孔、槽），并按一定规律分布时，只需画出几个完整的结构要素，其余可用细实线连接或只画出它们的中心位置，但必须标出结构要素的总数，如图 6-44 所示。

（5）机件的法兰盘上均匀分布在圆周上直径相同的孔，可按图 6-45 所示方法绘制。

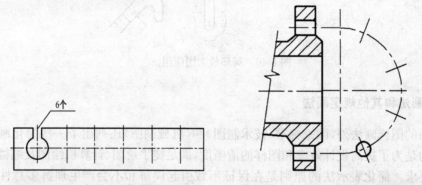

图 6-44　较长机件上相同结构的简化　　图 6-45　法兰盘上均布孔的简化画法

（6）在不致引起误解的情况下，剖面符号可省略。如图 6-46 所示为移出断面省略剖面符号。

（7）一个机件上有两个或两个以上相同视图时，可以只画一个视图，并用箭头和字母表示其投射方向和位置，如图 6-47 所示。

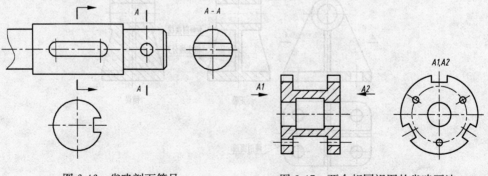

图 6-46　省略剖面符号　　　　　图 6-47　两个相同视图的省略画法

（8）在需要表示位于剖切平面前面的机件结构时，这些结构按假想投影的轮廓线（细双点画线）绘制，如图 6-48 所示。

（9）图形中的相贯线在不致引起误解时，允许简化，如用直线或圆弧代替非圆曲线，如图 6-49所示。

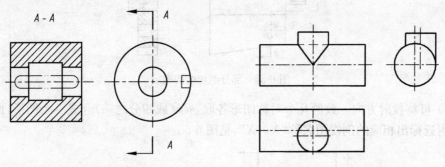

图 6-48　假想画法　　　　　　　　图 6-49　相贯线简化画法

（10）机件上的滚花、沟槽等网状结构，应用粗实线完全或部分表达出来，并在图上说明其具体要求，如图 6-50 所示。

（11）对于一些较长的机件（轴、杆类），当沿其长度方向的形状相同且按一定规律变化时，允许断开画出，但仍标注其实际长度尺寸，如图 6-51 所示。

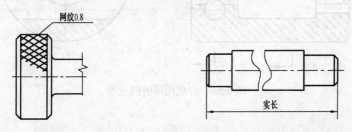

图 6-50　滚花的简化画法　　　　　　图 6-51　较长机件的断开画法

（12）与投影面倾斜角度小于 30°的圆或圆弧，其投影可用圆或圆弧代替，如图 6-52 所示。

（13）必要时，允许在剖视图中再作一次简单的局部剖，称为"剖中剖"。采用这种表达时，两个剖面的剖面线应同方向、同间隔，但要相互错开，并用引出线标注其名称，如图 6-53 所示。

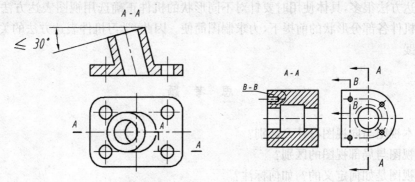

图 6-52　小于 30°的倾斜圆简化画法　　　图 6-53　"剖中剖"表示法

（14）当只需剖切绘制机件的部分结构时，应用细点画线将剖切符号相连，剖切面可位于机件实体之外，如图 6-54 所示。

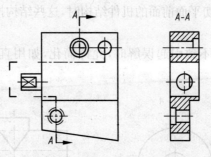

图 6-54　部分剖切结构表示

（15）可将投射方向一致的几个对称图形各取一半（或四分之一）合成一个图形，此时应在剖视图附近标出相应的剖视图名称"X—X"，见图 6-55。

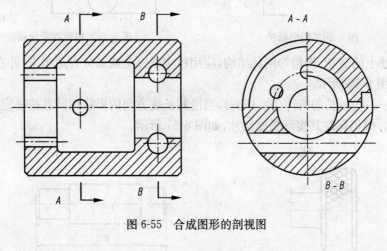

图 6-55　合成图形的剖视图

本章小结

机件表达方法是国家标准规定视图允许采用的表达方法，以视图和剖视图应用最为普遍，特别是剖视图中的全剖、半剖、局部剖的应用最多，要注意尽量使用一些简化方法来表达。尽管机件表达方法很多，具体使用时要针对不同形状的机件正确选用视图表达方法，在完整、清晰地表达机件各部分形状的前提下，力求制图简便。因此，学习机件表达方法的关键还是要经常进行实践。

思 考 题

1. 基本视图与向视图有什么区别？

2. 向视图与局部视图的区别？

3. 斜视图是如何定义的？如何标注？

4. 剖视图的概念？

5. 什么叫全剖视、半剖视、局部剖视？

6. 剖视、断面的标注包含哪几方面的内容？在什么情况下可省略一部分或全部标注？

第7章 标准件及常用件

机器是由零件组成的,随着机器功能的不同,使用的零件很多。常用的有螺栓、螺钉、螺母、垫圈、键、销、齿轮、弹簧、轴承等。在现代工业化生产中,机器上的常用零件应该由专业化工厂生产才是合理的。因此,国家标准将机器上常用的紧固件和传动件等制定统一规定,由专业化标准厂生产,大大减少了机器的设计和制造成本。因此,设计新机器时尽量使用"标准件"和"常用件"成为机器设计的基本要求。

标准件是指零件结构、尺寸、画法及标记全部都有规定的零件。常用件是零件上的部分结构、尺寸、画法进行了标准化和系列化的零件。机器设计中选用标准件时,不必画出这些零件的图样,只需在装配图中写出其标记,据此采购。

本章讲述标准件、常用件的结构、画法和标记。

7.1 螺纹及螺纹紧固件

螺纹紧固件是通过螺杆和螺母的旋合方式将几个零件连接在一起的一些标准零件,其优点是在需要维修和保养时可以很方便地将几个零件拆卸分开;不足之处:这种连接方式容易松动。因此,在震动环境下应使用具有防松功能的垫圈。常用的螺纹紧固件如图 7-1 所示。其他连接方式还有焊接、铆接、粘接等,但都是不能随时拆卸的连接方式,这里就不介绍了。

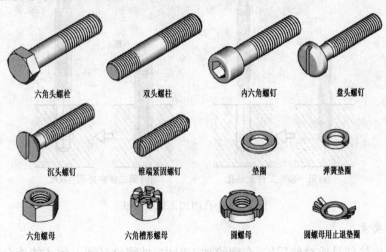

六角头螺栓	双头螺柱	内六角螺钉	盘头螺钉
沉头螺钉	锥端紧固螺钉	垫圈	弹簧垫圈
六角螺母	六角槽形螺母	圆螺母	圆螺母用止退垫圈

图 7-1 常用的螺纹紧固件

7.1.1 螺纹的形成、要素和结构

1. 螺纹的形成

螺纹是在圆柱体或圆锥表面上沿着螺旋线所形成的,具有相同轴向断面的连续凸起和沟槽。凸起部分的顶端称为牙顶,沟槽部分的底部称为牙底。如图 7-1 所示,标准件的螺杆上和丝杠上都有外螺纹,螺母上都有内螺纹,一对螺纹件可起到连接作用或传动作用。

1) 车床上车削螺纹方法

在车床上车削螺纹,是常见成形螺纹的一种方法。如图 7-2 所示,卡盘夹紧需要车削螺纹的圆柱体工件,当需要加工外螺纹时,车床卡盘带动圆柱体作等速圆周运动,车刀动点沿圆柱体素线方向进行等速直线运动,螺纹形状是由刀尖的移动来实现的(图 7-2(a))。同理,对于加工圆柱端面上较大直径孔内的螺纹,使用一种钩形的车刀进行加工(图 7-2(b))。

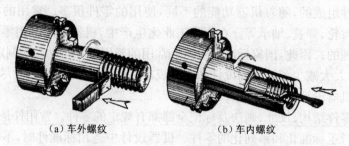

（a）车外螺纹   （b）车内螺纹

图 7-2　车床上加工螺纹方法

2) 小孔内加工螺纹方法

对于零件上经常出现的带螺纹的小孔,通常由钳工用手工方法来加工。如图 7-3 所示,加工过程分两步进行,第一步是根据所需螺纹孔直径,选直径等于螺纹小径的钻头在工件上钻一个光孔,其钻孔深度比所需螺纹长度要深一些(图 7-3(a)),由于钻头的钻尖顶角接近 120°,所以,未钻穿的光孔底部都自然形成一个锥角为 120°的锥坑。第二步是选一个与螺纹一致的丝锥,用铰手等工具将丝锥沿光孔轴线垂直旋入光孔,达到螺纹一定深度后,旋出丝锥得到所需螺纹孔(图 7-3(b))。由于丝锥端部有一段不完整的螺纹,因此,制作出的螺纹孔深度小于光孔深度。

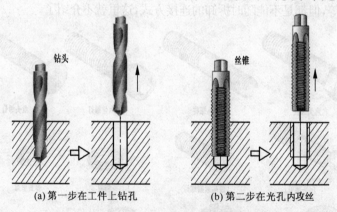

钻头   丝锥

(a)第一步在工件上钻孔   (b)第二步在光孔内攻丝

图 7-3　小孔内加工螺纹方法

2.螺纹的要素

由于螺纹连接件是成对使用的,在螺纹加工时内、外螺纹必须一致才能旋合在一起,为此,规定了螺纹的五个要素。

1) 牙型

在通过螺纹的轴线的断面上,螺纹的轮廓形状称为螺纹牙型。如图 7-4 所示,螺纹的牙型有三角形、梯形和锯齿形等,不同的螺纹牙型有不同的用途。

为了区别各种螺纹的牙型,采用一个大写字母或一个带下标的大写字母表示牙型,称为"特征代号",表 7-1 给出了标准螺纹的牙型特征代号和用途。

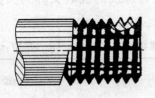
（a）三角形牙形外螺纹

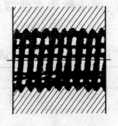
（b）三角形牙型内螺纹

（c）梯形牙型外螺纹

图 7-4　螺纹牙形示意图

表 7-1　标准螺纹的牙型及用途

螺纹种类			特征代号	用　途
连接螺纹	普通螺纹	粗牙	M	最常用的连接螺纹
		细牙		用于细小的精密(有震动)零件或薄壁件连接
	管螺纹	非螺纹密封	G	用于电管线等不需要密封的管子连接
		螺纹密封	R_c R_p R_1 R_2	圆柱内螺纹 R_p 与圆锥外螺纹 R_1 旋合；圆锥内螺纹 R_c 与圆锥外螺纹 R_2 旋合
传动螺纹	梯形螺纹		Tr	用于可双向传递运动及动力的丝杆传动
	锯齿形螺纹		B	只用于单向传递动力的丝杆传动

2）公称直径

内、外螺纹都有大径、中径和小径。公称直径则是代表螺纹尺寸的直径，用螺纹的大径数值表示。如图 7-5 所示，螺纹大径是与外螺纹牙顶或内螺纹牙底相重合的假想圆柱面的直径，用 d（外螺纹）或 D（内螺纹）表示。螺纹小径是与外螺纹牙底或内螺纹牙顶相重合的圆柱面的直径，用 d_1（外螺纹）或 D_1（内螺纹）表示。螺纹中径是一个假想圆柱面直径，表示牙型的沟槽与凸起宽度相等处的圆柱面直径，用 d_2（外螺纹）或 D_2（内螺纹）表示，一般通过计算才能确定，绘图时不使用中径尺寸。

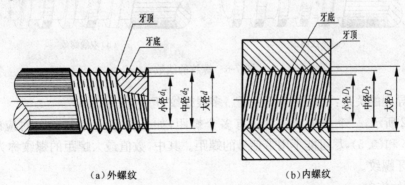

（a）外螺纹　　　　　　　　　　　（b）内螺纹

图 7-5　螺纹的直径

螺纹公称直径是标准数据，表 7-2 列出了 GB/T 139－2003 规定的普通螺纹的部分数据。使用时应优先选用第一系列公称直径。只要确定公称直径，即可查出对应的螺纹小径。

3）螺纹的线数（n）

螺纹有单线和多线之分。如图 7-6 所示，圆柱面上仅由一条螺旋线盘绕时称为单线螺纹,由两条或两条以上螺旋线所形成的螺纹称为多线螺纹。螺纹的线数又称为头数,用 n 表示。

表 7-2　GB/T 139－2003 规定的普通螺纹数据　　　（单位:mm)

公称直径 D、d		螺距 P		粗牙小径 D_1、d_1
第一系列	第二系列	粗牙	细　　牙	
3		0.5	0.35	2.459
	3.5	(0.6)		2.850
4		0.7	0.5	3.0242
5		0.8		4.134
6		1	0.75;(0.5)	4.917
8		1.25	1;0.75;(0.5)	6.647
10		1.5	1.25;1;0.75;(0.5)	8.376
12		1.75	1.5;(1.25);1;(0.75);(0.5)	10.106
	14	2	1.5;(1.25);1;(0.75);(0.5)	11.835
16		2	1.5;1;(0.75);(0.5)	13.835
	18	2.5	2;1.5;1;(0.75);(0.5)	15.294

4) 螺纹的螺距(P)和导程(P_h)

螺纹的螺距是指相邻两牙在中径上对应两点间的轴向距离。如图 7-6 所示,导程是指同一条螺旋线上相邻两牙在中径上对应两点间的轴向距离。

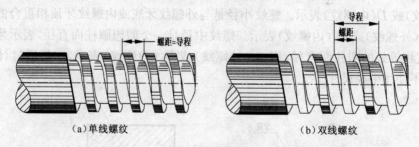

（a）单线螺纹　　　　　　　　　　（b）双线螺纹

图 7-6　螺纹的线数

螺距和导程的关系:单线螺纹,$P = P_h$;多线螺纹,$P = P_h/n$。

如表 7-2 所示,一个公称直径对应有多个螺距,如公称直径为 10mm,对应螺距有1.5、1.25、1、0.75 和(0.5),尽可能不用带括号的螺距。其中,数值最大螺距的螺纹称为粗牙螺纹,其他称为细牙螺纹。

5) 螺纹的旋向

螺纹分左旋和右旋两种,工程上常用右旋。初学者常分不清楚螺纹旋向,如图 7-7 所示,采用类似电磁学理论中的"右手螺旋"法则确定螺纹旋向,首先用右手握住螺杆,四指指向螺纹旋转方向,若大拇指方向是螺旋线上升方向,则认为右旋螺纹。反之,是左旋螺纹,即用左手握住螺杆时,大拇指方向是螺旋线上升方向。

五要素是螺纹制造加工的基本参数,改变一个要素就会得到不同规格尺寸的螺纹。国家标准对普通螺纹和梯形螺纹的牙型、公称直径和螺距都作了规定（表7-2），凡是这三个要素符合标准的螺纹称为标准螺纹。而牙型符合标准，直径或螺距不符合标准的，称为特殊螺纹。对于牙型不符合标准的螺纹，如方牙螺纹，称为非标准螺纹。

3.螺纹的结构

为了防止螺纹端部损坏和方便安装，螺纹前端和尾部带有一些结构，如图7-8所示，这些结构有倒角、倒圆、螺尾和退刀槽。

螺纹端部的圆锥形称为"倒角"、圆头形称为"倒圆"，都有方便安装和防止扎手的作用。当车削螺纹

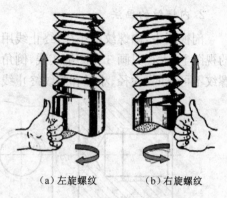

（a）左旋螺纹　　　（b）右旋螺纹

图7-7　螺纹的旋向判别

的车刀逐渐离开工件时，出现一段不完整的螺纹称为"螺尾"（图7-8(c)）。为了避免出现螺尾，可以预先在螺纹的末尾处加工出一段凹槽称为"退刀槽"，然后车螺纹（图7-8(d)）。

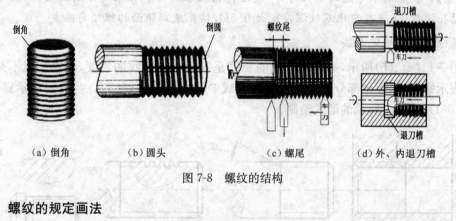

（a）倒角　　　　（b）圆头　　　　（c）螺尾　　　（d）外、内退刀槽

图7-8　螺纹的结构

7.1.2　螺纹的规定画法

螺纹按投影画比较复杂，国家标准 GB/T 4459.1－1995 规定了在机械图样中螺纹和螺纹紧固件的画法。这是一种简化画法，不管螺纹种类如何，都按规定画法画螺纹。

1.外螺纹的规定画法

如图7-9所示，表示螺纹有效长度的图线称为螺纹终止线。螺纹大径、终止线用粗实线绘制，螺纹小径用细实线绘制（画图时可取 $d_1 \approx 0.85d$），倒角部分也应画出。在投影为圆的视图中，小径只画约 3/4 圈细实线，倒角圆省略不画。如图7-9(a)所示。在剖视图中，剖面线应画到粗实线，螺纹终止线只画大径至小径的一段，如图7-9(b)所示。

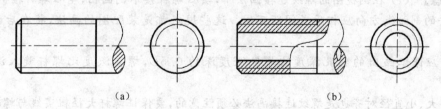

（a）　　　　　　　　　　　　　　（b）

图7-9　外螺纹的画法

2. 内螺纹的画法

剖视图中，内螺纹的小径，终止线用粗实线绘制，内螺纹的大径用细实线绘制，在投影为圆的视图上，大径只画 3/4 圈细实线，倒角圆省略不画，如图 7-10(a)所示。当螺孔未作剖切，内螺纹不可见时，大径、小径和螺纹终止线均用虚线绘制，如图 7-10(b)所示。

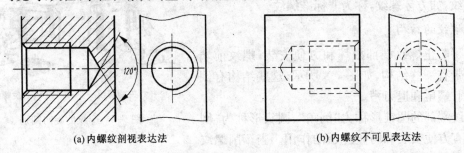

(a)内螺纹剖视表达法　　　　　　　　　(b)内螺纹不可见表达法

图 7-10　内螺纹的画法

【注意】　在绘制不穿通的螺孔时，一般应将钻孔深度与螺孔深度分别画出，如图 7-10(a)所示。钻孔深度 H 一般应比螺纹深度 b 大 $0.5D$，钻孔底部锥面的锥顶角画成 $120°$。

3. 其他的一些规定画法

如图 7-11(a)、(b)所示，螺纹终止线的长度是表示完整螺纹的长度，一般螺尾不必画出；当需要表示螺尾时，螺尾部分的牙底用与轴线成 $30°$ 角的细实线绘制。当需要表示螺纹牙型时，按图 7-11(c)、(d)所示的形式绘制。

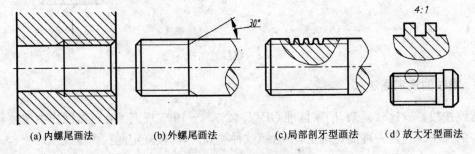

(a)内螺尾画法　　　(b)外螺尾画法　　　(c)局部剖牙型画法　　　(d)放大牙型画法

图 7-11　螺尾和牙型的画法

4. 螺纹连接的画法

当内外螺纹旋合在一起时，国家标准规定，在剖视图中表示螺纹连接时，其旋合部分应按外螺纹的画法绘制，其余部分仍按各自的画法绘制，如图 7-12 所示。

【注意】　(1) 在剖视图的螺纹连接画法中，实心螺杆按不剖画出，空心螺杆按剖视画，相邻两零件的剖面线方向应相反或间距不同。这些规定都是装配图的画法，将在后面进一步介绍。

(2) 应保证画出的钻孔深度比螺孔深度深约 $0.5D$，螺孔深度比螺杆旋入深度深约 $0.5D$。

(3) 大、小直径对齐也是螺纹连接画法必须注意的，要保证螺杆大径粗实线与螺孔大径细实线对齐，螺杆小径细实线与螺孔小径粗实线对齐。

(4) 通常小径按大径的 0.85 倍画，也可以查表 7-2 确定，小径要保证在图上看得清，当小径与大径间距太小时可以夸大一点间距近似地画出。

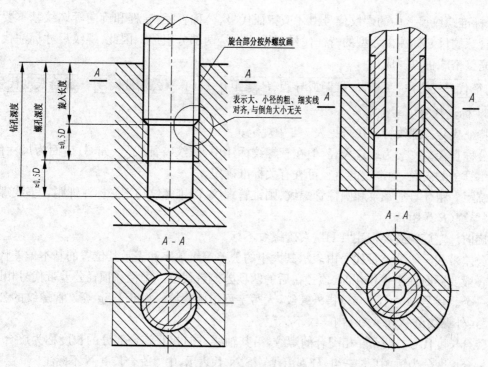

图 7-12　内外螺纹连接的画法

7.1.3　螺纹的标注

1. 标准螺纹的标注格式

螺纹按国标的规定画法画出后，图上并未表明牙型、公称直径、螺距、线数和旋向等要素，因此，还需要在图上进行标注。由于标准螺纹的牙型、公称直径和螺距符合国标规定，其标注有共同的特征。

1）螺纹尺寸的引出方式

螺纹尺寸的引出方式主要分两类，如图 7-13 所示，即按线性尺寸形式加标注代号和按引线方式加标注代号。前者主要是使用公制单位的普通螺纹、梯形螺纹和锯齿形螺纹等一般螺纹采用的引出标注方式（图 7-13（a）、（b））。由于管螺纹是使用英制单位，尺寸代号不是螺纹尺寸，而是管子内径尺寸，所以采用从大径引出细实线的注释标注方式（图 7-13（c）、（d））。

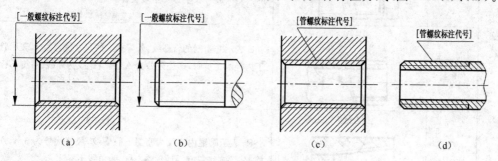

图 7-13　螺纹尺寸标注的引出方式

2）标准螺纹尺寸的标注内容

标准螺纹尺寸的完整标注包括螺纹代号、螺纹公差带代号和螺纹旋合长度代号三部分。

其中,标准螺纹尺寸中的螺纹代号由牙型特征代号、公称直径、导程和旋向等螺纹基本要素组成。管螺纹尺寸标注由牙型的特征代号和尺寸代号两部分组成。因此,螺纹尺寸标注代号内容的完整格式可以写成:

$$\boxed{特征代号}\ \boxed{公称直径}\ \times\ \boxed{螺距或导程(P\ 螺距)}\ \boxed{旋向}—\boxed{公差带代号}—\boxed{旋合长度代号}$$

3）标注代号填写说明

特征代号。螺纹特征代号见表 7-1 中规定。

公称直径。一般为螺纹大径,但在管螺纹标注中,螺纹特征代号(如 G)后面为尺寸代号,它表示管子的内径,管螺纹的直径可查有关标准确定。

螺距。粗牙普通螺纹和圆柱管螺纹、圆锥管螺纹、圆锥螺纹均不必标注螺距。多线螺纹应标注"导程(P 螺距)"。

旋向。左旋螺纹要标注"LH",右旋螺纹不标。

公差带代号。公差带代号由表示其大小的公差等级数字和表示其位置的基本偏差代号组成。一般要同时注出中径在前、顶径在后的两项公差带代号。中径和顶径公差带代号相同时,只注一个。代号中的小写字母指外螺纹,大写字母指内螺纹。如 6H、5g 等。管螺纹的公差等级代号:外螺纹分 A、B 两级,内螺纹不标记。

旋合长度代号。两个互相配合的螺纹,沿其轴线方向相互旋合部分的长度称为旋合长度。螺纹旋合长度分为短、中、长三组,分别用代号 S、N、L 表示,中等旋合长度 N 不标注。

2. 标准螺纹的标注示例

标准螺纹的标注示例如表 7-3 所示。

表 7-3　标准螺纹的标注方式

螺纹类别		标注示例	说　明
连接螺纹	粗牙普通螺纹	M10 - 6H	M 表示普通螺纹,公称直径为 10,粗牙螺距和单线不标注,右旋不标注,中径和顶径公差相同,只标注一个代号 6H(孔的公差)
	细牙普通螺纹	M20x2LH - 5g6g - S	M 表示普通螺纹,公称直径为 20,细牙螺距为 2,单线不标注,右旋不标注,中径和顶径公差不同,分别标注 5g 和 6g(轴的公差),旋合长度 S 属于短旋合一组
	非密封管螺纹	G1A	G 表示非密封的管螺纹,外管螺纹的尺寸代号为 1,表示管子内径为 1 英吋,中径公差为 A 级,管螺纹为单线、右旋不标注
	密封管螺纹	Rc3/4LH	Rc 表示圆锥内螺纹为密封的管螺纹,尺寸代号为 3/4,左旋,公差等级只有一种省略不标注,单线不标注

螺纹类别		标注示例	说明
传动螺纹	梯形螺纹	Tr40x14(P7)-7e	Tr 表示梯形螺纹，公称直径为 40，导程 14，螺距 7，线数为 14/7＝2，右旋省略不标注，中径公差代号为 7e(轴的公差)，中等旋合长度省略标注
	锯齿形螺纹	B32x6-7e	B 表示锯齿形螺纹，公称直径为 32，螺距 6，单线省略不标注，右旋省略不标注，中径公差代号为 7e(轴的公差)，中等旋合长度省略标注

3. 特殊螺纹和非标准螺纹的标注

特殊螺纹的标注应在牙型符号前加注"特"字，并注大径和螺距，如图 7-14(a)所示。非标准螺纹应标出螺纹的大径、小径、螺距和牙型尺寸，如图 7-14(b)所示。

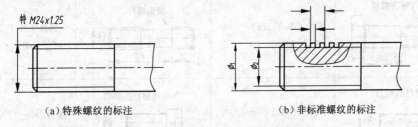

（a）特殊螺纹的标注　　　　　　　　（b）非标准螺纹的标注

图 7-14　特殊螺纹和非标准螺纹的标注

7.1.4　螺纹紧固件

前面讲过，螺纹紧固件是用一对内、外螺纹的连接作用来连接和紧固一些零部件的零件。常用的紧固件如图 7-15 所示。这些紧固件均为标准件，即标准件不需要画零件图，每一个标准件都有相关的国标规定，只要根据规定标记就能在相应标准中查出它们的结构和尺寸。在装配图中，标准件只需按规定用比例画法或简化画法画出连接关系的投影图。

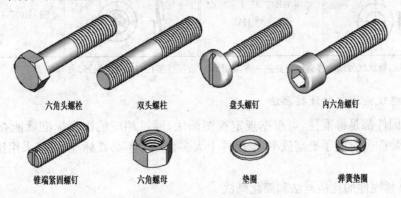

六角头螺栓　　　双头螺柱　　　盘头螺钉　　　内六角螺钉

锥端紧固螺钉　　　六角螺母　　　垫圈　　　弹簧垫圈

图 7-15　常用的紧固件

1.螺纹紧固件的标记

紧固件的标记方法见 GB/T 1237－2000,表 7-4 是图 7-15 所示的一些常用标准紧固件的视图、主要尺寸及规定标记的示例。常用标准紧固件标记有两种标记格式。

1) 接近完整的标记格式

| 名称 | 国标号及年号 | 螺纹规格(或螺纹规格×公称长度) | —性能等级或硬度 |

例:紧固件为六角头螺栓,其螺纹公称直径 d＝M10,公称长度 l＝40,性能等级为 8.8 级,产品等级为 A 级,表面氧化。完整标记格式为:螺栓 GB/T 5782－2000　M10×40—8.8—A—O。

2) 简化标记格式

简化标记格式中可以省略国标的年号,当性能等级或硬度符合规定时也可以省略。因此,六角头螺栓的简化标记格式为:螺栓 GB/T 5782 M10×40,还可以进一步简化为 GB/T 5782 M10×40,即名称也省略不写。

表 7-4　常用螺纹紧固件及其标记示例

名称及视图	标记示例	名称及视图	标记示例
六角头螺栓	螺栓 GB/T 5782－2000 M10 ×40	双头螺柱	螺柱 GB/T 899－88 M10 ×40
开槽盘头螺钉	螺钉 GB/T 67－2000 M10 ×30	内六角圆柱头螺钉	螺钉 GB/T 70.1－2000 M10 ×20
开槽锥端紧定螺钉	螺钉 GB/T 71－2000 M10 ×30	I 型六角螺母	螺母 GB/T 6170－2000 M16
平垫圈A级	垫圈 GB/T 97.1－2002 16－200HV	标准型弹簧垫圈	垫圈 GB/T 93－1987　20

注:国标号后,螺纹代号或公称直径前要空一格,防止前后数据连接在一起发生误解。

2.常用螺纹紧固件的连接画法

螺纹紧固件都是标准件,可根据规定视图画法,通过相应的国家标准就能查出其尺寸参数。但在绘装配图时为了提高效率,紧固件上大多数尺寸不必查标准,可以采用比例画法或简化画法。

1) 螺纹紧固件的比例画法和简化画法

比例画法是螺纹大径确定后,除了螺杆上的有效长度要根据被连接件的实际尺寸确定外,紧固件上的其他尺寸都折算成与大径成一定比例的数值来作图的方法。图 7-16 为螺栓紧固件的

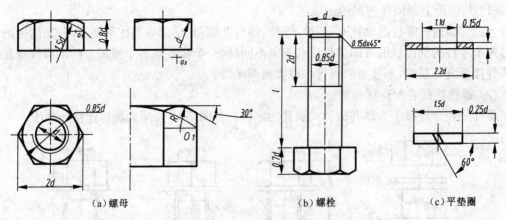

（a）螺母　　　　　　　　　　　　（b）螺栓　　　　　　　　　（c）平垫圈

图 7-16　螺栓紧固件的比例画法

比例画法。简化画法则是省略倒角、退刀槽等工艺结构的比例画法。图 7-17 为螺栓紧固件简化画法。

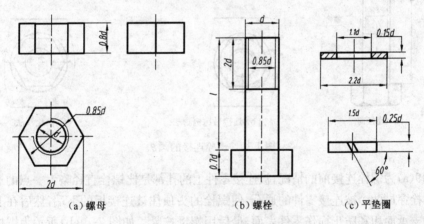

（a）螺母　　　　　　　　　　　　（b）螺栓　　　　　　　　　（c）平垫圈

图 7-17　螺栓紧固件的简化画法

2）螺纹紧固件的装配连接画法

常见的螺纹连接形式有螺栓连接、双头螺柱连接和螺钉连接，如图 7-18 所示。在画螺纹紧固件时，常采用比例画法或简化画法。

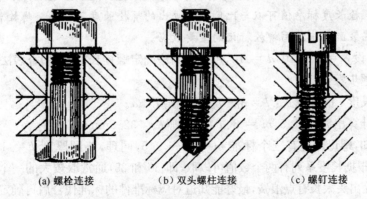

（a）螺栓连接　　　　　（b）双头螺柱连接　　　　　（c）螺钉连接

图 7-18　螺纹紧固件的连接形式示意图

（1）装配图上紧固件连接画法规定。

当剖切面通过螺杆的轴线时，螺栓、螺柱、螺钉及螺母、垫圈等均按不剖绘制；在剖视图上，相邻两个零件的剖面线的方向应相反或间隔不同；同一个零件在各个视图上的剖面线应相同；两零件接触画一条线，不接触间隔再小也要画两条线。

（2）螺栓连接装配连接画法。

螺栓是用来连接不太厚并能钻成通孔的零件。如图 7-19 所示为螺栓连接的画法。

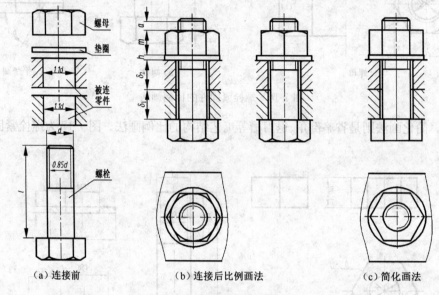

（a）连接前　　　　　　　（b）连接后比例画法　　　　　　（c）简化画法

图 7-19　螺栓连接的画法

图 7-19(a)为螺栓连接前的情况，被连接零件上的孔都是比螺栓直径略大一点的通孔。连接时，先将螺栓穿过两个被连接零件的通孔，使螺栓的头顶住被连接板的下端，然后在上部套上垫圈，以增加支承面积和防止损伤零件表面，最后用螺母拧紧。如图 7-19(b)所示为螺栓连接后的比例画法。在装配图中螺栓连接提倡采用简化画法，如图 7-19(c)所示。

确定螺栓长度 l 时，可按下式计算（图 7-19(b)）：

$$l = \delta_1 + \delta_2 + h + m + a \quad (a \text{ 一般在 } 0.2d \sim 0.3d \text{ 取值})$$

根据上式算出的螺栓长度，查附表中螺栓长度的系列值，选取接近的标准数值。

【注意】　螺栓长度标准值可以与比例画法画出的螺栓长度不一致。螺栓长度标准值是用于采购零件或在装配图中注写螺栓标记的重要数据。

【例 7-1】　设 $\delta_1 = \delta_2 = 20, d = 10$，用比例画法确定螺栓长度，再用查表法确定螺栓长度。

【解】　解题步骤：

根据螺栓长度 l 的计算式：$l = \delta_1 + \delta_2 + h + m + a$。

用比例法计算出 $h = 1.5$、$m = 8$、$a = 3$，则 $l = 32.5$mm。

用查表法知，螺母厚度有三个标准 $m = 5 \sim 9.5$，同理，垫圈厚度 $h = 1.6 \sim 2$，则 $l = 30 \sim 35.1$，再根据长度系列有两个数值可以取，即 30 和 35，通常取较大的一个数值比较保险，但可能出现螺栓出头太长有点浪费，最好能知道对应标准件的标准代号后再确定。

（3）双头螺柱连接。

双头螺柱连接常用于被连接件之一不太厚钻成通孔，另一零件较厚不宜钻成通孔的场合，如图 7-18(b)所示为双头螺柱连接的示意图。连接时将双头螺柱的旋入端 b_m 完全旋入到这个螺孔里,而另一端(紧固端)则穿过另一被连接件的通孔,然后套上垫圈,再用螺母拧紧。图 7-20(a)是连接前的情况,图 7-20(b)是连接过程中安装的情况,图 7-20(c)为连接后的比例连接画法。

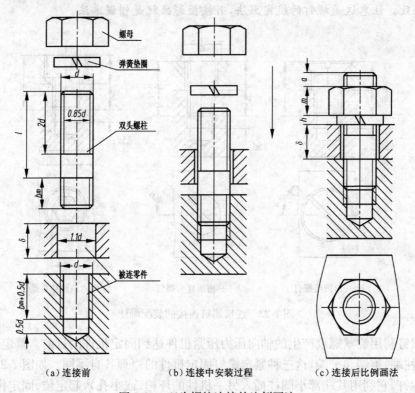

（a）连接前　　　　　　　（b）连接中安装过程　　　　　　（c）连接后比例画法

图 7-20　双头螺柱连接的比例画法

【注意】　双头螺柱旋入端的长度 b_m 由带螺孔的被连接件的材料而定,对于钢、青铜零件取 $b_m = d$;铸铁零件取 $b_m = 1.25d$;铸铁和铝等零件取 $b_m = 1.5d$;铝合金、非金属材料取 $b_m = 2d$。确定双头螺柱的有效长度 l 时,可按下式计算:

$$l = \delta + h + m + a$$

（4）螺钉连接。

螺钉按用途可分为连接螺钉和紧定螺钉两种。前者用来连接零件,后者主要用来固定零件。连接螺钉的旋入端画法与双头螺柱连接画法相同,只有螺钉头部不同,图 7-21 为螺钉头部的比例画法。

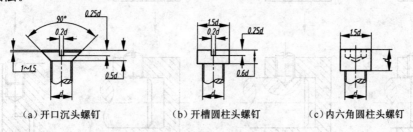

（a）开口沉头螺钉　　　　　　（b）开槽圆柱头螺钉　　　　　　（c）内六角圆柱头螺钉

图 7-21　连接螺钉头部比例画法

连接螺钉用于连接不经常拆卸,并且受力不大的零件。一般在较厚的被连接件上加工出螺孔,然后把螺钉穿入另一被连接件的通孔,旋进螺孔来连接两零件,如图 7-22 所示。

螺钉的长度 l 可按下式来确定：

$$l = \delta + b_m$$

【注意】 在图 7-22(a)、(b)中，连接螺钉俯视图的螺钉开口方向都按 $45°$ 方向画出，与投影方向不一致。注意这是螺钉的规定画法，若按投影画就是错误画法。

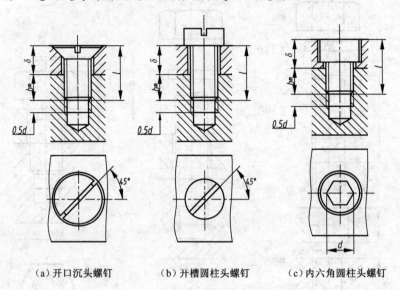

(a) 开口沉头螺钉　　　　(b) 升槽圆柱头螺钉　　　　(c) 内六角圆柱头螺钉

图 7-22　连接螺钉连接的装配画法

紧定螺钉利用旋紧螺纹产生的轴向压力压紧机件达到固定机件的目的。紧定螺钉端部有三种形式，柱端、锥端和平端，这三种紧定螺钉固定机件的原理各自不同。如图 7-23(a)所示为柱端紧定螺钉，它利用其端部小圆柱插入另一机件的环槽(或小孔)，起定位、固定作用，阻止机件移动。图 7-23(b)为锥端紧定螺钉，其工作原理是利用端部锥面顶入机件上的小锥坑，使螺

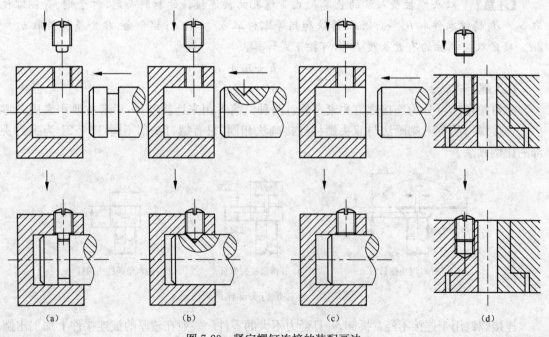

(a)　　　　　　　　(b)　　　　　　　　(c)　　　　　　　　(d)

图 7-23　紧定螺钉连接的装配画法

钉端部的 90° 锥顶角与轴上的 90° 锥孔压紧,起轴向定位、固定作用。平端紧定螺钉依靠其平端平面与机件的摩擦力起定位作用(图 7-23(c))。

柱端紧定螺钉能承受的横向力最大,锥端紧定螺钉次之,平端紧定螺钉最小。有时将紧定螺钉"骑缝"旋入两个机件的缝中,使螺孔在两个机件上各有一半,固定两机件的位置,这时称"骑缝螺钉"连接,通常使用平端螺钉旋入,如图 7-23(d)所示。

【提示】 螺纹连接画法规定较多,初学者很容易画错,如图 7-24 所示给出常见一些错误画法,希望能对读者有所帮助。

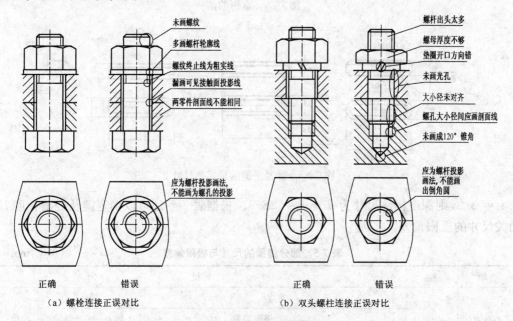

（a）螺栓连接正误对比 （b）双头螺柱连接正误对比

图 7-24 螺纹连接画法常见错误

7.2 键 与 销

7.2.1 键

键也是一种连接件,通常用来连接轴和装在轴上的传动零件(如齿轮、皮带轮等),起到传递扭矩的作用。如图 7-25 所示,键的一部分被安装在轴上的键槽内,另一凸出部分则嵌入轮毂槽内,使两个零件一起转动。

键是标准件,它的种类很多,常用的有普通平键、半圆键、钩头楔键等,如图 7-26 所示。其中普通平键应用最广,其形式有 A、B、C 三种,其形状和尺寸如图 7-27 所示,在标记时 A 型平键省略字母 A。

例如,$b=18mm$,$h=11mm$,$L=100mm$ 的圆头平键,则应标记为:

键 18×100 GB/T 1096—2003

常用普通平键的尺寸和键槽的断面尺寸,可按轴径查表 7-5
(完整表见附录)。如图 7-28(a)、(b)所示为轴和轮毂的键槽尺寸注法。例:已知轴直径 $d=25$,查表 7-5 得,键槽宽 $b=8$,轴上键槽深 $t_1=4$,则深度标注尺寸 $d-t_1=21$;同理,毂上键槽

图 7-25 键连接

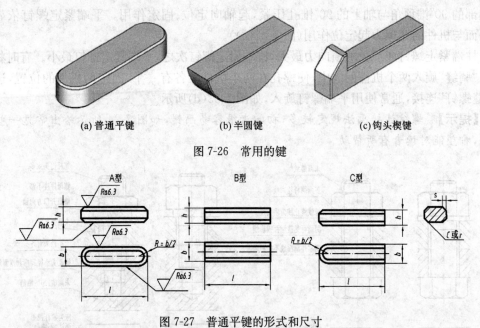

(a) 普通平键　　　　(b) 半圆键　　　　(c)钩头楔键

图 7-26　常用的键

图 7-27　普通平键的形式和尺寸

深 $t_2 = 3.3$,则深度标注尺寸为 $d + t_2 = 28.3$。根据表 7-5 还可以确定键及键槽长度 L 及相关尺寸的极限偏差。

表 7-5　部分键槽的尺寸与极限偏差　　　　　　　　　　　　　（单位：mm）

轴	键	键槽											
		宽度 b							深度				
公称直径 d	公称尺寸 $b \times h$	基本尺寸	极限偏差						轴 t_1		毂 t_2		半径 r
			正常连接		紧密连接	松连接			基本尺寸	极限偏差	基本尺寸	极限偏差	
			轴 N9	毂 JS9	轴和毂 P9	轴 H9	毂 D10						min	max
自 6~8	2×2	2	0.004 0.029	±0.0125	−0.006 0.031	+0.025 0	+0.060 +0.020		1.2	+0.1 0	1.0	+0.1 0	0.08	0.16
>8~10	3×3	3							1.8		1.4		
>10~12	4×4	4	0 −0.030	±0.0125	−0.012 −0.042	+0.030 0	+0.078 +0.030		2.5		1.8		
>12~17	5×5	5							3.0		2.3		
>17~22	6×6	6							3.5		2.8		0.16	0.25
>22~30	8×7	8	0 −0.036	±0.018	−0.015 −0.051	+0.036 0	+0.098 +0.040		**4.0**	+0.2 0	**3.3**	0.2	
>30~38	10×8	10							5.0		3.3		0.25	0.40
L 系列		6,8,10,12,14,16,18,20,22,25,28,32,36,40,45,50,56,63,70,80,90,100,110,125,140, 160,180,200,220,250,280											

图 7-29 所示为普通平键连接。普通平键的两侧面是工作面,在装配图中,键的两侧面与轮毂、轴的键槽两侧面配合,键的底面与轴的键槽底面接触,所以都画一条线,而键的顶面与轮毂上键槽的底面之间应有间隙,为非接触面,因此要画两条线。按国家标准规定,键沿纵向剖切时,不画剖面线。

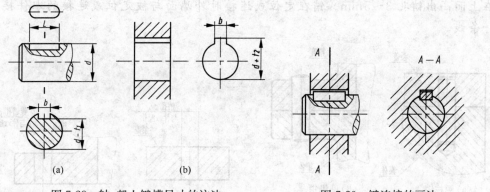

| (a) | (b) |

图 7-28　轴、毂上键槽尺寸的注法　　　　　图 7-29　键连接的画法

7.2.2　销

销常用于零件间的定位或连接。常用的销有圆柱销、圆锥销和开口销，如图 7-30 所示。

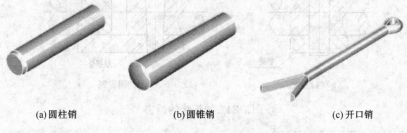

(a)圆柱销　　　　　　(b)圆锥销　　　　　　(c)开口销

图 7-30　常用的销

销也是标准件，不需画零件图，它的形式、尺寸可查阅附录。

例如，公称尺寸 $d = 6$、公差带 m6、公称长度 $l=30$、材料为钢、不经淬火、不经表面处理的圆柱销应标记为：

销 GB/T 119.1　6m6×30

A 型圆锥销 $d=10$，$l=60$，其标记为：

销 GB/T 117　10×60

销的形式及尺寸规定画法如图 7-31 所示。

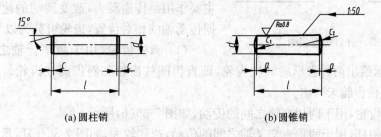

(a)圆柱销　　　　　　　　　(b)圆锥销

图 7-31　销的形式及尺寸

销定位的画法如图 7-32 所示。图 7-33 为零件图上销孔的尺寸注法。其中 $\phi 4$ 为所配圆锥销的公称直径。图 7-34 为销连接的画法。

【注意】　用销来定位或连接两个零件时，它们的销孔应在装配时一起加工，因此，在销孔尺寸注法中应写明"与件××配作"。另外，在画圆锥销连接时，一定要把销的大头放在上面高出销孔 3~5mm。销在定位或连接时外端面与被定位或连接的零件接触,画成一条线。

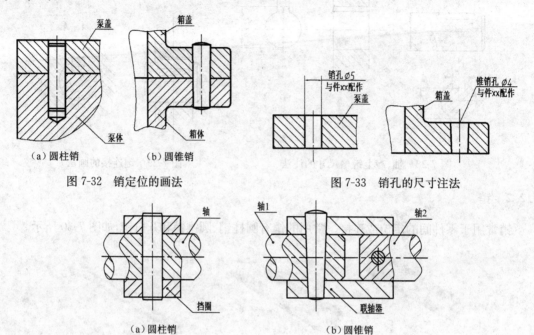

（a）圆柱销　　　　（b）圆锥销

图 7-32　销定位的画法　　　　　　图 7-33　销孔的尺寸注法

（a）圆柱销　　　　　　　　（b）圆锥销

图 7-34　销连接的画法

开口销是用来防止零件轴向松动的零件,常与锁紧螺母和垫圈一起使用,也有在小轴端部与垫片一起使用,如图 7-35 所示。

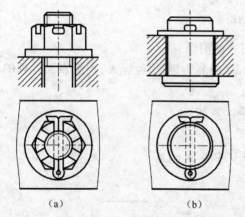

（a）　　　　　　（b）

图 7-35　开口销连接画法

7.3　齿　　轮

7.3.1　齿轮的作用与种类

齿轮是广泛用于机器或部件中的传动零件,其主要作用是传递动力,改变运动的速度和方向。根据传动轴的相对位置,齿轮可分为以下三类:

（1）圆柱齿轮,用于两平行轴之间的传动,如图 7-36(a)所示给出两种齿形的圆柱齿轮,即直齿圆柱齿轮和斜齿圆柱齿轮。还有一种齿形是人字形的圆柱齿轮未列出。

（2）圆锥齿轮,用于两相交轴之间的传动,如图 7-36(b)所示。

（3）蜗轮蜗杆,用于两垂直交叉轴之间的传动,速比较大,如图 7-36(c)所示。

直齿圆柱齿轮是最基本、最常用的齿轮,在此主要介绍直齿圆柱齿轮。

7.3.2　齿轮各部分名称

齿轮的参数中只有齿面上的模数、压力角已经标准化,其他参数都是非标准化的,因此,齿轮称为常用件。齿轮上各部分名称如图 7-37 所示。

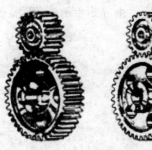 

(a) 圆柱齿轮   (b) 圆锥齿轮   (c) 蜗轮与蜗杆

图 7-36 齿轮传动

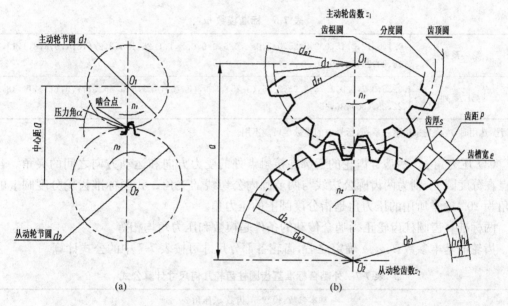

(a)   (b)

图 7-37 圆柱齿轮各部分的名称

（1）节圆直径与分度圆 d。如图 7-37(a)所示，主动齿轮与从动齿轮连心线 O_1O_2 上两相切的圆称为节圆。节圆是成对出现的，可看成两个纯滚动的圆，相切点称为啮合点。如图 7-37(b)所示，对一个标准齿轮而言，齿槽宽 e 与齿厚 s 在某圆周上的弧长相等的圆称为分度圆，它是设计、制造齿轮时，计算各部分尺寸的基准圆，用 d 表示。当两标准齿轮正确啮合时，节圆直径与分度圆直径相重合。

（2）齿顶圆直径 d_a。通过轮齿顶部的圆称为齿顶圆。

（3）齿根圆直径 d_f。通过轮齿根部的圆称为齿根圆。

（4）齿距 p。分度圆上相邻两齿廓对应点之间的弧长称为齿距。

（5）齿高 h。轮齿在齿顶圆和齿根圆的径向距离称为齿高。

齿顶高 h_a：齿顶圆与分度圆之间的径向距离称为齿顶高；

齿根高 h_f：齿根圆与分度圆之间的径向距离称为齿根高。

（6）中心距 a。两啮合齿轮轴线之间的距离，$a = \dfrac{d_1 + d_2}{2} = \dfrac{m(z_1 + z_2)}{2}$。

(7) 传动比 i。主动齿轮的转数 n_1 与从动齿轮的转数 n_2 之比。由 $n_1 z_1 = n_2 z_2$，可得：

$$i = \frac{n_1}{n_2} = \frac{z_2}{z_1}$$

7.3.3 直齿圆柱齿轮的基本参数

(1) 齿数 z。齿轮上轮齿的个数。

(2) 模数 m。齿轮的分度圆周长 $\pi d = zp$，令 $p/\pi = m$，则 $d = mz$。

所以模数是齿距 p 与圆周率 π 的比值，即 $m = p/\pi$，从公式上看这是一个无理数，单位为 mm。模数表示了轮齿的大小，它是设计和制造齿轮的基本参数。为了设计和制造方便，国家标准已经将模数标准化。模数的标准值见表 7-6。

表 7-6　标准模数 m

第一系列	0.1,0.12,0.15,0.2,0.25,0.3,0.4,0.5,0.6,0.8,1,1.25,1.5,2,2.5,3,4,5,6,8,1,12,16,20,25,32,40,50
第二系列	0.35,0.7,0.9,1.75,2.25,2.75,(3.25),3.5,(3.75),4.5,5.5,(6.5),7,9,(11),14,18,22,28,(30),36,45

注：选用时，应优先采用第一系列，括号内的模数尽可能不用。

(3) 压力角 α。两啮合齿轮的齿廓在接触点处的受力方向和运动方向之间的夹角。若接触点在分度圆上，则为两齿廓公法线与两节圆内公切线的夹角。我国标准齿轮分度圆上的压力角为 $20°$，通常所用的压力角是指分度圆上的压力角。

两标准直齿圆柱齿轮正确啮合传动的条件是模数和压力角均相等。

齿轮的基本参数 z、m、α 确定之后，齿轮各部分尺寸可按表 7-7 中的公式计算。

表 7-7　外啮合标准直齿圆柱齿轮几何尺寸计算公式

基本参数：模数 m、齿数 z、压角 $20°$

各部分名称	代号	计算公式
分度圆直径	d	$d = mz$
齿顶高	h_a	$h_a = m$
齿根高	h_f	$h_f = 1.25m$
齿顶圆直径	d_a	$d_a = m(z+2)$
齿根圆直径	d_f	$d_f = m(z-2.5)$
齿距	p	$p = \pi m$
分度圆齿厚	s	$s = \frac{1}{2}\pi m$
中心距	a	$a = \frac{1}{2}(d_1 + d_2) = \frac{1}{2}m(z_1 + z_2)$

7.3.4 齿轮的画法

齿轮只有齿形结构是标准化的，其他结构如内孔直径、键槽、两端凸台等都是非标准结构，应按投影画视图。齿面形状通常为渐开线。齿轮的齿数一般都是奇数，使用全剖视图在投影表达上出现困难。由于齿面是标准化的结构,国家标准在处理齿形表达上采用了类似螺纹线的画法。国家标准 GB/T 4459.2—2003 对齿轮的画法规定如下。

1.单个圆柱齿轮的画法

(1) 在视图中,齿顶圆和齿顶线用粗实线表示。分度圆和分度线用细点画线表示(分度线应超出轮廓 2~3mm)。齿根圆和齿根线用细实线表示或省略不画,如图 7-38(a)所示。

(2) 在剖视图中,当剖切平面通过齿轮的轴线时,轮齿一律按不剖绘制,这时齿根线用粗实线表示,如图 7-38(b)所示。

(3) 当需要表示斜齿或人字齿的齿轮形状时,可在非圆的外形图上画三条与轮齿齿线方向相同的平行的细实线表示或画三条平行人字形细实线,如图 7-38(c)、(d)所示。

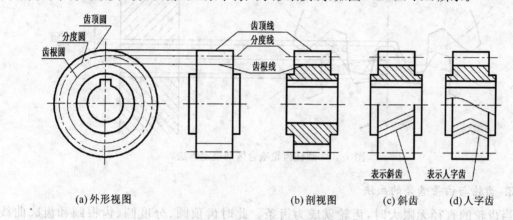

| (a)外形视图 | (b)剖视图 | (c)斜齿 | (d)人字齿 |

图 7-38 单个圆柱齿轮的规定画法

2.两圆柱齿轮啮合的画法

(1) 在投影为圆的视图中,两齿轮的分度圆处于相切的位置。此时,分度圆又称为节圆,啮合区内的齿顶圆和齿根圆仍用粗实线和细实线绘制,如图 7-39(a)所示,也可以省略不画,如图 7-39(b)所示。

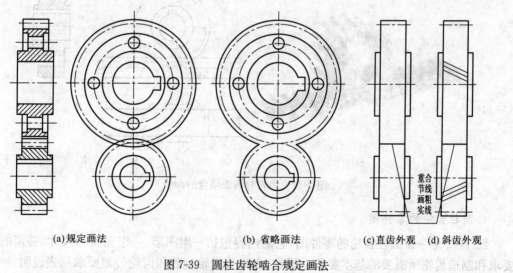

| (a)规定画法 | (b)省略画法 | (c)直齿外观 | (d)斜齿外观 |

图 7-39 圆柱齿轮啮合规定画法

(2) 在非圆投影的剖视图中,两齿轮节线重合,画点画线。齿根线画粗实线。齿顶线的画法是将一个齿轮的齿顶作为可见画成粗实线,另一个齿轮的齿顶被遮住画成虚线,如图 7-39(a)所示。

(3) 在非圆投影的外形图中,啮合区的齿顶线和齿根线不必画出,节线画成粗实线,如图 7-39(c)、(d)所示。

【注意】 在剖视图中两齿轮在啮合区应画出 5 条线的投影,即两个齿轮的齿顶线,主动轮齿顶线为粗实线,从动轮齿顶线为虚线;两个齿轮的齿根线都为粗实线;两齿轮节圆相切只画一条节线为点画线。另外,每个齿轮的齿顶线与另一齿轮的齿根线存在 0.25m(m 为模数)的径向间隙,如图 7-40 所示。

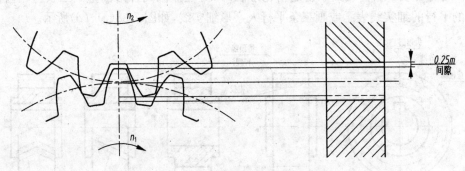

图 7-40　圆柱齿轮啮合区的规定画法

3. 齿轮与齿条啮合的画法

当齿轮的直径无限大时,齿轮就成为齿条。此时齿顶圆、分度圆、齿根圆和齿廓曲线都成为直线。齿轮和齿条啮合时,齿轮旋转,齿条作直线运动。齿轮和齿条啮合的画法与两圆柱齿轮啮合的画法基本相同。齿轮的节圆与齿条的节线相切,在剖视图中,将啮合区内齿顶线之一画成粗实线,另一轮齿被遮挡部分画成虚线或省略不画,如图 7-41所示。

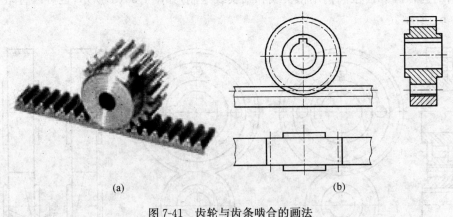

(a)　　　　　　　　　　　(b)

图 7-41　齿轮与齿条啮合的画法

4. 圆柱齿轮的零件图

图 7-42 是一张圆柱齿轮的零件图,它的内容包括一组图形、一组完整的尺寸、必需的技术要求和制造齿轮所需要的基本参数。模数、齿数等齿轮参数和齿轮公差要求列表说明。

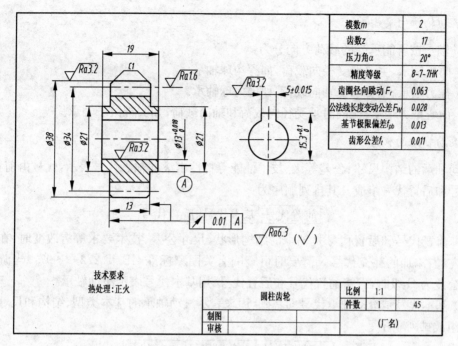

模数m	2
齿数z	17
压力角α	20°
精度等级	8-7-7HK
齿圈径向跳动 F_r	0.063
公法线长度变动公差 F_W	0.028
基节极限偏差 f_{pb}	0.013
齿形公差 f_t	0.011

技术要求
热处理:正火

圆柱齿轮		比例	1:1	
		件数	1	45
制图				
审核			(厂名)	

图 7-42　圆柱齿轮的零件图

7.4 滚 动 轴 承

　　轴承是传动中用于支撑旋转轴的部件。根据组成结构的不同,分为滑动轴承和滚动轴承。由于滚动轴承的摩擦阻力小,转动灵活,结构紧凑,精度较高,在机械设备中应用广泛,在此主要介绍滚动轴承。

7.4.1　滚动轴承的结构、类型及代号

1. 滚动轴承的结构

　　如图 7-43 所示,滚动轴承是一种标准组合件,一般由内圈、外圈、滚动体和保持架四部分组成。内圈上有凹槽,以形成滚动体圆周运动时的滚动道,滚动体有球、圆柱滚子、圆锥滚子等。使用时,一般内圈套在轴颈上随轴一起转动,外圈安装固定在轴承座孔中。

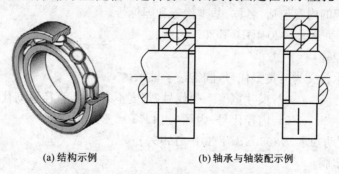

(a) 结构示例　　　　　　(b) 轴承与轴装配示例

图 7-43　滚动轴承结构及其通用装配示例

2.滚动轴承的类型

滚动轴承按所能承受的载荷方向分为:

(1)向心轴承,主要承受径向载荷,如深沟球轴承。

(2)推力轴承,主要承受轴向载荷,如推力球轴承。

(3)向心推力轴承,能同时承受径向载荷和轴向载荷,如圆锥滚子轴承。

3.滚动轴承的代号

滚动轴承的结构尺寸、公差等级、技术性能等特性由滚动轴承代号表示,代号由前置代号、基本代号和后置代号组成。其排列顺序为:

$$\boxed{前置代号}\ \boxed{基本代号}\ \boxed{后置代号}$$

(1)前置代号和后置代号是轴承的结构形状、尺寸公差、技术要求等有改变时,在其基本代号的左、右添加的补充代号。需要时可查阅有关国家标准 GB/T 272—1997。当游隙为基本组和公差为 G 级时,省略前置代号和后置代号,用基本代号表示滚动轴承。

(2)基本代号是滚动轴承代号的基础,用来表示滚动轴承的基本类型、结构和尺寸。基本代号的组成排列顺序是

$$\boxed{类型代号}\ \boxed{尺寸系列代号}\ \boxed{内径代号}$$

【说明】 "类型代号"用来说明轴承的类型,由一位数字或1～2位大写拉丁字母组成,如表 7-8 所示,类型代号 3 表示圆锥滚子轴承,5 表示推力球轴承,6 表示深沟球轴承。

"尺寸系列代号"表示轴承的宽(高)度系列代号(一位数字)和外径系列代号(一位数字),共两位数字左、右排列表示。常用"尺寸系列代号"可从表 7-9 中查取。若基本代号中的尺寸系列代号(第四位数字)为 0 时省略。如尺寸系列代号 02 省略 0 后为 2。

"内径代号"表示轴承公称内径,一般也为两位数字组成,内径代号为 00、01、02、03 分别表示轴承公称内径 10、12、15、17。当内径尺寸在 20～480 mm(22、28、32 除外)的范围内时,内径尺寸为内径代号数字乘以 5。

因此,"基本尺寸代号"一般为五位数字组成,如"60000 型深沟球轴承"、"50000 型推力球轴承"和"30000 型圆锥滚子轴承"。只有宽度系列代号为 0,省略 0 后,基本尺寸代号从五位数字改变为四位数字。

4.滚动轴承标记

滚动轴承标记的内容包括:名称、基本代号和国标号。

【例 7-2】 滚动轴承 30204 GB/T 297—1994。

【解】 解题步骤:

基本代号表示含义为3:类型代号,圆锥滚子轴承;

　　　　　　　　02:尺寸宽度系列代号,宽度不省略0,直径系列代号为2;

　　　　　　　　04:内径代号,内径 $= 4×5 = 20$(mm)。

【例 7-3】 滚动轴承 51203 GB/T 301—1995。

【解】 解题步骤:

基本代号表示含义为5:类型代号,推力球轴承;

　　　　　　　　12:尺寸宽度系列代号,宽度代号为1,直径系列代号为2;

04：内径代号，小于 4，查表后得，内径 17mm。

【例 7-4】 滚动轴承 6204 GB/T 276—1994。

【解】 解题步骤：

基本代号表示含义为6：类型代号，深沟球轴承；

2：尺寸宽度系列代号，(02)宽度代号省略 0，直径系列代号为 2；

04：内径代号，内径 = 4×5 = 20(mm)。

表 7-8　滚动轴承的类型代号

代号	轴承类型	代号	轴承类型
0	双列角接触球轴承	6	深沟球轴承
1	调心球轴承	7	角接触球轴承
2	调心滚子轴承和推力调心滚子轴承	8	推力圆柱滚子轴承
3	圆锥滚子轴承	N	圆柱滚子轴承 双列或多列用字母 NN 表示
4	双列深沟球轴承	U	外球面球轴承
5	推力球轴承	QJ	四点接触球轴承

表 7-9　滚动轴承的尺寸系列代号

直径系列代号	向心轴承								推力轴承			
	宽度系列代号								高度系列代号			
	8	0	1	2	3	4	5	6	7	9	1	2
	尺寸系列代号											
7	—	—	17	—	37	—	—	—	—	—	—	—
8	—	08	18	28	38	48	58	68	—	—	—	—
9	—	09	19	29	39	49	59	69	—	—	—	—
0	—	00	10	20	30	40	50	60	70	90	10	—
1	—	01	11	21	31	41	51	61	71	91	11	—
2	82	02	12	22	32	42	52	62	72	92	12	22
3	83	03	13	23	33	—	—	—	73	93	13	23
4	—	04	—	24	—	—	—	—	74	94	14	24
5	—	—	—	—	—	—	—	—	—	95	—	—

7.4.2　滚动轴承的画法(GB/T 4459.7—1998)

滚动轴承通常可用三种画法绘制，即规定画法、通用画法和特征画法。一般在画图前，应根据轴承代号从其标准中查出外径 D、内径 d、宽度 B、T 后，按表 7-10 所示的比例画图。常用滚动轴承的规定画法和特征画法见表 7-10。

表 7-10　常用滚动轴承的规定画法和特征画法

轴承名称及代号	结构形式	规定画法	特征画法	用　　途
深沟球轴承 GB/T 276—1994 （60000 型）		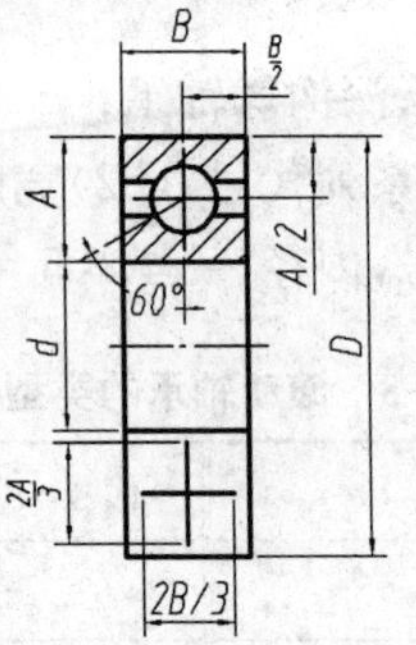	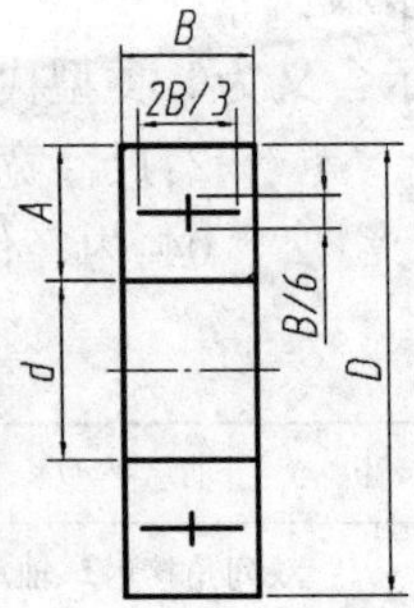	主要承受径向力
圆锥滚子轴承 GB/T 297—1994 （30000 型）		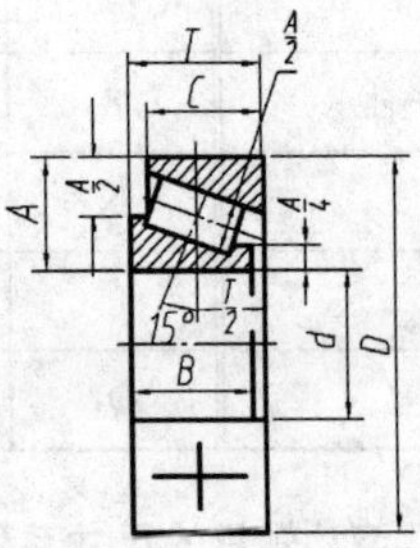	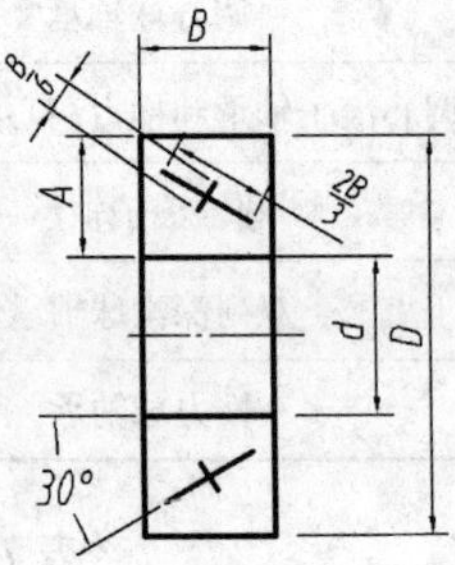	可同时承受径向力和轴向力
推力球轴承 GB/T 301—1995 （51000 型）		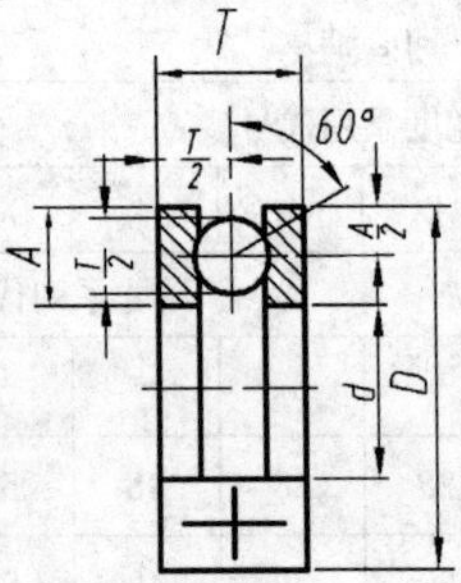	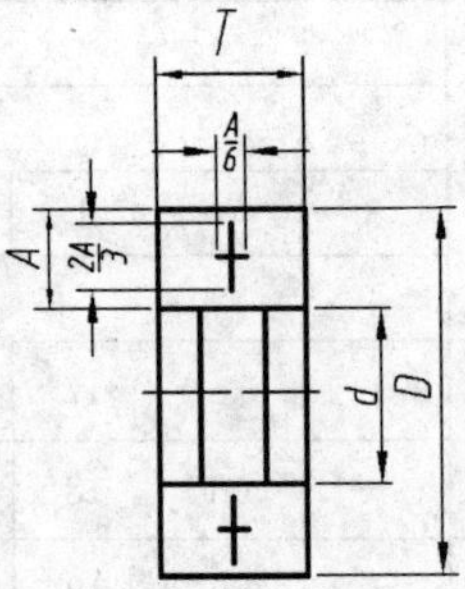	承受单方向轴向力

7.5　弹　　簧

弹簧用途非常广泛,其作用主要是减震、复位、夹紧、测力和储能等。弹簧的特点是去掉外力后能立即恢复原状。弹簧种类很多,目前,国家标准只对部分弹簧进行了标准化。常用的几种如图 7-44 所示。在此仅介绍圆柱螺旋弹簧,重点为压缩弹簧的各部分名称及其画法。圆柱螺旋压缩弹簧的尺寸及参数由 GB/T 2089—1994 规定,画法参见 GB/T 4459.4—2003《机械制图　弹簧表示法》。

7.5.1　圆柱螺旋压缩弹簧各部分名称及尺寸关系

压缩弹簧工作时两端面与中心轴线应保持垂直、受力均匀、平稳移动。因此,在制造时,将两端弹簧的几圈并紧、磨平,这几圈仅起支承作用,称为支承圈。两端的支承圈有 1.5、2、3 圈三种,常见为 2.5 圈。中间保持相等节距的圈称为有效圈,有效圈数是计算弹簧刚度时的圈数。有效圈数与支承圈数的总和是总圈数。画图时,圆柱压缩弹簧按标准选取以下参数,如图 7-45 所示。

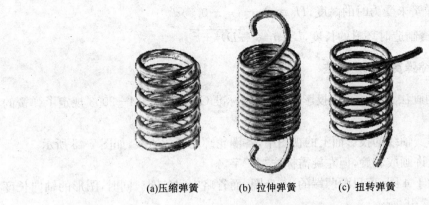

(a)压缩弹簧　　　　(b) 拉伸弹簧　　　　(c) 扭转弹簧

图 7-44　圆柱螺旋弹簧

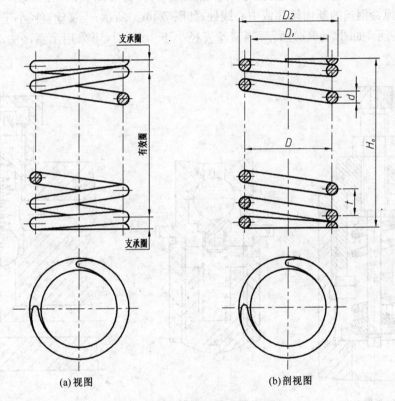

(a)视图　　　　　　　　　　(b)剖视图

图 7-45　圆柱螺旋压缩弹簧的画法

簧丝直径 d，制作弹簧的钢丝直径。

弹簧中径 D，弹簧的平均直径。

弹簧内径 D_1，弹簧的最小直径 $D_1 = D - d$。

弹簧外径 D_2，弹簧的最大直径 $D_2 = D + d$。

节距 t，相邻两有效圈截面中心线的轴向距离。

有效圈数 n，弹簧上能保持相同节距的圈数。

支撑圈数 n_2，弹簧两端并紧磨平部分的圈数，一般取 $n_2 = 2.5$ 圈。

总圈数 n_1，$n_1 = n + n_2$。

自由高度 H_0,弹簧未受力时的高度,$H_0 = nt + (n_2 - 0.5)d$。

展开长度 L,弹簧制造时坯料的长度,$L = n_1 \sqrt{(\pi D)^2 + t^2}$。

7.5.2 圆柱螺旋压缩弹簧的规定画法

弹簧在图样中的画法无需按真实投影绘制,国家标准 GB/T 4459.4—2003 规定了弹簧的画法。

(1) 在平行于弹簧轴线的投影面上的视图中,各圈轮廓均画成直线,如图 7-45 所示。

(2) 左旋弹簧允许画成右旋,但左旋需标注"左"字。

(3) 有效圈数大于 4 圈,可只画两端的 1~2 圈,而省略中间各圈。同时,图形的轴向长度也可适当缩短,如图 7-45 所示。

(4) 在装配图中,弹簧中间各圈采用省略画法时,弹簧后面被挡住的部分一般不画,可见部分可画到弹簧钢丝的断面轮廓或中心线处,如图 7-46(a)所示;当簧丝直径小于 2mm 时,剖面可以用涂黑表示,如图 7-46(b)所示;当簧丝直径小于 1mm 时,可采用示意画法,如图 7-46(c)所示。

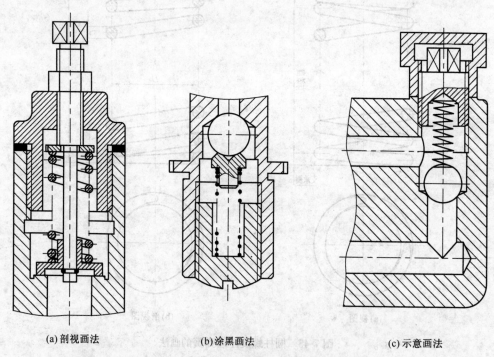

(a) 剖视画法   (b) 涂黑画法   (c) 示意画法

图 7-46　装配图中弹簧的画法

7.5.3 圆柱拉伸弹簧和圆柱扭转弹簧的画法简介

1. 圆柱拉伸弹簧画法

圆柱拉伸弹簧画法与压缩弹簧基本相同,不同处如图 7-47 所示,两端多一个钩子,各圈弹簧都按支承圈弹簧画法画出,中间部分弹簧可按省略画法画。

2. 圆柱扭转弹簧画法

圆柱扭转弹簧画法与扭转弹簧基本相同,不同处如图 7-48 所示,两端多一段直弹簧丝。

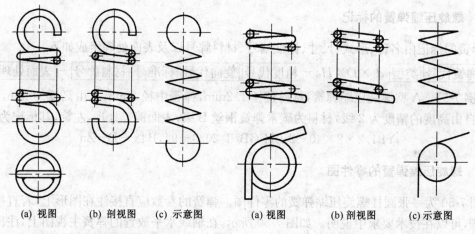

| (a) 视图 | (b) 剖视图 | (c) 示意图 | (a) 视图 | (b) 剖视图 | (c) 示意图 |

图 7-47　圆柱拉伸弹簧的画法　　　　　图 7-48　圆柱扭转弹簧的画法

7.5.4　圆柱螺旋压缩弹簧的作图步骤

若已知弹簧的中径 D、簧丝直径 d、节距 t 和圈数$(n_1，n_2)$，先算出自由高度，然后再按下列步骤作图：

(1) 根据 D 和 H_0 画矩形 $ABCD$，俯视图画出中心线位置，如图 7-49(a)所示。

(2) 根据 d，画支承圈部分的圆和半圆，俯视图画出弹簧外径和内径圆，如图 7-49(b)所示。

(3) 根据 t 画有效圈部分的圆，俯视图画出弹簧收尾形状(规定两处)，如图 7-49(c)所示。

(4) 按右旋方向作相应圈的公切线及剖面线，加深、完成剖视作图，如图 7-49(d)所示。

(5) 同理，从图 7-49(c)还可按右旋方向作相应圈的公切线及剖面线，去除被挡线，加深、完成外形视图作图，如图 7-49(e)所示。

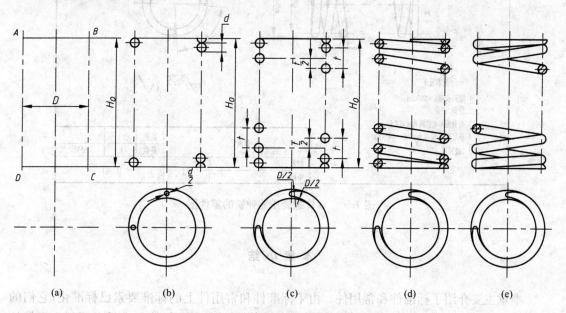

| (a) | (b) | (c) | (d) | (e) |

图 7-49　圆柱螺旋压缩弹簧的作图步骤

7.5.5 螺旋压缩弹簧的标记

弹簧的标记由名称、形式、尺寸、标准编号、材料牌号以及表面处理组成如下：

$$\boxed{弹簧代号}\ \boxed{类型}\ d \times D \times H_0 - \boxed{精度代号}\ \boxed{旋向代号}\ \boxed{标准号}\ \boxed{材料牌号} - \boxed{表面处理}$$

【例 7-5】 A 型螺旋压缩弹簧，材料直径 1.2mm，弹簧中径 8mm，自由高度 40mm，刚度、外径、自由高度的精度为 2 级，材料为碳素弹簧钢丝 B 级，表面镀锌处理，左旋，其标记为

$$YB1.2 \times 8 \times 40 - 2\ LH\ GB/T\ 2089-94, B 级 - D - Zn$$

7.5.6 螺旋压缩弹簧的零件图

图 7-50 为一张圆柱螺旋压缩弹簧的零件图。弹簧的参数应直接注在图形上，若直接注写有困难，可以在技术要求中说明。如图 7-50 所示，在轴线水平放置的弹簧主视图上，注出了完整的尺寸和尺寸公差、表面粗糙度等，同时用文字叙述技术要求，并在零件图上方用图解表示弹簧受力的压缩长度。螺旋压缩弹簧的机械性能曲线应画成粗实线。其中，P_1 为弹簧的预加负荷；P_2 为弹簧的最大负荷；P_3 为弹簧允许的极限负荷。

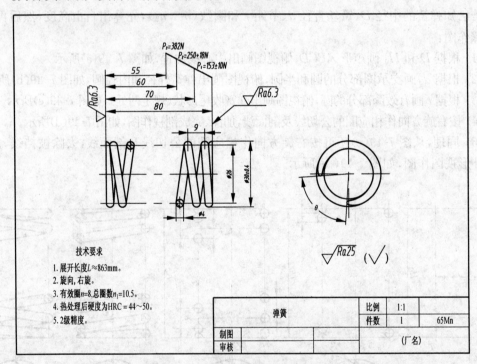

图 7-50 圆柱螺旋压缩弹簧的零件图

本 章 小 结

本章主要介绍了标准件和常用件。由于标准件和常用件上的标准要素已标准化，它们的结构、尺寸、技术要求特性等，在有关标准中均可查阅。所以在一般绘图中没必要画出它们的真实投影，而采用规定的较简略的表示方法。但是图上必须给出它们的类型、大小和规格的代号和标准。

螺纹和螺纹紧固件的连接在工程图上应用广泛,其规定画法也不复杂,但应注意经常会出现的错误,在学习时要给予重视。齿轮、键、销、轴承和弹簧等,要注意规定画法与投影的区别,涉及的参数计算要能正确选择公式、了解计算方法。本章重点介绍了它们的画法。为了深入理解,还应学习有关专业知识和查阅设计手册。

思 考 题

1. 螺杆和螺纹通孔的画法是如何规定的?
2. 不通螺孔与螺纹通孔有哪些区别?
3. 螺栓连接画法中哪些是接触画法? 哪些是不接触画法? 有什么规定?
4. 双头螺柱连接与螺栓连接画法有何区别?
5. 齿轮啮合部位画法有何规定? 齿顶圆、分度圆和齿根圆如何计算?
6. 键连接画法中哪些面是工作面? 哪些面是非工作面? 画法有什么规定?
7. 销连接画法中圆柱销与圆锥销连接画法上有何区别?
8. 轴承 60203 是哪类轴承,其内径、外径和轴承宽度为多少?
9. 弹簧画法中右旋弹簧与左旋弹簧画法有何区别? 什么时候可以用剖视画法、涂黑画法和示意画法?

第8章 零 件 图

零件是组成机器(或工具)的不可拆分的最小单元。表示零件结构形状、大小及技术要求的图样称为零件图。零件图是零件在制造和检验过程中评价质量的重要依据。本章将学习绘制和阅读零件图的基本知识。

8.1 零件图的作用、内容和画图步骤

8.1.1 零件图的基本作用

一台完整的机器是由若干个零件装配成的。零件是机器中不可再拆的单元体,那么表达零件的图样就被称为零件图。它是加工和检验零件的依据和重要技术资料。

8.1.2 零件图的内容

如图 8-1 所示套筒的零件图,一张完整的零件图应包括以下基本内容:

(1) 一组视图。用以表达零件的内外结构形状。

可以用视图、剖视、断面及其他规定画法等来正确、完整、清晰地表达零件的内外结构形状。

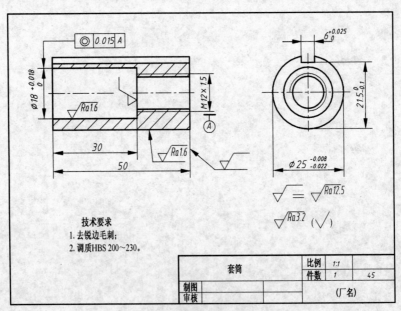

图 8-1 套筒的零件图

(2) 完整的尺寸。正确、完整、清晰、合理地标注出加工制造零件所需的全部尺寸。

(3) 技术要求。加工制造零件所要达到的技术指标。用符号或文字来说明零件在制造、检验等过程中应达到的技术指标,如表面粗糙度、尺寸公差、形状和位置公差、热处理要求等。技术要求的文字一般注写在标题栏上方图纸空白处。

（4）标题栏。标题栏位于图纸的右下角,应注写零件的名称、材料、数量、绘图的比例、日期以及设计、审核人的签名等内容。

8.1.3 零件图的画图步骤

在实际工作中,绘制零件图可分为测绘和拆图两种,前者是通过测量仪从实物上测量数据画出零件图,后者是在装配图上拆画零件图。但最后画出的结果是一致的。由于测绘现场条件较差,实际上,在现场测绘多数都是徒手画出的零件图,回到工作室后,再用仪器或计算机画出正式零件工作图。因此,画图 8-1 所示套筒的零件图可按如下步骤进行(图 8-2):

（1）对零件进行结构和加工方法分析,选取主视图和其他视图。

（2）根据视图数量和视图比例选择图幅大小(草图可以不选)。

（3）画出图框、标题栏及各视图定位基准线、轴线、中心线,并注意各视图之间留有余地,以便后期标注尺寸。

（4）由主视图开始画出各视图主要轮廓线,注意投影关系。

（5）画出各视图上的细节,如螺孔、倒角、圆角等。

（6）检查底图无错后加深,画出剖面线、标注尺寸、填写尺寸数值。

（7）标注图上的技术要求,如尺寸公差、形位公差、表面粗糙度及文字要求等。

（8）填写标题栏,进行最后检查,无错后在标题栏内签名。

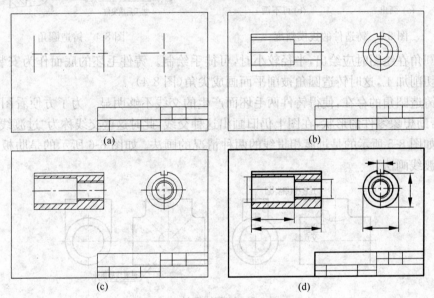

图 8-2　零件图画图步骤

8.2　零件上的常见结构与尺寸

零件的结构形状,主要由它在机器或部件中的作用以及制造方法所决定。所以在画图和读图时就应注意到设计和制造工艺对零件结构形状提出的要求。也就是说,零件的结构形状既要满足使用要求,又要便于制造。

下面介绍一些常见的工艺结构,供同学们画图时参考。

8.2.1 铸造零件的工艺结构

1. 起模斜度(拔模斜度)

用铸造方法制造零件的毛坯时,为了翻砂和造型时起模方便,一般沿模型起模方向做出约 1:10、1:20 的斜度,如图 8-3 所示。这个斜度被称为起模斜度。因此在铸件上也有相应的起模斜度。斜度较小时,在视图上可以不画出,但若斜度较大,则应画出,这种斜度在图上可以不予标注,必要时可在技术要求中用文字说明。

2. 铸造圆角

在铸件的各转角处,必须做成圆角(半径约为壁厚的 0.2~0.4 倍),这样既便于起模,又能防止在浇注铁水时将砂型转角处冲坏,还可以避免铸件在冷却时产生裂纹或缩孔,如图 8-4 所示。铸造圆角半径在视图上一般不予标注,通常在技术要求中用文字说明其数值(图 8-14、图 8-16)。

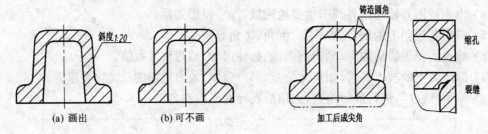

图 8-3 铸造件的拔模斜度   图 8-4 铸造圆角

铸造圆角在绘图时应绘出,半径较小时,可徒手绘制。铸件毛坯的底面作为安装底面时,常常需经切削加工,这时铸造圆角被削平面画成尖角(图 8-4)。

由于铸造圆角的存在,使得铸件两毛坯面产生的交线不够明显。为了方便看图以区分不同表面,帮助想象零件的形状,在图上仍旧画出这种交线,此时这些交线称为"过渡线",用细实线画出。如图 8-5 所示的是过渡相贯线的两种情况的画法。如图 8-6 所示的是肋板与圆柱体相交的过渡线画法。

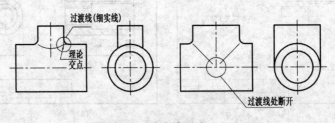

图 8-5 过渡线画法(一)

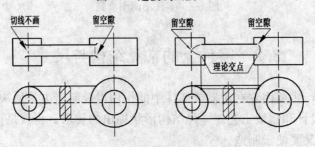

图 8-6 过渡线画法(二)

【提示】 过渡线是一种假想画法,按投影理论来说,两表面光滑过渡时是不能画交线的,但由于铸造圆角很小,两立体表面相交处因有圆角而不画交线不容易理解,因此,国家标准规定用细实线画出这些交线,为区别真正的交线,这些过渡线不能与其他线接触,即短一些。老标准规定过渡线用粗实线画出,接头处要变细并断开。看零件图时应注意新老标准的差异。

3. 铸件壁厚

为了避免浇注铁水时,零件各部分因冷却速度的不同而产生缩孔或裂纹,铸件的壁厚应基本均匀或逐渐地过渡。应避免出现壁厚局部肥大现象,如图 8-7 所示。

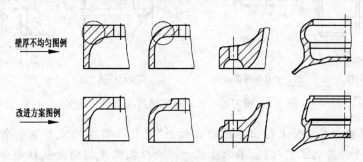

图 8-7　铸件壁厚调整方法

8.2.2　零件加工面的工艺结构与尺寸标注

1. 倒角和倒圆

如图 8-8 所示,倒角是在轴端做出的小圆锥台,或圆孔口做出的小圆锥台孔。为了便于装配和安装,在轴或孔的端部,一般都加工成倒角。为了避免因应力集中而产生裂纹,轴肩处往往加工成圆角过渡的形式,称为倒圆。

倒角和倒圆的尺寸系列可查阅附录附表 22,其尺寸注法可参考图 8-8 所示注法。

【提示】 如图 8-8 所示,当倒角的角度为 45°时可用符号 C 表示,倒角圆台顶面与底面的轴线距离用数值表示。因此,倒角尺寸 C2 表示倒角的角度为 45°,倒角圆台顶面与底面的轴线距离为 2mm。

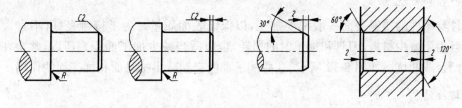

图 8-8　倒角和倒圆形状与尺寸注法

2. 螺纹退刀槽和砂轮越程槽

在切削加工中,为了加工时容易退刀和保证整个加工面的质量,使两个加工面的转折处不留出圆角,常常在零件待加工面的末端,先车出螺纹退刀槽或砂轮越程槽,再加工有关表面。如图 8-9 所示为螺纹退刀槽和砂轮越程槽,其结构和尺寸系列可查阅附表 23。

3. 钻孔结构

在钻孔时,为了避免钻孔轴线偏斜或钻孔时折断钻头,钻头的轴线应尽量与被钻零件的表面垂直。如图 8-10 所示,钻孔入钻处应为平台而不应为圆弧状。

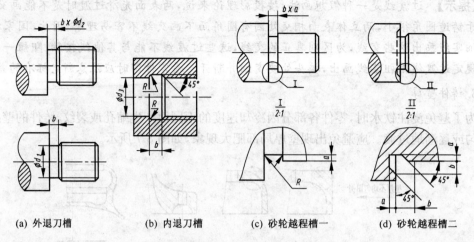

(a) 外退刀槽   (b) 内退刀槽   (c) 砂轮越程槽一   (d) 砂轮越程槽二

图 8-9　退刀槽和砂轮越程槽形状与尺寸标注

【注意】　用钻头在零件上钻出不通的孔称为"盲孔",其孔的底部有一个 120° 的锥角,是自然形成的,属于必带的工艺结构,不必注尺寸。而钻孔深度指的是圆柱部分的深度,不包括锥坑。在阶梯形钻孔的过渡处,也存在锥角为 120° 的圆台,其画法及尺寸注法如图 8-11 所示。

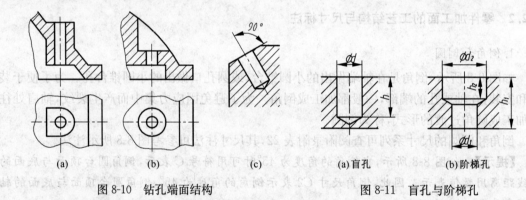

(a)　　　(b)　　　(c)　　　　　(a)盲孔　　(b)阶梯孔

图 8-10　钻孔端面结构　　　　图 8-11　盲孔与阶梯孔

4. 凸台和凹坑

零件与零件的接触表面一般都要加工,以保证表面质量。为了接触良好,不宜大面积接触。并且为了减少材料、刀具和加工时的损耗,也应适当减少加工面积。所以,常常在铸件上设计出凸台或凹坑。如图 8-12 所示,这些例子都能起到减小接触面和加工面的作用。

5. 螺纹结构

零件间常用螺纹连接和传动。螺纹是零件上常见的一种工艺结构,其中内螺纹在零件上使用得最多,应注意内、外螺纹的画法,如图 8-9 所示的退刀槽结构上的螺纹画法。由于第 7 章已经介绍了螺纹画法,这里就不再赘述。

6. 常见连接孔结构的尺寸标注

零件上连接处常见的各种孔有光孔、螺纹孔、沉孔、锥孔及锪平孔,普通标注需要进行多个尺寸标注,为了减少尺寸标注数量,使零件上同一结构的尺寸集中在一起,可以使用旁注法进行标注,见表 8-1。

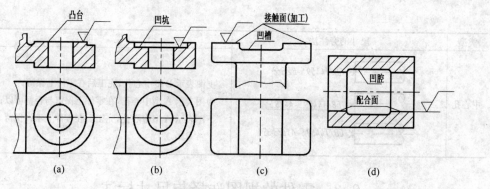

图 8-12 凸台与凹坑

表 8-1　常见孔尺寸的旁注法实例

类型	尺寸的旁注法		说　明
光孔	4×φ4 ⫫10 C1	4×φ4 ⫫10 C1	4×φ4 表示直径为 4,均匀分布的 4 个光孔,光孔口带有 1×45°倒角圆
螺孔	4×M6 2×C1	4×M6 2×C1	4×M6 表示公称直径为 6,均匀分布的 4 个螺孔,螺孔两端口都带有 1×45°倒角圆
	4×M6 ⫫8	4×M6 ⫫8	4×M6 表示公称直径为 6,均匀分布的 4 个螺孔,螺孔深度为 8,钻孔深度无要求,可以不标
沉孔	4×φ7 ⌵13×90°	4×φ7 ⌵13×90°	4×φ7 表示内孔直径为 7,均匀分布的 4 个光孔,⌵为埋头孔符号,光孔口带有锥形孔,直径为 φ13,锥角 90°需标注
	4×φ7 ⌴φ12 ⫫4.5	4×φ7 ⌴φ12 ⫫4.5	4×φ7 表示内孔直径为 7,均匀分布的 4 个光孔,⌴为沉孔符号,沉孔直径为 φ12,深度为 4.5
	4×φ7 ⌴φ14	4×φ7 ⌴φ14	4×φ7 表示内孔直径为 7,均匀分布的 4 个光孔,⌴为沉孔符号,沉孔直径为 φ14,无深度表示,则为工艺上的锪平结构,画图一般画 1mm 深度,加工时一般锪平到不出现毛坯面为止

类型	尺寸的旁注法	说　明
中心孔	GB/T4459.5-B2.5/8 GB/T4459.5-A4/8.5 GB/T4459.5-A1.6/3.35	上图表示 B 型中心孔,完工后在零件上保留; 中图表示 A 型中心孔,在零件上保留与否都可以; 下图表示 A 型中心孔,完工后在零件上不许保留

8.3　零件的视图选择与尺寸标注

8.3.1　典型零件的视图与尺寸

本节将结合若干具体零件,讨论零件的视图选择和尺寸标注问题。

选择视图时,要结合零件的工作位置和加工位置,选择最能反映零件形状特征的视图作为主视图,包括运用各种表达方法,如剖视、断面等,并选好其他视图。

选择视图的原则是在完整、清晰地表达零件内外形状和结构的前提下,尽量减少视图数量。

在零件图上标注尺寸,除满足完整、正确、清晰的要求外,还要求注得合理,即所注尺寸能满足设计和加工要求,使零件有满意的工作性能又便于加工、测量和检验。

尺寸注得合理,需要较多的机械设计与加工方面的知识,这里只作一些分析。

零件的种类繁多,除了标准零件外,有些零件的主要结构或形状存在相似性,因此,在视图表达与尺寸标注上有一定共性。将这些相类似的零件进行归类,就产生了零件分类。常用零件分为四大类,即轴、套类,盘、盖类,叉、架类和箱(壳)体类。本节仅就这四类有代表性的零件作些分析。

1. 轴、套类零件

如图 8-1 所示的套筒即属于套类零件,图 8-13 是铣刀头上的一根轴的零件图。

1) 视图选择

轴套类零件一般在车床上加工,要按形状和加工位置确定主视图,轴线水平放置,大头在左、小头在右,键槽和孔结构可以朝前。轴套类零件主要结构形状是回转体,一般只画一个主视图。对于零件上的键槽、孔等,可画出移出断面。砂轮越程槽、退刀槽、中心孔等可用局部放大图表达。

2) 尺寸分析

(1) 这类零件的尺寸主要是轴向和径向尺寸,径向尺寸的主要基准是轴线,轴向尺寸的主要基准是端面。

(2) 主要形体是同轴的,可省去定位尺寸。

(3) 重要尺寸必须直接注出,其余尺寸多按加工顺序注出。

(4) 为了清晰和便于测量,在剖视图上,内外结构形状尺寸应分开标注。

(5) 零件上的标准结构,应按该结构标准尺寸注出。

2. 盘、盖类零件

如图 8-14 所示的是铣刀头上的轴承端盖的零件图。各种轮子、法兰盘、盘盖等属于此类零件。其主要形体是回转体,径向尺寸一般大于轴向尺寸。

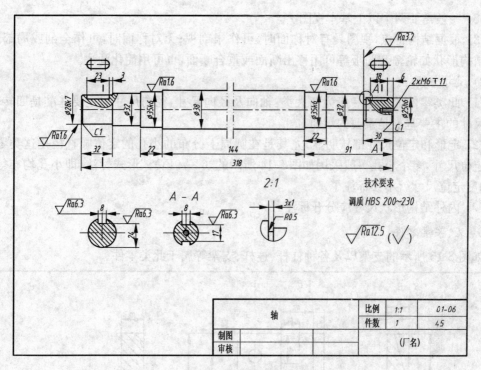

图 8-13 轴的零件图

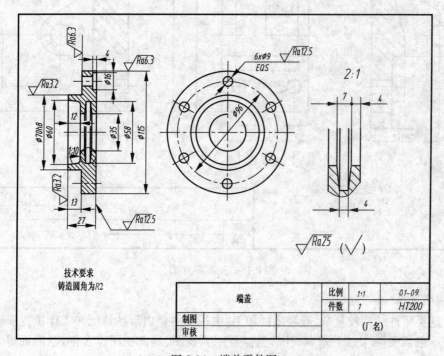

图 8-14 端盖零件图

1）视图选择

（1）这类零件的毛坯有铸件或锻件，机械加工以车削为主，主视图一般按加工位置水平放置，但有些较复杂的盘盖，因加工工序较多，主视图也可按工作位置画出。

(2) 一般需要两个以上基本视图。

(3) 根据结构特点,视图具有对称面时,可作半剖视;无对称面时,可作全剖或局部剖视。其他结构形状如轮辐和肋板等可用移出断面或重合断面,也可用简化画法。

2) 尺寸分析

(1) 此类零件的尺寸一般为两大类:轴向及径向尺寸,径向尺寸的主要基准是回转轴线,轴向尺寸的主要基准是重要的端面。

(2) 定形和定位尺寸都较明显,尤其是在圆周上分布的小孔的定位圆直径是这类零件的典型定位尺寸,多个小孔一般采用如图 8-14 所示的"6×φ9EQS"形式标注,即小孔均布等分圆周,角度定位尺寸就不必标注了。

(3) 内外结构形状尺寸应分开标注。

3. 叉、架类零件

如图 8-15 所示的支架以及各种杠杆、连杆、支架等属于此类零件。

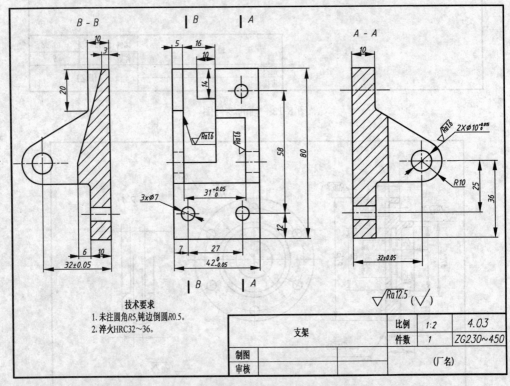

图 8-15　支架零件图

1) 视图选择

(1) 这类零件结构较复杂,需经多种加工,主视图主要由形状特征和工作位置来确定。

(2) 一般需要两个以上基本视图,常需要用斜视图、局部视图以及剖视、断面等表达内外形状和细部结构,如图 8-15 所示支架结构相对简单,但加工位置和工作位置都不够清楚。因此,主视图方向按形体分析法确定,使用三个基本视图,其中主视图为外形视图,左视图和右视图都是全剖视。

2) 尺寸分析

(1) 它们的长、宽、高方向的主要基准一般为加工的端面、对称平面或大孔的轴线。

（2）定位尺寸较多，一般注出孔的轴线（中心）间的距离，或孔轴线到平面间的距离，或平面到平面间的距离。

（3）定形尺寸多按形体分析法标注，内外结构形状要保持一致。

4．箱体类零件

如图 8-16 所示座体以及减速器箱体、泵体、阀座等属于箱体（壳体）类零件。这些零件大多为铸件，一般起支承、容纳、定位和密封等作用，内外形状较为复杂。

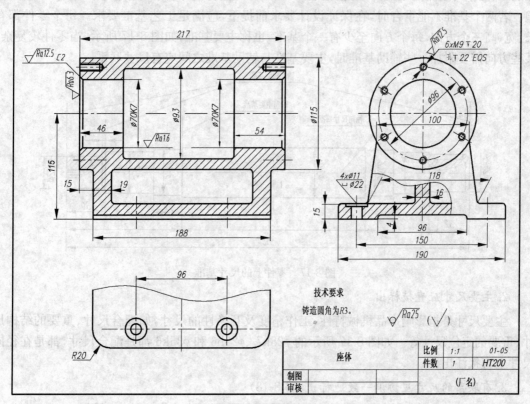

图 8-16　座体零件图

1）视图选择

（1）这类零件一般经多种工序加工而成，因而主视图主要根据形状特征和工作位置确定，图 8-16 的主视图就是根据工作位置选定的。

（2）由于零件结构较复杂，常需三个以上的图形，并广泛地应用各种方法来表达。在图 8-16 中，主视图采用全剖视，左视图采用局部剖视来表达内外形状，俯视图位置是一个局部视图，反映底板上孔的形状和位置。

2）尺寸分析

（1）它们的长、宽、高方向的主要基准是大孔的轴线、中心线、对称平面或较大的加工面。

（2）较复杂的零件定位尺寸较多，各孔轴线或中心线间的距离要直接注出。

（3）定形尺寸仍用形体分析法注出。

8.3.2　零件图上尺寸合理标注的原则

零件图上的尺寸是加工和检验零件的重要依据。在组合体尺寸标注时已经说明标注尺寸要正确、完整、清晰。零件图上标注的尺寸满足以上三条还不够,还要求尺寸标注合理,否则会给零件加工、测量和检验带来困难。为保证零件尺寸标注合理,应该注意以下几点。

1. 正确选择尺寸基准

尺寸基准是指作为定位尺寸起点的那些点、线、面。在零件图上,尺寸基准有两种:设计基准和工艺基准。设计画图时尺寸的起点为"设计基准",在组合体尺寸标注时已经讲过。零件在加工、测量时使用的基准为"工艺基准"。应当尽可能将设计基准与工艺基准重合,以减少误差。若两个基准不能重合时,在保证设计要求前提下,应满足工艺基准要求。每个零件都有长、宽、高三个方向,每个方向至少有一个基准,也称主要基准;如图 8-17 所示,当零件较复杂,某些方向需要附加一些辅助基准时,主要基准与辅助基准之间应有尺寸联系。

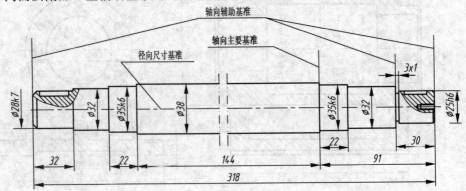

图 8-17　零件上的尺寸基准

2. 主要尺寸应直接标出

主要尺寸是指影响产品机械特性、工作精度及互换性的尺寸,如配合尺寸、重要的结构尺寸、重要的定位尺寸等。如图 8-17 所示的 $\phi28k7$、$\phi25h6$ 和 $\phi35k6$ 都是配合尺寸,都是在径向尺寸上直接注出。

3. 有联系的尺寸应协调一致地标出(图 8-18)

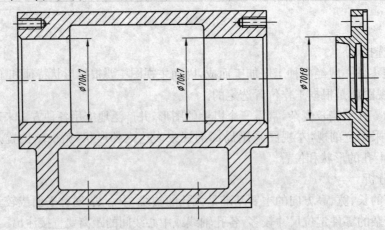

图 8-18　有联系尺寸协调一致标出实例

4. 不要标注成封闭尺寸链

封闭尺寸链是指尺寸首尾相接,绕成一整圈的一组尺寸。尺寸构成封闭链后,由于每个尺寸都存在尺寸公差要求,就难以保证总长尺寸的公差,给加工带来极大困难。解决方法是选一个不太重要的尺寸去掉,形成开口环,如图 8-19 所示。

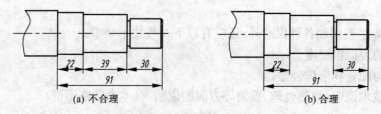

(a) 不合理　　　　　　　　　　　　(b) 合理

图 8-19　不注封闭尺寸链

5. 注尺寸应满足工艺要求

由于零件加工不是一道工序可以完成,尺寸标注还应满足各道工序的工艺要求。如图 8-20 所示,应满足以下几点:

(1) 按加工顺序标注尺寸。

(2) 同一种加工方法的尺寸应尽量集中标注。

(3) 标注尺寸要便于测量。

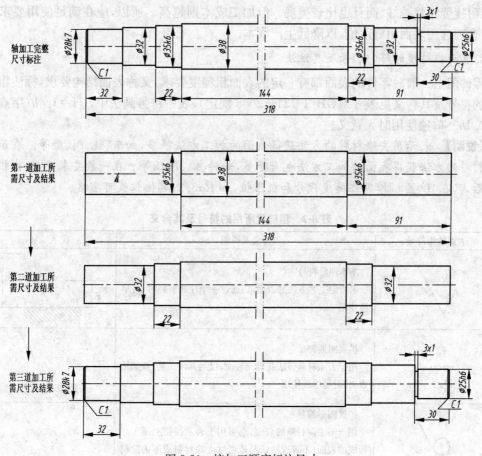

图 8-20　按加工顺序标注尺寸

8.4 零件图上的技术要求

零件图上除了视图和各种尺寸外,还应有以下一些技术要求:

(1) 零件的表面粗糙度。

(2) 极限与配合和形位公差。

(3) 其他技术说明,如热处理、检验等方面的说明。(本书省略不讲)

8.4.1 表面粗糙度

1. 表面粗糙度的概念

零件表面经加工后,会留有微观的凸凹不平的刀痕,这种加工表面上具有较小间距和峰谷所组成的微观几何形状特性,称为表面粗糙度。

由于机器对零件的各个表面都有一定的要求,如配合性质、耐磨性、抗腐蚀性、密封性、外观要求等。所以对零件表面粗糙度的要求也各有不同。

表面粗糙度是反映零件质量好坏的标志之一,表面粗糙度越低,其表面质量越好,耐磨、耐腐蚀、耐疲劳性就越好,而且也比较美观。但加工成本则越高。所以,应在满足使用要求的前提下,合理选用表面粗糙度值,以降低生产成本。

2. 表面粗糙度的符(代)号及其注法

零件图上一般对零件的表面都有一定的表面粗糙度要求,又称表面结构要求,标注粗糙度所用的符号及其含义见表 8-2(GB/T 131—2006 规定),表中符号画法中, $H=1.4h$(字高),线宽 $=0.1h$。单独使用时无意义。

【说明】 表示用去除材料的方法获得表面的加工方法很多,如车、铣、刨、磨等。表示用不去除材料的方法获得表面的加工方法也有很多,如铸、锻、冲压等。在一般要求下,画出粗糙度符号后,只在"位置 a"填写粗糙度代号和极限值,如 $Ra3.2$,其他位置可省略。

表 8-2 粗糙度所用的符号及其含义

表面结构符号	含义及说明	代号
	基本图形符号: 未指定工艺方法的表面,当通过一个注释解释时,可单独使用	
	扩展图形符号: 用于去除材料方法获得的表面;仅当其含义是"被加工表面"时可单独使用	
	扩展图形符号: 用于不去除材料的表面;也可用于表示保持上道工序形成的表面;不管这种状况是通过去除材料或不去除材料形成的	

表面结构符号	含义及说明	代　号
(1) (2) (3)	完整图形符号： 　用于对表面结构有补充要求的标注。(1)(2)(3)符号分别用于"允许任何工艺"、"去除材料"、"不去除材料"方法获得的表面。 　位置 a—粗糙度代号、极限值、取样长度，如 Ra25。 　位置 a、b—注写两个或多个表面结构要求。 　位置 c—注写加工方法，表面处理等要求。 　位置 d—注写所要求的表面纹理或纹理方向。 　位置 e—注写所要求的加工余量。 　在上述三个符号长边上加小圆，表示图形周边各面有相同的表面结构要求	*c* *a* *e* *d* *b*

3.表面粗糙度主要参数

评定表面粗糙度的参数有三种（高度参数）：

Ra——轮廓算术平均偏差值。

Rz——轮廓微观不平度十点高度。

Ry——轮廓最大高度（常省略）。

（1）轮廓算术平均偏差 Ra 在一个取样 l（用于判别具有表面粗糙度特征的一段基准线长度）内，被评定轮廓在任一位置至 OX 轴（基准线）的高度 $Y(x)$ 绝对值的算术平均值，如图 8-21 所示。用公式表示为

$$Ra = \frac{1}{l}\int_0^l |Y(x)|\,\mathrm{d}x$$

或近似表示为

$$Ra = \frac{1}{n}\sum_{i=1}^{n} |Yi|$$

Ra 用表面粗糙度测量仪器测量，运算过程由仪器自动完成。Ra 的数值见表 8-3。

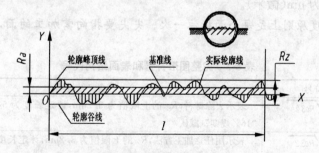

图 8-21　零件的轮廓曲线和表面粗糙度参数

（2）轮廓微观不平度十点高度 Rz 是指一个取样长度内 5 个最大轮廓峰高的平均值与 5 个最大轮廓谷深的平均值之和。

在以上两个评定参数中，Ra 最为常用。表 8-4 列出了 Ra 的不同数值和表面情况对应的加工方法和应用举例。

表 8-3　Ra 及 l、ln 选用表

Ra/μm		≥0.008~0.02	>0.02~0.1	>0.1~0.2	>2.0~10.0	>10.0~80
取样长度/mm		0.08	0.25	0.8	2.5	8.0
评定长度 ln/mm		0.4	1.25	4.0	12.5	40
Ra(系列)/μm	第一系列	0.012,0.025,0.050,0.100,0.20,0.40,0.80,1.60,3.2,6.3,12.5,25,50,100				
	第二系列	0.008,0.010,0.016,0.020,0.032,0.040,0.063,0.080,0.125,0.160,0.25,0.32,0.50, 0.63,1.00,1.25,2.0,2.5,4.0,5.0,8.0,10.0,16,20,32,40,63,80				

注:1. 第一系列 Ra 数值,应优先采用。

2. ln 是评定轮廓所必需的一段长度,一般为 5 个取样长度。

表 8-4　Ra 与应用

Ra/μm	表面特征	主要加工方法	应用举例
50	明显可见刀痕	粗车、粗铣、粗刨、钻、粗纹锉刀和粗砂轮加工	粗加工表面,一般很少应用
25	可见刀痕		
12.5	微见刀痕	粗车、刨、立铣、平铣、钻	不接触表面,不重要的接触面,如螺钉孔、倒角、机座底面等
6.3	可见加工痕迹	精车、精铣、精刨、铰、镗、粗磨等	没有相对运动的零件接触面,如箱、盖、套间要求紧贴的表面,键槽工作表面;相对运动速度不高的接触面,如支架孔、衬套、带轮轴孔的工作表面
3.2	微见加工痕迹		
1.6	看不见加工痕迹		
0.8	可辨加工痕迹方向	精车、精铰、精拉、精镗、精磨等	要求很好密合的接触面,如与滚动轴承配合的表面、锥销孔等;相对运动速度较高的接触面,如滑动轴承的配合表面、齿轮轮齿的工作表面等
0.4	微辨加工痕迹方向		
0.2	不可辨加工痕迹方向		
0.1	暗光泽面	研磨、抛光、超级精细研磨等	精密量具的表面、极重要零件的摩擦面,如气缸的内表面、精密机床的主轴颈、坐标镗床的主轴颈等
0.05	亮光泽面		
0.025	镜状光泽面		
0.012	雾状镜面		
0.006	镜面		

4. 粗糙度的标注

完整图形符号和表面结构代号实例参见表 8-5。表面结构要求在图样中的注法见表 8-6。Ra 的单位为 μm(微米)。

【注意】 粗糙度原则上是每个面标注一次。尖尖要指向需加工的面,并且一定标注在材料外面。

表 8-5　完整图形符号和表面结构代号

序号	符号	含义及说明
1	√ Ra3.2	表示去除材料,Ra 的上限值为 3.2μm,评定长度为 5 个取样长度(默认),"16%规则"(默认)
2	√ Ra3.2	表示用任意加工方法,Ra 的上限值为 3.2μm,评定长度为 5 个取样长度(默认),"16%规则"(默认)
3	√ Rz max 3.2	表示不允许去除材料,Ra 的最大值为 3.2μm,评定长度为 5 个取样长度(默认),"最大规则"
4	√ U Ra3.2 L Ra1.6	表示去除材料,Ra 的上限值为 3.2μm,Ra 的下限值为 1.6μm,评定长度为 5 个取样长度(默认),"16%规则"(默认)
5	√ Ra3.2 Rz6.3	表示去除材料,Ra 的上限值为 3.2μm,Rz 的上限值为 6.3μm,评定长度为 5 个取样长度(默认),"16%规则"(默认)

表 8-6　表面粗糙度在图样中的注法

序号	标注示例	说　明
1	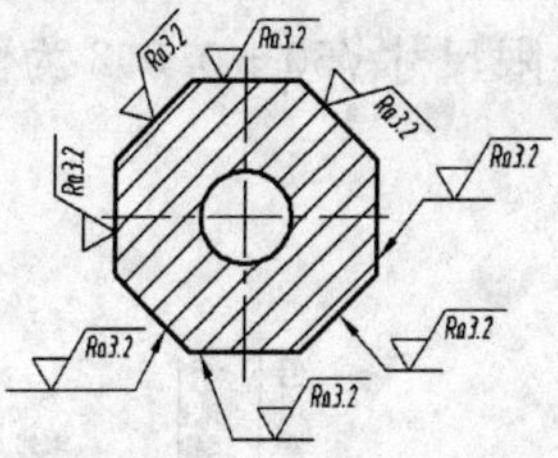	表面结构符号、代号的标注方向,应按左图标注示例的规定标注,与尺寸数字注写和读取方向一致
2	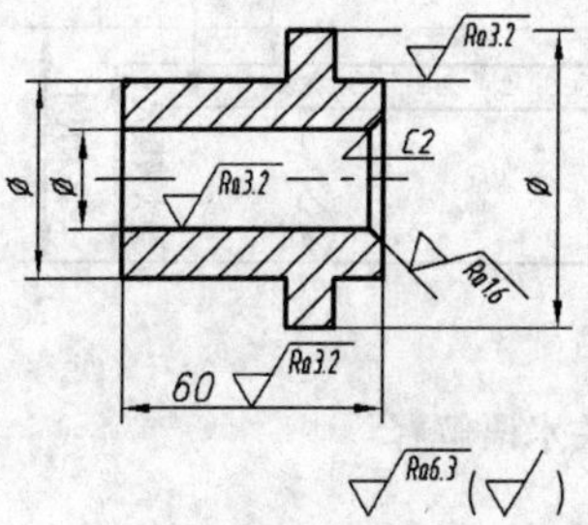	代(符)号可直接标注在轮廓线上,也可以标注在轮廓线延长线上,也可以标注在尺寸线上,或用带箭头的指引线引出标注 对于图中使用最多的一种代号可以统一标注在标题栏附近,并在括号内给出任何其他标注的基本符号
3	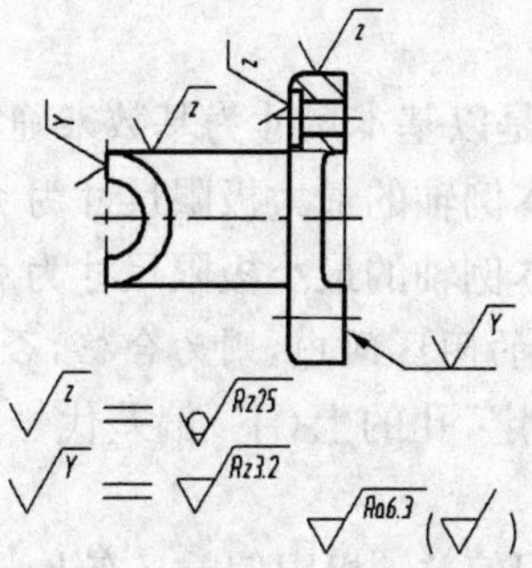	用带字母的完整符号,以等式形式,在图形或标题栏附近,对有相同结构的表面结构要求进行简化标注
4	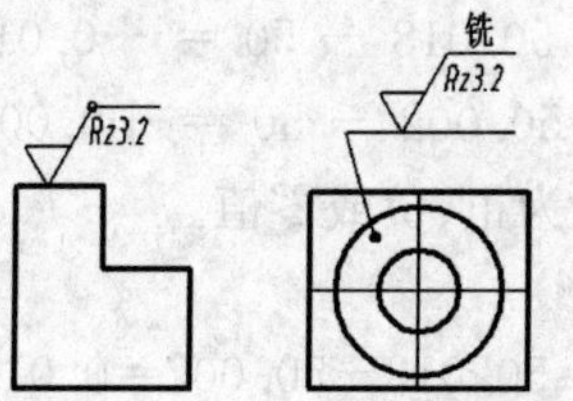	当投影图上封闭的轮廓线所表示的各表面有相同的表面结构要求时,按左图规定标注时在长边上画小圆;必要时也可以带黑点的指引线标注

8.4.2　极限与配合

1. 零件的互换性

在成批或大量生产的规格大小相同的零件中,不经选择地任取一个零件,不经修配就能立即装配到机器上去,并能保证使用要求,把这种性质称为互换性(即坏一个零件可以马上更换)。零件的互换性可以提高生产效率,便于装配和维修,也有利于组织生产协作。标准化是零件互换性的保证。国家标准 GB/T 1800.1—1997、GB/T 1800.2—1998、GB/T 1800.3—1998 和 GB/T 1800.4—1999 等对尺寸极限与配合分别作了基本规定。

2. 极限

在实际加工生产中,由于受机床精度、刀具磨损、测量误差的影响,零件的尺寸不可能做得绝对精确。为了满足互换性的要求,必须对尺寸加工误差规定一个允许的变动范围。国标对这个允许的变动范围进行了规定,设置了最大极限尺寸、最小极限尺寸、尺寸公差、上偏差、下偏差等术语参数,如图 8-22 所示。

下面以轴的最大极限尺寸 $\phi50+0.018$ 和最小极限尺寸 $\phi50+0.002$ 为例,将有关极限的术语和定义介绍如下。

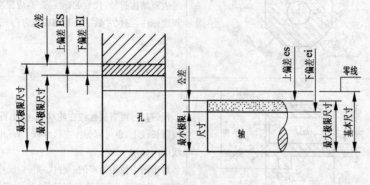

图 8-22　极限的有关术语解释

(1) 基本尺寸:设计给定的尺寸。轴的基本尺寸为 $\phi50$。

(2) 实际尺寸:零件加工后测量所得的尺寸。

(3) 极限尺寸:允许尺寸变化的两个界限值,它是以基本尺寸为基数来确定的。

最大极限尺寸:两个极限尺寸中较大的一个。本例轴的最大极限尺寸为 $\phi50.018$。

最小极限尺寸:两个极限尺寸中较小的一个。本例轴的最小极限尺寸为 $\phi50.002$。

【注意】　如果实际尺寸在两个极限尺寸所决定的闭区间内,则为合格,否则为不合格。

(4) 极限偏差(或尺寸偏差,简称偏差):国标规定,孔的上(下)偏差代号为 ES(EI);轴的上(下)偏差代号为 es(ei)。

某一极限尺寸减其基本尺寸所得的代数值为极限偏差。极限偏差又有上、下偏差之分:

上偏差 ＝ 最大极限尺寸－ 基本尺寸,如 es ＝ 50.018 － 50 ＝ +0.018。

下偏差 ＝ 最小极限尺寸－ 基本尺寸,如 ei ＝ 50.002 － 50 ＝ +0.002。

上偏差和下偏差统称为极限偏差。偏差值可以为正、负或零值。

(5) 尺寸公差:允许尺寸的变动量。

(尺寸)公差 ＝最大极限尺寸－最小极限尺寸＝50.018－50.002＝0.016

$\qquad$ ＝上偏差－下偏差＝0.018－0.002＝0.016

【注意】　公差是没有正负的绝对值。

(6) 零线:在公差与配合图解(简称公差带图)中,确定偏差的一条基准线,即零偏差线。通常零线表示基本尺寸。零线之上的偏差为正,零线之下的偏差为负。

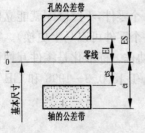

图 8-23　公差带图

(7) 尺寸公差带(简称公差带):在公差带图中,由代表上、下偏差的两条直线所限定的一个区域。公差带与公差的区别,在于公差带既表示了公差(公差带大小),又表示了公差相对零线的位置(公差带位置),如图 8-23 所示。标准规定公差带由标准公差和基本偏差来确定。

(8) 标准公差:国家标准表列出的,用来确定公差带大小的任一公差。标准公差分为 20 个等级,即 IT01、IT0、IT1～IT18,如表 8-7 所示。

表 8-7 标准公差数值(GB/T 1800.3—1998)

基本尺寸 /mm		标准公差等级																			
		μm												mm							
大于	至	IT01	IT0	IT1	IT2	IT3	IT4	IT5	IT6	IT7	IT8	IT9	IT10	IT11	IT12	IT13	IT14	IT15	IT16	IT17	IT18
—	3	0.3	0.5	0.8	1.2	2	3	4	6	10	14	25	40	60	0.1	0.14	0.25	0.40	0.60	1.0	1.4
3	6	0.4	0.6	1	1.5	2.5	4	5	8	12	18	30	48	75	0.12	0.18	0.30	0.48	0.75	1.2	1.8
6	10	0.4	0.6	1	1.5	2.5	4	6	9	15	22	36	58	90	0.15	0.22	0.36	0.58	0.90	1.5	2.2
10	18	0.5	0.8	1.2	2	3	5	8	11	18	27	43	70	110	0.18	0.27	0.43	0.70	1.10	1.8	2.7
18	30	0.6	1	1.5	2.5	4	6	9	13	21	33	52	84	130	0.21	0.33	0.52	0.84	1.30	2.1	3.3
30	50	0.6	1	1.5	2.5	4	7	11	16	25	39	62	100	160	0.25	0.39	0.62	1.00	1.60	2.5	3.9
50	80	0.8	1.2	2	3	5	8	13	19	30	46	74	120	190	0.30	0.46	0.74	1.20	1.90	3.0	4.6
80	120	1	1.5	2.5	4	6	10	15	22	35	54	87	140	22	0.35	0.54	0.87	1.40	2.20	3.5	5.4
120	180	1.2	2	3.5	5	8	12	18	25	40	63	100	160	250	0.40	0.63	1.00	1.60	2.50	4.0	6.3
...	...	...	...	...	...	...	...	...	...	...	...	...	...	...	...	...	...	...	...	...	...

注:基本尺寸小于或等于 1mm 时,无 IT14~IT18。完整表见附表 1。

IT——表示标准公差,01——表示公差等级,它是反映尺寸精确程度的等级。对同一基本尺寸而言,IT01 公差最小,精度最高;IT18 公差最大,精度最低。属于同一公差等级时,不同基本尺寸的公差数值虽然不同,但被认为具有同等的精确度,所以说公差等级确定了公差带的大小。

本例尺寸公差为 0.016。因为 0.016=16μm,依据基本尺寸 30~50,对照表 8-7 可知,标准公差等级属于 IT6。有时查不到对应的标准公差等级,可以选择最靠近的标准公差等级。

(9) 基本偏差:国家标准所列,用来确定公差带相对于零线位置的上偏差或下偏差。一般为靠近零线的那个偏差为基本偏差。因此,本例轴的基本偏差为+0.002。

当公差带在零线上方时,基本偏差为下偏差,在零线下方时,基本偏差为上偏差。基本偏差共有 28 个,代号用拉丁字母表示,大写字母表示孔的基本偏差代号,小写字母表示轴的基本偏差代号。由图 8-24 可知,轴的基本偏差从 a~h 为上偏差,从 j~zc 为下偏差;孔的基本偏差从 A~H 为下偏差,从 J~ZC 为上偏差;js(JS)的上、下偏差分别为±IT/2。

(10) 孔、轴的公差带代号:用基本偏差代号的字母和标准公差等级代号中的数字组成公差代号表示公差带,如 k6、H9、h7、f7 等,将孔或轴的基本尺寸与基本偏差代号组合在一起就构成轴或孔的公差带代号。如:ϕ50k6、ϕ50H9、ϕ50h7、ϕ50f7 等。

(11) 孔、轴公差带的确定:根据孔、轴的基本偏差和标准公差,可以算出孔、轴的另一个偏差,有以下计算式。

$$ES = EI + IT \qquad 或 \qquad EI = ES - IT$$
$$es = ei + IT \qquad 或 \qquad ei = es - IT$$

【提示】 工程上,只要知道孔、轴的公差带代号,即知道基本尺寸、基本偏差代号和标准公差等级这三个参数,就可以算出其上、下偏差。因为查阅国标有关基本偏差表比较麻烦,为了方便读者使用,一般教材省略了基本偏差表,将国标手册中常用的查表换算结果列成表格(见附表 2、3),即"优先配合中轴、孔的极限偏差"表格。根据轴或孔的公差代号可方便地查出其上、下偏差。

例:ϕ50k6 $\Rightarrow$ 依据 50、k、IT6 查表 $\Rightarrow$ 得:$\dfrac{18}{2}$ $\Rightarrow$ 换成毫米为:$\begin{array}{l}+0.018\\+0.002\end{array}$;

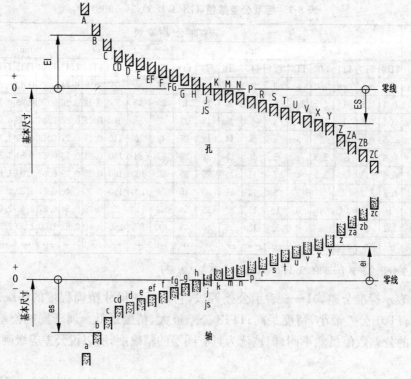

图 8-24　基本偏差系列

写为：$\phi 50k6\left(\begin{array}{c}+0.018\\+0.002\end{array}\right)$ 即上偏差+0.018；下偏差+0.002。

3. 配合与基准制

1) 配合

两个基本尺寸相同的轴和孔装配在一起叫配合。根据使用要求的不同，孔和轴之间的配合有松有紧，因而国标规定，如图 8-25 所示，配合分为以下三类。

间隙配合（过去称动配合）：孔比轴大。

过盈配合（过去称静配合）：轴比孔大。

过渡配合：可能具有过盈，也可能具有间隙的配合，但都很小。当孔的实际尺寸减去相配合的轴的实际尺寸所得的代数差为正时，是间隙配合，为负时是过盈配合。

2) 基准制

当基本尺寸确定之后，为了得到孔与轴之间各种不同性质的配合，需制定它们各自的公差带。如果孔、轴两者都可以随意变化，则情况变化极多，不便于设计，因此，国标规定了以下两种制度。

（1）基轴制 h：以轴为基准，变动孔的基本偏差来达到不同性质的配合，基准轴的上偏差为零，如图 8-26(a)所示，h 为轴不变的基本偏差代号，上偏差总为零，得到各种性质的配合。

（2）基孔制 H：以孔为基准，变动轴的基本偏差来达到不同性质的配合，基准孔的下偏差为零，如图 8-26(b)所示，H 为孔不变的基本偏差代号，下偏差总为零，得到各种性质的配合。

因此，根据图 8-24 基本偏差代号的规定，在基孔（基轴）制中，A～H 或 a～h 都是间隙配合的基本偏差代号，P 或 p 以后都是过盈配合的基本偏差代号，其余是过渡配合的基本偏差代号。如 K、M、N 或 k、m、n 等。

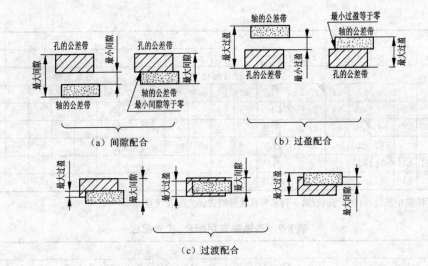

（a）间隙配合   （b）过盈配合

（c）过渡配合

图 8-25　配合种类示意图

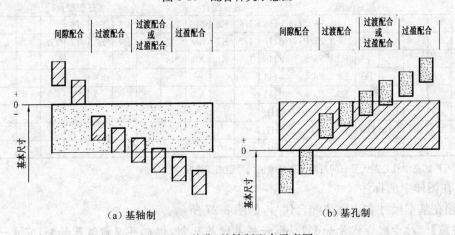

（a）基轴制   （b）基孔制

图 8-26　基孔、基轴制配合示意图

4.公差与配合代号的组成及在图样上的标注

1）配合代号

配合代号由组成配合的孔、轴公差带代号表示，写成分数形式，分子为孔的公差带代号，分母为轴的公差带代号，如 H8/s7、K7/h6 或写成 $\frac{H8}{s7}$、$\frac{K7}{h6}$ 等。

2）常用和优先选用的配合

国家标准（GB/T 1801—1999）根据机械加工产品生产使用的需要，考虑到定值刀具、量具规格的统一，规定了优先选用、常用和一般用途孔、轴公差带。还规定轴、孔公差带中组合成基孔制常用配合、优先配合（表 8-8），基轴制常用配合、优先配合（表 8-9）。

表 8-8　基孔制常用配合、优先配合

基孔制	轴																				
	a	b	c	d	e	f	g	h	js	k	m	n	p	r	s	t	u	v	x	y	z
	配合间隙								过渡配合				过盈配合								
H6/						f5	g5	h5	js5	k5	m5	n5	p5	r5	s5	t5					
H7/						f6	g6	h6	js6	k6	m6	n6	p6	r6	s6	t6	u6	u6	x6	y6	z6

基孔制	轴																								
	a	b	c	d	e	f	g	h	js	k	m	n	p	r	s	t	u	v	x	y	z			
	配合间隙								过渡配合				过盈配合											
H8/					e7	▼f7	g7	▼h7	js7	k7	m7	n7	p7	r7	s7	t7	u7							
				d8	e8	f8		h8																
H9/			c9	▼d9	e9	f9		▼h9																
H10/			c10	d10				h10																
H11/	a11	b11	▼c11	d11				▼h11																
H12/		b12						h12																

注:带有▼的格中轴公差代号与同行第一列基准孔代号组成优先配合代号。

表 8-9　基轴制常用配合、优先配合

基轴制	孔																		
	A	B	C	D	E	F	G	H	JS	K	M	N	P	R	S	T	U	V	X	Y
	配合间隙								过渡配合				过盈配合							
/h5						F6	G6	H6	Js6	K6	M6	N6	P6	R6	S6	T6				
/h6						F7	▼G7	▼H7	Js7	▼K7	M7	▼N7	▼P7	R7	▼S7	T7	▼U7			
/h7				E8		▼F8		▼H8	Js8	K8	M8	N8								
/h8				D8	E8	F8		H8												
/h9				▼D9	E9	F9		▼H9												
/h10				D10				H10												
/h11	A11	B11	▼C11	D11				▼H11												
/h12		B12						H12												

注:带有▼的格中孔公差代号与同行第一列基准轴代号组成优先配合代号。

3) 在图样中的标注

必须在基本尺寸右边标注配合代号,如图 8-27 所示。

【注意】　对于配合代号如 H7/h6,一般看做基孔制,但也可以看做基轴制,它是一种最小间隙为零的间隙配合。

(1) 在装配图中的标注:如图 8-27(a)、8-28(a)、8-29(a)所示,用分数形式标注配合代号,其中,分子用大写字母表示孔的公差代号,分母用小写字母表示轴的公差代号。通用标注形式如下:

$$基本尺寸\frac{孔的公差代号}{轴的公差代号}\left(如图\ 8\text{-}27(a)中的\ \phi20\ \frac{H7}{g6}\right)$$

或　基本尺寸　孔的公差代号/轴的公差代号（如图 8-28(a)中的 $\phi20H7/g6$）

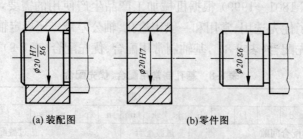

(a) 装配图　　　　　　　(b)零件图

图 8-27　配合代号标注(一)

【注意】　因孔难加工,轴好加工,所以 IT8 级以上轴要比孔高一级。标注标准件、外购件

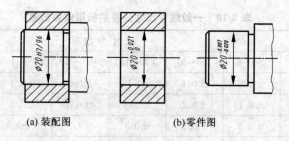

(a) 装配图   (b)零件图

图 8-28 配合代号标注(二)

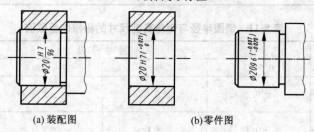

(a) 装配图   (b)零件图

图 8-29 配合代号标注(三)

与加工零件配合代号时,可以只标注零件(孔或轴)的公差带代号,如图 8-30 所示。

(2) 在零件图中的注法有三种形式:

① 只标注公差带代号,如图 8-27(b)所示,在孔或轴的基本尺寸右边,如 $\phi20H7$,$\phi20g6$。

② 在孔或轴的基本尺寸右边标注上、下偏差,如图 8-28(b)所示。

③ 混合标注,在孔或轴的基本尺寸右边同时标注公差带代号和上、下偏差,如图 8-29(b)所示。这时上、下偏差必须加上括号。

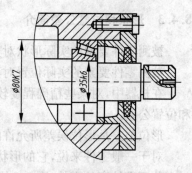

图 8-30 标准件配合尺寸标注

【标注配合代号规则】

(1) 极限偏差数值字高比基本尺寸字高小一号;

(2) 上、下偏差以毫米为单位,分别写在基本尺寸右上角和右下角,并与基本尺寸底线平齐;

(3) 上、下偏差的小数应对齐;

(4) 若上或下偏差为零时,可简写 0,并与另一偏差小数点左边的个位数对齐;

(5) 偏差为正或负时,必须写出+或-符号;

(6) 上、下偏差相等时,可写在一起,用±加极限偏差值表示,且极限偏差字高与基本尺寸数字高相同。

5. 一般线性尺寸公差

一般公差是指在车间正常加工条件下可保证的公差。常用于无特殊要求的要素。采用一般公差的尺寸,在该尺寸后不需注出极限偏差,但要在相关图样的标题栏附近或技术要求、技术文件中注出一般公差的标准号和一般公差等级。如选取一般公差的中等级(m)时,标注为 GB/T 1804-m。一般公差等级线性尺寸的极限偏差数值见表 8-10,倒圆半径与倒角高度尺寸的极限偏差数值见表 8-11。

表 8-10　一般线性尺寸公差的极限偏差数值　　　　　　（单位：mm）

公差等级	尺 寸 分 段							
	0.5～3	>3～6	>6～30	>30～120	>120～400	>400～1000	>1000～2000	>2000～4000
f(精密级)	±0.05	±0.05	±0.1	±0.15	±0.2	±0.3	±0.5	—
m(中等级)	±0.1	±0.1	±0.2	±0.3	±0.5	±0.8	±1.2	±2
c(粗糙级)	±0.2	±0.3	±0.5	±0.8	±1.2	±2	±3	±4
v(最粗级)	—	±0.5	±1	±1.5	±2.5	±4	±6	±8

表 8-11　倒圆半径与倒角高度尺寸的极限偏差数值　　　　　　（单位：mm）

公差等级	尺 寸 分 段			
	0.5～3	>3～6	>6～30	>30
f(精密级)	±0.2	±0.05	±1	±2
m(中等级)				
c(粗糙级)	±0.4	±1	±2	±4
v(最粗级)				

8.4.3　形状和位置公差简介

被测零件要素的实际形状对其理想形状的变动量称为形状误差。

被测零件要素的实际位置对其理想位置的变动量称为位置误差。

在机器中，对某些精确程度较高的零件，不仅需要保证其尺寸公差、而且还要保证其形状和位置公差。

形位公差是形位误差所允许的变动余量。

对于一般零件来说，它的形状和位置公差可由尺寸公差、加工机床的精度等给以保证。但对有些要求较高的零件，则需要在零件图上标注出有关的形状和位置公差。

1. 形状和位置公差代号

（1）形状和位置公差代号：GB1182—80，形位公差各项目的符号见表 8-12。

表 8-12　形位公差各项目的符号

公差特征		项目名称	符　号	公差特征		项目名称	符　号
形状	形状	直线度	—	位置	定向	平行度	//
						垂直度	⊥
		平面度	▱			倾斜度	∠
		圆度	○		定位	位置度	⊕
						同轴度	◎
		圆柱度	/⊘/			对称度	=
形状或位置	轮廓	线轮廓度	⌒		跳动	圆跳动	↗
		面轮廓度	⌓			全跳动	⫫

（2）公差框格以及填写在框格中的内容。

在技术图样中，形状和位置公差采用代号标注，当无法采用代号标注时，允许在技术要求中用文字说明。形状和位置公差的代号及基准代号绘制和填写要求，如图 8-31 所示。

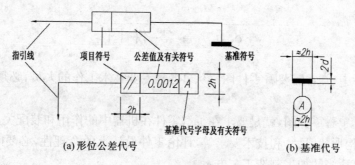

图 8-31　形位公差代号和基准代号

2. 被测要素标注要点（图 8-32）

（1）当公差涉及轮廓或表面时，将箭头置于要素的轮廓线或轮廓线延长线上，但必须与尺寸线明显错开，如图 8-32(a)、(b)所示。

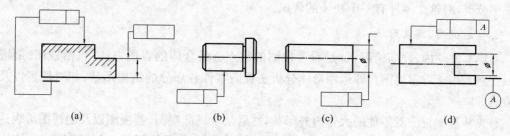

图 8-32　形位公差标注要点

（2）当公差涉及轴线、中心平面或由带尺寸要素确定的点时，则箭头的指引线应与尺寸线的延长线重合，如图 8-32(c)所示。同理，基准代号的竖线也应与尺寸线的延长线对齐，粗短横线贴近其尺寸界线，如图 8-32(d)所示。

（3）基准代号中的小圆用细实线绘制，小圆中的基准字母均应水平书写，字母高度与图样中字体相同。为了不引起误解，基准字母不用 E、I、J、M、O、P、L、R、F。

3. 形位公差标注示例

从图 8-33 可知：

（1）$\phi 16f7$ 圆柱表面的圆柱度公差为 0.005。

（2）M8×1 —7H 的轴线相对 $\phi 16f7$ 轴线的同轴度公差为 0.1。

（3）$SR75$ 球面相对 $\phi 16f7$ 轴线的跳动公差为 0.03。

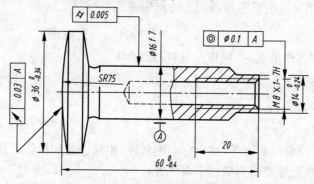

图 8-33　形位公差标注示例

8.5 看零件图

在生产实际中,常常需要看零件图。从事各种专业技术工作的人员,必须具备看零件图的能力。

在生产实际中看零件图,就是要求在了解零件在机器中的作用和装配关系的基础上,弄清零件的材料、结构形状、尺寸和技术要求等,评论零件设计上的合理性,必要时提出改进意见,或者为零件拟订适当的加工制造工艺方案。

8.5.1 看零件图的方法和步骤

1.看标题栏

了解零件的名称、材料、画图的比例(可以对实物的大小有一个概念)、重量,同时联系典型零件的分类,对这个零件有一个初步的认识。

2.分析视图、想象形状

看懂零件的内、外结构形状,是看零件图的重点。组合体的看图方法(包括视图、剖视图等),仍然适用于看零件图。即运用形体分析法看懂零件各部分的结构形状、相对位置以及组合方式。

首先从基本视图看零件的大体内外形状,然后结合局部视图、斜视图以及剖视图等表达方法,弄清零件的局部或斜面的结构形状;并从加工或设计方面的要求,了解零件一些结构的作用。

3.分析尺寸和技术要求

了解零件各部分的定形、定位尺寸及零件的总体尺寸以及注写尺寸时用的基准。并看懂技术要求,如表面粗糙度,公差与配合等内容。

4.综合考虑

把看懂的零件结构形状、尺寸标注和技术要求等内容综合起来,就能比较全面地看懂这张零件图。有时为了看懂比较复杂的零件图,还需参考有关的技术资料,包括该零件所在的部件装配图以及与它相关的零件图。

8.5.2 看零件图举例

现以图 8-34 为例来说明看零件图的方法和步骤。

1.看标题栏

从标题栏中了解零件的名称:拖板。材料:HT200。

2.表达方案分析

可按下列顺序进行分析:

(1) 找出主视图;

(2) 用多少视图、剖视、断面等,找出它们的名称、相互位置和投影关系;

(3) 凡有剖视、断面处要找到剖切平面位置;

(4) 有局部视图和斜视图的地方必须找到表示投影部位的字母和表示投影方向的箭头;

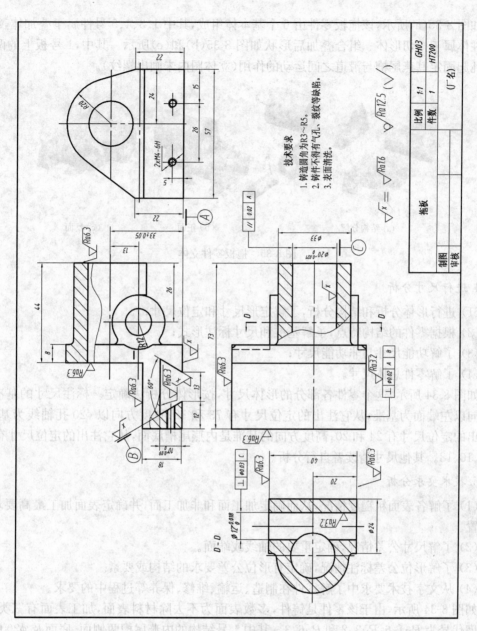

图 8-34 拖板零件图

(5) 有无局部放大图及简化画法。

该拖板零件图由主视图、俯视图、左视图、一个移出断面组成。主视图上用了两个局部剖视,俯视图上也用了一个局部剖视,左视图只画外形图,用以补充表示某些形体的相关位置。断面从 D—D 处切开,主要用来表示 φ12 和 φ20 两个通孔的连接情况。

3.进行形体分析和线面分析

(1) 先看大致轮廓,再分几个较大的独立部分进行形体分析,逐一看懂;

(2) 对外部结构逐个分析;

(3) 对内部结构逐个分析;

(4) 对不便于形体分析的部分进行线面分析。

如图 8-35(a)所示,该拖板零件由 6 个基本体组成,其中 1、3、4、5 号件属于叠加体,2、6 号件圆柱体属于挖切形体。组合叠加后形状如图 8-35(b)和(c)所示。其中,1 号板上的两个工艺螺孔起固定其燕尾槽与滑道之间运动的作用(立体图内未画出螺纹)。

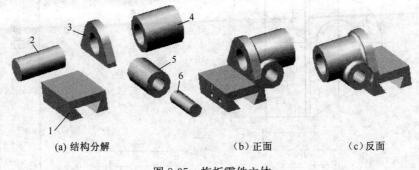

(a) 结构分解　　　　　　　(b) 正面　　　　　(c) 反面

图 8-35　拖板零件立体

4. 进行尺寸分析

(1) 进行形体分析和结构分析,了解定形尺寸和定位尺寸;

(2) 根据零件的结构特点,了解基准和尺寸标注形式;

(3) 了解功能尺寸与非功能尺寸;

(4) 了解零件总体尺寸。

如图 8-34 所示,这个零件各部分的形体尺寸,按形体分析法确定。标注尺寸的基准是长度方向以左端面为基准,从它注出的定位尺寸有 73 和 12;宽度方向以 $\phi20$ 孔轴线为基准,从它注出的定位尺寸有 24 和 20;高度方向的基准是内燕尾槽底面,从它注出的定位尺寸有 33±0.05、10、18。其他尺寸请读者自行分析。

5. 技术要求分析

(1) 了解各表面粗糙度情况,从而确定加工面和非加工面,并确定表面加工最高要求的面的位置。

(2) 了解尺寸公差情况,确定重要的轴线或端面。

(3) 了解形位公差标注情况,确定有形位公差要求的结构或要素。

(4) 从文字技术要求中了解零件在制造、运输、维修、保养等过程中的要求。

如图 8-34 所示,由于该零件是铸件,多数表面为不去除材料表面,加工表面有三类,表面粗糙度代号为 $Ra1.6$、$Ra3.2$ 和 $Ra6.3$。其中 1 号结构的内燕尾槽两侧面、底面及 $\phi20$ 的内孔表面粗糙度要求最高,为 $Ra1.6$,主要起减少与其他运动件之间的摩擦阻力的作用。

从图 8-34 上看有四处尺寸带公差,即 $\phi20$ 的内孔的轴线与底面距离 33 有 ±0.05 公差要求,说明轴线与底面是加工中必须要保证的重要定位基准和辅助基准。另外,$\phi20$、$\phi12$ 两孔直径尺寸和底面到内燕尾槽顶面距离三个尺寸都有公差,这表示它们是重要的定形尺寸。

从图 8-34 中还看到有三处形位公差标注,即前面与内燕尾槽两侧面有垂直度要求,$\phi20$ 孔的轴线与底面有平行度要求,$\phi20$ 孔的轴线与 $\phi12$ 孔的轴线也有垂直度要求。

最后,从标题栏上方的文字技术要求可知,该零件的铸造圆角为 $R3\sim R5$;铸件不得有气孔、裂纹等缺陷;加工完成后应表面清洗后存放。

6. 综合归纳

把零件的结构形状、尺寸标注、工艺和技术要求等内容综合起来,就能了解零件的全貌,从而读懂零件图。上述方法与步骤只是针对一般情况而言的。如有条件,读零件图时,可以利用实物或装配图对照进行读图,可以进一步了解零件上每个结构在机器或部件中的作用,加深对零件图的了解。

本章小结

本章介绍了零件图的内容、画法、分类、技术要求及读图方法,重点是画图与读图方法。作为日后学习使用的参考资料,本章中技术要求一节尽量保持完整,表面粗糙度、极限与配合、形位公差等内容都全面反映了国家标准内容,其中,表面粗糙度采用了最新版标准,与以前国标规定有一定变化。

思 考 题

1. 零件图在生产中起什么作用?
2. 零件图包括哪些内容?
3. 零件图视图选择的原则是什么?
4. 一般零件图画图分哪些步骤?
5. 零件上有哪些工艺结构?
6. 过渡线的画法有哪些规定?
7. 倒角的含义? 标注有哪些形式?
8. 如何理解零件图上"合理"标注尺寸的意义?
9. 什么是表面粗糙度? 举例说明如何标注。
10. 什么是极限尺寸? 尺寸公差? 标准公差? 公差带? 偏差? 基本偏差? 上偏差? 下偏差?
11. 什么是配合尺寸? 如何在零件图和装配图上标注?
12. 什么是形状公差? 什么是位置公差? 标注有什么要求?
13. 简述读零件图的基本步骤。

第9章 装 配 图

机器是由零件(或部件、组件)组成的。表达一台机器或一个部件的图样称为装配图。其中表示部件的图样,称为部件装配图;表示一台完整机器的图样,称为总装配图或总图。

本章将介绍装配图的内容、视图画法、装配尺寸、装配结构的合理性及看装配图的方法和由装配图拆画零件图的方法。

9.1 装配图的作用和内容

9.1.1 装配图的作用

装配图是生产中重要的技术文件。用它表示机器或部件的结构形状、装配关系、工作原理和技术要求。设计时,一般先画出装配图,根据装配图绘制零件图。装配时,则根据装配图把零件装配成部件或机器,同时,装配图又是安装、调试、操作和检修机器或部件的重要技术文件。

如图 9-1 所示的铣刀头,是专用铣床上的一个部件,供装铣刀盘用。它由座体、转轴、带轮、端盖、滚动轴承、平键、螺钉、毡圈等组成。图 9-2 是铣刀头的装配图,其工作原理是电动机的动力通过 V 型带带动带轮旋转,带轮通过键把运动传递给轴,轴将动力通过键传递给刀盘,从而实现铣切加工。

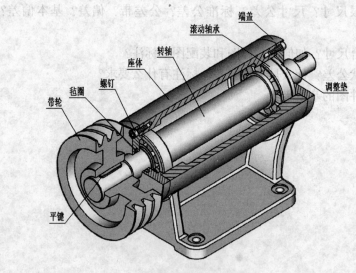

图 9-1 铣刀头轴测图

9.1.2 装配图的内容

由图 9-2 可知,装配图一般应包括以下几方面内容。

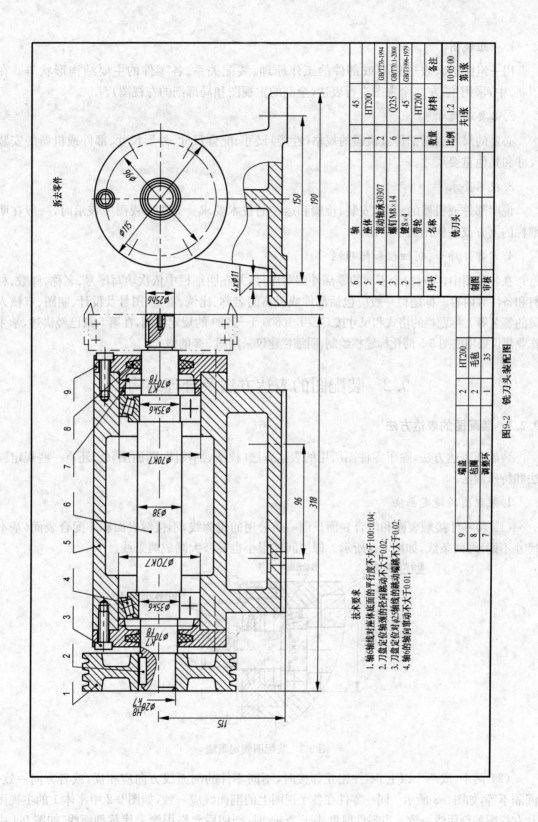

6		轴	1	45	GBT1276-1994
5		座体	1	HT200	
4		滚动轴承30307	2		GBT70.1-2000
3		螺钉M8×14	6	Q235	GBT1996-1979
2		键8×4	1	45	
1		带轮	1	HT200	
序号		名称	数量	材料	备注

		铣刀头			10 05 00
					第1张
制图			比例	1:2	共1张
审核					

9		端盖	2	HT200	
8		毡圈	2	毛毡	35
7		调整环	1		

技术要求

1. 轴6轴线对座体底面的平行度不行度100:0.04;
2. 刀盘定位轴颈的径向跳动不大于0.02;
3. 刀盘定位对φ25轴线的跳动端跳动不大于0.02;
4. 轴6的轴向窜动不大于0.01。

图9-2 铣刀头装配图

1. 一组视图

用一组图形来表达机器或部件的工作原理、装配关系、各零件的主要结构形状等。在图 9-2 中，采用主、左二个视图进行表达（全剖的主视图和局部剖的左视图）。

2. 必要的尺寸

必要的尺寸包括部件或机器的规格（性能）尺寸、配合尺寸、外形尺寸、部件或机器的安装尺寸和其他重要尺寸。

3. 技术要求

说明部件或机器的装配、安装、检验和运转的技术要求。无法在视图中表示时，一般在明细栏的上方或左侧用文字写出。

4. 零部件序号、明细栏和标题栏

在装配图中，应对每个不同的零部件编写序号，并在明细栏中依次填写序号、名称、件数、材料和备注等内容。标题栏一般应包括部件或机器的名称、比例、重量、图号及设计、制图、审核人员的签名等。标题栏的格式和尺寸按 GB/T 10609.1－1989 的规定绘制，在第 5 章已经讲述，学生作业建议采用按图 5-5 简化标题栏绘制，明细栏建议采用图 9-2 的格式。

9.2　装配图的表达方法及合理结构

9.2.1　装配图的表达方法

装配图表达方法，除了零件图所用的表达方法（视图、剖视图、断面图）外，还有一些规定画法和特殊画法。

1. 装配图的规定画法

（1）两零件接触表面和配合表面只画一条公用的轮廓线，不接触表面和非配合表面（基本尺寸不同）画两条线，如图 9-3 所示。即使间隙很小也要夸大画成两条线。

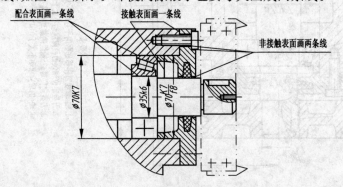

图 9-3　装配图规定画法

（2）两个（或两个以上）零件相互邻接时，不同零件的剖面线方向应相反，或者方向一致、间隔不等，如图 9-3 所示。同一零件在各个视图上的剖面线应一致，如图 9-2 中座体 1 的主视图和左视图的剖面线一致。当零件厚度小于 2mm 时，剖切后允许用涂黑代替剖面线，如图 9-4 中的垫片 5。

（3）对于紧固件和实心零件（如螺钉、螺栓、螺母、垫圈、键、销、球及轴等），若剖切平面通过它们的基本轴线，则这些零件按不剖绘制，仍画外形，如图 9-3 中的螺钉；需要时，可采用局部剖视。当剖切平面垂直于这些零件的轴线时，则应画出剖面线，如图 9-4 所示 *C-C* 剖视图中螺钉的画法。

2. 装配图的特殊画法

1）拆卸画法

在装配图中，当某些零件遮住了需要表达的其他结构或装配关系，而这些零件在其他视图上已表达清楚时，可假想拆去一个或几个零件后绘制出的视图，称为拆卸画法，如图 9-2 所示铣刀头装配图中，为表达左端盖上螺钉的装配位置，左视图就是拆去了带轮 1 和键 2 后画出的。采用拆卸画法，需要说明时应在相应视图上标出"拆去零件××"。

【注意】 不能为了减少画图工作量而大量拆去不好画的零件，从而影响装配图形状和功能的表达。

2）沿结合面剖切画法

为表达装配体的某些内部结构，可在两零件的结合面处剖切后进行投影，称为沿结合面剖切画法。如图 9-4 所示的转子泵装配图中，*C—C* 剖视图是沿泵盖与泵体结合面剖切后投影得到的。此时，零件的结合面不画剖面线，而被剖切的零件必须画出剖面线。

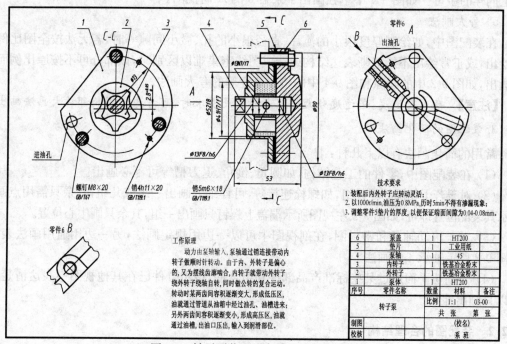

图 9-4　转子泵装配图中采用的特殊画法

3）假想画法

表示与本部件有关的相邻零件（部件）可采用双点画线画出，这种表示方法称为假想画法。如图 9-2 主视图中铣刀盘和图 9-4 主视图中的形体，都有助于说明工作原理及了解安装情况。表达运动零件的极限位置时，也可以使用假想画法，如图 9-5 所示视图中曲柄的极限位置。

4）单独表示某个零件的画法

在装配图中，为了表示某个重要零件的结构形状，可另外单独画出该零件的某个视图，但

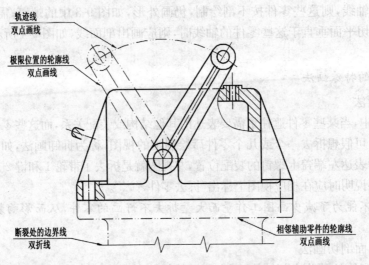

轨迹线
双点画线

极限位置的轮廓线
双点画线

相邻辅助零件的轮廓线
双点画线

断裂处的边界线
双折线

图 9-5　装配图上的假想画法

必须在所画视图的上方注出该零件名称和字母名称,在相应视图附近用箭头指明投影方向,并注上同样的字母。如图 9-4 中单独画出了泵盖 6 的 A 向视图。

　　5) 夸大画法

　　在装配图中,如绘制厚度很小的薄片、直径很小的孔、微小间隙等时,若无法按全图比例正常绘出,或正常绘出不能清晰表达结构或造成图线密集难以区别时,该部分可不按原比例而夸大画出,如图 9-2 中的间隙和图 9-4 中的垫片厚度等的夸大画法。

　　【注意】　夸大要适度,若适度夸大仍然不能满足要求时,可考虑采用局部放大画法画出。

　　3. 装配图的简化画法

　　常用的简化画法有以下几种:

　　(1) 在装配图中,零件的工艺结构,如圆角、倒角、退刀槽等可不必画出。

　　(2) 对于若干相同的零件组,如螺栓连接等,可详细的画出一组或几组,其余只需用点画线表示其装配位置即可,如图 9-2 左视图所示端盖上螺钉只画出一组,其余只画中心位置。

　　(3) 对于滚动轴承和密封圈,在剖视图中可以一边用规定画法,另一边用通用画法表示,如图 9-2 所示轴承 4 的画法。

　　(4) 当剖切平面通过某些标准产品部件和组合件,该组合件已在其他视图中表达清楚时,可以只画出外形。

9.2.2　装配图的合理结构

　　在设计和绘制装配图时,应该考虑装配结构的合理性,以保证机器和部件的性能。不合理的结构不仅影响装配性能和精度的要求,而且给零件加工、装配、维修带来困难。下面举例说明几种常用的装配结构:

　　(1) 当轴和孔配合,且轴肩与孔的端面相互接触时,应在孔的接触端面制成倒角或在轴肩根部切槽,以保证两零件接触良好。如图 9-6 所示为轴肩与孔的端面相互接触的正误对比。

　　(2) 当两个零件接触时,在同一方向或在径向方向的接触面一般只能是一个,这样既可满足装配要求,制造也较方便。如图 9-7(a)、(b)所示为平面接触和圆柱面接触的正误对比。

　　(3) 为了保证两零件在装配前后不降低装配精度,通常用圆柱销或圆锥销将两零件定位,

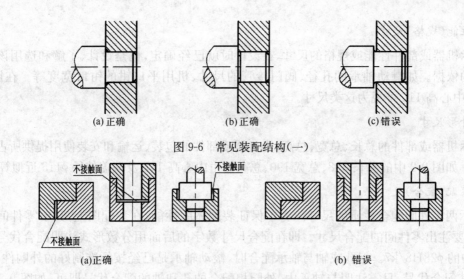

图 9-6　常见装配结构(一)

图 9-7　常见装配结构(二)

如图 9-8(a)所示。为了加工和装拆的方便,在可能的条件下,最好将销孔做成通孔,如图 9-8(b)所示。

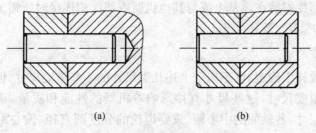

图 9-8　常见装配结构(三)

(4) 如图 9-9 所示,为了方便轴承拆卸,轴肩直径应小于轴承内环厚度;轴承或其他安装在轴上的零件,设计上应保证安装时螺母端面轴向力作用在被固定的零件上,即轴宽度小于轴承宽度。

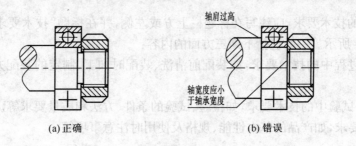

图 9-9　常见装配结构(四)

9.3　装配图的尺寸标注及技术要求

9.3.1　装配图的尺寸标注

根据装配图的使用要求,在装配图上一般应标注如下五类尺寸。

1. 性能(规格)尺寸

表示机器或部件性能或规格的尺寸,在设计时就已经确定,也是设计、了解和选用该机器或部件的依据。如滑动轴承的孔径、阀门接管的尺寸、机用平口钳的钳口宽度等。在图 9-2 中,轴的中心高 115 可视为这类尺寸。

2. 外形尺寸

表示机器或部件的总长、总宽、总高,为机器或部件的包装、运输和安装使用提供所占空间的尺寸。如图 9-2 中的总长 318、总宽 190、总高可由中心高 115 及端盖外径 ϕ115 近似算出。

3. 装配(配合)尺寸

表示两零件间配合性质的尺寸。为了保证装配体的性能,在装配图上,只要零件间有配合,都需要注出零件间的配合尺寸。即在配合尺寸数字的后面用分数形式注明配合代号。如图 9-2 中的 ϕ28H8/k7。但孔或轴与轴承配合时,滚动轴承是已经按标准制好的外购件,不需再注明其配合代号,只需注明与轴承内、外圈相配合的孔和轴的配合代号即可,如图 9-2 中的 ϕ70K7 和 ϕ35k6 就是装配尺寸。

4. 安装尺寸

表示将机器或部件安装在地基上或与其他机器或部件相连接时所需的尺寸。如图 9-2 中座体底板孔中心距 96、150 及孔径 ϕ11 等。

5. 其他重要尺寸

还有一些是在设计中确定、又不属于上述几类尺寸的一些重要尺寸,但是它们是在设计中经过计算或选定的重要尺寸,这些尺寸直接影响着机器的性能和质量。所以应当标注出来。如运动零件的极限尺寸、各轴间的中心距、重要齿轮的分度圆直径、偏心距、装配间隙、重要的轴向设计尺寸、主要零件的结构尺寸等,如图 9-4 中偏心距 $2.8^{+0.05}_{0}$。

【注意】 装配图中,一般零件上的结构尺寸不需要标注。

9.3.2 装配图的技术要求

装配图上的技术要求,应注写在标题栏上方或左侧,并在标题"技术要求"下逐条编号,如图 9-2 和图 9-4 所示。一般包括下列三方面的内容:

(1) 装配过程中的技术要求,如装配前清洗、装配时加工、制定的装配方法以及必须保证的精度等。

(2) 检验、试验中的技术要求,如检验、试验的条件、方法和质量要求等。

(3) 使用要求,如产品的基本性能、规格及使用时注意事项等。

9.4　装配图的零(部)件序号和明细栏

9.4.1　零(部)件序号

为了便于读图,便于图样管理,装配图中所有零(部)件都必须编写序号,同一装配图中相同的零(部)件只编写一个序号,并在标题栏上方填写与图中序号一致的明细栏,明细栏也称明细表。

编注序号要做到依照顺序、排列整齐、布置均匀、清晰醒目。

在所指的零(部)件的可见轮廓内画一圆点,然后从圆点开始画一指引线(细实线),在指引线的另一端画一水平线或圆(细实线),在水平线上或圆内注写序号,如图9-10(a)所示。序号字高比该装配图中所注尺寸数字高度大一号或两号。

对于薄片或细小零件,可在指引线末端画出箭头,并指向该部分的轮廓,如图9-10(b)所示。

指引线彼此不能相交,且它通过有剖面线的区域时,不应与剖面线平行,也不要将指引线画成垂直线和水平线。

需要时,指引线可以画成折线,但只允许折一次,如图9-10(c)所示。

对于相同的几个零件,一般只要从一处引出,编一个序号。

对一组紧固件以及装配关系清楚的零件组,可采用公共指引线,如图9-10(d)所示。

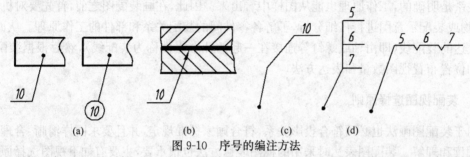

图9-10 序号的编注方法

零(部)件序号沿水平或垂直方向排列整齐、按序注写,其顺序可按顺时针或逆时针方向排列,参看图9-2和图9-4。

部件中的标准件与一般零件同样地编写序号;也可以不编写序号,而将标准件的数量与规格直接标注在图中的指引线上,如图9-4所示。

9.4.2 明细栏

明细栏是装配图中所有零(部)件的详细目录。内容有序号、代号、名称、材料、数量及备注等。明细栏画成表格形式,紧靠在标题栏的上方,如图9-2所示。填写明细栏应注意:

(1) 如果标题栏上方地方不够时,可将其余部分在标题栏的左边接着绘制。

(2) 明细栏中的零件序号,按顺序由下而上填写,以便必要时可增加零件项目。

(3) 在生产实际中,常把明细栏与装配图分开,单独画在另一张图纸上,与其他图纸装订成册,作为装配图的附件,这时零件的序号应按顺序由上向下填写。

(4) 填写标准件的名称时,还应写出规格尺寸,如"螺钉M8×14",并将标准代号GB/T 70.1—2000填入备注栏里,如图9-2所示。也可以将零件名称、规格和标准代号都写入名称栏。

(5) 材料栏填写材料牌号,标准紧固件和部(组)件一般不填材料。

(6) 明细栏中的"数量",是指装配图所表示的部件或机器中相同零件的数量。

(7) 为了便于生产管理,对部件中所有一般零件都应编写代号并填入代号栏。在学校学生作业中可省略代号栏不画。

9.5 画装配图的方法和步骤

装配图作为一种设计方案,在进行产品或部件设计时,需要根据设计要求画出产品或部件的装配图;装配图也可以作为检查手段,在完成零件设计后,要根据部件所属的零件图画成部件的装配图。两种情况下画出的装配图应该是一致的,但绘图时的零件条件不一样,后者零件形状完全确定,主要是用于检查零件之间的尺寸是否存在冲突,而前者零件形状未确定,还需要进一步设计其中的非标准件。因此,装配图的画法有一定的区别。

9.5.1 画装配图应表达的主要内容

画机器(部件)的装配图与画零件图一样都有一组视图,可采用第 6 章机件形状的表示方法和本章装配图规定画法、特殊画法和简化画法。但与零件图表达内容上有一个重大区别就是装配图中的视图不再是以表达装配体上的零件形状为主,而是以表达零件之间装配关系和工作原理为主的图样。在装配图中所采用的视图可能有许多零件的形状不确定,但零件间的装配关系是明确的,工作原理也能从图样中看出来。因此,在画装配图之前,首先要对机器(部件)实物或装配示意图进行仔细分析,了解各零件间的装配关系和部件的工作原理。从而确定需要表达的装配线(即由轴或螺钉等连接在一起的几个零件称为装配线),然后根据装配线的多少和位置布置视图数量和表达方法。

9.5.2 装配视图选择原则

由于装配图画法也必须符合投影关系,符合国家标准规定,并且要求图样清晰、合理,便于读者阅读和理解。装配图表达时采用的视图表达方法也很重要,主要有如下视图选择原则:
(1) 表示装配关系(装配线)信息最多的那个视图应作为主视图。
(2) 在满足要求的前提下,使视图或剖视图的数量为最少。
(3) 尽量避免使用虚线表达装配体上的结构和装配关系。
(4) 应避免不必要的细节重复。

9.5.3 画装配图的两种方法

由于装配图是由多个零件装配组合而成,从哪个零件开始画也不一样,通常有两种方法可以采用:
(1) 从各装配线的核心零件开始,"由内向外",按照装配关系逐层扩展画出各个零件,最后画壳体、箱体等支撑、包容零件。此种方案的优点是核心零件一般是实心件或标准件,可按不剖画图,零件之间的遮挡关系明确,不必"先画后擦"零件上一些被挡住的轮廓线,画图过程与设计过程一致,作图效率较高。
(2) 先将支撑和包容的零件画出。这些零件通常是体量较大,结构较复杂的壳体或箱体、支架等。然后,按照装配关系画出其他零件。此种方法称为"由外向内"画法。该方法多用于根据已有的零件"拼画"装配图。优点是画图过程与零件装配过程一致,比较形象,利于空间想象。缺点是经常要擦去被挡住的轮廓线。

9.5.4 由零件图画装配图的方法和步骤

下面以图 9-1 和图 9-2 所示的铣刀头装配图为例,说明由零件图画装配图的方法和步骤。

1. 画装配图前的准备工作

画装配图前,首先要了解所画部件各零件之间的相对位置和连接关系,并了解部件的工作原理,其工作原理在 9.1 节已经说明,铣刀头的装配示意图如图 9-11 所示。其装配关系是带轮、键、端盖、座体、轴承、调整环装配在转轴上,而转轴通过两个滚动轴承支承,安装在座体内,两端都有一个带通孔的端盖,由六个螺钉轴向固定,通孔内填毡圈来密封。调整环用来调整轴承与端盖的轴向之间的松紧程度。

画装配图与画零件图一样,应先确定表达方案,也就是视图选择:首先选定部件的安放位置和选择主视图,然后再选择其他视图。

2.主视图的选择

一般将机器或部件按工作位置放正,这样对于指导该部件装配都会带来方便。当部件的工作位置确定后,接着就选择部件的主视图方向。经过比较,应选用能清楚地反映主要装配关系的装配线和工作原理的那个视图作为主视图,并采取适当的剖视,比较清楚地表达各个主要零件以及零件间的相互关系。在图 9-2 中所选定的铣刀头的主视图,采用通过装配体的主要轴线的全剖视图,同时剖面也通过两个螺钉连接的辅助装配线,零件之间的装配关系非常明确。

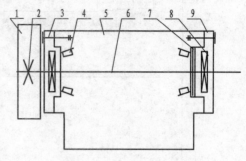

图 9-11　铣刀头装配示意图

3.其他视图的选择

根据确定的主视图,再选择能反映其他装配关系、外形及局部结构的视图,以补充主视图中没有表达清楚的部分。如图 9-2 所示,主视图虽然清楚地反映了各零件间的主要装配关系和工作原理,可是其座体外形结构以及端盖上六个一组的螺钉装配位置关系还没有表达清楚。于是选取拆去带轮的左视图,使端盖上的六个螺钉安装位置直观表达出来。在左视图上对座体进行局部剖,补充反映座体的外形结构、支撑板形状、安装孔形状及位置。

4.确定比例和图幅

确定了部件的视图表达方案后,根据视图表达方案以及部件的大小与复杂程度,选取适当比例,安排各视图的位置,从而选定图幅,便可着手画图。采用"由内向外"画还是"由外向内"画法,可视作图方便而定。本例采用"由内向外"画。

5.布置视图位置画出轴 6 的形状

在安排各视图位置时,要注意留有供编写零(部)件序号、明细栏以及注写尺寸和技术要求的位置。

画图时,画出各视图的主要轴线(装配干线)、对称中心线和作图基线(某些零件的基面或端面)。由主视图开始,几个视图配合进行。如图 9-12 所示,用 H 或 2H 铅笔轻画出图框线、定位线以及画出标题栏和明细表的表格框,并画出轴 6 的主视图和左视图,轴 6 上两端结构用局部剖表示。

6.画出轴 6 上安装的主要零件

如图 9-13 所示,利用两轴肩定位,先采用简化画法画出轴 6 上两个滚动轴承形状,再利用轴承端面定位,在右端画出一个调整环 7 的投影,接着在两端分别画出两个端盖 9 的主视图及左视图上的投影。

【注意】　轴承 4 与轴 6 有配合表面,接触面画成一条线;而端盖内孔与轴 6 不接触,应画两条线。

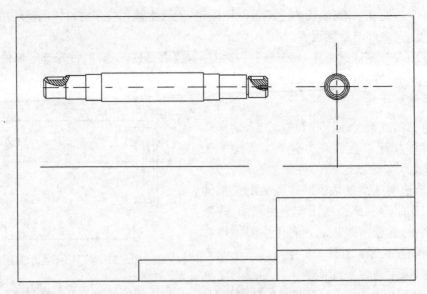

图 9-12　画铣刀头装配图(一)

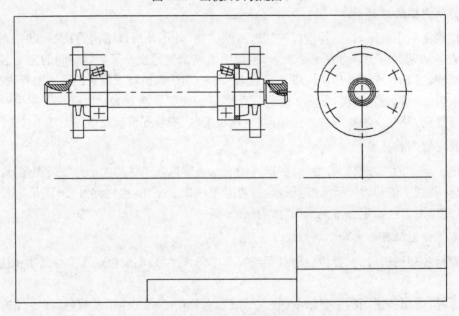

图 9-13　画铣刀头装配图(二)

7.画出其他零件并修改装配线的连接画法

如图 9-14 所示,先画出座体 5 的主视图和左视图上的可见部分投影,并在座体左视图上作局部剖,反映支撑板的断面形状及安装孔的形状。然后,在主视图上画出带轮 1 的全剖投影。最后按键连接画法完成键 2 与带轮 1 和轴 6 的连接画法,完成左、右端盖上螺钉 3 与端盖 9、座体 5 的螺钉连接画法,完成毡圈 8 在端盖 9 内槽中与轴 6 的密封画法。

【注意】　毡圈是非金属材料,剖面线选用 45°的交叉直线。被挡住的轮廓线应及时擦去。另外,在左视图上,有六组螺钉外形可见,可用省略画法只画出一组,其他标出定位线即可。

8.检查加深完成尺寸和文字注写

底稿线完成后,需经校核,再加深,画剖面线,注尺寸,还可以把要安装的铣刀用双点画线画出。最后,编写零、部件序号,填写明细栏,再经校核,签署姓名。完成后的铣刀头装配图如图 9-2 所示。

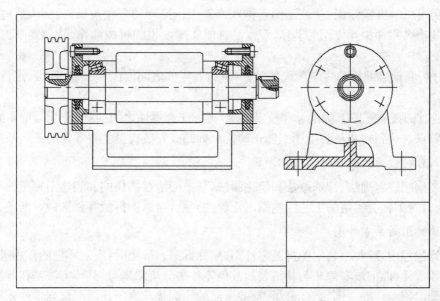

图 9-14　画铣刀头装配图(三)

9.6　读装配图及拆画零件图

装配图在工业生产中的重要性比零件图还重要,它是伴随机器(部件)从设计到制造和使用及维修都要用到的技术图样。在设计过程中,要按照装配图来拆画零件图;在装配机器时,要按照装配图来装配零件和部件;在技术交流时,需要参看装配图来了解工作原理和机械结构;在机器维修、保养期间,技术人员要按照装配图的工作原理查找问题,按图上给出的装配关系拆卸和组装零件。因此,从事工程技术的工作人员都必须能够读懂装配图。

读装配图的目的,是从装配图中了解部件(或机器)的性能、工作原理、装配关系以及零件的主要结构形状。

9.6.1　读装配图的方法和步骤

1. 概括了解

从标题栏和有关资料中了解部件(或机器)的名称、主要用途以及零件性能要求等。并从其零件数目、比例大小、材料、标准件的数量来估计装配体的复杂程度和制造方法等。

2. 确定视图关系

分析装配图上各视图、剖视、断面的投影关系及表达意图,确定主视,并找出主要装配线及辅助装配线的位置。

3. 深入了解机器(部件)的工作原理掌握装配关系

概括了解装配图后,需要进一步深入阅读装配图才能了解其工作原理。一般方法是从主视图入手,最好能对照零件图或有关说明资料,主要步骤如下:

（1）从主视图的主要装配线入手，通过对照各零件在各视图上的投影位置、序号指示、剖面线方向和间隔的区别，判断出各零件的轮廓范围和大致形状；

（2）利用所学机械知识，从装配图名称获得其工作原理的一些设想，为证实那些设想，从装配图上找出各零件相互作用的动作，观察是否能实现设想的机械动作，从而判断出机器（部件）的确切工作方式；

（3）分析其他装配线与主装配线的关系，了解各零件之间的配合关系、连接、定位、密封和润滑的方法；

（4）通过阅读装配图上的尺寸和技术要求，了解配合零件之间的配合性质，重要的安装信息和使用要求。达到初步从装配图上能正确指出拆卸或安装机器上各零件的正确顺序。

4. 深入分析被遮挡的零件的结构形状

根据装配图规定画法、特殊画法和简化画法，基本弄清被挡住的和表达不完整的零件的结构形状，同时对零件上省略的工艺结构做出正确的判断，对后面拆画零件图做好准备。

5. 由装配图拆画零件图

在设计过程中，需要由装配图拆画零件图，简称拆图。拆图时，应对零件的作用进行分析，然后分离该零件（即把该零件从与其组装的其他零件中分离出来）。具体方法是在各视图的投影轮廓中画出该零件的范围，结合分析，补齐所缺的轮廓线。有时还需要根据零件图视图表达的要求，重新安排视图。选定和画出视图以后，应按零件图的要求，注写尺寸和技术要求。

以上步骤不是绝对的，而是相互关联、相互交错的。这里的介绍和下述读装配图举例，仅作为学习时的参考。能否读懂装配图，关键在于是否掌握投影原理和具有一定的机械工程知识及实践经验。

9.6.2　读装配图举例

【例 9-1】　读联动夹持杆接头的装配图并拆卸 3 号零件，画零件图，如图 9-15 所示。

【解】　解题步骤：

（1）概括了解。

联动夹持杆接头是检验用夹具中的一个通用标准部件、用来连接检测用仪表的表杆。它由四种非标准零件和一种标准零件组成。

（2）确定视图关系。

装配图中有两个基本视图，主视图采用局部剖视，清晰地表达部件的工作原理和各组成零件的装配关系；左视图采用 A-A 剖视及上部的局部剖视，进一步反映左方和上方两处夹持部位的结构和夹头零件的内、外形状。

（3）深入分析工作原理和装配关系。

从装配图名称"联动夹持杆接头"初步可知，工作原理与"对杆的夹持"方法有关。查找该部件作用资料可知，它是用来连接检测用仪表的表杆连接装置。当使用检测仪表时，在拉杆 1 左方的上下通孔 $\phi 10H8$ 和夹头 3 上部的前后通孔 $\phi 16H8$ 中分别装入 $\phi 10f7$ 和 $\phi 16f7$ 的表杆，然后旋紧螺母 5 能同时夹持两个表杆。即收紧夹头 3 的缝隙，可夹持上部圆柱孔的表杆，同时，拉杆 1 沿轴向向右移动，改变它与套筒 2 上下通孔的同轴位置，就可夹持拉杆左边通孔内的表杆。

（4）分析、读懂零件的结构形状并拆画零件图。

分析零件形状时，首先要把该零件从装配图中分离出来，具体方法是：

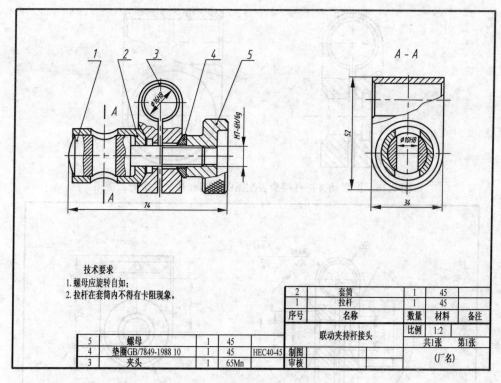

图 9-15　联动夹持杆接头装配图

① 从明细栏,了解零件的名称和作用;

② 通过零件序号的指引、剖切部位的剖面线方向与间隔相同的特点以及装配图规定画法,找出这个零件在主视图的投影范围;

③ 运用投影原理和剖面线特征,找出这个零件在其他视图上的投影范围;

④ 根据分离出来的零件可见部位的投影,运用零件的作用特点,想象出其不可见部位的投影,从而想象出零件的整体形状。

现以"夹头 3"为例,分析其结构形状,并拆画它的零件图。其他零件由读者自行阅读分析。

夹头是这个联动夹持杆接头部件的主要零件之一,由装配图中主视图可见它的大致结构形状:上部是一个半圆柱体;下部左、右为两块平板,在平板上有阶梯形圆柱孔,右平板上有同轴线的圆柱孔,左、右平板孔口外壁处都有圆锥形沉孔;在圆柱体与左、右平板相接处,还有一个贯通的下部开口的圆柱孔,圆柱孔的开口与左、右平板之间的缝隙连通。由装配图左视图可见夹头左、右平板的上端为矩形板,其前、后壁与上部半圆柱的前、后端面平齐;平板的下端是与上端矩形板相切的半圆柱体。通过以上对夹头结构形状的分析,将该零件从装配图中分离出来,并补全被其他零件遮挡的图线,如图 9-16 所示。

考察图 9-16 中的两个视图可以确定该表达方案,加注尺寸以后,就可以完整地表达夹头零件的形状。在图 9-17 中按照零件图的要求,正确、完整、清晰和尽可能合理地标注了尺寸,包括装配图中已注出的夹头圆柱孔尺寸及公差,在加注技术要求后,就完成了拆画夹头零件图的任务。

【注意】 标注尺寸时,除了考虑装配图上的 φ16H8、52 和 34 尺寸和配合要求外,其他尺寸是根据零件图上尺寸标注要求从装配图中整数量取的,技术要求可参考同类零件注写。

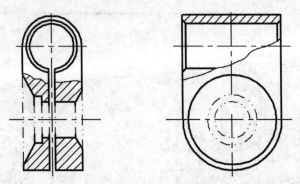

图 9-16　由联动夹持杆接头装配图中分离和补全夹头的二视图

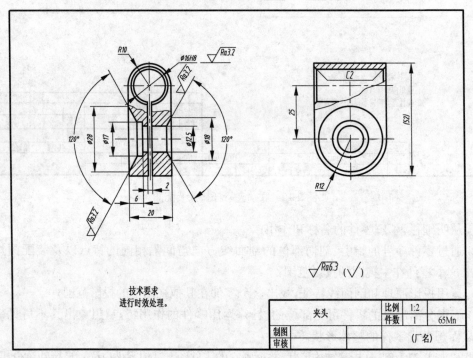

技术要求
进行时效处理。

夹头		比例	1:2	
		件数	1	65Mn
制图				
审核				(厂名)

图 9-17　由联动夹持杆接头装配图拆画出夹头的零件图

【例 9-2】　读定位器装配图,并拆画 1 号零件图,要求用适当的方法表达形体并注尺寸,表面粗糙度和技术要求省略,如图 9-18 所示。

【解】　解题步骤:

(1) 概括了解。

从图名和工程机械知识可知,定位器是车床上限制刀架移动的部件。从明细表中零件的名称和数量可知共有六种零件,其中有三种标准件和三种非标准件。从材料栏可知,需要制造的三种非标准件有二种是铸造件。

(2) 确定视图关系。

装配图中有三个基本视图,主视图采用通过螺钉 5 的 A—A 剖视,清晰地表达了该部件第一个主要装配线的装配关系。左视图采用通过固定螺钉 2 的 B—B 剖视,进一步反映第二个装配线的装配关系。俯视图是一个外形图,表达该部件上部外形和结构。

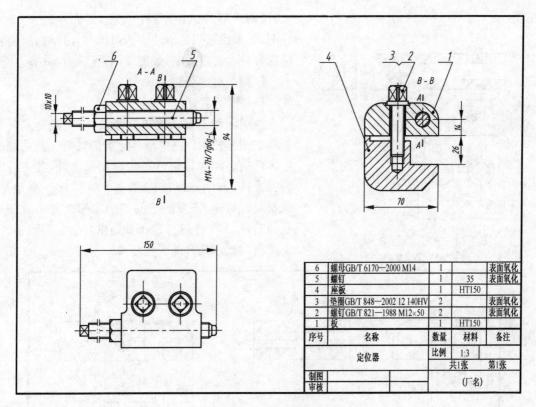

6	螺母GB/T 6170—2000 M14	1		表面氧化
5	螺钉	1	35	表面氧化
4	座板	1	HT150	
3	垫圈GB/T 848—2002 12 140HV	2		表面氧化
2	螺钉GB/T 821—1988 M12×50	2		表面氧化
1	板	1	HT150	
序号	名称	数量	材料	备注
	定位器		比例	1:3
			共1张	第1张
制图				(厂名)
审核				

图 9-18   定位器装配图

(3) 深入分析工作原理和装配关系。

从装配图名"定位器"初步可知,定位器主要功能有两个,一是固定在车床轨道上并靠在刀架旁边,二是可以调节螺钉顶住刀架之间,从而达到限制刀架移动的目的。从左视图 B—B 剖视可看出,旋转螺钉 2 可实现定位器上方板 1 与下方板座 4 的夹紧功能,即实现定位器固定在车床导轨上的第一个工作目标。同样,从主视图的 A—A 剖视可知,松开螺母 6 旋转螺钉 5 可以使其向左移动,顶住刀架后可再拧紧螺母 6 将螺钉 5 锁紧。因此,反映出限制定位器的第二个应达到的工作目标。

(4) 分析、读懂零件的结构形状并拆画板 1 的零件图。

从左视图板 1 的指引线按投影和剖面线范围,确定其形状大致是一个长方块。从主视图看左、右两端面被同一 M14 螺孔穿过,对应俯视图看,其外端正面上各有一个方凸台,用来保证螺母 6 工作面的平整和减少加工面。另外,对应左视图和俯视图可以判断出,上表面有两处可以穿 M12 螺钉的光孔,两个光孔上面都带一个沉孔。拆去其他零件,板 1 的可见部分三视图见图 9-19。

考虑板 1 在装配图上的位置本身就处于工作位置,与其零件图表达视图一致,只是左右凸台未表达清楚,因此,补齐被挡轮廓线,增加一个右视图外形图。注齐尺寸,俯视图上增加对称中心线,表明板 1 是左右对称零件,简化了尺寸注写,如图 9-20 所示。最后得到板 1 的零件图表达方案(按题意未注表面粗糙度和技术要求)。

【注意】 俯视图中两个光孔圆是看不见的,要根据左视图直径画出。螺钉 5 拆去后,板 1 主视图和左视图上的孔是按 M14 螺孔画法画出。

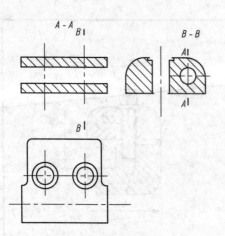

图 9-19　由定位器装配图分离
"板 1"的三视图可见部分

【例 9-3】　读旋塞阀装配图,拆卸"塞子 6"画零件图,要求用适当的方法表达形体并注尺寸,表面粗糙度和技术要求省略,如图 9-21 所示。

【解】　解题步骤:

(1)概括了解。

从图名和工程机械知识可知,旋塞阀是安装在管路中用来控制管路中液体流量的装置。从明细表中零件的名称和数量可知共有九种零件,其中有三种标准件、四个非标准件和一个填料与一个垫片。从材料栏可知,需要制造的四个非标准件中有三个是铸造件,另一个零件塞子 6 是由合金材料制造的,也是密封要求最高的关键零件。

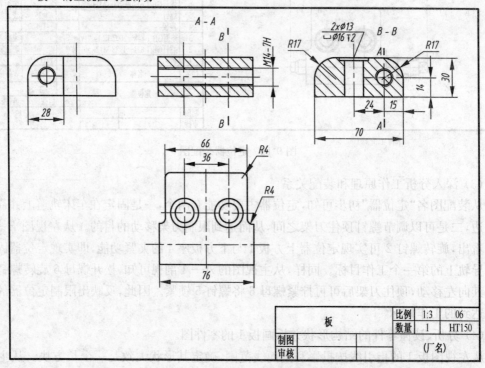

板			比例	1:3	06
			数量	1	HT150
制图					
审核			(厂名)		

图 9-20　由定位器拆画的"板 1"零件图

(2)确定视图关系。

装配图中有三个基本视图,主视图采用半剖视加局部剖视,清晰地表达了主要装配线的装配关系和两个螺柱连接线的装配关系。左视图也采用半剖视,进一步反映主装配线的装配关系,并说明了旋塞壳 1 上的旋塞盖 2 外形及塞子 6 两端液体进出口的形状。俯视图是一个外形图,表达该装置外形和螺柱连接数量,以及填料压盖 3 的形状、塞子 6 顶端方杆的形状等。

(3)深入分析工作原理和装配关系。

从装配图名"旋塞阀"初步可知,只要将塞子 6 旋转 90°,就可以实现将管路中液体介质关闭的功能。从主视图和左视图半剖视图中可以看出,用扳手旋转"塞子 6"顶端方头,由于塞子 6 下部的外圆锥面与旋塞壳 1 的内圆锥面是配合的,可以转动塞子。从两个视图上可见塞子

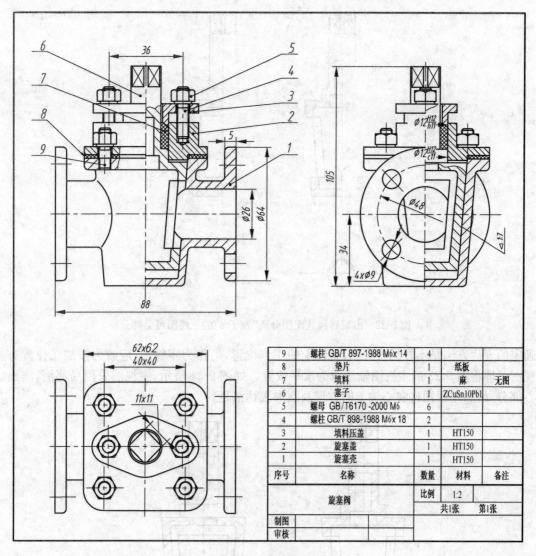

9	螺柱 GB/T 897-1988 M6x 14	4		
8	垫片	1	纸板	
7	填料	1	麻	无图
6	塞子	1	ZCuSn10Pb1	
5	螺母 GB/T6170 -2000 M6	6		
4	螺柱 GB/T 898-1988 M6x 18	2		
3	填料压盖	1	HT150	
2	旋塞盖	1	HT150	
1	旋塞壳	1	HT150	
序号	名称	数量	材料	备注

图 9-21 旋塞阀装配图

上有一贯穿孔,若贯穿孔正对旋塞壳孔,管路内介质可以流通,若将塞子旋转 90°,管路关闭。这就是它的工作原理。

从图 9-21 还可以看出,旋塞阀的防泄漏原理,如旋塞盖 2 上用四组螺柱连接旋塞壳 1,中间安放垫片 8 就是防止介质沿连接面泄漏;同样,塞子 6 的圆柱杆也会因间隙泄漏,因此,在旋塞阀上部用填料压盖和填料组成了一个轴向防泄漏装置,当旋紧螺母 5 时,填料压盖下移,填料压实,减少了塞子杆的径向间隙,旋转力矩加大,密封性加强。

（4）分析、读懂零件的结构形状并拆画"塞子 6"的零件图。

从图 9-21 中可以初步确定塞子 6 是由上部带阶梯孔的两段圆柱与空心圆锥体组成的结构,其中圆锥体左右两端各有一个相同并贯穿的梯形孔。如图 9-22 所示的是将塞子 6 按投影关系和剖面线方向与间隔相同的性质取出的三视图可见部分。图 9-23 是将图 9-22 塞子 6 三视图可见部分进行整理,补齐缺少部分投影的三视图。

从图 9-23 可知,塞子 6 是属于轴套类零件,按零件图的表达方法分析,塞子 6 在图 9-23 中

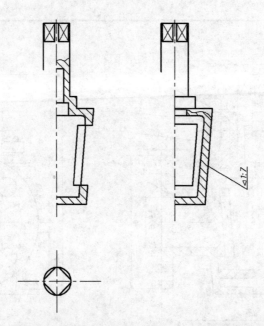

图 9-22　由旋转阀装配图分离"塞子 6"的三视图可见部分

确定的表达方法是不好的,这是装配图上的工作位置,但作为零件图,应改为按加工位置布置视图。即将图 9-23 的主视图轴线改为水平放置。如图 9-24 所示,主视图采用局部剖,露出空心部分,增加左视图将实心轴上的方形及圆形表达清楚。

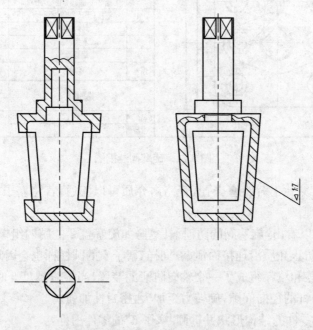

图 9-23　由旋转阀装配图分离出"塞子 6"的完整三视图

　　为了能更清楚地表达细部结构,选用了三个辅助视图,顶部的一个局部向视图用简化画法画了一半,表示圆锥体上贯穿梯形孔的形状;下面两处移出断面将主要的两处空心断面形状表达出来。最后,按形体分析法注全尺寸(按题意未注表面粗糙度和技术要求)。

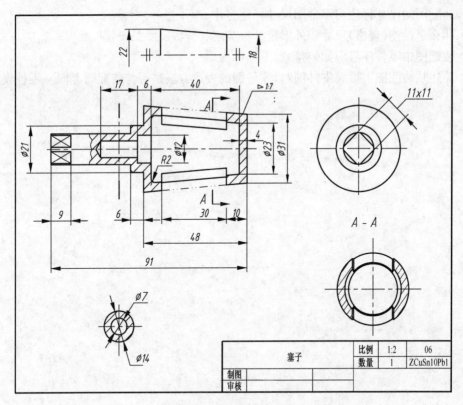

		比例	1:2	06
	塞子	数量	1	ZCuSn10Pb1
制图				
审核				

图 9-24　由旋转阀装配图拆画的"塞子 6"零件图

本 章 小 结

本章介绍了装配图的作用和内容、装配图的表达方法及合理结构、装配图的尺寸标注及技术要求、装配图的零(部)件序号和明细栏、画装配图的方法和步骤、读装配图及拆画零件图等六项内容,重点是画装配图的方法和步骤及读装配图。在工程技术文件中装配图比零件图更重要。因此,对于非机械类学生来说,在今后工作中画装配图的机会不会太多,但读装配图还是会随时碰到。本章按学生能读懂 6~9 个零件组成的装配图难度编写。由于在第 7 章"标准件和常用件"中对装配图的知识已经有些介绍,同学们在学习本章内容时是有一定的基础,但切记不能满足一些表面的了解。要认真对本章给出的各类装配图进行详细阅读。为了进一步提高看装配图能力,还需要看一些零件数更多的装配图,必要时看一些补充的零件图等技术文件,并加强机械加工实践经验的积累。

思 考 题

1. 装配图的作用是什么?
2. 装配图内容有哪些? 重点表达什么?
3. 装配图有哪些规定画法和特殊画法?
4. 如何识别装配图上的装配线?

5. 装配图的尺寸标注与零件图尺寸标注有什么不同?

6. 什么是性能(规格)尺寸? 外形尺寸? 装配(配合)尺寸? 安装尺寸?

7. 装配图中零件序号应如何排列?

8. 简述从装配图上拆画零件图时,零件图的表达方法是否与装配图上同一零件表达方法一致。

第三篇　现代制图技术

第 10 章　计算机绘图基础

10.1　AutoCAD 基本知识

计算机绘图技术是工程技术人员必须掌握的基本技能之一。目前，在国内外工程上应用较为广泛的绘图软件是 AutoCAD，它是美国 Autodesk 公司开发的通用二、三维 CAD 图形软件系统。本章主要介绍 AutoCAD 2006 绘图软件的基本操作及主要命令的使用方法，并通过二维工程图样的绘制实例，学习 AutoCAD 绘制工程图的基本方法及步骤，使读者对运用计算机绘图软件绘制工程图有一个初步认识。

10.1.1　AutoCAD 2006 的工作界面

进入 AutoCAD 2006 后，屏幕将出现如图 10-1 所示的绘图屏幕。

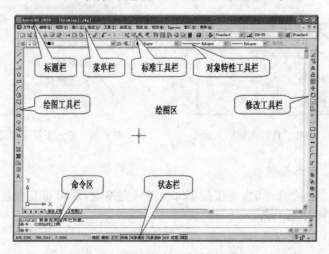

图 10-1　AutoCAD 2006 工作界面

标题栏——显示当前所用软件的信息及图形文件名。

菜单栏——包含各菜单选项、对话框或子菜单选项，每一个选项代表一个命令。

工具栏——AutoCAD 最初显示以下几个工具栏："标准"、"样式"、"图层"、"特性"、"绘图"、"修改"。工具栏上每个小图标代表一个命令，当光标指向某个图标并略停，会显示该图标的名称，单击则激活该命令。

绘图区——显示和编辑图形的区域，其左下角箭头代表坐标系及原点。绘图区的背景颜色可以通过单击"工具"菜单下的"选项"或者右击菜单中的"选项"，在"显示"选项卡中单击"颜色"进行修改。

命令区——用于输入命令及系统反馈提示信息,缺省为三行,它是一个既可固定又可调整大小的窗口。

状态栏——可以用它打开或关闭下面几种绘图模式:坐标的显示、捕捉(SNAP)、栅格(GRID)、正交(ORTHO)、极轴(POLAR)、对象捕捉(OSNAP)、对象追踪(OTRACK)、线宽(LWT)和模型(MODEL),通过单击相应的按钮打开和关闭这些功能,也可通过相应的快捷键来调用。对各文字右击,从弹出菜单中选择"设置"命令,则可对其参数进行设置。

十字光标——拾取屏幕上的点或拾取要编辑的对象。

10.1.2 命令和数据的输入方式

1. 命令的输入

在 AutoCAD 中,用户一般可以通过下面三种方式输入命令:

图 10-2 通过命令行输入命令

(1) 通过命令行直接输入命令,如图 10-2 所示;

(2) 通过单击工具栏上的图标输入命令,如图 10-3 所示;

(3) 通过下拉菜单输入命令,如图 10-4 所示。

最基本的输入方法是通过键盘输入,输入的内容显示在命令行。在输入结束后必须按 Enter 键或空格键激活该命令。AutoCAD 的命令不区分大小写。从键盘输入命令时,命令提示符后面必须是空白的。

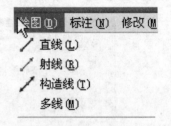

图 10-3 通过工具栏图标输入命令　　图 10-4 通过下拉菜单输入命令

2. 命令的重复、中止与取消

(1) 当刚执行完一个命令时,直接按 Enter 键或空格键,即可重复刚使用过的命令;通过右击菜单选择重复刚使用的命令。

(2) 按 Esc 键可中止当前命令状态。

(3) 当执行完一次操作后,如果发现操作失误,可在命令行中输入 U 并按 Enter 键,或利用热键 Ctrl+Z 来实现取消操作,也可以利用工具条中的"放弃"图标 🔄 来实现取消操作。利用"重做"命令 Redo 或单击工具栏中的"重做"图标 🔄,或者利用热键 Ctrl+Y 来恢复刚才放弃的操作。

3. 点的输入方式

AutoCAD 绘图时,经常要确定一些点的位置,如线段的端点、圆的圆心、切点等。一般可以用以下方式输入一个点。

(1) 用鼠标在屏幕上拾取点;

(2) 用目标捕捉方式确定一些特殊点(如线段的端点、圆的圆心和切点等);

（3）通过键盘输入点的坐标；

（4）绘制直线段时，当第一点确认后，在指定方向上通过给定距离确定第二点，首先移动光标指出方向，然后输入距离；

（5）通过跟踪得到一些点。

4. 动态输入指南

AutoCAD 2006 引入了"动态输入"的概念，在光标附近提供了一个命令界面，以帮助用户专注于绘图区域。启用"动态输入"时，工具提示将在光标附近显示信息，且该信息会随着光标移动而动态更新，可以显示输入的坐标值或数值，也可显示正在输入的命令或等待输入的命令，用户画图时不用把视线转移到命令行中去，提高了绘图效率。

单击状态栏上的"DYN"来打开或关闭"动态输入"。按 F12 键也可以临时将其关闭。

"动态输入"有三个组件：指针输入、标注输入和动态提示。在"DYN"上右击，然后单击"设置"，启用所需的组件。指针输入时，在十字光标附近的工具提示中显示为坐标；标注输入时，在光标附近的工具提示中显示距离和角度值；动态提示时，可在光标附近的工具提示（而不是在命令行）中输入响应。

5. 命令别名

许多命令的名字很长，为了节省击键时间，AutoCAD 给一些命令规定了别名，用户通过修改 ACAD. PGP 文件，可以自己为命令创建别名。常用的命令别名如表 10-1 所示。

表 10-1　常用命令别名

命令	别名	功能	命令	别名	功能
ARC	A	绘制圆弧	MOVE	M	移动对象
ARRAY	AR	对象阵列	MIRROR	MI	镜像
CIRCLE	C	绘制圆	MTEXT	MT	书写多行文字
PROPERTIES	CH	对象属性	OFFSET	O	偏移
CHAMFER	CHA	倒角	PEDIT	PE	多义线编辑
COPY	CP	拷贝	PLINE	PL	绘制多义线
DIMSTYLE	D	尺寸类型	REDRAW	R	重绘对象
DTEXT	DT	书写文字	REGEN	RE	重生成对象
DDEDIT	ED	动态编辑	ROTATE	RO	旋转
EXTEND	EX	延伸对象	SCALE	SC	设置比例
FILLET	F	圆角	TRIM	TR	剪切
LINE	L	绘制直线段	EXPLODE	X	分解
LTSCALE	LTS	设置线型比例	ZOOM	Z	缩放

10.1.3　常用快捷键

F1——调出帮助系统。

F2——文本窗口与图形窗口的切换。有助于用户观察过去所执行的命令过程。

F3——打开对象捕捉设置对话框（未进行对象捕捉设置前）、打开/关闭对象捕捉设置（进行对象捕捉设置后）。

F6——打开/关闭坐标显示。

F7——打开/关闭栅格显示。栅格间距由 GRID 命令设置，此功能键不能设置栅格间距。

F8——打开/关闭正交模式。用此键可以强制绘制垂直线和水平线。

F9——打开/关闭捕捉。用 SNAP 命令设置捕捉值。

F10——打开/关闭极轴追踪模式。

F11——打开/关闭对象追踪模式。

10.1.4　图层、线型和颜色的设定

AutoCAD 中的图层可以看做是叠加在一起的没有厚度的一系列透明纸。任何图形对象都是绘制在图层上的。每个图层都有与其相关联的颜色、线型、线宽和打印样式。可以用图层将图形中的对象分组,同时用不同的颜色、线型和线宽识别不同对象。例如,可以创建一个用于绘制中心线的图层,并为该图层指定中心线需具备的特性(如颜色、线型和线宽)。在绘制中心线时切换到中心线图层开始绘图,而无需在每次绘制中心线时去设置线型、线宽和颜色。

开始绘制一个新图形时,AutoCAD 将创建一个名为 0 的特定图层。默认时,图层 0 为白色或黑色(由背景色决定)、CONTINUOUS(连续)线型、线宽 0.25 mm 以及"普通"打印样式。图层 0 不能被删除或重命名。

(1) 创建新图层的步骤。

①打开"图层特性管理器"可以采用下列三种方式。

"图层"工具栏: 图层特性管理器。

"格式"菜单:图层。

命令:LAYER,别名 LA

② 在图层特性管理器中,单击"新建图层"按钮。图层名(如 LAYER1) 将自动添加到图层列表中。

③ 在亮显的图层名上输入新图层名。图层名最多可以包括 255 个字符:字母、数字和特殊字符,如美元符号 $、连字符- 和下划线 _。在其他特殊字符前使用反向引号`,使字符不被当做通配符。图层名不能包含空格。为便于识别和应用,可以根据实际情况合理命名。

④ 若要修改特性,可单击图标,在单击"颜色"、"线型"、"线宽"或"打印样式"图标时,将显示相应的对话框。

⑤ 单击"说明"列可输入文字说明。

⑥ 单击"应用"保存修改,或者单击"确定"按钮保存并关闭。

(2) 图层有三种状态,如图 10-5、图 10-6 所示。分别具有如下功能:

图 10-5　图层工具栏

① 图层的开/关:单击 ♀,图标 ♀ 变亮或者变暗,可以控制相应图层上的对象是否显示,在关闭状态下该图层不会被打印。

② 图层的冻结/解冻:单击 ❀,可以冻结或者解冻相应图层上的对象。冻结时,虽然图层上的对象能显示在图形中,但不能选择和修改,同时也不能利用该图层上的对象作为参考对象进行操作(无法捕捉到该图层上的对象)。

③ 图层的锁定/解锁：单击 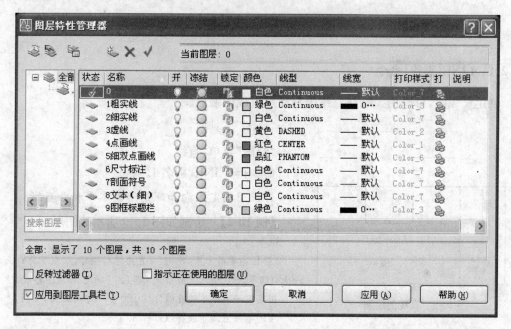，可以锁定图层或者解锁图层。锁定状态下，相应图层上的对象能够显示，也能够选择，但不能被修改。由于能够选择到图层上的对象，所以能利用该图层上的对象作为参考对象进行操作（如能利用对象捕捉功能捕捉到该图层上的对象，或作为剪切边修剪其他图层上的对象）。

图 10-6　图层的设置

【例 10-1】　　按图 10-6 所示完成所有图层的设置。

以点画线为例说明图层的设置过程，其余图层依次类推。

（1）在"图层特性管理器"对话框中选择"新建"，并将缺省图层名"图层 1"改为"点画线"。

（2）单击"颜色"图标，在"选择颜色"对话框中选择一种颜色——红色，然后单击"确定"按钮。

（3）单击与该图层相关联的线型，在"选择线型"对话框（图 10-7）中，单击"加载"按钮，则弹出如图 10-8 所示的"加载或重载线型"对话框。

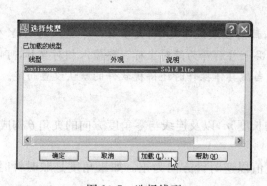

图 10-7　选择线型

图 10-8　加载或重载线型

（4）在"加载或重载线型"对话框中选择一个或多个要加载的线型，如选择"CENTER"，然后单击"确定"按钮。

（5）单击与该图层相关联的线宽，在"线宽"对话框的列表中选择线宽，单击"确定"按钮。在所有图层中，只需要将粗实线线宽改为 0.7 就可以了，点画线和其他图线都可以使用默认线宽。

（6）依次设置好。各个图层后，单击"应用"和"确定"按钮，退出"图层特性管理器"，即可在"图层"工具栏的下拉框中看到设置的图层。

10.2　主要绘图命令

10.2.1　LINE(直线)命令

创建直线段，可以用二维或三维坐标指定直线的端点。

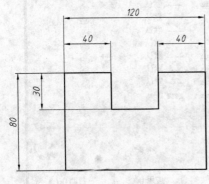

图 10-9　直线的绘制

"绘图"工具栏：

"绘图"菜单：直线

命令行：LINE，别名 L

1. 应用指定方向和距离绘制水平和垂直线

【例 10-2】　绘制如图 10-9 所示的图形。

命令：L↙

LINE 指定第一点：0,0↙（直角绝对坐标，以左下角的点为第一点）（回车，数据输入完成后请回车（↙）确定，以后不再累述）

指定下一点或 [放弃(U)]：120↙（方向距离，下同）

指定下一点或 [放弃(U)]：80↙

指定下一点或 [闭合(C)/放弃(U)]：40↙

指定下一点或 [闭合(C)/放弃(U)]：30↙

指定下一点或 [闭合(C)/放弃(U)]：40↙

指定下一点或 [闭合(C)/放弃(U)]：30↙

指定下一点或 [闭合(C)/放弃(U)]：40↙

指定下一点或 [闭合(C)/放弃(U)]：C↙（封闭图形）

2. 应用相对直角坐标绘图

绘制直线段时，当第一个端点确定后，若已知第二个端点相对第一个端点在 X 和 Y 方向上的增量 ΔX 和 ΔY，则可使用相对直角坐标完成线段的绘制。

格式：$@\Delta X,\Delta Y$（如@20,15）

【注意】　由于使用相对坐标绘图比较方便，目前在默认情况下，大多数命令输入的 X,Y 坐标值被解释为相对坐标，而不是像早期版本的产品一样解释为绝对坐标。要输入相对坐标，可以不需要输入@符号，而只需要输入相对偏移值。当然具体操作时还得视软件的默认设置而定。

3. 应用相对极坐标绘图

相对极坐标由输入点到最后一点的连线的长度 m，以及连线与零角度方向的夹角 θ 构成。

格式：$@m<\theta$（如@20<45）

默认零度方向与 X 轴的正方向一致，角度值以逆时针方向为正。如果角度是顺时针时，则在角度值前加负号。

应用相对极坐标可以方便地绘制倾斜线段。

10.2.2 RAY(射线)命令

用来绘制单向无限延长的射线。它通常作为辅助作图线或作图基准线使用。

"绘图"菜单:射线

命令行:RAY

【例10-3】 绘制一起点为(40,50),并通过(80,100)的射线。

命令:RAY✓

指定起点:40,50✓

指定通过点:80,100✓

指定通过点:✓(回车结束命令)

10.2.3 XLINE(构造线)命令

用来绘制无限延长的直线。它通常作为辅助作图线或作图基准线使用。

"绘图"工具栏: ✐

"绘图"菜单:构造线

命令行:XLINE,别名 XL

【例10-4】 绘制两相交直线的角平分线。

命令:XL✓

XLINE 指定点或 [水平(H)/垂直(V)/角度(A)/二等分(B)/偏移(O)]:B

指定角的顶点:(捕捉交点)

指定角的起点:(捕捉水平线的右端点)

指定角的端点:(捕捉斜线的右端点)

指定角的端点:(Enter)

10.2.4 PLINE(多段线)命令

PLINE 命令用于绘制二维多段线。多段线中的"多段"指的是单个对象中包含多条直线或圆弧。在执行修改命令时,多段线是作为一个对象处理的。PLINE 命令还可以绘制不同宽度、线型、宽度渐变和填充的圆。

"绘图"工具栏: ➫

"绘图"菜单:多段线

命令行:PLINE,别名 PL

【例10-5】 利用多段线命令绘制如图 10-10 所示的图形,其中 AB 段线宽为 3mm,BC 段为圆弧,起点 B 线宽为 3mm,端点 C 线宽为 1mm,CD 段圆弧的宽度为 1mm,DE 段直线的端点 E 宽度为 0.1mm。

命令:PL✓

PLINE

指定起点:(第一点 A 的坐标,可鼠标选择)

当前线宽为 0.0000✓

指定下一点或 [圆弧(A)/闭合(C)/半宽(H)/长度(L)/放弃(U)/宽度(W)]:W(指定宽度)✓

指定起点宽度 <0.0000>:3✓

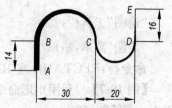

图 10-10 多段线的绘制

指定端点宽度 <3.0000>:(回车默认为 3) ↙

指定下一点或 [圆弧(A)/闭合(C)/半宽(H)/长度(L)/放弃(U)/宽度(W)]:14(距离)↙

指定下一点或 [圆弧(A)/闭合(C)/半宽(H)/长度(L)/放弃(U)/宽度(W)]:A↙

指定圆弧的端点或[角度(A)/圆心(CE)/闭合(CL)/方向(D)/半宽(H)/直线(L)/半径(R)/第二点(S)/放弃(U)/宽度(W)]:W(指定宽度)↙

指定起点宽度 <0.0000>:3↙

指定端点宽度 <3.0000>:1↙

指定圆弧的端点或[角度(A)/圆心(CE)/闭合(CL)/方向(D)/半宽(H)/直线(L)/半径(R)/第二点(S)/放弃(U)/宽度(W)]:30(方向距离)↙

指定圆弧的端点或[角度(A)/圆心(CE)/闭合(CL)/方向(D)/半宽(H)/直线(L)/半径(R)/第二点(S)/放弃(U)/宽度(W)]:W(开始绘制 CD 段)↙

指定起点宽度 <1.0000>:1(或回车默认)↙

指定端点宽度 <1.0000>:1(或回车默认)↙

指定圆弧的端点或[角度(A)/圆心(CE)/闭合(CL)/方向(D)/半宽(H)/直线(L)/半径(R)/第二点(S)/放弃(U)/宽度(W)]:20(方向距离)↙

指定圆弧的端点或[角度(A)/圆心(CE)/闭合(CL)/方向(D)/半宽(H)/直线(L)/半径(R)/第二点(S)/放弃(U)/宽度(W)]:L(开始绘制 DE 段)↙

指定下一点或 [圆弧(A)/闭合(C)/半宽(H)/长度(L)/放弃(U)/宽度(W)]:W↙

指定起点宽度 <1.0000>:1(或回车默认)↙

指定端点宽度 <1.0000>:0.1↙

指定下一点或 [圆弧(A)/闭合(C)/半宽(H)/长度(L)/放弃(U)/宽度(W)]:16↙

10.2.5 POLYGON(多边形)命令

POLYGON 命令用于绘制边数为 3～1024 的二维正多边形,它是一种多段线对象。

"绘图"工具栏:⬠

"绘图"菜单:正多边形

命令行:POLYGON,别名 POL

【例 10-6】 利用多边形命令绘制一五边形,其中五边形的中心在(100,200)处,内接圆的半径为 50mm。

命令: POL↙

POLYGON 输入边的数目 <4>:5↙

指定多边形的中心点或 [边(E)]:100,200↙

输入选项 [内接于圆(I)/外切于圆(C)] <I>:(Enter,取缺省设置)↙

指定圆的半径:50↙

10.2.6 RECTANGLE/RECTANG(矩形)命令

"绘图"工具栏:▭

"绘图"菜单:矩形

命令行:RECTANG 或 RECTANGLE,别名 REC

【例 10-7】 利用矩形命令绘制一矩形,其中矩形的左下角点在(100,70)处,矩形的长为 200mm,宽为 100mm。

命令: REC↙

RECTANG

指定第一个角点或 [倒角(C)/标高(E)/圆角(F)/厚度(T)/宽度(W)]：100,70 ✓

指定另一个角点或 [面积(A)/尺寸(D)/旋转(R)]：@200,100 ✓

10.2.7 ARC(圆弧)命令

"绘图"工具栏：

"绘图"菜单：圆弧

命令行：ARC,别名 A

圆弧的画法较多,可根据需要选用,常用的画法有如下几种。

1. 起点、端点、半径

系统默认按逆时针画弧,输入的半径为正值时,画出劣弧,输入的半径为负值,画出优弧。

2. 起点、端点、角度

输入角度(圆弧所对的圆心角)为正值时,按逆时针画弧,输入角度为负值时,按顺时针画弧。

3. 起点、圆心、端点

【例 10-8】 利用圆弧命令绘制如图 10-11 所示的圆弧图形,其中圆弧的起点在(100,50)处,圆弧的终点在(200,150)处,且圆弧在起点处与一通过起点的 75°直线相切。

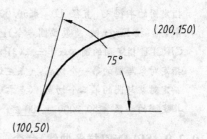

图 10-11 圆弧的绘制

命令：ARC✓ 或 A✓

指定圆弧的起点或 [圆心(CE)]：100,50✓

指定圆弧的第二个点或 [圆心(C)/端点(E)]：E ✓

指定圆弧的端点：200,150 ✓

指定圆弧的圆心或 [角度(A)/方向(D)/半径(R)]：D (使圆弧反向)✓

指定圆弧的起点切向：75 ✓

10.2.8 CIRCLE(圆)命令

"绘图"工具栏：

"绘图"菜单：圆

命令行：CIRCLE,别名 C

常用的画圆方式有以下几种。

(1) 3P 方式画圆：给出三点画圆,过这三点画一个圆。

(2) 2P 方式画圆：给出两点画圆,以两点连线为直径画一个圆。

(3) T 方式画圆：画与两实体相切,半径为指定值的圆。该方式用来作公切圆或连接圆。

【例 10-9】 利用圆命令绘制如图 10-12 所示的图形,其中第一个圆的圆心在(100,200)处,圆的直径为 100mm,第二个圆的圆心在(250,200)处,圆的直径为 100mm,第三个圆与前两个圆相切,且直径为 160mm。

命令：C ✓

CIRCLE 指定圆的圆心或 [三点(3P)/两点(2P)/相切、相切、半径(T)]：100,200 ✓

指定圆的半径或 [直径(D)]：50 ✓

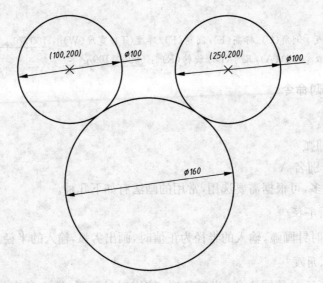

图 10-12　外切圆的绘制

命令：(按 Enter 键,重复画圆命令)↙
CIRCLE 指定圆的圆心或 [三点(3P)/两点(2P)/相切、相切、半径(T)]：250,200 ↙
指定圆的半径或 [直径(D)] <50.0000>：50↙
命令：(按 Enter 键,重复画圆命令)↙
CIRCLE 指定圆的圆心或 [三点(3P)/两点(2P)/相切、相切、半径(T)]：T (指定 T 方式画圆)↙
指定对象与圆的第一个切点：(点左边圆)
指定对象与圆的第二个切点：(点右边圆)
指定圆的半径 <50.0000>：80 ↙

10.2.9　SPLINE(样条曲线)命令

"绘图"工具栏： ∿
"绘图"菜单：样条曲线
命令行：SPLINE,别名 SPL

样条曲线

图 10-13　样条曲线的绘制

【例 10-10】　利用样条曲线命令绘制如图 10-13 所示的波浪线。注意：应关闭正交模式和捕捉模式,水平粗实线的末端应采用对象捕捉功能拾取。

命令：SPL↙
SPLINE
指定第一个点或 [对象(O)]：(拾取上面水平线的左端点)
指定下一点或 [闭合(C)/拟合公差(F)] <起点切向>：(随机选取一点)
指定下一点或 [闭合(C)/拟合公差(F)] <起点切向>：(随机选取一点)
指定下一点或 [闭合(C)/拟合公差(F)] <起点切向>：(随机选取一点)
指定下一点或 [闭合(C)/拟合公差(F)] <起点切向>：(随机选取一点)
指定下一点或 [闭合(C)/拟合公差(F)] <起点切向>：(拾取下面水平线的左端点)
指定起点切向：(Enter)↙
指定端点切向：(Enter)↙

10.2.10 ELLIPSE(椭圆)命令

"绘图"工具栏：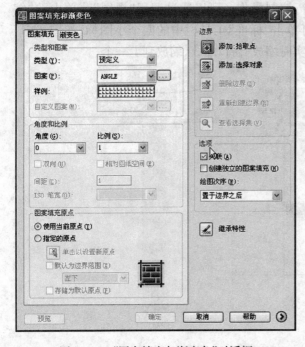

"绘图"菜单：椭圆

命令行：ELLIPSE，别名 EL

【例 10-11】 利用椭圆命令绘制一椭圆，椭圆的中心为(200,200)，水平长轴 150mm，短轴为 100mm。

命令：EL↙

指定椭圆的轴端点或 [圆弧(A)/中心点(C)]：C（定椭圆中心）↙

指定椭圆的中心点：200,200↙

指定轴的端点：150（方向距离）↙

指定另一条半轴长度或 [旋转(R)]：100（方向距离）↙

10.2.11 BHATCH 图案填充命令

"绘图"工具栏：

"绘图"菜单：图案填充

命令行：BHATCH，别名 BH

启动命令后，会弹出如图 10-14 所示的"图案填充与渐变色"对话框。首先在"图案"复选框中选择要填充的图案，或单击按钮，在弹出的如图 10-15 所示的"填充图案选项板"对话框中选择样板；在"比例"、"角度"输入框里输入比例和角度值；然后单击按钮 添加:拾取点，返回绘图工作区，选择填充的区域，可单击"预览"按钮，经过修改，直到合乎要求后，单击"确定"按钮完成操作。选择填充的区域时也可单击 添加:选择对象 按钮，选择围成填充区域的边界。

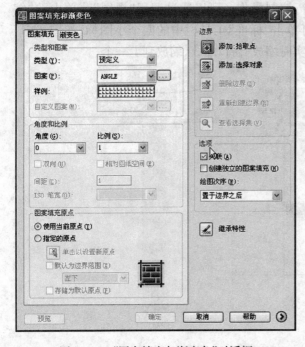

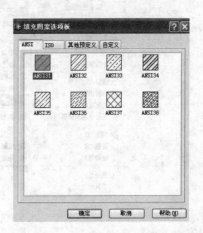

图 10-14 "图案填充与渐变色"对话框　　　图 10-15 "填充图案选项板"对话框

【注意】 在剖切区域画剖面线实际上就是一种符号填充,常用符号名称为 ANSI31,角度取 $0°$ 或 $90°$,比例值是通过观察选择的,一般取值范围为 $1\sim10$。

10.2.12 多行文字命令

"绘图"工具栏: **A**

"绘图"菜单:文字－多行文字

命令行:MTEXT,别名 MT

多行文字命令首先以对角点形成一个矩形,矩形的宽度即为文本行宽度,然后可以在弹出的"文字格式"编辑器中输入和编辑文字,如图 10-16 所示。

图 10-16 "文字格式"编辑器

当前文字样式:当前文字高度:5

指定第一角点:(用光标在屏幕上输入一对角点)

指定对角点或[高度(H)/对正(J)/行距(L)/转(R)/样式(S)/宽度(W)]:(用光标在屏幕上输入另一对角点)

指定对角点前可以设定文字高度、对齐、行距等格式。

10.3 显 示 命 令

显示命令可用来对绘图区显示方式进行控制操作。可以通过调用"视图"菜单中的"缩放"、"平移"命令,如图 10-17(a)所示。也可单击"标准"工具栏中的四个小图标,如图 10-17(b)所示,它们自左向右分别表示实时平移、实时缩放、窗口缩放、缩放到上一个。

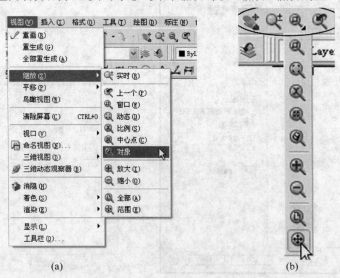

(a)   (b)

图 10-17 显示命令

实时平移(PAN)命令:光标形状变为手形,图形显示随光标向同一方向移动,按 Esc 或 Enter 键可终止操作。也可以通过按住滚轮来进行移动。

实时缩放(ZOOM)命令:图形随光标移动而缩放,实际尺寸不变。也可以通过滚动滚轮来进行缩放。

窗口缩放(ZOOM)命令:用鼠标定义窗口的两个对角,就可以最大化框选的区域。

缩放上一个:可依次连续返回到上次的显示状态。

此外,从菜单栏"视图/缩放"选项中可以选择"缩放"命令的各子项,或从缩放工具条中选择相应图标,如图 10-17 所示。

在绘制或修改复杂图形的细节部分时,一般都要使用 ZOOM 命令来缩放图形。图形的缩放显示不会影响图形的实际尺寸。

10.4　辅助绘图工具

捕捉、栅格、正交、极轴、对象捕捉和对象追踪是绘图的辅助工具。通过这些辅助工具,可以更容易、更准确地创建和修改对象。其中每一个辅助工具都可以在需要的时候打开,在不需要的时候关闭。在打开这些工具时还可以根据需要修改它们的设置。

10.4.1　捕捉模式和栅格显示

在绘制工程草图时,经常把草图绘制在坐标纸上,以方便定位和度量。AutoCAD 2006 也提供了这种类似坐标纸的功能,这就是捕捉模式和栅格显示。

1. SNAP(捕捉)命令

在屏幕底部的状态栏中,单击状态栏中的"捕捉"按钮可打开或关闭捕捉模式。要修改"捕捉"设置,只需把光标放在"捕捉"按钮上右击,从快捷菜单中选择"设置"命令即可修改"捕捉"的设置,如图 10-18 所示,规定了光标移动的间距与角度。捕捉栅格是不可见的,使用与 SNAP 关联的 GRID 可以显示捕捉栅格点。

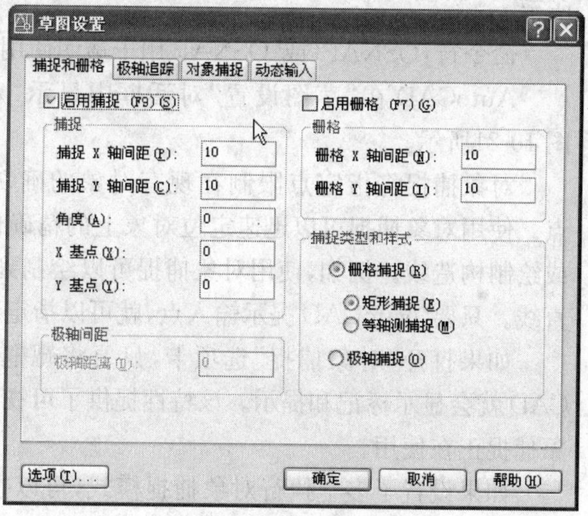

图 10-18　捕捉与栅格设置

"工具"菜单：草图设置

命令行：SNAP(或 'SNAP 用于透明使用)，别名 SN

2. GRID(栅格)命令

在屏幕底部的状态栏中，单击状态栏中的"栅格"按钮可打开或关闭栅格显示。栅格仅用于视觉参考。它既不能被打印，也不被认为是图形的一部分。要修改"栅格"设置，只需把光标放在"栅格"按钮上并右击，从快捷菜单中选择"设置"命令即可修改"栅格"的设置，如图 10-18所示，可修改栅格间距。

"工具"菜单：草图设置

命令行：GRID(或 'GRID 透明使用)

10.4.2 正交模式

状态栏：正交，快捷键 F8

命令行：ORTHO(或'ORTHO 用于透明使用)

AutoCAD 提供了与丁字尺类似的绘图和编辑工具。创建或移动对象时，使用"正交"模式将光标限制在水平或垂直方向上。

10.4.3 对象捕捉

"对象捕捉"工具栏如图 10-19 所示。

图 10-19 "对象捕捉"工具栏

状态栏：对象捕捉，快捷键 F3

"工具"菜单：草图设置

快捷菜单：在绘图区域中右击同时按 Shift 键，然后选择"对象捕捉设置"命令，如图 10-20所示。

命令行：OSNAP(或'OSNAP 用于透明使用)，别名 OS

AutoCAD 在"草图设置"对话框中显示"对象捕捉"选项卡，如图 10-21所示。

对象捕捉将指定点限制在现有对象的确切位置上，如中点或交点。使用对象捕捉可以迅速定位对象上的精确位置，而不必知道坐标或绘制构造线。例如，使用对象捕捉可以绘制到圆心或多段线中点的直线。只要 AutoCAD 提示输入点，就可以指定对象捕捉。

如果打开"对象捕捉"选项卡，只要将靶框移到捕捉点上，AutoCAD 就会显示标记和提示。该特性提供了可视提示词语，指示哪些对象捕捉正在使用。

如果设置了多个执行对象捕捉模式，可以按 Tab 键切换捕捉点。例如，在光标位于圆上的同时按下 Tab 键，可以依次显示捕捉到象限点、切点、圆心等对象。

图 10-20 快捷菜单

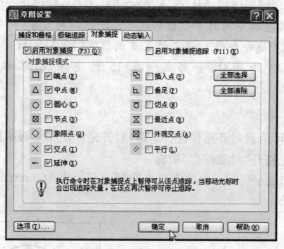

图 10-21　对象捕捉设置

10.4.4　自动追踪

AutoCAD 的自动追踪功能包括两个部分：极轴追踪和对象捕捉追踪。可以通过状态栏上的"极轴"或"对象追踪"按钮打开或关闭自动追踪。对象捕捉追踪应与对象捕捉配合使用。

创建或修改对象时，如果使用极轴追踪，AutoCAD 会自动在设定方向上显示出当前鼠标所在位置的相对极坐标，用户可以通过输入极半径长度的办法来确定下一个绘图点。

1. 极轴追踪

极轴追踪是用来追踪在一定规律角度上的点的坐标智能输入方法，用极轴追踪需先设置"极轴角"中的增量角和附加角，让系统在该角度上进行追踪。若设置增量角为 30°，系统会在 30°的整数倍角度上进行追踪。

要修改"极轴追踪"设置，只需把光标放在"极轴"按钮上并右击，从快捷菜单中选择"设置"命令即可修改"极轴追踪"的设置，如图 10-22 所示。

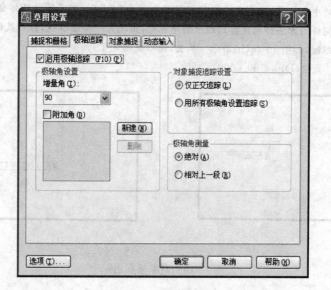

图 10-22　极轴追踪设置

【例 10-12】 绘制 45°倾斜线段 AB,点 A 坐标(100,100),线段长 50mm。

(1) 在极轴追踪中设置增量角为 45°,这样就可以绘制倾角为 45°整数倍的倾斜线;

(2) 绘制线段,输入直线命令(L),确定起点 A 的位置(100,100);

(3) 移动鼠标至 45°附近时,会形成一条 45°的追踪线,然后输入长度 50 即可,如图 10-23 所示。

2. 对象捕捉追踪

使用对象捕捉追踪可沿着对齐路径进行追踪,对齐路径是基于对象捕捉点的,因此使用对象捕捉追踪之前,必须先打开"对象捕捉"功能。

【例 10-13】 在 300mm×250mm 的矩形中绘制一直径为 160mm 的圆,圆的圆心在矩形的中心,如图 10-24 所示。

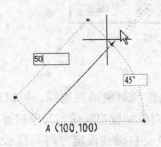

图 10-23 绘制倾斜线

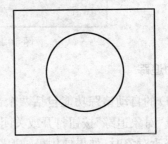

图 10-24 绘制矩形

绘制矩形

命令:REC↙

指定第一个角点或 [倒角(C)/标高(E)/圆角(F)/厚度(T)/宽度(W)]:(鼠标确定)

指定另一个角点:@300,250↙

绘制圆

命令:C↙

CIRCLE 指定圆的圆心或 [三点(3P)/两点(2P)/相切、相切、半径(T)]:(系统提示输入圆心坐标,移动鼠标指针到矩形长边的中点位置,待出现中点捕捉符号和一个"+"后,上下移动鼠标会出现一条追踪线,如图 10-25(a)所示。按同样的方法移动鼠标到短边的中点处,出现另一条追踪线,移动鼠标到矩形的中心位置,会出现两条相交的追踪线,如图 10-25(b)所示。单击,圆心就确定了)。

指定圆的半径或 [直径(D)] <80.0000>:80↙

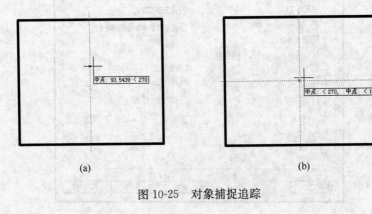

图 10-25 对象捕捉追踪

10.4.5 线宽控制

单击状态栏上的"线宽"按钮可以控制绘图区域各线型线宽的显示与隐藏。

10.5 主要修改命令

为了高效地使用 AutoCAD,必须充分了解修改命令及知道如何使用它们。这些命令可从工具条、菜单或在命令区输入来调用。

图 10-26 所示为"修改"工具栏,其命令和功能如表 10-2 表示。

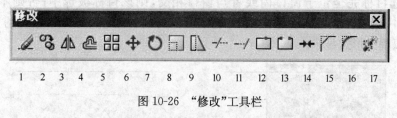

图 10-26 "修改"工具栏

表 10-2 "修改"工具栏上各图标与其对应命令及别名

序号	命令(别名)	含 义
1	ERASE (E)	删除一个或一组实体对象
2	COPY (CO)	一次或多次复制一个或一组对象
3	MIRROR (MI)	创建对称的镜像副本
4	OFFSET (O)	创建同心圆、平行线和平行曲线
5	ARRAY (AR)	创建按指定方式(矩形或环形)排列的多个对象副本
6	MOVE (M)	在指定方向上按指定距离移动对象
7	ROTATE (RO)	围绕基点旋转对象
8	SCALE (SC)	使用比例因子缩放对象
9	STRETCH (S)	将交叉窗口或交叉多边形中的对象进行移动或拉伸
10	TRIM (TR)	按其他对象定义的剪切边修剪对象
11	EXTEND (EX)	将对象延伸到另一对象
12/13	BREAK (BR)	在一点处打断选定对象/在两点之间打断选定对象
14	JOIN (J)	将对象合并以形成一个完整的对象
15	CHAMFER (CHA)	给对象加倒角
16	FILLET (F)	给对象加圆角
17	EXPLODE (X)	将合成对象分解为其部件对象

【注意】 本节只重点介绍 ERASE、OFFSET、ARRAY、STRETCH 和 TRIM 命令,其他命令因为相对简单,在这里就不一一介绍,可以参看 AutoCAD 2006 帮助。

10.5.1 构造选择集

在启动 AutoCAD 的修改命令后,系统通常要求用户首先"选择对象",即选择一个或多个需要修改的实体目标,当选择完目标之后,这些实体以虚线显示,以区别于其他未被选实体。

下面介绍最常用的几种实体选择方法。

1. 点选方式

在选择状态下,系统默认用一个目标拾取框(□)代替屏幕十字光标。将拾取框移到待选目标上的任意点位置,单击即可选中目标,此时被选目标以虚线形式显示,表示可以对其进行相应的修改。

2.窗口选择方式

在选择状态下,按住鼠标左键不放,自左向右拉出一个窗口,此时完全位于窗口内的目标被选中,其他的不被选中。如图 10-27(a)所示,从左上向右下拉出框口,直线 L_1 和圆 O_1 完全在框口内,则会被选中,且将以虚线形式显示。

3.交叉窗口选择方式

在选择状态下,按住鼠标左键不放,自右向左拉出一个窗口(注意:此时的窗口以虚线显示),如果待选目标完全位于窗口内或者与窗口相交,则该目标被选中;否则不被选中。在图 10-27(b)中,从右上向左下拉出框口,完全位于窗口内的圆 O_2、与窗口相交的直线 L_1 和圆 O_1 被选中,以虚线形式显示。

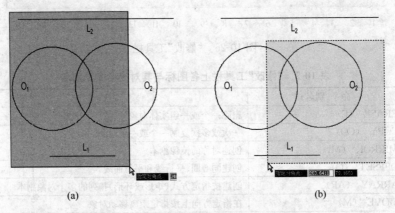

(a)   (b)

图 10-27 用矩形窗口选择实体目标

4. 选择所有实体方式

在选择状态下,在命令行内"选择对象:"之后输入 ALL,回车,或者按 Ctrl+A 组合键,即可选中绘图区域中的所有实体元素,全部对象以虚线形式显示。当需要对绘图区域内的所有实体进行整体编辑或删除时,该方法就非常方便。

另外还有几种实体选择方式,如上一次选择(Previous)、最后选择(Last)等。在"选择对象:"之后输入 P,回车,以选择上一次编辑操作所选实体;在"选择对象:"之后输入 L,回车,以选择最后一次绘制的实体。

10.5.2 删除(ERASE)命令

在绘图过程中,可能会发现一些错误或没用的图形对象,此时,可使用 AutoCAD 提供的"删除"命令及其他方法将其删除。其使用方法可参看 AutoCAD 2006 帮助(快捷键 F1),在帮助用户文档的索引标签中输入 ERASE 并回车就可得到如图 10-28 所示的 ERASE 命令帮助。

10.5.3 偏移(OFFSET)命令

使用 AutoCAD 提供的"偏移"命令可以创建形状相似,而且与选定对象平行的新对象。偏移对象是绘图过程中经常用到的一种绘图方法。

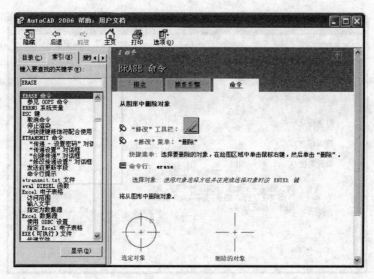

图 10-28　ERASE命令帮助

"修改"工具栏：

"修改"菜单：偏移

命令：OFFSET

指定偏移距离或［通过(T)/删除(E)/图层(L)］＜通过＞：(指定偏移距离，或右击从快捷菜单中选择合适的选项)

选择要偏移的对象，或［退出(E)/放弃(U)］＜退出＞：(选择要偏移的对象)

指定要偏移的那一侧上的点，或［退出(E)/多个(M)/放弃(U)］＜退出＞：(在要偏移对象的一侧指定一点)

选择要偏移的对象，或［退出(E)/放弃(U)］＜退出＞：(继续选择要偏移的对象并在要偏移对象的一侧指定一点或按 Enter 键结束 OFFSET 命令)

为了使用方便，OFFSET 命令将重复。要退出命令，请按 Enter 键。

10.5.4　阵列(ARRAY)命令

使用"阵列"命令可以对对象进行一种有规则的多重复制。根据阵列的方式不同，阵列又分为矩形阵列和环形阵列。使用矩形阵列时，需要指定行数、列数、行间距和列间距，整个矩形可以按某个角度旋转。使用环形阵列时，需要指定中心点、项目总数、填充角度或项目间角度等。

"修改"工具栏：

"修改"菜单：阵列

命令：ARRAY

1. 矩形阵列方式

命令：ARRAY(打开"阵列"对话框，如图 10-29 所示)

在"阵列"对话框的右上角单击"选择对象"按钮，"阵列"对话框关闭，并自动切换到绘图工作区。在"选择对象："的提示下选择要阵列的对象，然后按 Enter 键，AutoCAD 将再次切换到"阵列"对话框。

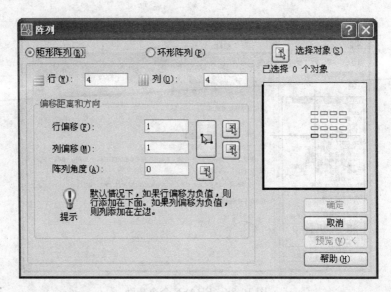

图 10-29 "阵列"对话框

下面介绍矩形阵列的选项设置。

（1）行：在该文本框中键入矩形阵列的行数。

（2）列：在该文本框中键入矩形阵列的列数。

（3）偏移距离和方向：该选项组用来设置行、列之间的偏移距离，以及设置阵列角度，以定义创建矩形阵列的基线位置。

行偏移：在该文本框中键入矩形阵列的行间距，或单击该选项右边的"拾取行偏移"，AutoCAD将自动切换到绘图窗口并显示以下提示：

"指定行间距：（键入数值或拾取一点）"

对以上提示依次做出响应后，AutoCAD将再次切换到对话框。

另外，单击"拾取两个偏移"按钮，AutoCAD提示：

"指定单位单元："

在该提示下指定行列之间单元格的一个角点并回车，AutoCAD继续提示：

"另一角点："

指定单位单元的另一个角点并按 Enter 键，再次切换到"阵列"对话框。

阵列角度：在该文本框中键入矩形阵列基线的旋转角度，或者单击"拾取阵列的角度"按钮，AutoCAD 自动切换到绘图窗口，并提示："指定阵列角度："，指定角度值或绘制直线。

响应以上提示后，"阵列"对话框再次自动弹出。

单击"选择对象"按钮，选择好阵列对象后，单击"预览"按钮，可在绘图区域预览创建的阵列效果，并且弹出是否确认当前设置的对话框。

如果单击"接受"按钮，即确认当前设置。如果需要修改，可单击"修改"按钮，对创建矩形阵列的选项重新设置。如果要取消对"阵列"命令的使用，可单击"取消"按钮。

【例 10-14】 一个直径为 25mm 的圆，要求复制 3 行 5 列，行间距和列间距均为 60mm，阵列角度为 30°，创建矩形阵列的选项设置及其效果如图 10-30 所示。

【说明】 如果行间距为正数，阵列中的行以原图向上排列；反之，阵列中的行以原图向下排列。如果列间距为正数，阵列中的列以原图向右排列；反之，阵列中的列以原图向左排列。

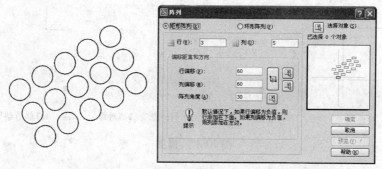

（a）矩形阵列结果　　　　　　　　（b）"阵列"参数设置对话框

图 10-30　矩形阵列

2. 环形阵列方式

【例 10-15】　在不完整圆板上 270°范围内均匀分布 5 个小圆。

先按照规定尺寸绘制小圆 O_1 的中心线及小圆轮廓，然后用环形阵列绘制其余小圆。

命令：ARRAY

打开"阵列"对话框，并设置其相关参数，如图 10-31 所示。

单击"选择对象"，在"选择对象："的提示下选择要阵列的所有对象（含小圆 O_1 及其径向对称线），然后按 Enter 键，AutoCAD 将再次切换到"阵列"对话框。预览无误后，确定，完成。

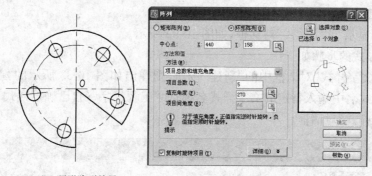

（a）环形阵列结果　　　　　　　（b）"阵列"对话框

图 10-31　环形阵列

10.5.5　修剪（TRIM）命令

若干线段相交，在交点处精确剪除多余线段，可用 TRIM 命令实现。图 10-32 为将井字图形修剪成马路的十字路口的例子，其修剪过程如下。

命令：TRIM ┙

当前设置：投影＝UCS，边＝无

选择剪切边…

选择对象或 ＜全部选择＞：（回车，表示全部选择）

选择要修剪的对象，或按住 Shift 键选择要修剪的对象，或［栏选（F）/窗交（C）/投影（P）/边（E）/删除（R）/放弃（U）］：（分别点选四个╳号所在的位置，就可以完成修剪）

修剪操作是绘图过程中常用的修改命令，通过确定边界的方法来修剪多余的线段。另外，根据实际情况，还可使用"栏选"和"窗交"选项，也会非常方便。

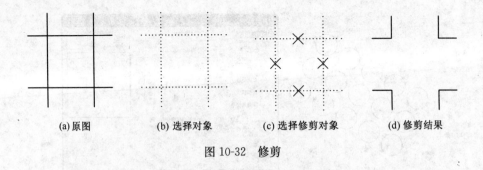

| (a)原图 | (b) 选择对象 | (c) 选择修剪对象 | (d) 修剪结果 |

图 10-32　修剪

10.6　文本与尺寸标注

AutoCAD 提供了多种创建文字的方法。对简短的输入项使用单行文字,对带有内部格式的较长的输入项使用多行文字。AutoCAD 所提供的图形模板中的字体格式都没有设置好中文字体,因此必须设置好中文字体才能用于实际制图中中文的输入。

10.6.1　创建、修改或设置命名文字样式

"文字"工具栏:

"格式"菜单:文字样式

命令:STYLE(或 'STYLE 用于透明使用)

AutoCAD 显示"文字样式"对话框,如图 10-33 所示。

新建文字样式的步骤如下:

(1) 单击"文字样式"对话框中的"新建"按钮,则弹出如图 10-33 所示的"新建文字样式"对话框,并在样式名中输入特定的文字样式名称,如"工程汉字"(自己确定样式名称),单击"确定",回到"文字样式"对话框。

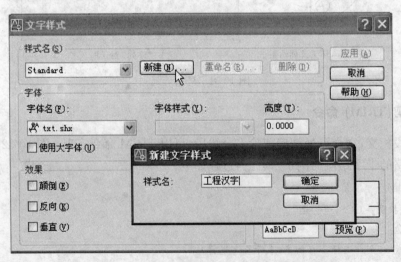

图 10-33　"文字样式"对话框及"新建文字样式"对话框

(2) 将字体名 txt. shx 替换为 gbeitc. shx 或者 gbenor. shx,并勾选"使用大字体",在"大字体"栏下选择 gbcbig. shx,长仿宋体汉字还需设置"宽度比例"为 0.7,设置结果如图 10-34 所示。

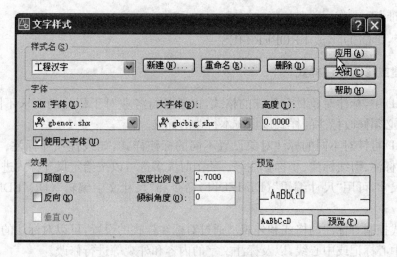

图 10-34　文字样式、字体设置

在其他格式中,字形的高度一般设置为 0,在输入文本时根据需要选择不同的字高。

(3) 选择"应用"进行保存。

(4) 对所有文字样式进行修改并应用以后,选择"关闭"。

工程图样中,字母、数字的格式通常与汉字的格式不一样,需要设置不同的文字样式并加以应用。字母数字在"SHX 字体"中仍可选择 gbeitc. shx 或者 gbenor. shx、ioscp. shx,但可以不用勾选"大字体",且宽度比例为 1,倾斜角度根据需要进行设置。gbenor. shx、ioscp. shx 两种字体是直立字体,倾斜角度一般取 15°。

10.6.2　书写文字

1. 创建单行文字及文字编辑

"绘图"菜单:文字/单行文字

命令行:TEXT

先选择正确的文字样式,然后根据命令行的提示完成操作。

2. 创建多行文字(见 10.2.12)

3. 文字编辑(DDEDIT,PROPERTIES)

在 AutoCAD 中标注文字后,有时需要对文字本身或属性进行修改。AutoCAD 为此提供了两种编辑方法:使用"编辑"命令和使用"特性"管理器。使用"编辑"命令编辑文字时,只可修改文字的内容(其修改方法和常规的文本编辑器一样)而不能改变文字对象的格式和特性。使用"特性"管理器可以修改所选文字的内容、样式、位置、方向、大小、对齐方式等。

下列操作均可对文字进行编辑。

(1)"文字"工具栏: A 。

(2)"修改"菜单:"对象"➤"文字"➤"编辑"。

(3) 直接双击文字对象,也可以对文字进行修改。

(4) 快捷菜单:选择文字对象,在绘图区域中右击,在弹出的快捷菜单中单击"编辑"命令。

(5)"标准"工具栏：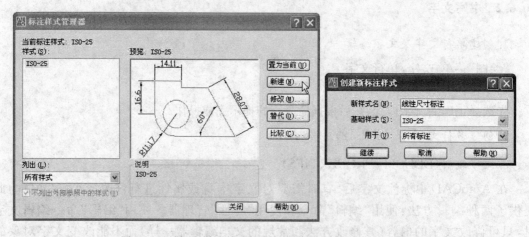对象特性按钮。

(6)命令：DDEDIT 或 PROPERTIES。

10.6.3 创建或修改标注样式

AutoCAD中,标注对象具有特殊的格式,由于各行各业对于标注的要求不同,所以在进行标注之前,必须修改标注的样式以适应本行业的标准。

AutoCAD可针对不同的标注对象设置不同的标注样式,如线性尺寸标注、半径标注、直径标注、角度标注、引线标注、坐标标注等。绘图时大多都可以按给定尺寸样式进行标注,对于一些特殊的尺寸,可用"尺寸编辑"(DIMEDIT)命令和"尺寸文字编辑"(DIMEDIT)命令进行修改。

标注样式控制着标注的格式和外观。通过对标注样式的设置,可以对标注的尺寸界线、尺寸线、箭头、中心标记或中心线,以及标注文字的内容和外观等进行修改。

"样式"工具栏：

"格式"菜单："标注样式"

"标注"菜单："标注样式"

命令：DIMSTYLE

1. 线性尺寸样式的创建

步骤如下：

单击图 10-35 中的"新建"按钮,弹出右边的"创建新标注样式"对话框,将新样式名改为"线性尺寸标注",或其他名称。单击"继续"按钮,打开"新建标注样式:线性尺寸标注"对话框。

图 10-35 "标注样式管理器"及"创建新标注样式"对话框

以下介绍标注样式新建或修改的各选项卡。

1) 直线

各参数设置如图 10-36 所示。

"基线间距"指的是在基线标注时,两标注对象尺寸线间的垂直距离,注意该设置只在基线标注时有效,而在手工标注时两标注线的距离是手工进行的而不受限制。设置值一般为 7~9。

机械图样中"起点偏移量"设为 0,超出尺寸可设为 2~3mm。

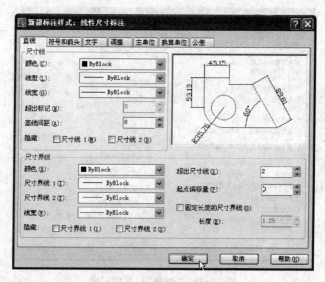

图 10-36　"直线"标签的设置

2）符号和箭头

图略。其中箭头大小可根据图纸大小设为 3 或者 3.5。

3）文字

各参数设置如图 10-37 所示。

与尺寸线的偏移距离指的是文本底部与标注线的距离，设置为 1。

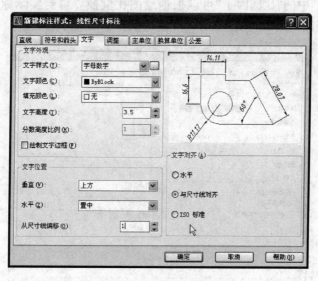

图 10-37　"文字"标签的设置

4）调整

各参数设置如图 10-38 所示。

"标注特征比例"栏是用来设置尺寸的缩放关系的。

例如，绘图时按 1:1 的比例绘制工程图样，打印输出时按 1:100 的比例输出，需选择"使用全局比例"，并将其数值改为 100。

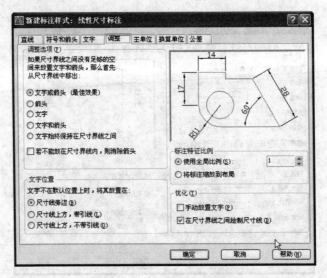

图 10-38 "调整"标签的设置

5) 主单位

各参数设置如图 10-39 所示。

精度根据图纸上的尺寸数字进行选定。

"前缀"、"后缀"可以将±、ϕ、°等符号设置在样式中,使用时会更方便。±、ϕ、°分别用%%p、%%c、%%d 表示。

"测量单位比例"中的"比例因子"可以根据绘图比例换算得到实际标注的尺寸数字。例如,按 1∶10 绘图,则比例因子应设置为 10,才能得到正确的尺寸数字。

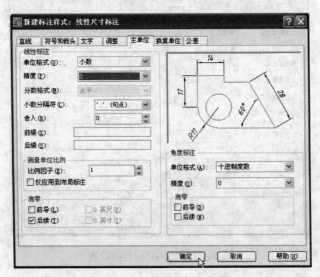

图 10-39 "主单位"标签的设置

6) 换算单位与公差

"换算单位"用来设置换算单位的格式和精度以及尺寸数字的前、后缀,该标签在特殊情况下才使用。在不设置换算单位情况下通常处于隐藏状态不必设置。

机械图样中公差使用比较普遍。可以在线性尺寸标注的基础上建立一个"极限偏差"样式,在"主单位"标签中设置前缀 ϕ,并在公差标签中进行设置,如图 10-40 所示。在具体标注时,由于上下偏差是变化的,还需在对象"特性"中修改上下偏差的数值,这里只提供一个基础的样式。

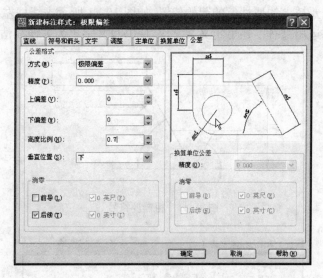

图 10-40 "公差"标签的设置

2. 角度尺寸样式的创建

只需要新建一个角度尺寸样式,样式名称自定。并将"文字"标签中的"文字对齐"方式改为"水平"。其余同线性尺寸样式的创建。

10.7 图 块 操 作

图块是由一组实体组合而成的实体集合。一组实体一旦组合成块(用创建块实现),这组实体就被赋予一个块名。在作图时,可根据需要用插入块的方法将这组实体以不同的比例系数和任意的角度插入到图中任意的指定位置,从而提高绘图效率。

AutoCAD 作图中最有价值的功能之一就是能对图的某一部分反复使用。它提供了对图块及其详细信息进行存储的命令。这些命令有 BLOCK、WBLOCK 和 INSERT。

"绘图"工具栏:

"绘图"菜单:块/创建

命令行:BLOCK

AutoCAD 将显示"块定义"对话框。

下面以粗糙度的符号为例,说明块的制作过程。

10.7.1 绘制粗糙度符号

粗糙度符号的尺寸如图 10-41 所示。图中虚线框表示书写粗糙度值的位置。

10.7.2 用 ATTDEF 命令输入属性

"绘图"菜单:块/定义属性

命令：ATTDEF，别名 ATT

弹出如图 10-42 所示的"属性定义"对话框，并按图中的实例进行设置，需要说明的是，对话框中的文字样式"字母数字"是预先设置好的，然后单击"确定"。

指定起点：单击要插入的属性值的起始位置，如图 10-41 所示虚线框左下角的×处。

值得一提的是，运用"属性"还可定义文字块，使书写文字更为方便简洁。

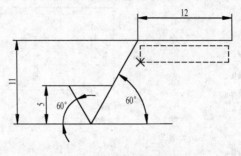

图 10-41　粗糙度符号

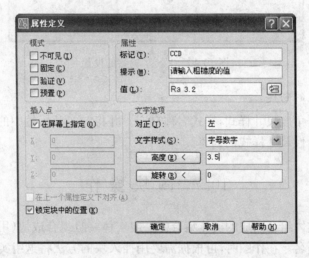

图 10-42　"属性定义"对话框

10.7.3　用 BLOCK 或 WBLOCK 命令定义块

在定义图块之前，需要知道三个决定性的信息。

（1）图块的名字，以便能对它进行识别。

（2）插入点的位置，以便 AutoCAD 知道应以哪个点为基准放置图块。

（3）想要收集进图块的对象。

使用 BLOCK 命令，弹出的是"块定义"对话框，使用"块定义"对话框定义的块只能在当前图形中使用，而要将块或对象保存为独立的图形文件，必须使用 WBLOCK 命令，步骤如下。

（1）在命令提示中输入 WBLOCK，弹出"写块"对话框，如图 10-43 所示。

（2）在"写块"对话框中，指定要写到文件的块或对象。

整个图形：选择当前图形作为一个块。

对象：指定要保存为文件的对象。

（3）在"基点"下，使用"拾取点"按钮定义块的基点。

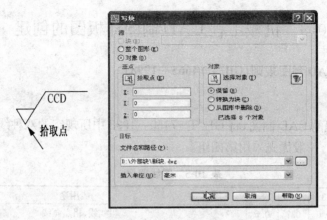

图 10-43　定义外部块

（4）在"对象"下，使用"选择对象"按钮为块文件选择对象。

（5）在"文件名和路径"中，可以确定块的存储位置及块名。

（6）选择"确定"。此时，块定义保存为图形文件。

用 BLOCK 命令定义内部块的步骤与上述类似。

10.7.4　用 INSERT 命令插入块

【例 10-16】　在图 10-44 中插入粗糙度块。

插入块的步骤：

（1）调用命令，弹出"插入"对话框。

"绘图"工具栏：

"插入"菜单：块

命令行：INSERT

（2）在"插入"对话框中指定块名、比例及旋转角度，如图 10-45 所示，然后选择"确定"。

（3）命令行：指定插入点或［基点（B）/比例（S）/X/Y/Z/旋转（R）/预览比例（PS）/PX/PY/PZ/预览旋转（PR）］：（指定插入点）

命令行：请输入粗糙度的值 <Ra 3.2>：Ra 6.3

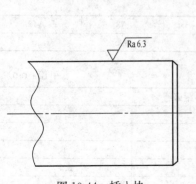

图 10-44　插入块

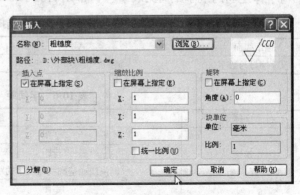

图 10-45　"插入"对话框

10.8 机械工程CAD制图样板图的创建

10.8.1 机械工程CAD制图规则(GB/T 14665—1998)

1. 图线组别

为便于机械工程的CAD制图,将GB/T 17450—1998中所规定的八种线型宽度分为以下几组,如表10-3所示,一般优先采用第四组。

表 10-3 图线宽度

组别	1	2	3	4	5	一般用途
线宽	2.0	1.4	1.0	0.7	0.5	粗实线、粗点画线
/mm	1.0	0.7	0.5	0.35	0.25	细实线、波浪线、双折线、虚线、细点画线、双点画线

2. 图线颜色

屏幕上显示的图线颜色,一般应按表10-4中提供的颜色显示,并要求相同类型的图线采用同样的颜色。

表 10-4 图线颜色

图线类型	屏幕上颜色	图线类型	屏幕上颜色
粗实线		虚线	黄色
细实线		细点画线	红色
波浪线	白色	粗点画线	棕色
双折线		双点画线	粉红

3. 字体相关规定

机械工程的CAD制图所使用的字体,应满足GB/T 13362.4—1992和GB/T 13362.5—1992的要求。数字和字母一般应以斜体输出,汉字一般用正体输出,并采用国家正式公布和推行的简化字。小数点和标点符号(除省略号和破折号为两个字位外)均为一个符号一个字位。字号与图纸幅面之间的选用关系见表10-5;字体的最小字距、行距以及间隔线或基准线与书写字体之间的最小距离见表10-6。常用的文字样式见表10-8。

表 10-5 字号的选择

图纸幅面	A0	A1	A2	A3	A4
汉字字母与数字	5			3.5	

表 10-6 字间距 (单位:mm)

字体	最小距离	
	字距	1.5
汉字	行距	2
	间隔线或基准线与汉字的距离	1
	字距	0.5
字母与数字	词距	1.5
	行距	1
	间隔线或基准线与字母数字的间距	1

10.8.2 机械工程 CAD 制图样板图的创建

1. 样板图的作用

用 AutoCAD 等软件绘制机械工程图样时,应用它所提供的功能与资源,为图样的绘制、设计创造一个初始环境,称为工程图纸的初始化。在绘制机械图样时,由于样板图的使用可以避免许多重复性的工作,提高绘图效率,便于文件的调用和标注,便于图样的标准化,所以在实际绘图过程中,常常将设置的绘图环境创建成样板图,使用时调用即可。要绘制部件的装配图和相关零件图,创建样板图是很有必要的。

2. 样板图的创建内容及步骤

绘制的机械图,应符合机械图样国标(GB)和机械工程 CAD 制图规则 GB/T 14665—1998,下面以制作 A3 图幅的样板图为例,说明样板图的创建内容及步骤。

1) 新建一张图

以缺省方式新建一图形文件,命名为"A3 样板图"。然后进行下面一系列基本的初始化工作。

2) 设置绘图边界

根据 A3 图纸幅面,设置绘图界限。若图纸横放,左下角点为(0,0),右上角点:(420,297)。用 ZOOM 命令 A(All)选项,再打开栅格开关,将该绘图区域全部显示出来。

3) 设置常用的图层

根据 CAD 制图标准,参照表 10-7 所列的至少九个图层和相应的线型建立常用的图层。

表 10-7 常用图层

序号	图层名	线型	颜色	说明
1	粗实线	Continuous	绿	粗实线
2	细实线	Continuous	白	细实线
3	虚线	Acad-iso02w100	黄	虚线
4	点画线	Acad-iso04w100	红	点画线
5	细双点画线	Acad-iso05w100	粉红	细双点画线
6	尺寸标注	Continuous	白	尺寸标注
7	剖面符号	Continuous	白	剖面符号
8	文本(细实线)	Continuous	白	文本(细实线)
9	图框、标题栏	Continuous	绿	图框、标题栏

【注意】 ① 图层名也可以更换为便于区别的其他名字,如"粗实线"可以取名为"csx"层。
② 各层的线宽根据表 10-3 规定选取其中一组。
③ 各种线型的比例值可以根据显示情况进行适当的调整。
④ 当点画线或虚线画长不合适时,可在命令行用 LTSCALE 命令调整。

4) 设置工程图样标注用的字体、字样及字号

根据 CAD 制图标准,参照表 10-8 所列的四种文字样式和相应的字体、字号规定建立常用的文字样式,分别用于尺寸标注、英文和中文书写(如技术要求、剖切平面名称、基准名称等)。

5) 绘制图纸边界、图框和标题栏

绘制图纸边界、图框和标题栏,用设好的文字样式填写标题栏中固定的文字。

表 10-8　字样设置　　　　　　　　　　　　（单位：mm）

字样名	字体		字高	效果		说明
	字体名	字体样式	字高	宽度比例	倾斜角度	
GB3.5	isocp.shx	hztxt.shx	3.5	0.7	0	3.5号字(直体)
GBTXT		(用大字体)	0	1	0	用户可自定义高度(直体)
GBX3.5	gbeitc.shx 或 isocp.shx	(不用大字体)	3.5	1	0 或 15	字母、数字(斜体)
工程图汉字	仿宋 GB2312		5	0.7	0	汉字用(直体)

6) 设置机械图样尺寸标注用的标注样式

AutoCAD 中缺省标注样式为 ISO—25,不符合我国机械制图国家标准中有关尺寸标注的规定。为此,应先设置好标注样式。如果图形简单,尺寸类型单一,设置一种即可;如果图形较复杂,尺寸类型或标注形式变化多样,应设置多种标注样式。

通常,根据机械图尺寸标注的需要,常要建立以下几种:线性标注样式、只有一条尺寸界线的尺寸样式、非圆视图上标注直径的尺寸样式、角度尺寸样式、直径、半径尺寸样式、公差—对称、公差—不对称等标注样式。

7) 高级初始化绘图环境

用"选项"对话框修改系统的一些缺省配置选项,如圆弧显示精度、右键功能、线宽显示比例等,对绘图环境进行高级初始化;还可对常用的辅助绘图模式进行设置,包括栅格间距、对象追踪特征点、角增量等。

8) 保存样板图

用 QSAVE 命令,弹出"图形另存为"对话框,在"保存类型"下拉列表框中选"图形样板文件(*.dwt)"选项,在"保存在"下拉列表中选择"样板"(Template)文件夹。在"文件名"文字编辑框中输入样图名称,如"A3 机械样图"。单击"保存"按钮,弹出"样板说明"对话框,在其中输入一些特征性说明的文字,单击"确定"按钮,即完成该样图的创建,把当前图形存储为 AutoCAD 系统中的样板文件。

如果还想创建 A0、A1 等其他图幅的样板图,在此基础上可以快速创建出来。例如要创建A4 的,只需通过"样板"方式,选取已建好的"A3 机械样图"建一个新图,则新图中包含有"A3 机械样图"的所有信息,这时通过 LIMITS 命令,输入右上角点坐标(297,210),图形界限就变为 A4 的图幅大小(打开栅格即可验证),但其中边框、图框大小仍没改变。此时需用编辑命令SCALE 将它们(不包括标题栏)缩小,即可完成创建。

本 章 小 结

本章只对 AutoCAD 2006 版软件的基本使用方法进行了一般性介绍。主要有 AutoCAD 的绘图界面、有关图标、菜单和命令的含义与用法。重点应掌握绘制一般工程图样常用的命令操作方法。主要包括三个方面。

(1) 绘图前的准备:图形界限、图层、线型、线宽、文字样式、标注样式的设置;

(2) 绘图过程中熟练运用各种命令:如画直线、圆、圆弧、正多边形、剖面线、写多行文字、单行文字等;

（3）运用对象捕捉、阵列、镜像、复制、移动、偏移、修剪、延伸、旋转、缩放、打断、文字编辑等命令加快相同部分图形绘制与图形修改速度。

实践环节是不可缺少的，当读者通过一定学时的上机实践后，应能达到绘制常用工程图样的目的。由于教学内容的限制，没有讲到的命令与操作请查阅相关资料。

思 考 题

1. 简述使用计算机绘图有什么优点。
2. 什么是图层？图层设置与管理的作用是什么？
3. 用计算机绘工程图常用哪些字体、线型？写出它们的名称。
4. 直线与多段线命令有哪些差异？
5. 修剪、删除、打断命令有哪些差异？
6. 单行文字与多行文字有哪些差异？
7. 简述正确标注出一组线性尺寸或角度尺寸应该有哪些操作步骤。

第11章　CAD 三维造型简介

随着计算机可视化技术的发展，CAD 二维绘图已不能满足设计人员的需求，尤其是二维工程图样的非直观性严重制约了现代工程的设计速度，因此，开发并应用 CAD 三维绘图势在必行。在一代又一代科学工作者的努力下，CAD 三维造型技术逐步走向成熟。在 2008 年、2009 年和 2010 年，教育部高等学校工程图学教学指导委员会和中国工程图学学会举办了三次全国大学生先进图形技能与产品造型大赛。特别是在第三届产品信息建模创新大赛中，将传统的 AutoCAD 绘图环节删去，而 CAD 三维造型建模的竞赛时间却由前两届的 2 个小时增加到了 3 个小时。由此可以看出，三维 CAD 造型技术将会越来越受重视。

在现代企业中，产品设计都是采用现代设计方法进行的。现代工程设计方法要求设计的流程为首先进行产品三维造型设计，然后进行相关计算、校核，最后生成二维工程图样。显然，CAD 三维造型技术是工程图学界今后发展的方向之一，必将会逐渐成为现代制图的主要形式。由于篇幅有限，本章仅对三维 CAD 技术进行简单介绍。

11.1　CAD 三维造型技术的发展

自从 1963 年，美国麻省理工学院 Lvan Sutherland 博士首次提出 CAD(Computer Aided Design)的概念以来，随着计算机图形学理论、大规模集成电路、微型计算机的迅猛发展，CAD 应用已相当普遍。他的论文首次提出了计算机图形学、交互技术及图形符号的存储采用分层的数据结构等思想，为 CAD 提供了理论基础，这些基本理论和技术至今仍然是 CAD 技术的基础。CAD 指使用计算机系统进行设计的全过程，包括资料检索、方案构思、零件造型、工程分析、工程制图、文档编制等。在设计的各个阶段计算机都能发挥它的辅助作用，因此 CAD 概念一经产生，就成为一门新兴的学科，引起了工程界的关注与支持，迅速得到发展并日益地完善起来。

CAD 造型技术的发展主要经历了以下四个阶段。

(1) 二维绘图技术：CAD 技术起步于 20 世纪 50 年代后期，当时 CAD 技术的出发点是用传统的三视图方法来表达零件，以图纸为媒介进行技术交流，即二维计算机绘图技术。

(2) 造型技术：20 世纪 60 年代末，出现了线框式系统的三维 CAD 系统，其只能表达基本的几何信息，不能表达几何数据间的拓扑关系，缺乏形体的表面信息。70 年代，随着飞机和汽车工业的蓬勃发展以及贝赛尔算法的提出，开发出以表面模型为特点的自由曲面建模方法，推出了曲面造型系统 CATIA，标志着计算机辅助设计技术革新从单纯模仿工程图纸的三视图模式解放出来，首次实现以计算机完整描述产品零件的主要信息，同时也使得 CAM 技术的开发有了现实的基础。

(3) 实体造型技术：针对表面模型技术只能表达形体的表面信息，难以表达零件的其他特性(如质量、重心、惯性矩等)和对 CAE 不利(特别是分析的前处理特别困难)等问题，SDRC 公司于 1979 年发布了完全基于实体造型技术的 CAD/CAM 软件——I-DEAS。由于实体造型技术能够精确表达零件的全部属性，在理论上有助于统一 CAD/CAE/CAM 的模型表达。

(4) 基于约束的实体造型技术:其主要表现为 20 世纪 90 年代以来以 PTC 公司(Parametric Technology Corporation，PTC)的 Pro/ENGINEER 为代表的参数化造型理论和以 SDRC 公司的 I-DEAS 为代表的变量化造型理论，形成了基本特征的实体建模技术。参数化技术的主要技术特点是基于特征、全尺寸约束、尺寸驱动设计修改、全数据相关。变量化技术保留了参数化技术的基本特征、尺寸驱动设计修改、全数据相关的优点，而将约束分为形状约束和尺寸约束。

11.2　常用三维软件概述

CAD/CAM 技术经过几十年的发展，先后走过大型机、小型机、工作站、微机时代，每个时代都有当时流行的 CAD/CAM 软件。现在，工作站和微机平台 CAD/CAM 软件已经占据主导地位，并且出现了一批比较优秀、比较流行的商品化软件。

11.2.1　Unigraphics(UG)

UG 是 Unigraphics Solutions 公司的拳头产品。该公司首次突破传统 CAD/CAM 模式，为用户提供一个全面的产品建模系统。在 UG 中，优越的参数化和变量化技术与传统的实体、线框和表面功能结合在一起，这一结合被实践证明是强有力的，并被大多数 CAD/CAM 软件商所采用。

UG 最早应用于美国麦道飞机公司。它是从二维绘图、数控加工编程、曲面造型等功能发展起来的软件。20 世纪 90 年代初，美国通用汽车公司选中 UG 作为全公司的 CAD/CAE/CAM/CIM 主导系统，这进一步推动了 UG 的发展。1997 年 10 月 Unigraphics Solutions 公司与 Intergraph 公司签约，合作了后者的机械 CAD 产品，将微机版的 Solid Edge 软件统一到 Parasolid 平台上。由此形成了一个从低端到高端，兼有 Unix 工作站和 WindowsNT 微机版的较完善的企业级 CAD/CAE/CAM/PDM 集成系统。

11.2.2　Pro/ENGINEER

Pro/ENGINEER 系统是美国参数公司的产品，PTC 公司提出的单一数据库、参数化、基于特征、全相关的概念改变了机械 CAD/CAE/CAM 的传统观念，这种全新的概念已成为当今世界机械 CAD/CAE/CAM 领域的新标准。利用该概念开发出来的第三代机械 CAD/CAE/CAM 产品 Pro/ENGINEER 软件能将设计至生产全过程集成到一起，让所有的用户能够同时进行统一产品的设计制造工作，即实现所谓的并行工程。Pro/ENGINEER 系统主要功能如下:真正的全相关性，任何地方的修改都会自动反映到所有相关地方;具有真正管理并发进程、实现并行工程的能力;具有强大的装配功能，能够始终保持设计者的设计意图;容易使用，可极大地提高设计效率。

Pro/ENGINEER 系统用户界面简洁，概念清晰，符合工程人员的设计思想与习惯。整个系统建立在统一的数据库上，具有完整而统一的模型。Pro/ENGINEER 建立在工作站上，系统独立于硬件，便于移植。

11.2.3　CAXA 实体设计

CAXA 实体设计专注于产品创新工程，为用户提供三维创新设计的 CAD 平台，支持概念设计、总体设计、详细设计、工程设计、分析仿真、数控加工的应用需求,已成为企业加快产品上市与更新速度、赢取国际化市场先机的核心工具。它在提供了通常的参数化设计的同时,将类似 Windows 中的拖放操作方法加以扩展,提供了一种全新的三维环境中的拖放设计操作方法。这种设计方法在三维创新设计中比任何其他系统更容易使用,可以使用户工作效率大大提高。CAXA 实体设计可以使用户更快、更方便地进行创新设计。CAXA 实体设计以其操作简单、修改灵活快捷、结果表现丰富等诸多特点赢得越来越多的中国企业设计人员的认可,广泛应用于机械设计和制造领域。

11.2.4　Autodesk Inventor

Autodesk Inventor 是美国 Autodesk 公司于 1999 年底推出的最新三维参数化实体模拟软件。与其他同类产品相比,Inventor 在用户界面简单、三维运算速度和着色功能方面有突破的进展。Inventor 建立在 ACIS 三维实体模拟核心之上。Inventor 大量简化了用户界面和缩短了学习周期,而且大大加快了运算和着色速度。另外,Inventor 还具有简单的模拟运动功能和以 ANSYS 为计算内核的应力分析模块等。

11.2.5　SolidWorks

SolidWorks 软件是 SolidWorks 公司 1995 年推出的一套三维机械设计软件。Solid-Works 软件是世界上第一个基于 Windows 开发的三维 CAD 系统,由于技术创新符合 CAD 技术的发展潮流和趋势,SolidWorks 公司于两年间成为 CAD/CAM 产业中获利最高的公司。良好的财务状况和用户支持使得 SolidWorks 每年都有数十乃至数百项的技术创新,公司也获得了很多荣誉。该系统在 1995~1999 年获得全球微机平台 CAD 系统评比第一名;从 1995 年至今,已经累计获得 17 项国际大奖,其中仅从 1999 年起,美国权威的 CAD 专业杂志 CA-DENCE 连续四年授予 SolidWorks 最佳编辑奖,以表彰 SolidWorks 的创新、活力和简明。至此,SolidWorks 所遵循的易用、稳定和创新三大原则得到了全面地落实和证明,使用它,设计师大大地缩短了设计时间,产品快速、高效地投向了市场。功能强大、易学易用和技术创新是 SolidWorks 的三大特点,使得 SolidWorks 成为领先的、主流的三维 CAD 解决方案。

SolidWorks 2008 提供了一种快速预览三维轻量化模型的技术,使得大装配模型的显示速度进一步提高。同时,支持在设计界面下的真三维显示效果,达到了以往专门的三维渲染软件的显示效果。能够方便地编辑大装配件,可以便捷地从大装配件中选取一部分零部件进行显示、编辑,进行运动仿真。而且可以方便地生成工程图,不需要单独用二维软件绘制。学习使用 SolidWorks 软件可以满足一般的设计需求,也有助于以后使用其他大型的 CAD 软件。

11.3　SolidWorks 三维建模基础

本书以 SolidWorks 2008 为例,简要介绍一下 SolidWorks 的内容及使用该软件进行三维建模的思路和方法。有关 SolidWorks 的详细讲解可查阅 SolidWorks 教程或相关参考书。

11.3.1　SolidWorks 三维建模的基本概念

三维 CAD 软件众多,其设计风格和核心算法有所不同,但三维建模的思路和方法基本相同。类似于前面工程制图中的形体分析法,三维建模的基本思路也是将复杂形体分解为若干简单部分,然后利用三维软件所带的特征工具(如拉伸、旋转、扫描、放样等)和基准等,像搭积木一样将复杂零件的各个部分搭建起来。下面简要介绍一下 SolidWorks 三维建模的几个基本概念。

1. 特征

特征的堆积可以形成不同的组合体。在组合体的分析中,对复杂组合体利用形体分解的方法,将它们分解为许多结构简单、特征单一的立体。而这些立体可以利用特征工具生成,这样生成的每一个立体就是一个特征,例如拉伸特征、扫描特征等。最后把这些结构简单、特征单一的立体(特征)按照投影和国家标准的相关规定进行堆砌组合,并解决相贯线的问题,就能形成需要的组合体。

需要说明的是除倒角、壳等附加特征以外,拉伸、旋转、扫描、放样等基本特征都必须由一个或多个草图生成,而草图的绘制又必须在一个平面上进行,所以要先给出绘制草图的平面。

2. 草图

拉伸、旋转、扫描、放样等基本特征基本上都使用了工程制图中的特征视图的概念。草图的绘制和特征视图的绘制非常相似,对这些草图进行一定的操作就可以生成一个特征。三维设计中,一般先绘制出最能表达零件形状的特征,在此基础上再绘制其他特征,而这些特征的绘制都基于草图的绘制。可见,三维造型的实质就是在特定的平面上绘制草图,并用特征工具生成实体。

SolidWorks 中的草图绘制与 AutoCAD 中二维工程图的绘制在概念上和操作上都有所不同。在绘制 SolidWorks 中的草图时不需要严格确定草图的形状和大小,而是在初步绘制的草图中添加形状约束、位置约束和尺寸约束,从而使草图达到预期的形状。这些草图可随时进行修改编辑,即使是在生成特征后,草图的改变也将驱动特征的改变。因此,在三维设计中,可以通过改变草图来改变特征,操作比较方便。

草图的绘制必须在一个平面上进行,SolidWorks 中默认的三个基准面分别为前视基准面、上视基准面、右视基准面。在有了一个特征之后,可以在该特征的一个平面上进行其他的草图的绘制。如果该特征的表面不能满足位置要求,就必须在相关位置建立新的基准面。

3. 基准面、基准轴、基准点

基准面不仅仅是草图的载体,在特征造型的过程中也会用到一些辅助平面,如拉伸特征的终止面,镜向特征的镜向面等。

基准轴和基准点用的相对较少,基准轴常用来绘制有对称特征的草图或作为组装装配体的辅助线;基准点常作为旋转时的中心点,复制、缩放时的基准点。

基准面、基准轴、基准点在绘制草图时不可或缺,在建立特征时作为对称面、终止面、旋转轴、镜向点也起着极其重要的作用。

建立基准面、基准轴、基准点的原理很简单,通过原始坐标系和已建的特征的点、线、面,来确定所需的基准面的初位置。在建立新基准时,新基准与已有基准的位置关系可由尺寸驱动。

4. 装配体

装配体是在一个 SolidWorks 文件中二个或多个零件(也称为零部件)的组合,零件的位置、组合方式可以通过配合来约束。

在 SolidWorks 中,当生成新零件时,可以直接参考其他零件并保持这种参考关系。在装配的环境里,可以方便地设计和修改零部件。

SolidWorks可以动态地查看装配体的所有运动,并且可以对运动的零部件进行动态的干涉检查和间隙检测。用智能零件技术自动完成重复设计。智能零件技术是一种崭新的技术,用来完成诸如将一个标准的螺栓装入螺孔中,而同时按照正确的顺序完成垫片和螺母的装配。

5.工程图

SolidWorks提供了生成完整的、车间认可的详细工程图的工具。工程图是全相关的,当修改图纸时,三维模型、各个视图、装配体都会自动更新。

使用RapidDraft技术,可以将工程图与三维零件和装配体脱离,进行单独操作,以加快工程图的操作,但保持与三维零件和装配体的全相关。利用交替位置显示视图能够方便地显示零部件的不同的位置,以便了解运动的顺序。

SolidWorks中可以导入AutoCAD文件并对其进行编辑修改;可以转换AutoCAD工程图到三维,轻松创建三维模型;更可以由三维模型快速生成工程图。包括多个视图、尺寸标注和文本丰富的注解,单击一下便可生成整个项目的材料明细表,其中列出多种配置的零件数量。自动为工程视图中的每个零部件添加零件序号,轻松控制方向和对齐。

11.3.2 SolidWorks 基本界面

双击桌面上的SolidWorks 2008快捷方式,进入程序界面,在标准工具栏上选择"文件"→"新建"命令,可以看到如图11-1所示的窗口。

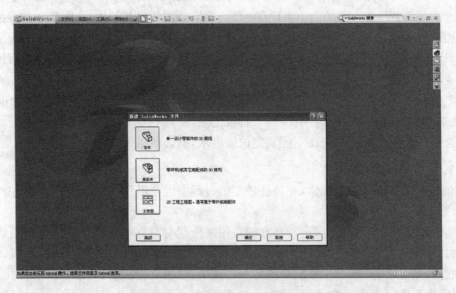

图 11-1 新建文件模板选择界面

"新建SolidWorks文件"窗口显示可以创建的模板,包括零件、装配体、工程图等。选择零件模板即可进行零件造型设计。

11.3.3 SolidWorks 零件设计

一个SolidWorks零件的创建总是从一个基于草图的特征开始。创建一个SolidWorks零件时,在"新建SolidWorks文件"窗口选择"零件"并单击"确定"按钮,则进入新零件窗口。

SolidWorks 用户界面包括面向任务的工具面板、工具栏、系统菜单和设计树管理栏等,如图 11-2 所示。具有 Windows 特点的多文档界面可以打开一个或多个文档,用户界面会随着打开文档的不同而不同。

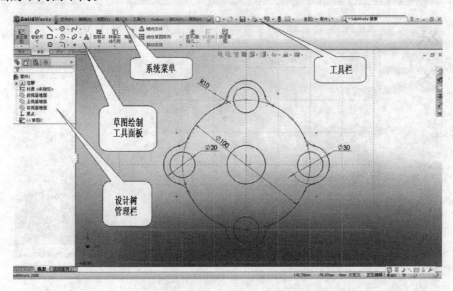

图 11-2   SolidWorks 零件设计草图绘制界面

在草图绘制面板中,从左至右依次有退出草图、智能尺寸、草图绘制命令栏、剪裁实体等相关命令,其他相关命令可在工具栏区域右击弹出的快捷菜单中找到。SolidWorks 使用智能的草绘导航器,可以方便地进行草绘设计,包括动态智能捕捉端点、中点、圆心、切点等特殊点,自动添加草图约束,支持关联的草图投影、绘制多边形、阵列草图、镜像草图等功能。

完成草图绘制后,选择"退出草图"菜单项或者单击"特征"直接进入特征设计界面,工作窗口会自动切换到特征设计工具面板,如图 11-3 所示。

图 11-3   SolidWorks 零件设计特征造型界面

特征造型工作面板从左到右列出了基础特征、参考几何体、曲线等一系列工具,单击相应的工具会出现与之对应的对话框,根据该特征的条件,对话框提示相应的选择和参数输入,如图 11-4 所示是拉伸特征的编辑界面。

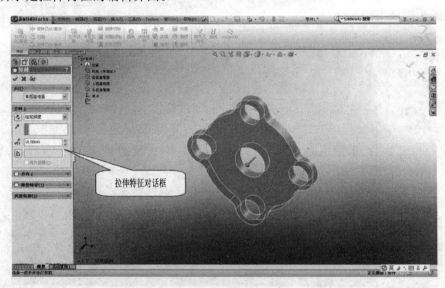

图 11-4　拉伸特征界面

11.3.4　SolidWorks 造型设计实例

图 11-5 所示为第二届全国大学生先进图形技能大赛的手工绘图零件的三维实体,通过这个实体的造型过程可以对 SolidWorks 软件的设计思路有基本的了解。

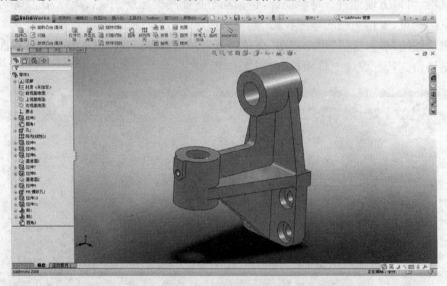

图 11-5　零件构型分析

1. 零件构型分析

首先需要对设计造型的实体进行分析,孔板上有两个圆角和四个阶梯孔,这些次要特征不要在孔板的草绘中出现,而是在等孔板特征完成之后再加上的。

上板和侧板可以通过拉伸操作来完成,两个圆筒及凸台的结构是通过拉伸或拉伸切除操作来完成的。

螺纹孔是通过异形孔向导添加的;肋板是通过筋的特征完成的。

2. 零件造型过程

以下是该零件的造型过程。

(1) 孔板的造型。新建零件,单击"草图绘制"并任意选择一个草绘基准面进行草绘。

单击矩形绘制工具,绘制矩形。选择"智能尺寸"添加尺寸 55、58 和 29,草图被尺寸约束。

选择"退出草绘"或单击绘图界面右上角完成草绘的图标结束草图绘制,单击"特征选项",系统自动切换到特征造型工具面板,选择"拉伸凸台/基体",系统自动选择草图中唯一的封闭区域(也可以手动选择一个或多个区域)。在拉伸对话框的距离栏中输入拉伸距离 10,绘图区域出现拉伸预览,如图 11-6 所示。单击绘图界面右上角的完成图标完成拉伸操作。

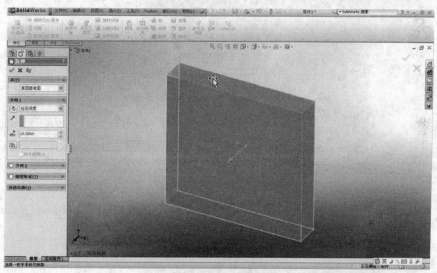

图 11-6 "拉伸"特征造型

孔板拉伸特征完成后,在特征工具面板选择"圆角"特征工具,输入圆角半径 10,选择孔板上需要添加圆角的两条边线,打开完整预览,效果如图 11-7 所示。单击完成图标完成圆角特征操作。

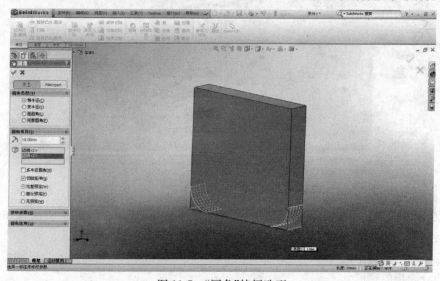

图 11-7 "圆角"特征造型

孔特征是通过异形孔向导添加的。在特征工具面板选择"异形孔向导"特征工具,选择需要添加的孔类型并设置孔的相关参数,单击"位置"选项卡,在需要添加孔特征的表面单击即可将孔特征置于该表面,并给出如图 11-8 所示的位置约束即可。也可以通过"智能尺寸"添加尺寸约束来定位孔。单击完成图标结束该操作。

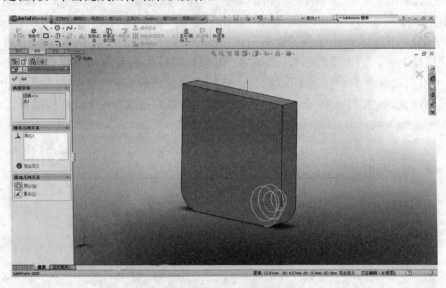

图 11-8 "异形孔向导"特征造型

单击"线性阵列"特征工具并设置好相关参数,如图 11-9 所示,单击完成图标结束阵列操作。

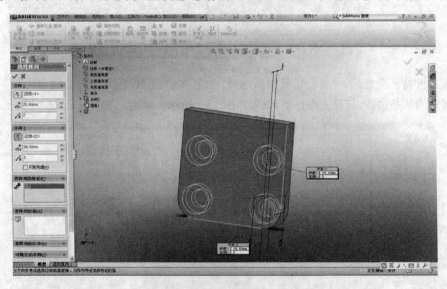

图 11-9 "线性阵列"特征造型

(2)侧板的造型。以同样的方式在孔板的上表面绘制草图,此时的草图需要相对于孔板轮廓约束定位,草绘中的多余线条用"剪切实体"剪除。如图 11-10 所示。

单击特征工具栏里的"拉伸凸台/基体"特征工具,反向拉伸完成该部分。以同样的方式完成另一部分侧板的建模。

(3)上板的造型。方式同侧板。建模完成后效果如图 11-11 所示。

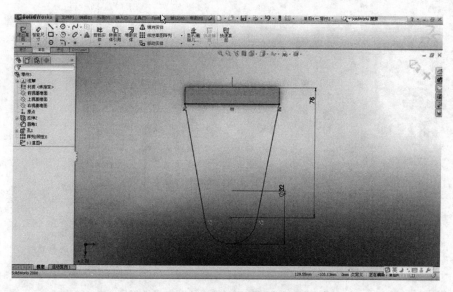

图 11-10　草图绘制及其精确定位

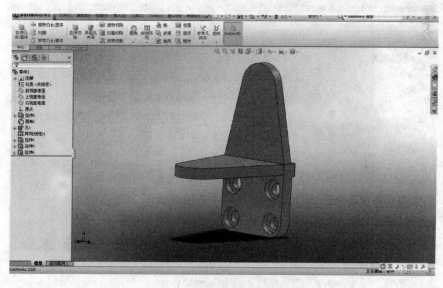

图 11-11　侧板和上板完成效果图

（4）侧板上圆筒、凸台及螺纹孔的造型。首先要创建绘图基准面1，单击"参考几何体"下拉菜单中的"基准面"选项卡，设置参考面及相关参数完成基准面的创建。在创建的基准面上绘制草图并完成圆筒特征操作。创建基准面2并完成凸台的实体造型。通过异形孔向导完成螺纹孔特征。

（5）上板上圆筒的造型。方法与侧板上圆筒特征类似。完成后效果如图 11-12 所示。

（6）加强筋特征。选择筋的草绘平面并完成草绘。选择"特征"工具栏里的"筋"特征完成筋的创建，如图 11-13 所示。筋的草图为一条边线。绘制草图时可以直接选择已创建特征的边线作为定位的基准。

因为两边的加强筋形成方向相互干扰，两边的加强筋需要分两次完成创建。完成筋特征的效果如图 11-14 所示。

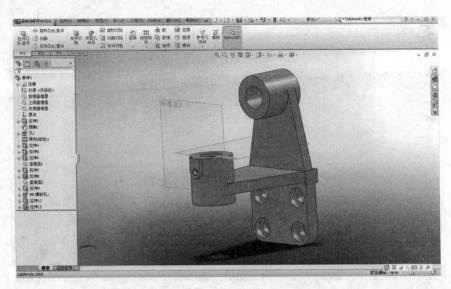

图 11-12 圆筒、凸台及螺纹孔完成效果图

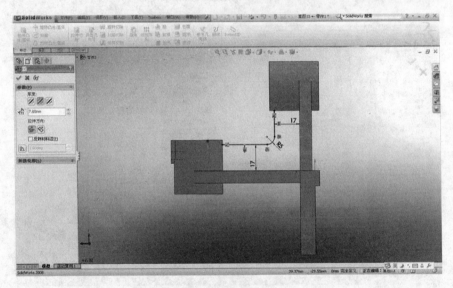

图 11-13 添加"筋"特征

（7）圆角特征。单击"特征"工具栏里的"圆角"特征，选择需要倒圆角的边线完成圆角特征。至此，整个零件的造型已完成，整体效果如图 11-14 所示。

11.3.5 零件的虚拟装配和爆炸图

在机械设计中，大多数的产品都不是由单一的零件组成的，需要许多零件装配而成。例如，简单的螺栓与螺母紧固件、柱塞泵、减速器、轴承等，在 SolidWorks 中可以生成由许多零部件组成的复杂装配体。装配体的零部件可以是一个个独立的零件，也可以包括独立的零件和子装配体。如图 11-15 所示为球阀的装配体。

出于制造目的，经常需要分离装配体中的零部件，以形象地分析它们之间的相互关系。装配体的爆炸视图，可以分离其中的零部件以便查看装配体。

如图 11-16 所示为球阀的爆炸图。

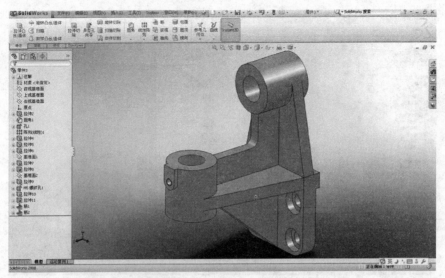

图 11-14 "筋"特征完成效果图

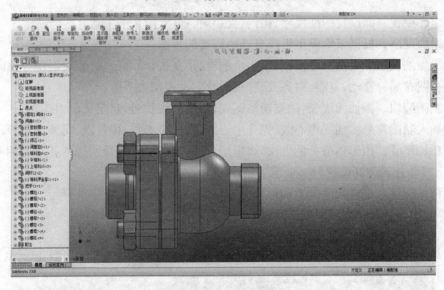

图 11-15 球阀装配体

11.3.6 工程图的生成

使用 SolidWorks 进行产品设计,设计人员不仅能体会到 SolidWorks 强大的建模功能和虚拟装配功能,而且还可以感受到该软件工程图操作的灵活性。SolidWorks 可以将其生成的工程图输出为 DWG 格式文件,实现和 AutoCAD 文件的互导。

工程图是三维产品设计过程中的一个重要阶段,也是三维产品设计过程中重点关注的一个内容。通过深入地学习 SolidWorks 可以高效地建立完美的符合国家标准要求的 Solid-Works 工程图。

现阶段,符合国家标准的二维工程图仍然是表达和传递产品信息的主要媒介。Solid-Works 的工程图实际是对 SolidWorks 中建立的三维模型在平面上的一种特殊显示方式。

SolidWorks 二维工程图建立的一般过程如下:

(1) 建立模型。根据实际情况建立三维模型,为生成工程图做准备。

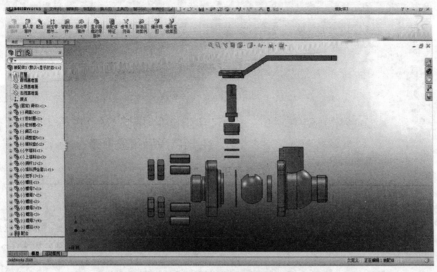

图 11-16　球阀爆炸图

（2）建立模板。即设置图纸尺寸、比例、投影角、字体、箭头等参数。

（3）添加视图。根据三维模型生成自己所需要的视图。

（4）添加剖视图。根据三维模型，生成全剖视、半剖视、局部剖视、旋转剖视等视图。

（5）视图布局。移动、复制、对齐、删除视图及定义视图边界等。

（6）视图编辑。添加图线、删除或隐藏图线，修改剖视符号，自定义剖面线等。

（7）插入制图符号。插入中心线、螺孔中心线、圆柱中心线、偏置点、交叉符号等。

（8）添加尺寸。用形体分析的方法，将模型分成若干基本体，分别选择各对应的基本体的特征，插入尺寸并调整其位置。

（9）图纸标注。标注尺寸公差和形位公差，插入表面粗糙度、文字注释等。

（10）完成表格。建立材料明细表，填写标题栏等。

图 11-17 为 11.3.4 三维实体造型对应的工程图。

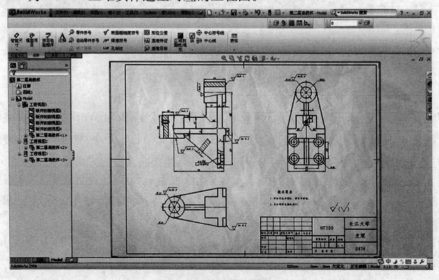

图 11-17　支架工程图

本 章 小 结

本章介绍了CAD三维造型技术的发展及常用的三维软件,并以SolidWorks2008为例,对SolidWorks的内容及三维建模的思路和方法作了简要介绍,主要包括零件特征造型、虚拟装配与爆炸图及工程图的生成。由于篇幅有限,关于SolidWorks软件的详细讲解可以参阅帮助文件或者相关参考书。

思 考 题

1. 有哪些常用三维软件?
2. SolidWorks有哪些常用的特征工具?
3. 结合本章零件建模实例,重新建模该零件。
4. 有了三维模型为什么还要生成工程图?

参 考 文 献

何铭新,钱可强. 2004. 机械制图. 5 版. 北京:高等教育出版社

焦永和. 2001. 机械制图. 北京:北京理工大学出版社

李玉菊,张东梅. 2009. 工程制图. 北京:科学出版社

刘朝儒,吴志军,高政一,等. 2006. 机械制图. 5 版. 北京:高等教育出版社

刘荣珍,程耀东. 2008. 机械制图. 北京:科学出版社

吕金铎. 1999. 看机械图十讲. 2 版. 北京:机械工业出版社

唐克中,朱同钧. 2002. 画法几何及工程制图. 3 版. 北京:高等教育出版社

杨裕根,诸世敏. 2008. 现代工程图学. 3 版. 北京:北京邮电大学出版社

附　录

一、极限与配合

1. 标准公差数值(摘自 GB/T 1800.3—1998)

附　表　1

基本尺寸/mm		标准公差等级																		
大于	至	IT01	IT0	IT1	IT2	IT3	IT4	IT5	IT6	IT7	IT8	IT9	IT10	IT11	IT12	IT13	IT14	IT15	IT16	IT17	IT18
		μm													mm						
—	3	0.3	0.5	0.8	1.2	2	3	4	6	10	14	25	40	60	0.1	0.14	0.25	0.4	0.6	1	1.4
3	6	0.4	0.6	1	1.5	2.5	4	5	8	12	18	30	48	75	0.12	0.18	0.3	0.48	0.75	1.2	1.8
6	10	0.4	0.6	1	1.5	2.5	4	6	9	15	22	36	58	90	0.15	0.22	0.36	0.58	0.9	1.5	2.2
10	18	0.5	0.8	1.2	2	3	5	8	11	18	27	43	70	110	0.18	0.27	0.43	0.7	1.1	1.8	2.7
18	30	0.6	1	1.5	2.5	4	6	9	13	21	33	52	84	130	0.21	0.33	0.52	0.84	1.3	2.1	3.3
30	50	0.6	1	1.5	2.5	4	7	11	16	25	39	62	100	160	0.25	0.39	0.62	1	1.6	2.5	3.9
50	80	0.8	1.2	2	3	5	8	13	19	30	46	74	120	190	0.3	0.46	0.74	1.2	1.9	3	4.6
80	120	1	1.5	2.4	4	6	10	15	22	35	54	87	140	220	0.35	0.54	0.84	1.4	2.2	3.5	5.4
120	180	1.2	2	3.5	5	8	12	18	25	40	63	100	160	250	0.4	0.63	1	1.6	2.5	4	6.3
180	250	2	3	4.5	7	10	14	20	29	46	72	115	185	290	0.46	0.72	1.15	1.85	2.9	4.6	7.2
250	315	2.5	4	6	8	12	16	23	32	52	81	130	210	320	0.52	0.81	1.3	2.1	3.2	5.2	8.1
315	400	3	5	7	9	13	18	25	36	57	89	140	230	360	0.57	0.89	1.4	2.3	3.6	5.7	8.9
400	500	4	6	8	10	15	20	27	40	63	97	155	250	400	0.63	0.97	1.55	2.5	4	6.3	9.7
500	630	4.5	6	9	11	16	22	32	44	70	110	175	280	440	0.7	1.1	1.75	2.8	4.4	7	11
630	800	5	7	10	13	18	25	36	50	80	125	200	320	500	0.8	1.25	2	3.2	5	8	12.5
800	1000	5.5	8	11	15	21	28	40	56	90	140	230	360	560	0.9	1.4	2.3	3.6	5.6	9	14
1000	1250	6.5	9	13	18	24	33	47	66	105	165	260	420	660	1.05	1.65	2.6	4.2	6.6	10.5	16.5
1250	1600	8	11	15	21	29	39	55	78	125	195	310	500	80	1.25	1.95	3.1	5	7.8	12.5	19.5
1600	2000	9	13	18	25	35	46	65	92	150	230	370	600	920	1.5	2.3	3.7	6	9.2	15	23

注:基本尺寸小于 1mm 时,无 IT14~IT18。

2. 优先配合中轴的极限偏差（摘自 GB/T 1800.4—1999）

附 表 2 （单位：μm）

基本尺寸/mm 大于	至	c11	d9	f7	f8	g6	g7	h6	h7	h8	h9	h11	k6	k7	n6	p6	s6	u6
—	3	-60/-120	-20/-45	-6/-16	-6/-20	-2/-8	-2/-12	0/-6	0/-10	0/-14	0/-25	0/-60	+6/0	+10/0	+10/+4	+12/+6	+20/+14	+24/+18
3	6	-70/-145	-30/-60	-10/-22	-10/-28	-4/-12	-4/-16	0/-8	0/-12	0/-18	0/-30	0/-75	+9/+1	+13/+1	+16/+8	+20/+12	+27/+19	+31/+23
6	10	-80/-170	-40/-76	-13/-28	-13/-35	-5/-14	-5/-20	0/-9	0/-15	0/-22	0/-36	0/-90	+10/+1	+16/+1	+19/+10	+24/+15	+32/+23	+37/+28
10	14	-95/-205	-50/-93	-16/-34	-16/-43	-6/-17	-6/-24	0/-11	0/-18	0/-27	0/-43	0/-110	+12/+1	+19/+1	+23/+12	+29/+18	+39/+28	+44/+33
14	18	-95/-205	-50/-93	-16/-34	-16/-43	-6/-17	-6/-24	0/-11	0/-18	0/-27	0/-43	0/-110	+12/+1	+19/+1	+23/+12	+29/+18	+39/+28	+44/+33
18	24	-110/-240	-65/-117	-20/-41	-20/-53	-7/-20	-7/-28	0/-13	0/-21	0/-33	0/-52	0/-130	+15/+2	+23/+2	+28/+15	+35/+22	+48/+35	+54/+41
24	30	-110/-240	-65/-117	-20/-41	-20/-53	-7/-20	-7/-28	0/-13	0/-21	0/-33	0/-52	0/-130	+15/+2	+23/+2	+28/+15	+35/+22	+48/+35	+61/+48
30	40	-120/-280	-80/-142	-25/-50	-25/-64	-9/-25	-9/-34	0/-16	0/-25	0/-39	0/-62	0/-160	+18/+2	+27/+2	+33/+17	+42/+26	+59/+43	+76/+60
40	50	-130/-290	-80/-142	-25/-50	-25/-64	-9/-25	-9/-34	0/-16	0/-25	0/-39	0/-62	0/-160	+18/+2	+27/+2	+33/+17	+42/+26	+59/+43	+86/+70
50	65	-140/-330	-100/-174	-30/-60	-30/-76	-10/-29	-10/-40	0/-19	0/-30	0/-46	0/-74	0/-190	+21/+2	+32/+2	+39/+20	+51/+32	+72/+53	+106/+87
65	80	-150/-340	-100/-174	-30/-60	-30/-76	-10/-29	-10/-40	0/-19	0/-30	0/-46	0/-74	0/-190	+21/+2	+32/+2	+39/+20	+51/+32	+78/+59	+121/+102
80	100	-170/-390	-120/-207	-36/-71	-36/-90	-12/-34	-12/-47	0/-22	0/-35	0/-54	0/-87	0/-220	+25/+3	+38/+3	+45/+23	+59/+37	+93/+71	+146/+124
100	120	-180/-400	-120/-207	-36/-71	-36/-90	-12/-34	-12/-47	0/-22	0/-35	0/-54	0/-87	0/-220	+25/+3	+38/+3	+45/+23	+59/+37	+101/+79	+166/+144
120	140	-200/-450	-145/-245	-43/-83	-43/-106	-14/-39	-14/-54	0/-25	0/-40	0/-63	0/-100	0/-250	+28/+3	+43/+3	+52/+27	+68/+43	+117/+92	+195/+170
140	160	-210/-460	-145/-245	-43/-83	-43/-106	-14/-39	-14/-54	0/-25	0/-40	0/-63	0/-100	0/-250	+28/+3	+43/+3	+52/+27	+68/+43	+125/+100	+215/+190
160	180	-230/-480	-145/-245	-43/-83	-43/-106	-14/-39	-14/-54	0/-25	0/-40	0/-63	0/-100	0/-250	+28/+3	+43/+3	+52/+27	+68/+43	+133/+108	+235/+210
180	200	-240/-530	-170/-285	-50/-96	-50/-122	-15/-44	-15/-61	0/-29	0/-46	0/-72	0/-115	0/-290	+33/+4	+50/+4	+60/+31	+79/+50	+151/+122	+265/+236
200	225	-260/-550	-170/-285	-50/-96	-50/-122	-15/-44	-15/-61	0/-29	0/-46	0/-72	0/-115	0/-290	+33/+4	+50/+4	+60/+31	+79/+50	+159/+130	+287/+258
225	250	-280/-570	-170/-285	-50/-96	-50/-122	-15/-44	-15/-61	0/-29	0/-46	0/-72	0/-115	0/-290	+33/+4	+50/+4	+60/+31	+79/+50	+169/+140	+313/+284
250	280	-300/-620	-190/-320	-56/-108	-56/-137	-17/-49	-17/-69	0/-32	0/-52	0/-81	0/-130	0/-320	+36/+4	+56/+4	+66/+34	+88/+56	+190/+158	+347/+315
280	315	-330/-650	-190/-320	-56/-108	-56/-137	-17/-49	-17/-69	0/-32	0/-52	0/-81	0/-130	0/-320	+36/+4	+56/+4	+66/+34	+88/+56	+202/+170	+382/+350
315	355	-360/-720	-210/-350	-62/-119	-62/-151	-18/-54	-18/-75	0/-36	0/-57	0/-89	0/-140	0/-360	+40/+4	+61/+4	+73/+37	+98/+62	+226/+190	+426/+390
355	400	-400/-760	-210/-350	-62/-119	-62/-151	-18/-54	-18/-75	0/-36	0/-57	0/-89	0/-140	0/-360	+40/+4	+61/+4	+73/+37	+98/+62	+244/+208	+471/+435
400	450	-440/-840	-230/-385	-68/-131	-68/-165	-20/-60	-20/-83	0/-40	0/-63	0/-97	0/-155	0/-400	+45/+5	+68/+5	+80/+40	+108/+68	+272/+232	+530/+490
450	500	-480/-880	-230/-385	-68/-131	-68/-165	-20/-60	-20/-83	0/-40	0/-63	0/-97	0/-155	0/-400	+45/+5	+68/+5	+80/+40	+108/+68	+292/+252	+580/+540

3. 优先配合中孔的极限偏差(摘自 GB/T 1800.4—1999)

附　表　3

（单位：μm）

| 基本尺寸/mm | | 公差带 | | | | | | | | | | | | |
大于	至	C 11	D 9	F 8	G 7	H 7	H 8	H 9	H 11	K 7	N 7	P 7	S 7	U 7
—	3	+120 / +60	+45 / +20	+20 / +6	+12 / +2	+10 / 0	+14 / 0	+25 / 0	+60 / 0	0 / -10	-4 / -14	-6 / -16	-14 / -24	-18 / -28
3	6	+145 / +70	+60 / +30	+28 / +10	+16 / +4	+12 / 0	+18 / 0	+30 / 0	+75 / 0	+3 / -9	-4 / -16	-8 / -20	-15 / -27	-19 / -31
6	10	+170 / +80	+76 / +40	+35 / +13	+20 / +5	+15 / 0	+22 / 0	+36 / 0	+90 / 0	+5 / -10	-4 / -19	-9 / -24	-17 / -32	-22 / -37
10	14	+205 / +95	+93 / +50	+43 / +16	+26 / +4	+18 / 0	+27 / 0	+43 / 0	+110 / 0	+6 / -12	-5 / -23	-11 / -29	-21 / -39	-26 / -44
14	18	+205 / +95	+93 / +50	+43 / +16	+26 / +4	+18 / 0	+27 / 0	+43 / 0	+110 / 0	+6 / -12	-5 / -23	-11 / -29	-21 / -39	-26 / -44
18	24	+240 / +110	+117 / +65	+53 / +20	+28 / +7	+21 / 0	+33 / 0	+52 / 0	+130 / 0	+6 / -15	-7 / -28	-14 / -35	-27 / -48	-33 / -54
24	30	+240 / +110	+117 / +65	+53 / +20	+28 / +7	+21 / 0	+33 / 0	+52 / 0	+130 / 0	+6 / -15	-7 / -28	-14 / -35	-27 / -48	-40 / -61
30	40	+280 / +120	+142 / +80	+64 / +25	+34 / +9	+25 / 0	+39 / 0	+62 / 0	+160 / 0	+7 / -18	-8 / -33	-17 / -42	-34 / -59	-51 / -76
40	50	+280 / +120	+142 / +80	+64 / +25	+34 / +9	+25 / 0	+39 / 0	+62 / 0	+160 / 0	+7 / -18	-8 / -33	-17 / -42	-34 / -59	-61 / -86
50	65	+330 / +140	+174 / +100	+76 / +30	+40 / +10	+30 / 0	+46 / 0	+74 / 0	+190 / 0	+ / -21	-9 / -39	-21 / -51	-42 / -72	-76 / -106
65	80	+340 / +150	+174 / +100	+76 / +30	+40 / +10	+30 / 0	+46 / 0	+74 / 0	+190 / 0	+ / -21	-9 / -39	-21 / -51	-48 / -78	-91 / -121
80	100	+390 / +170	+207 / +120	+90 / +36	+47 / +12	+35 / 0	+54 / 0	+87 / 0	+220 / 0	+10 / -25	-10 / -45	-24 / -59	-58 / -98	-111 / -146
100	120	+400 / +180	+207 / +120	+90 / +36	+47 / +12	+35 / 0	+54 / 0	+87 / 0	+220 / 0	+10 / -25	-10 / -45	-24 / -59	-66 / -101	-131 / -166
120	140	+450 / +200	+245 / +145	+106 / +43	+54 / +14	+40 / 0	+63 / 0	+100 / 0	+250 / 0	+12 / -28	-12 / -52	-28 / -68	-77 / -117	-155 / -195
140	160	460 / +210	+245 / +145	+106 / +43	+54 / +14	+40 / 0	+63 / 0	+100 / 0	+250 / 0	+12 / -28	-12 / -52	-28 / -68	-85 / -125	-175 / -215
160	180	+480 / +230	+245 / +145	+106 / +43	+54 / +14	+40 / 0	+63 / 0	+100 / 0	+250 / 0	+12 / -28	-12 / -52	-28 / -68	-93 / -133	-195 / -235
180	200	+530 / +240	+285 / +170	+122 / +50	+61 / +15	+46 / 0	+72 / 0	+115 / 0	+290 / 0	+13 / -33	-14 / -60	-33 / -79	-105 / -151	-219 / -265
200	225	+550 / +260	+285 / +170	+122 / +50	+61 / +15	+46 / 0	+72 / 0	+115 / 0	+290 / 0	+13 / -33	-14 / -60	-33 / -79	-113 / -159	-241 / -287
225	250	+570 / +280	+285 / +170	+122 / +50	+61 / +15	+46 / 0	+72 / 0	+115 / 0	+290 / 0	+13 / -33	-14 / -60	-33 / -79	-123 / -169	-267 / -313
250	280	+620 / +300	+320 / +190	+137 / +56	+69 / +17	+52 / 0	+81 / 0	+130 / 0	+320 / 0	+16 / -36	-14 / -66	-36 / -88	-138 / -190	-295 / -347
280	315	+650 / +330	+320 / +190	+137 / +56	+69 / +17	+52 / 0	+81 / 0	+130 / 0	+320 / 0	+16 / -36	-14 / -66	-36 / -88	-150 / -202	-330 / -382
315	355	+720 / +360	+350 / +210	+151 / +62	+75 / +18	+57 / 0	+89 / 0	+140 / 0	+360 / 0	+17 / -40	-16 / -73	-41 / -98	-169 / -226	-369 / -426
355	400	+760 / +400	+350 / +210	+151 / +62	+75 / +18	+57 / 0	+89 / 0	+140 / 0	+360 / 0	+17 / -40	-16 / -73	-41 / -98	-187 / -244	-414 / -471
400	450	+840 / +440	+385 / +230	+165 / +68	+83 / +20	+63 / 0	+97 / 0	+155 / 0	+400 / 0	+18 / -45	-17 / -80	-45 / -108	-209 / -272	-467 / -530
450	500	+880 / +480	+385 / +230	+165 / +68	+83 / +20	+63 / 0	+97 / 0	+155 / 0	+400 / 0	+18 / -45	-17 / -80	-45 / -108	-229 / -292	-517 / -580

二、常用材料的牌号及性能

1. 金属材料

附　表　4

标准	名称	牌号		应用举例	说明
GB/T 700 −1988	普通碳素结构钢	Q215	A级	金属结构件、拉杆、套圈、铆钉、螺栓。短轴、心轴、凸轮（载荷不大的）、垫圈、渗碳零件及焊接件	Q为碳素结构钢屈服点"屈"字的汉语拼音首位字母，后面的数字表示屈服点的数值。如Q235表示碳素结构钢的屈服点为235N/mm²。
			B级		
		Q235	A级	金属结构件，心部强度要求不高的渗碳或氰化零件，吊钩、拉杆、套圈、汽缸、齿轮、螺栓、螺母、连杆、轮轴、楔、盖及焊接件	新旧牌照对照： Q215−A2 Q235−A3 Q275−A5
			B级		
			C级		
			D级		
		Q275		轴、轴销、刹车杆、螺母、螺栓、垫圈、连杆、齿轮以及其他强度较高的零件	
GB/T 699 −1999	优质碳素结构钢	10		用做拉杆、卡头、垫圈、铆钉及焊接零件	牌号的两位数字表示平均含碳量，称碳的质量分数，45号钢即表示碳的质量分数为0.45%； 碳的质量分数≤0.25%的碳钢属低碳钢（渗碳钢）； 碳的质量分数0.25%～0.6%的碳钢属中碳钢（调质钢）； 碳的质量分数≥0.6%的碳钢属高碳钢。 锰的质量分数较高的钢，须加注化学元素符号Mn
		15		用于受力不大和韧性较高的零件、渗碳零件及紧固件（如螺栓、螺钉）、法兰盘和化工储器	
		35		用于制造曲轴、转轴、轴销、杠杆、连杆、螺栓、螺母、垫圈、飞轮（多在正火、调质下使用）	
		45		用做要求综合机械性能高的各种零件，通常经正火或调质处理后使用。用于制造轴、齿轮、齿条、链轮、螺栓、螺母、销钉、键、拉杆等	
		60		用于制造弹簧、弹簧垫圈、凸轮、轧辊等	
		15Mn		制作心部机械性能要求较高且须渗碳的零件	
		65Mn		用于要求耐磨性高的圆盘、衬板、齿轮、花键轴、弹簧等	
GB/T 3077 −1999	合金结构钢	20Mn2		用于渗碳小齿轮、小轴、活塞销、柴油机套筒、气门推杆、缸大套等	钢中加入一定量的合金元素，提高了钢的力学性能和耐磨性，也提高了钢的淬透性，保证金属在较大截面上获得高的力学性能
		15Cr		用于要求心部韧性较高的渗碳零件，如船舶主机用螺栓、活塞销、凸轮、凸轮轴、汽轮机套环、机车小零件等	
		40Cr		用于受变载、中速、中载、强烈磨损而无很大冲击的重要调质件，如重要的齿轮、轴、曲轴、连杆、螺栓、螺母等	
		35SiMn		耐磨、耐疲劳性均佳，适用于小型轴类、齿轮及430℃以下的重要耐磨件等	
		20CrMnTi		工艺性特优，强度、韧度性能均高，可用于承受高速、中等或重负荷以及冲击、磨损等的重要零件，如渗碳齿轮、凸轮等	
GB/T 11352 −1989	铸钢	ZG230-450		轧机机架、铁道车辆摇枕、侧梁、机座、锤轮、450℃以下的管路附件等	ZG为"铸钢"汉语拼音的首位字母，后面的数字表示屈服点和抗拉强度。如ZG230−450表示屈服点为230N/mm²，抗拉强度为450N/mm²
		ZG310−570		适用于各种形状的零件，如联轴器、齿轮、汽缸、轴、机架、齿圈等	

标准	名称	牌号	应用举例	说 明
GB/T 9439—1988	灰铸铁	HT150	用于小负荷和对耐磨性无特殊要求的零件,如端盖、外罩、手轮、一般机床的底座、床身及其复杂零件、滑台、工作台和低压管件等	HT 为"灰铁"的汉语拼音的首位字母,后面的数字表示抗拉强度。如 HT200 表示抗拉强度为 200 N/mm² 的灰铸铁
		HT200	用于中等负荷对耐磨性有一定要求的零件,如机床床身、立柱、飞轮、汽缸、泵体、轴承座、活塞、齿轮箱、阀体等	
		HT250	用于中等负荷和对耐磨性有一定要求的零件,如阀体、油缸、汽缸联轴器、机体、齿轮、齿轮箱外壳、飞轮、液压泵和滑阀的壳体等	
GB/T 1176—1987	5—5—5锡青铜	ZCuSu5 Pb5Zn5	耐磨性和耐蚀性均好,易加工,铸造性和气密性较好。用于较高负荷、中等滑动速度下工作的耐磨、耐腐蚀零件,如轴瓦、衬套、缸塞、活塞、离合器、蜗轮等	Z 为"铸造"汉语拼音的首位字母,各化学元素后面的数字表示该元素含量的百分数,如 ZCuAl10Fe3 表示含 Al8.1%～11%、Fe2%～4%,其余为 Cu 的铸造铝青铜
	10—3铝青铜	ZCuAl10Fe3	机械性能高,耐磨性、耐蚀性、抗氧化性好,可以焊接,不易钎焊,大型铸件自700℃空冷可防止变脆。可用于制造强度高、耐磨、耐蚀的零件,如蜗轮、轴承、衬套、管嘴、耐热管配件等	
	25—6—3—3铝黄铜	ZCuZn25 Al6Fe3Mn3	有很高的力学性能,铸造性良好,耐蚀性较好,有应力腐蚀开裂倾向,可以焊接。适用于高强耐磨零件,如桥梁支承板、螺母、螺杆、耐磨板、滑块、蜗轮等	
	58—2—2锰黄铜	ZCuZn38 Mn2Pb2	有较高的力学性能和耐蚀性,耐磨性较好,切削性良好。可用于一般用途的构件,船舶仪表等使用的外形简单的铸件,如套筒、衬套、轴瓦、滑块等	
GB/T 1173—1995	铸造铝合金	ZAlSi12 代号 ZL102	用于制造形状复杂、负荷小、耐腐蚀的薄壁零件和工作温度≤200℃的高气密性零件	含硅 10%～13% 的铝硅合金
GB/T 3190—1996	硬铝	2A12 (原 LY12)	焊接性能好,适用制作高载荷的零件及构件(不包括冲压件和锻件)	2A12 表示含铜 3.8%～4.9%、镁 1.2%～1.8%、锰 0.3%～0.9%的硬铝
	工业纯铝	1060 (代 L2)	塑性、耐腐蚀性高,焊接性好,强度低,适于制作储槽、热交换器、防污染及深冷设备等	1060 表示含杂质≤0.4%的工业纯铝

2. 非金属材料

附 表 5

标准	名称	牌号	说 明	应用举例
GB/T 359—1995	耐油石棉橡胶板	NY250 HNY300	有(0.4～3.0)mm 的 10 种厚度规格	供航空发动机用的煤油、润滑油及冷气系统结合处的密封衬垫材料
GB/T	耐酸碱橡胶板	2707 2807 2709	较高硬度 中等硬度	具有耐酸碱性能,在温度－30～＋60℃、浓度 20% 的酸碱液体中工作,用于冲制密封性能较好的垫圈
	耐油橡胶板	3707 3807 3709 3809	较高硬度	可在一定温度的机油、变压器油、汽油等介质中工作,适用于冲制各种形状的垫圈
	耐热橡胶板	4708 4808 4710	较高硬度 中等硬度	可在－30～＋100℃、且压力不大的条件下,于热空气、蒸汽介质中工作,用于冲制各种垫圈及隔热垫板

三、常用热处理和表面处理（摘自 GB/T 7232—1999 和 JB/T 8555—1997）

附 表 6

名称	有效硬化层深度和硬度标注举例	说 明	目 的
退火	退火(163～197)HBS 或退火	加热→保温→缓慢冷却	用来消除铸、锻、焊零件的内应力,降低硬度,以利切削加工、细化晶粒、改善组织、增加韧性
正火	正火(170～217)HBS 或正火	加热→保温→空气冷却	用于处理低碳钢、中碳结构钢及渗碳零件细化晶粒,增加强度与韧性,减少内应力,改善切削性能
淬火	淬火(42～47)HRC	加热→保温→急冷工件加热奥氏体化后以适当方式冷却获得马氏体或(和)贝氏体的热处理工艺	提高机件强度及耐磨性。但淬火后引起内应力,使钢变脆,所以淬火后必须回火
回火	回火	回火是将淬硬的钢件加热到临界点以上的温度,保温一段时间,然后在空气中或油中冷却下来	用来消除淬火后的脆性和内应力,提高钢的塑性和冲击韧性
调质	调质(200～230)HBS	淬火→高温回火	提高韧性及强度、重要的齿轮、轴及丝杠等零件需调质
感应淬火	感应淬火 DS=0.8～1.6,(48～52)HRC	用感应电流零件表面加热→急速冷却	提高机件表面的硬度及耐磨性,而心部保持一定的韧性,使零件既耐磨又能承受冲击,常用来处理齿轮
渗碳淬火	渗碳淬火 DC=0.8～1.2,(58～63)HRC	将零件在渗碳介质中加热、保温,使碳原子渗入钢的表面后,再淬火回火渗碳深度 0.8～1.2mm	提高机件表面的硬度、耐磨性、抗拉强度等,适用于低碳、中碳(C<0.40%)结构钢的中小型零件
渗氮	渗氮 DN=0.25～0.4,≥850HV	将零件放入氮气内加热,使氮原子渗入钢表面。氮化层 0.25～0.4mm,氮化时间 40～50h	提高机件的表面硬度、耐磨性、疲劳强度和抗蚀能力。适用于合金钢、碳钢、铸铁件,如机床主轴、丝杠、重要液压元件中的零件
碳氮共渗淬火	碳氮共渗淬火 DC=0.5～0.8,(58～63)HRC	钢件在含碳、氮的介质中加热,使碳、氮原子同时渗入钢表面。可得到 0.5～0.8mm 硬化层	提高表面硬度、耐磨性、疲劳强度和抗蚀性,用于要求硬度高、耐磨的中小型、薄片零件及刀具等
时效	自然时效 人工时效	机件深加工前,加热到 100～150℃后,保温 5～20h,空气冷却,铸件也可自然时效(露天放一年以上)	消除内应力,稳定机件形状和尺寸,常用于处理精密零件,如精密轴承、精密丝杠等
发蓝、发黑	—	将零件置于氧化剂内加热氧化、使表面形成一层氧化铁保护膜	防腐蚀、美化,如用于螺纹紧固件
镀镍		用电解方法,在钢件表面镀一层镍	防腐蚀、美化
镀铬		用电解方法,在钢件表面镀一层铬	提高表面硬度、耐磨性和腐蚀能力,也用于修复零件上磨损的表面
硬度	HBS(布氏硬度见GB/T 231.1—2002) HRC(洛氏硬度见GB/T 230—1991) HV(维氏硬度见GB/T 4340.1—1999)	材料抵抗硬物压入其表面的能力依测定方法不同而有布氏、洛氏、维氏等几种	检验材料经热处理后的力学性能 ——HBS 用于退火、正火、调质的零件及铸件 ——HRC 用于经淬火、回火及表面渗碳、渗氮等处理的零件 ——HV 用于薄层硬化零件

注:"JB/T"为机械工业标准的代号。

四、螺纹

1. 普通螺纹(摘自 GB/T 139—2003、GB/T 196—2003)

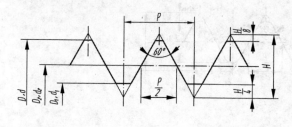

$$D_1 = D - 2 \times 5/8H, \quad D_2 = D - 2 \times 3/8H$$
$$d_1 = d - 2 \times 5/8H, \quad d_2 = d - 2 \times 3/8H$$
$$H = \frac{\sqrt{3}}{2}P = 0.866025404P$$

D—内螺纹大径,d—外螺纹大径,
D_1—内螺纹小径,d_1—外螺纹小径,
D_2—内螺纹中径,d_2—外螺纹中径,

P—螺距,H—原始三角形高度。

【标记示例】

粗牙普通螺纹,大径为 16mm,螺距为 2mm,右旋,内螺纹公差带中径和顶径均为 6H,该螺纹标记为:M16—6H

细牙普通螺纹,大径为 16mm,螺距为 1.5mm,左旋,外螺纹公差带中径为 5g、大径为 6g,该螺纹标记为:M16×1.5LH—5g6g

附 表 7　　　　　　　　　(单位:mm)

公称直径 D、d		螺距 P		粗牙小径 D_1、d_1	公称直径 D、d		螺距 P		粗牙小径 D_1、d_1
第一系列	第二系列	粗牙	细牙		第一系列	第二系列	粗牙	细牙	
3		0.5	0.35	2.459	20		2.5	2;1.5;1;(0.75);(0.5)	17.294
	3.5	(0.6)		2.850		22	2.5	2;1.5;1;(0.75);(0.5)	19.294
4		0.7	0.5	3.0242	24		3	2;1.5;(0.75)	20.752
5		0.8		4.134		27	3	2;1.5;1;(0.75)	23.752
6		1	0.75;(0.5)	4.917	30		3.5	(3);2;1.5;1;(0.75)	26.211
8		1.25	1;0.75;(0.5)	6.647		33	3.5	(3);2;1.5;(1);(0.75)	29.211
10		1.5	1.25;1;0.75;(0.5)	8.376	36		4	3;2;1.5;(1)	31.670
12		1.75	1.5;(1.25);1;(0.75);(0.5)	10.106		39	4		34.670
	14	2	1.5;(1.25);1;(0.75);(0.5)	11.835	42		4.5	(4);3;2;1.5;1	37.129
16		2	1.5;1;(0.75);(0.5)	13.835		45	4.5		40.129
	18	2.5	2;1.5;1;(0.75);(0.5)	15.294	48		5		42.587

注:1. 优先选用第一系列,括号内的数尽量不用。

2. 第三系列未列入,中径 D_2、d_2 未列入。

3. M14×1.25 仅用于火花塞。

2. 非螺纹密封的管螺纹(摘自 GB/T 7307—2001)

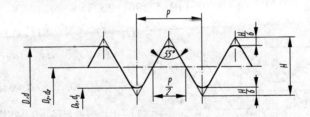

$H=0.960491p$

$h=0.640327p$

$r=0.137329$

【标记示例】

管子尺寸代号为 3/4、右旋、非螺纹密封的管螺纹,标记为:G3/4

管子尺寸代号为 3/4、左旋、非螺纹密封的管螺纹,标记为:G3/4-LH

附 表 8 （单位:mm)

尺寸代号	每25.4mm内的牙数 n	螺距 P	基 本 尺 寸			尺寸代号	每25.4mm内的牙数 n	螺距 P	基 本 尺 寸		
			大径 D、d	中径 D_2、d_2	小径 D_1、d_1				大径 D、d	中径 D_2、d_2	小径 D_1、d_1
1/8	28	0.907	9.728	9.147	8.566	$1\frac{1}{4}$		2.309	41.910	40.431	38.952
1/4	19	1.337	13.157	12.301	11.445	$1\frac{1}{2}$		2.309	47.303	46.324	44.845
3/8		1.337	16.662	16.806	14.950	$1\frac{3}{4}$		2.309	53.746	52.267	50.788
1/2	14	1.814	20.955	19.793	18.631	2	11	2.309	59.614	58.135	56.656
5/8		1.814	22.911	21.749	20.587	$2\frac{1}{4}$		2.309	65.710	64.231	62.752
3/4		1.814	26.441	25.279	24.119	$2\frac{1}{2}$		2.309	75.148	73.705	72.226
7/8		1.814	30.201	29.039	27.877	$2\frac{3}{4}$		2.309	81.534	80.055	78.576
1	11	2.309	33.249	31.770	30.291	3		2.309	87.884	86.405	84.926
$1\frac{1}{8}$		2.309	37.897	36.418	34.939	$3\frac{1}{2}$		2.309	100.330	98.851	97.372

五、常用螺纹紧固件

1.螺栓

六角头螺栓－C级（GB/T 5780－2000）、六角头螺栓－A和B级（GB/T 5782－2000、GB/T 5783－2000）

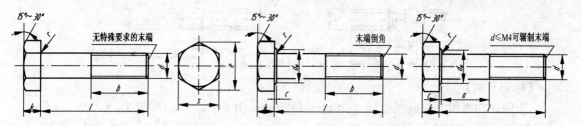

【标记示例】

螺纹规格 d＝M12、公称长度 l＝80mm、A级六角头螺栓，标记为：

螺栓　GB/T 5782　M12×80

附　表　9

（单位:mm）

螺纹规格 d			M3	M4	M5	M6	M8	M10	M12	M16	M20	M24
b 参考	$l \leqslant 125$		12	14	16	18	22	26	30	38	46	54
	$125 < l \leqslant 200$		18	20	22	24	28	32	36	44	52	60
	$l > 200$		31	33	35	37	41	45	49	57	65	73
c(min)	GB/T 5782 GB/T 5783		0.4	0.4	0.5	0.5	0.6	0.6	0.6	0.8	0.8	0.8
d_w	GB/T 5782 GB/T 5783	A级	4.57	5.88	6.88	8.88	11.63	14.63	16.63	22.49	28.19	33.61
		B级	4.45	5.74	6.74	8.74	11.47	14.47	16.47	22	27.7	33.25
e	GB/T 5782 GB/T 5783	A级	6.01	7.66	8.79	11.05	14.38	17.77	20.03	26.75	33.53	39.98
		B级	5.88	7.50	8.63	10.89	14.20	17.59	19.85	26.17	32.95	39.55
k 公称	GB/T 5782 GB/T 5783		2	2.8	3.5	4	5.3	6.4	7.5	10	12.5	15
r(min)	GB/T 5782 GB/T 5783		0.1	0.2	0.2	0.25	0.4	0.4	0.6	0.6	0.8	0.8
s 公称	GB/T 5782 GB/T 5783		5.5	7	8	10	13	16	18	24	30	36
a(max)	GB/T 5783		1.5	2.1	2.4	3	4	4.5	5.3	6	7.5	9
l 公称	商品规格范围	GB/T 5782	20~30	24~40	25~50	30~60	40~80	46~100	50~120	65~160	80~200	90~240
		GB/T 5783	6~30	8~40	10~50	12~60	16~80	20~100	25~120	30~200	40~200	50~200
	系列值		6,8,10,12,16,20,25.30,35,40,45,50,(55),60,(65),70,80,90,100,110,120,130,140,150,160,180,200,220,240,260,280,300,320,340,360									

273

2.双头螺柱

$b_m = 1d$(GB/T 897－1988)、$b_m = 1.25d$(GB/T 898－1988)、$b_m = 1.5d$(GB/T 899－1988)、$b_m = 2d$(GB/T 900－1988)

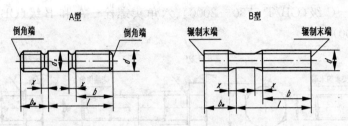

A型　　　　　　　　　　B型

【标记示例】

① 两端均为粗牙普通螺纹,$d = 10$mm、$l = 50$mm、B 型、$b_m = 1d$,标记为:

螺柱　GB/T 897　M10×50

② 旋入端为粗牙普通螺纹,旋螺母端为细牙普通螺纹($P = 1$),$d = 10$mm、$l = 50$mm、A 型、$b_m = 1d$,标记为:

螺柱　GB/T 897　AM10－M10×1×50

附 表 10 （单位:mm）

螺纹规格 d	M5	M6	M8	M10	M12	M16	M20	M24	M30	M36	M42	M48
b_m　GB/T 897—1988	5	6	8	10	12	16	20	24	30	36	42	48
b_m　GB/T 898—1988	6	8	10	12	15	20	25	30	38	45	52	60
b_m　GB/T 899—1988	8	10	12	15	18	24	30	36	45	54	65	75
b_m　GB/T 900—1988	10	12	16	20	24	32	40	48	60	72	84	96
x (max)	1.5P											
l	b											
16												
(18)	10											
20		10	12									
(22)												
(25)	16											
(28)		14	16	14	16							
30												
(32)												
35				16	20	20						
(38)												
40							25					
45		18										
50						30		30				
(55)							35					
60			22									
(65)								45	40			
(70)										45		
(75)				26							50	
80		22			30				50			
(85)						38						
90							46					60
(95)								54			70	
100										60		80
110									60			
120										78	90	102
130				32	36	41	52	60	72	84	96	108
180												

3.螺钉

开槽圆头螺钉(GB/T 65－2000)　　　　　　开槽沉头螺钉(GB/T 68－2000)

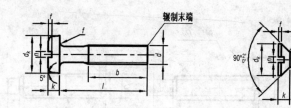

【标记示例】

螺纹规格 d＝M5、公称长度 l＝20mm 的开槽圆头螺钉,标记为:

螺钉　GB/T 65　M5×20

附　表　11　　　　　　　　(单位:mm)

螺 纹 规 格 d		M1.6	M2	M2.5	M3	M4	M5	M6	M8	M10
P	GB/T 65－2000	0.35	0.4	0.45	0.5	0.7	0.8	1	1.25	1.5
	GB/T 68－2000									
b (min)	GB/T 65－2000			25				38		
	GB/T 68－2000									
d_k (max)	GB/T 65－2000	3	3.8	4.5	5.5	7	8.5	10	13	16
	GB/T 68－2000	3.6	4.4	5.5	6.3	9.4	10.4	12.6	17.3	20
k (max)	GB/T 65－2000	1.1	1.4	1.8	2	2.6	3.3	3.9	5	6
	GB/T 68－2000	1	1.2	1.5	1.65	2.7	2.7	3.3	4.65	5
n 公称	GB/T 65－2000	0.4	0.5	0.6	0.8	1.2	1.2	1.6	2	2.5
	GB/T 68－2000									
r min	GB/T 65－2000	0.1	0.1	0.1	0.1	0.2	0.2	0.25	0.4	0.4
r max	GB/T 68－2000	0.4	0.5	0.6	0.8	1	1.3	1.5	2	2.5
t (min)	GB/T 65－2000	0.45	0.6	0.7	0.85	1.1	1.3	1.6	2	2.4
	GB/T 68－2000	0.32	0.4	0.5	0.6	1	1.1	1.2	1.8	2
l 公称 商品规格范围	GB/T 65－2000	2～16	3～20	3～25	4～30	5～40	6～50	8～60	10～80	12～80
	GB/T 68－2000	2.5～16	3～20	4～25	5～30	6～40	8～50			
l 公称 全螺纹范围	GB/T 65－2000			l≤30				l≤40		
	GB/T 68－2000			l≤30				l≤45		
l 公称 系列值		2,2.5 ,3,4,5,6,8,10,12,(14) ,16,20,25,30,35,40,45,50,(55) ,60,(65) ,70,(75) ,80								

4. 紧定螺钉

开槽锥端紧定螺钉	开槽平端紧定螺钉	开槽长圆柱端紧定螺钉
(GB/T 71－7985)	(GB/T 73－7985)	(GB/T 75－7985)

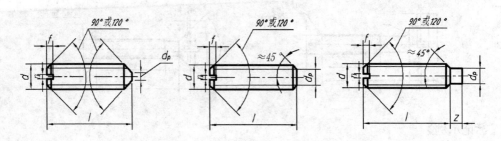

【标记示例】

螺纹规格 d＝M5、公称长度 l＝12mm 的开槽锥端紧定螺钉,标注为:

螺钉　GB/T 71　M5×12

附　表　12　　　　　　　　　　　　　　　　(单位:mm)

螺纹规格 d		M1.2	M1.6	M2	M2.5	M3	M4	M5	M6	M8	M10	M12
P	GB/T 71,GB/T 73	0.25	0.35	0.4	0.5	0.5	0.7	0.8	1	1.25	1.5	1.75
	GB/T 75	—										
d_1d_t	GB/T 71	0.12	0.16	0.2	0.25	0.3	0.4	0.5	1.5	2	2.2	2.5
d_p(max)	GB/T 71,GB/T 73	0.6	0.8	1	1.5	2	2.5	3.5	4	5.5	7	8.5
	GB/T 75	—										
n 公称	GB/T 71,GB/T 73	0.2	0.25	0.25	0.4	0.4	0.6	0.8	1	1.2	1.6	2
	GB/T 75	—										
t(min)	GB/T 71,GB/T 73	0.4	0.56	0.64	0.72	0.8	1.12	1.28	1.6	2	2.4	2.8
	GB/T 75	—										
z(min)	GB/T 75	—	0.8	1	1.2	1.5	2	25	3	4	5	6
倒角和锥顶角	GB/T 71 120°	l=20	l≤2.5		l≤3		l≤4	l≤5	l≤6	l≤8	l≤10	l≤12
	GB/T 71 90°	l≥2.5	l≥3		l≥4		l≥5	l≥6	l≥8	l≥10	l≥12	l≥14
	GB/T 73 120°	—	l≤2	l≤2.5	l≤3		l≤4	l≤5	l≤6	l≤8	l≤10	
	GB/T 73 90°	l≥2	l≥2.5	l≥3	l≥4		l≥5	l≥6	l≥8	l≥10	l≥12	
	GB/T 75 120°	—	l≤2.5	l≤3	l≤4	l≤5	l≤6	l≤8	l≤10	l≤14	l≤16	l≤20
	GB/T 75 90°	—	l≥3	l≥4	l≥5	l≥6	l≥8	l≥10	l≥12	l≥16	l≥20	l≥25
l 公称	商品规格范围 GB/T 71	2~6	2~8	310	312	416	620	825	830	1040	1250	1460
	商品规格范围 GB/T 73			210	2.512	1316	420	525	630	840	1050	1260
	商品规格范围 GB/T 75	—	2.58	310	412	516	620	825	830	1040	1250	1460
	系列值	2,2.5,3,4,5,6,8,10,12,(14),16,20,25,30,35,40,45,50,(55),60										

5. 螺母

I 型六角螺母—C 级(GB/T 41—2000)

I 型六角螺母—A 级和 B 级(GB/T 6170—2000)

六角薄螺母—A 级和 B 级—倒角(GB/T 6172.1—2000)

II 型六角螺母—A 级和 B 级(GB/T 6175—2000)

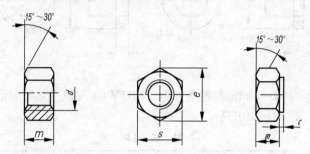

【标记示例】

螺纹规格 d=12mm 的 I 型、C 级六角螺母,标记为:

螺母 GB/T 41 M12

附 表 13

（单位:mm）

螺纹规格 d		M1.6	M2	M2.5	M3	M4	M5	M6	M8	M10	M12	M16	M20	M24	M30	M36
c (max)	GB/T 6170	0.2	0.2	0.3	0.4	0.4	0.5	0.5	0.6	0.6	0.6	0.8	0.8	0.8	0.8	0.8
	GB/T 6175	—	—	—	—	—										
d_w (min)	GB/T 41	—	—	—	—	—	6.7	8.7	11.5	14.5	16.5	22	27.7	33.2	42.7	51.1
	GB/T 6170	2.4	3.1	4.1	4.6	5.9	6.9	8.9	11.6	14.6	16.6	22.5	27.7	33.2	42.7	51.1
	GB/T 6172.1															
	GB/T 6175															
e (min)	GB/T 41	—	—	—	—	—	8.63	10.98	14.20	17.59	19.85	26.17	32.95	39.55	50.85	60.79
	GB/T 6170	3.41	4.32	5.45	6.01	7.66	8.79	11.05	14.38	17.77	20.03	26.75				
	GB/T 6172.1															
	GB/T 6175															
m (max)	GB/T 41	—	—	—	—	—	5.6	6.4	7.9	9.5	12.2	15.9	19	22.3	26.4	31.9
	GB/T 6170	1.3	1.6	2	2.4	3.2	4.7	5.2	6.8	8.4	10.8	14.8	18	21.5	25.6	31
	GB/T 6172.1	1	1.2	1.6	1.8	2.2	2.7	3.1	4	5	6	8	10	12	15	18
	GB/T 6175	—	—	—	—	—	5.1	5.7	7.5	9.3	12	16.4	20.3	23.9	28.6	34.7
s (max)	GB/T 41															
	GB/T 6170	3.2	4	5	5.5	7	8	10	13	16	18	24	30	36	46	55
	GB/T 6172.1															
	GB/T 6175	—	—	—	—	—										

6. 垫圈

小垫圈—A级(GB/T 848—2002)，平垫圈—A级(GB/T 97.1—2002)

平垫圈—倒角型—A级(GB/T 97.2—2002)、平垫圈—C级(GR/T 95—2002)

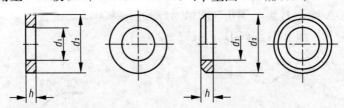

【标记示例】

标准系列，公称尺寸 $d=8$mm、性能等级为140HV 的 A 级平垫圈，标记为：

垫圈　GB/T 97.1　8—140HV

附　表　14　　　　　　　　　　（单位：mm）

公称尺寸(螺纹规格 d)		4	5	6	8	10	12	14	16	20	24	30	36
d_1 公称 (max)	GB/T 848	4.3											
	GB/T 97.1		5.3	6.4	8.4	10.5	13	15	17	21	25	31	37
	GB/T 97.2	—											
	GB/T 95												
d_2 公称	GB/T 848	8	9	11	15	18	20	24	28	34	39	50	60
	GB/T 97.1	9											
	GB/T 97.2	—	10	12	16	20	24	28	30	37	44	56	66
	GB/T 95												
h 公称 (max)	GB/T 848	0.5											
	GB/T 97.1	0.8											
	GB/T 97.2		1		1.6		2		2.5		3	4	5
	GB/T 95												

弹簧垫圈(GB/T 93—1987)

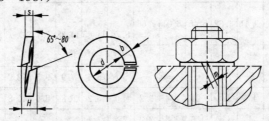

【标记示例】

标准系列公称尺寸 $d=16$mm 的弹簧垫圈，标记为：

垫圈　GB/T 93　16

附　表　15　　　　　　　　　　（单位：mm）

公称尺寸 (螺纹规格 d)	2	2.5	3	4	5	6	8	10	12	16	20	24	30	36	42	48
d_1(min)	2.1	2.6	3.1	4.1	5.1	6.1	8.1	10.2	12.2	16.2	20.2	24.5	30.5	36.5	42.5	48.5
$s(b)$公称	0.5	0.65	0.8	1.1	1.3	1.6	2.1	2.6	3.1	4.1	5	6	7.5	9	10.5	12
H(max)	1	1.3	1.6	2.2	2.6	3.2	4.2	5.2	6.2	8.2	10	12	15	18	21	24
$m \leqslant$	0.25	0.33	0.4	0.55	0.65	0.8	1.05	1.3	1.55	2.05	2.5	3	3.75	4.5	5.25	6

六、键

1. 平键和键槽的剖面尺寸（摘自 GB/T 1095—2003）

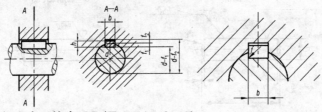

2. 普通平键形式尺寸（摘自 GB/T 1096—2003）

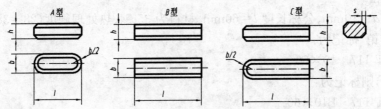

【标记示例】

圆头普通平键（A 型）$b=18$mm、$h=11$mm、$L=100$mm，标记为：

键 GB/T 1096 18×100

方头普通平键（B 型）$b=18$mm、$h=11$mm、$L=100$mm，标记为：

键 GB/T 1096 B18×100

附 表 16 （单位：mm）

轴	键	键槽												
			宽度 b						深度				半径 r	
公称直径 d	公称尺寸 $b×h$	基本尺寸	极限偏差						轴 t_1		毂 t_2			
			正常连接		紧密连接	松连接			基本尺寸	极限偏差	基本尺寸	极限偏差		
			轴 N9	毂 JS9	轴和毂 P9	轴 H9	毂 D10						min	max
自 6～8	2×2	2	−0.004 −0.029	±0.0125	−0.006 −0.031	+0.025 0	+0.060 +0.020		1.2	+0.1 0	1.0	+0.1 0	0.08	0.16
＞8～10	3×3	3							1.8		1.4			
＞10～12	4×4	4	0 −0.030	±0.0125	−0.012 −0.042	+0.030 0	+0.078 +0.030		2.5		1.8		0.16	0.25
＞12～17	5×5	5							3.0		2.3			
＞17～22	6×6	6							3.5		2.8			
＞22～30	8×7	8	0 −0.036	±0.018	−0.015 −0.051	+0.036 0	+0.098 +0.040		4.0		3.3		0.25	0.40
＞30～38	10×8	10							5.0		3.3			
＞38～44	12×8	12	0 −0.043	±0.0215	−0.018 −0.061	+0.043 0	+0.120 +0.050		5.0	+0.2 0	3.3	+0.2 0	0.25	0.40
＞44～50	14×9	14							5.5		3.8			
＞50～58	16×10	16							6.0		4.3			
＞58～65	18×11	18							7.0		4.4			
＞65～75	20×12	20	0 −0.052	±0.026	−0.022 −0.074	+0.052 0	+0.149 +0.065		7.5	+0.2 0	4.9	+0.2 0	0.40	0.60
＞75～85	22×14	22							9.0		5.4			
＞85～95	25×14	25							9.0		5.4			
＞95～110	28×16	28							10.0		6.4			
L系列		6,8,10,12,14,16,18,20,22,25,28,32,36,40,45,50,56,63,70,80,90,100,110,125,140,160,180,200,220,250,280												

七、销

1. 圆锥销（摘自 GB/T 117—2000）

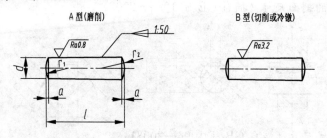

【标记示例】

公称直径 $d=10$mm、公称长度 $l=60$mm、材料为 35 钢、热处理硬度（28～38）HRC、表面氧化的 A 型锥销,标记为:

 销　GB/T 117　10×60

如为 B 型,则标记为:

 销　GB/T 117　B10×60

附　表　17 （单位:mm）

d(公称)	0.6	0.8	1	1.2	1.5	2	2.5	3	4	5
$a\approx$	0.08	0.1	0.12	0.16	0.2	0.25	0.3	0.4	0.5	0.63
l(商品规格范围公称长度)	4～8	5～12	6～16	6～20	8～24	10～35	10～35	12～45	14～55	18～60
d(公称)	6	8	10	12	16	20	25	30	40	50
$a\approx$	0.8	1	1.2	1.6	2	2.5	3	4	5	6.3
l(商品规格范围公称长度)	22～90	22～120	26～160	32～180	40～200	45～200	50～200	55～200	60～200	65～200
l系列	2,3,4,5,6,8,10,12,14,16,18,20,22,24,26,28,30,32,35,40,45,50,55,60,65,70, 80,85,90,95,100,120,140,160,180,200									

2. 圆柱销　不淬硬钢和奥氏体不锈钢（GB/T 119.1—2000）

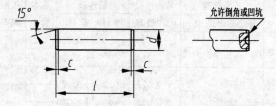

【标记示例】

公称直径 $d=10$mm、公差为 m6、公称长度 $l=60$mm、材料为钢、不经淬硬、不经表面处理的圆柱销,标记为:

 销　GB/T 119.1　10m6×60

附　表　18 （单位:mm）

d(公称)	0.6	0.8	1	1.2	1.5	2	2.5	3	4	5
$c\approx$	0.12	0.16	0.20	0.25	0.30	0.35	0.40	0.50	0.63	0.80
l(商品规格范围公称长度)	2～6	2～8	4～10	4～12	4～16	6～20	6～24	8～30	8～40	10～50
d(公称)	6	8	10	12	16	20	25	30	40	50
$c\approx$	1.2	1.6	2	2.5	3	3.5	4	5	6.3	8
l(商品规格范围公称长度)	12～60	14～80	18～95	22～140	26～180	35～200	50～200	60～200	80～200	95～200
l系列	2,3,4,5,6,8,10,12,14,16,18,20,22,24,26,28,30,32,35,40,45,50,55,60,65,70, 80,85,90,95,100,120,140,160,180,200									

八、轴承

1. 深沟球轴承（摘自 GB/T 276—1994）

附　表　19

60000 型

轴承代号	外形尺寸/mm		
	d	D	B
01 系列			
608	8	22	7
609	9	24	7
6000	10	26	8
6001	12	28	8
6002	15	32	9
6003	17	35	10
6004	20	42	12
60/22	22	44	12
6005	25	47	12
60/28	28	52	12
6006	30	55	13
60/32	32	58	13
6007	35	62	14
6008	40	68	15
6009	45	75	16
6010	50	80	16
6011	55	90	18
6012	60	95	18
02 系列			
625	5	16	5
626	6	19	6
627	7	22	7
628	8	24	8
629	9	26	8
6200	10	30	9
6201	12	32	10
6302	15	35	11
6203	17	40	12
6204	20	47	14
62/22	22	50	14
6205	25	52	15
62/28	28	58	16
6206	30	62	16
62/32	32	65	17
6207	35	72	17
6208	40	80	18
6209	45	85	19
6210	50	90	20
6211	55	100	21
6212	60	110	22

轴承代号	外形尺寸/mm		
	d	D	B
03 系列			
633	3	13	5
634	4	16	5
635	5	19	5
6300	10	35	11
6301	12	37	12
6302	15	42	13
6303	17	47	14
6304	20	52	15
63/22	22	56	16
6305	25	62	17
63/28	28	68	18
6306	30	72	19
63/32	32	75	20
6307	35	80	21
6308	40	90	20
6309	45	100	25
6310	50	110	27
6311	55	120	29
6312	60	130	31
6313	65	140	33
6314	70	150	35
6315	75	160	37
6316	80	170	39
6317	85	180	41
6318	90	190	43
04 系列			
6404	20	72	19
6405	25	80	21
6406	30	90	23
6407	35	100	25
6408	40	110	24
6409	45	120	29
6410	50	130	31
6411	55	140	33
6412	60	150	35
6413	65	160	37
6414	70	180	42
6415	75	190	45
6416	80	200	48
6417	85	210	52
6418	90	225	54
6419	95	240	55
6420	100	250	58

2.圆锥滚子轴承（摘自 GB/T 297—1994）

附表 20

30000 型

轴承代号	尺寸/mm				
	d	D	T	B	C
13 系列					
31305	25	62	18.25	17	13
31306	30	72	20.75	19	14
31307	35	80	22.75	21	15
31308	40	90	25.25	21	17
31309	45	100	27.25	25	18
31310	50	110	29.25	27	19
31311	55	120	31.5	29	21
31312	60	130	33.5	31	22
31313	65	140	36	33	23
31314	70	150	38	35	25
31315	75	160	40	37	26

轴承代号	尺寸/mm				
	d	D	T	B	C
02 系列					
30202	15	35	11.75	11	10
30203	17	40	13.25	12	11
30204	20	47	15.25	14	12
30205	25	52	16.25	15	13
30206	30	62	17.25	16	14
302/32	32	65	18.25	17	15
30207	35	72	18.25	17	15
30208	40	80	19.75	18	16
30209	45	85	20.75	19	16
30210	50	90	21.75	20	17
30211	55	100	22.75	21	18
30212	60	110	23.75	22	19
30213	65	120	24.75	23	20
30214	70	125	26.25	24	21
30215	75	130	27.25	25	22

轴承代号	尺寸/mm				
	d	D	T	B	C
20 系列					
32004	20	42	15	15	12
320/22	22	44	15	15	11.5
32005	25	47	15	15	11.5
320/28	28	52	16	16	12
32006	30	55	17	17	13
320/32	32	58	17	17	13
32007	35	62	18	18	14
32008	40	68	19	19	14.5
32009	45	75	20	20	15.5
32010	50	80	20	20	15.5
32011	55	90	23	23	17.5
32012	60	95	23	23	17.5
32013	65	100	23	23	17.5
32014	70	110	25	25	19
32015	75	115	25	25	19

轴承代号	尺寸/mm				
	d	D	T	B	C
03 系列					
30302	15	42	14.25	13	11
30303	17	47	15.25	14	12
30304	20	52	16.25	15	13
30305	25	62	18.25	17	15
30306	30	72	20.75	19	16
30307	35	80	22.75	21	18
30308	40	90	25.75	23	20
30309	45	100	27.25	25	22
30310	50	110	29.25	27	23
30311	55	120	31.5	29	25
30312	60	130	33.5	31	26
30313	65	140	36	33	28
30314	70	150	38	35	30
30315	75	160	40	37	31

轴承代号	尺寸/mm				
	d	D	T	B	C
22 系列					
32203	17	40	17.25	16	14
32204	20	47	19.25	16	15
32205	25	52	21.35	18	16
32206	30	62	24.25	20	17
32207	35	72	24.25	23	19
32208	40	80	24.75	23	19
32209	45	85	24.75	23	19
32210	50	90	26.75	23	19
32211	55	100	26.75	25	21
32212	60	110	29.75	28	24
32213	65	120	33.25	31	27
32214	70	125	33.25	31	27
32215	75	130	33.25	31	27

3. 推力球轴承(摘自 GB/T 301—1994)

附 表 21

51000 型

轴承代号	尺寸/mm			
	d	d_1	D	T
12 系列				
51213	65	67	100	27
51214	70	72	105	27
51215	75	77	110	27
51215	80	82	115	28
51217	85	88	125	31
51218	90	93	135	35
51220	100	103	150	38
13 系列				
51304	20	22	47	18
51305	25	27	52	18
51306	30	32	60	21
51307	35	37	38	24
51308	40	42	78	26
51309	45	47	85	28
51310	50	52	95	31
51311	55	57	105	35
51312	60	62	110	35
51313	65	67	115	36
51314	70	72	125	40
51315	75	77	135	44
51316	80	82	140	44
51317	85	88	150	49
51318	90	93	155	50
51320	100	103	170	55
14 系列				
51405	25	27	60	24
51406	30	32	70	28
51407	35	37	80	32
51408	40	42	90	36
51409	45	47	100	39
51410	50	52	110	43
51411	55	57	120	48
51412	60	62	130	51
51413	65	67	140	56
51414	70	72	150	60
51415	75	77	160	65
51416	80	82	170	68
51417	85	88	180	72
51418	90	93	190	77
51420	100	103	210	85

轴承代号	尺寸/mm			
	d	d_1	D	T
11 系列				
51100	10	11	24	9
51101	12	13	26	9
51102	15	16	28	9
51103	17	18	30	9
51104	20	21	35	10
51105	25	26	42	11
51106	30	32	47	11
51107	35	37	52	12
51108	40	42	60	13
51109	45	47	65	14
51110	50	52	70	14
51111	55	57	78	16
51112	60	62	85	17
51113	65	67	90	18
51114	70	72	95	18
51115	75	77	100	19
51116	80	82	105	19
51117	85	87	110	19
51118	90	92	120	22
51120	100	102	135	25
12 系列				
51200	10	12	26	11
51201	12	14	28	11
51202	15	17	32	12
51203	17	19	35	12
51204	20	22	40	14
51205	25	27	47	15
51206	30	32	52	16
51207	35	37	62	18
51208	40	42	68	19
51209	45	47	73	20
51210	50	52	78	22
51211	55	57	90	25
51212	60	62	95	26

九、零件倒圆、倒角与砂轮越程槽

1. 零件倒圆与倒角（GB/T 6403.4—2008）

附 表 22 （单位：mm）

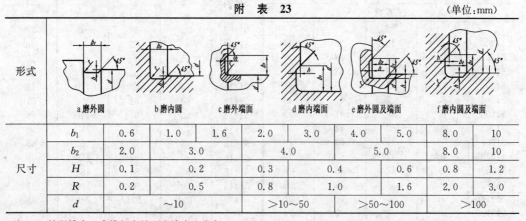

形式													
R、C 尺寸系列	0.1	0.2	0.3	0.4	0.5	0.6	0.8	1.0	1.2	1.6	2.0	2.5	3.0
	4.0	5.0	6.0	8.0	10	12	16	20	25	32	40	50	

装配形式

$C_1 > R$　　$R_1 > R$　　$C < 0.58R_1$　　$C_1 > C$

C_{max} 与 R_1 的关系	R_1	0.1	0.2	0.3	0.4	0.5	0.6	0.8	1.0	1.2	1.6	2.0
	C_{max}	—	0.1	0.1	0.2	0.2	0.3	0.4	0.5	0.6	0.8	1.0
	R_1	2.5	3.0	4.0	5.0	6.0	8.0	10	12	16	20	25
	C_{max}	1.2	1.6	2.0	2.5	3.0	4.0	5.0	6.0	8.0	10	12

与零件直径 ϕ 相应的倒角 C、倒圆 R 的推荐值

ϕ	～3	>3～6	>6～10	>10～18	>18～30	>30～50	>50～80	>80～120	>120～180
C 或 R	0.2	0.4	0.6	0.8	1.0	1.6	2.0	2.5	3.0
ϕ	>180 ～250	>250 ～320	>320 ～400	>400 ～500	>500 ～630	>630 ～800	>800 ～1000	>1000 ～1250	>1250 ～1600
C 或 R	0.4	5.0	6.0	8.0	10	12	16	20	25

注：α 一般采用 $45°$，也可以采用 $30°$ 或 $60°$。

2. 砂轮越程槽（GB/T 6403.5—2008）

附 表 23 （单位：mm）

形式									
	a 磨外圆		b 磨内圆		c 磨外端面		d 磨内端面	e 磨外圆及端面	f 磨内圆及端面
尺寸	b_1	0.6	1.0	1.6	2.0	3.0	4.0	5.0	8.0	10
	b_2	2.0		3.0		4.0		5.0	8.0	10
	H	0.1		0.2		0.3		0.4	0.6	0.8	1.2
	R	0.2		0.5		0.8		1.0	1.6	2.0	3.0
	d		～10			>10～50			>50～100		>100

注：(1) 越程槽内二直线相交处不允许产生尖角。

　　(2) 越程槽深度 h 与圆弧半径 r 要满足 $r \leqslant 3h$。